花灯调

刘庆邦 著

作家出版社

目 录

第 一 章	... 001
第 二 章	... 012
第 三 章	... 023
第 四 章	... 036
第 五 章	... 049
第 六 章	... 064
第 七 章	... 076
第 八 章	... 092
第 九 章	... 102
第 十 章	... 115
第十一章	... 127
第十二章	... 140
第十三章	... 152
第十四章	... 166
第十五章	... 176
第十六章	... 189
第十七章	... 201

第十八章	... 214
第十九章	... 225
第二十章	... 238
第二十一章	... 251
第二十二章	... 262
第二十三章	... 271
第二十四章	... 277
第二十五章	... 296
第二十六章	... 310
第二十七章	... 322
第二十八章	... 332
后记　所为难得是情愿	... 347

第一章

春三月，山沟里的杏花开了，山顶还是寒凝冰封。那些杏树不是人种，都是鸟种；不是家生，都是野生。春来开花，不是谁让它们开的，它们自己觉得可以开，就自然地开了。它们开花，也不是为了给哪个看，不管有没有人看，它们只管开，白天开了，夜里接着开。淡淡的花香在山间弥漫，苦吟吟的，甜丝丝的。正是这样的杏花，让人一见，就喜得发惊。山顶的竹子在冬天也不落叶，似乎一直在带叶修行。虽说竹子的叶子一年四季都是绿的，可在冬天和春天有所不同。冬天的竹叶是燥色，一点儿都不明亮。到了春天，地气上升，春风一吹，叶片才一点一点变得明亮起来。竹子的叶子不是新发，不像别的树木那样落去旧叶换新叶，它们发的是内功，内部的血脉流动，就可以让原有的叶子焕然一新。此时，竹笋还在地下鼓动，没有钻出地面，竹梢上还留有一些未化尽的残雪。竹子得到春的消息，仿佛已等不及春风的吹拂，它们自己弹起竹梢，把上面的残雪弹落，任破碎的雪块儿纷纷落在竹林根部的地上。一群麻雀飞进了一片竹林，它们嘴尖舌快，喊喊喳喳，在争相发言。它们像是就某一个问题发起了争论，互不相让，争得面红耳赤。又像是并没有预设的讨论主题，自说自话而已。不知它们遇到了什么新的情况，大家一哄从树林里飞走了，集体飞向另外的地方。

据历史记载，十万年前，这里是一片汪洋大海，海里只有波浪和鱼龙。后来由于地壳运动的起伏、颠覆和切割，海水退去了，这里变成了十万大山。海水没有了，但天上下雨地上流，水还是有的，只是水的形态变成了河流和湖泊。别看水是软的，山是硬的，天长了，日久了，水流却可以改变山岩，使有的山变高，有的山变低；在有的山上开了门，有的山上开了窗。河山相连，山水相依。水可以改变山，同时也可以塑造山。这儿的山里有一个溶洞，洞顶有一滴水珠，水珠以亘古不变的均匀速度，日复一日、月复一月、年复一年地向下滴落，几万年下来，竟在洞底的地上形成一座拔地而起、体高数尺的石塔。有道是水滴石穿，这里正相反，是水滴石长。因水里含有碳酸钙，久而久之，碳酸钙积累下来，就长成了琉璃宝塔样的钟乳石。看到这样的奇特地貌，在不可思议之余，人们往往会想到鬼，想到神，说是鬼斧神工。其实这跟鬼神一点关系都没有，都是自然的造化、时间的作用，自然就是鬼神，时间就是神鬼。

这天一大早，向家明从市里乘车，往一个叫高远村的山村赶。车是向家明所在单位的一辆公用越野车，车的一侧书有红色的"人民检察院"字样，车顶安有警灯。这是检察院的领导特意给向家明派的一辆专车。向家明的职务只是检察院的一个科长，按说下乡时她还没资格坐专车。领导之所以破例安排一辆送她去高远村，一是对她下一步的工作抱有期望，二是去高远村山高路远，山路崎崎岖岖，去一趟不容易。

一年前的 2015 年春天，向家明正在检察员和公诉人的位置上干得好好的，被临时抓差补缺，派到一个贫困村当驻村第一书记。她没有辜负领导和大家的期望，一进村就开足马力，干得马不停蹄。她充分利用自己在市里工作的资源优势，很快把上上下下的脱贫攻坚积极性都调动起来。在上级各有关单位的大力支持协助下，经过全村村民的共同奋斗，用了不到一年时间，全村的人均收入就达到了国家规定的脱贫标准，摘掉了贫困村的帽子。当年年底，向家明被评为市里的优秀共产党员和脱贫攻坚先进个人。既然完成了驻村帮助脱贫的使命，按照市里关于驻村轮岗的规定，向家明可以理所当然地回到检察院，穿上板正的检察制服，继续做庄严的检察工作，并可以天天回家，过方便而优越的城市生活。然而就在这时，高远村的驻村第一书记因事回城去了，急需另派一个人接替第一书记的工作。检察院的领导考虑到向家明在驻村工作中成绩优异，并积累了脱贫工作的经验，就征求她的意见，希望她能去高远村当第一书记。向家明说，既然党组织这么信任她，那她去吧。征求向家明意见的是检察院的党组书记，书记说：你驻村刚回来，院里本不该再派你去驻村。可院党组在全院党员中挑来挑去，还是觉得你去当第一书记最合适。我们这样做有些鞭打快牛，对你来说可能有些不公平。我的意见是，你不必马上答应，先去高远村看一看，回头咱们再商量。你要是实在不愿意去，院里不会勉强你。书记提醒向家明说：高远村是咱们全省为数不多的深度贫困村之一，我去那个村看过。在去之前，我不太理解什么叫深度贫困，不知道深度是深到什么程度。去高远村看过才知道了，那个村的贫困是谷底的贫困、探底的贫困，是贫困到不能再贫困。高远村脱贫攻坚的艰难程度超出了人们的想象，向家明同志，你要做好心理准备。说到这里，书记见向家明面色有些凝重，微笑了一下，问：你不会被我的话吓着吧？

向家明说：不会的。我害怕老鼠，不害怕贫困。

为向家明开车的是一位有着多年在山区驾驶经验的师傅。上车后，向家明问师傅以前去没去过高远村，师傅说去过。向家明问，从市里到高远村有多远，师傅说，直线距离大约六十多公里。向家明乐观地说：不算太远，这个距离估计两个多钟头就跑到了。师傅摇头，说不行，保守估计也得跑四个多钟头。向家明问为什么，师傅说因为去高远村没有路。师傅的回答让向家明觉得有些可笑，她说：鱼在水中游，车在路上跑。没有水，鱼就不能游；没有路，车在哪里跑呢？师傅解释说，他的意思是，高远村与山外不通公路，连简易的硬化路都没有，都是一些原始性的砂石路。在这样的路上，车像老牛爬坡一样，根本跑不起来。

进了山向家明就感受到了，师傅说得不错。砂石路坑坑洼洼，布满滑沙和坚硬的石子，车轮碾在上面，一弹一跳，像猴子玩杂技，一点儿都不踏实。山路弯弯曲曲，弯子多得数不胜数。人说羊肠子的弯弯多，这里的弯弯恐怕比羊肠子的弯弯还多。车子刚转过一个弯，以为该走一段直路了，不料又一个弯道马上出现在眼前。向家明听说过，这里是天无三日晴，地无三尺平。今日走在山道上，她有了新的体会，觉得应该在前两句评价的后面再加上一句，叫道无三尺直。路上弯道多，车子只能随着弯道拐来拐去，甩来甩去，向家明觉得自己的头都被甩晕了。山里海拔落差很大，低的地方有几百米，高的地方恐怕超过了两千米。车子跟着海拔的落差起起伏伏，山路"下海"，车子也得往"海里"扎；山路入云，车子也得使劲儿往高处拔。有一段路一路下坡，向家明眼看着车窗外有了农舍、炊烟、水塘、竹园和鸭子，以为车子总算开到了人间，离高远村应该不远了。可司机师傅却没有任何停车的意思，一踩油门，又向高处爬去。爬到又一个山顶，向家明偶尔往下一看，见刚才走过的路变成了一道时隐时现的灰线。山道还非常狭窄，对面走过来一头牛和一个拿着树枝放牛的人，车就得停下来，等牛和人走过去，车子才能继续往前开。如此逼仄的小道，还常常一侧是悬崖峭壁，一侧是万丈深渊，真乃处处危险，步步惊心。当一个农妇领着三只山羊并背着一背篓青草走过来时，师傅又不得不把车子停了下来。趁车子停下来时，坐在副驾驶座位上的向家明解开安全带对师傅说，她到后面的座位上去坐。在师傅开着车时，她见师傅的两只眼睛瞪得像铃铛一样，开车开得全神贯注，她一句话都不敢跟他说。趁车子停下来的工夫，她才提出到后面坐。坐在前面时，面对道道深渊，她老是心惊肉跳，担心车子会一头栽进深渊里去。坐在后排座，用师傅的驾驶座位挡住她的视线，虽说有掩耳盗铃之嫌，但恐惧总算减轻了一点点。

　　就这样，等越野车开到高远村的村委会门口时，五个多钟头过去了，已到了吃午饭的时间。还好，这天没有下雨，太阳在薄云中时隐时现。飘动的云彩，使投射在绿色山峦上的影子变得深一块，浅一块。

接到镇里通知的老支书和年轻的村委会主任，早已在村委会的办公室里等候。老支书叫夏方东，村委会主任叫尚应金。他们得知，向家明在另一个村当过驻村第一书记，只用了不到一年的时间，就帮助那个村实现了脱贫。他们还听说，这个女书记厉害得很，比当年的花木兰和穆桂英都厉害。女书记之所以要到高远村看一看，就是下一步有可能来任第一书记。镇领导对他们交代，要他们把态度准备好，对向书记的欢迎和招待要热情一些，争取给向书记留下一个好印象。谁都害怕贫穷，谁都喜欢脱贫，老支书和村主任也不例外。一听见汽车响，二人赶紧从屋里迎了出来。他们看见一个女的从车上下来，料定她就是他们要欢迎的向书记。见向书记的手又白又小，把自己的手搓了搓，只以笑脸表达欢迎，没敢跟她握手。村委会的办公室是一座三开间的两层木楼，木楼显得有些陈旧，廊柱和门板都黑得失去了本色。他们对向书记道了辛苦，请她到办公室里歇息。办公室的东间屋只有一盘煤火，火炉上盖着铁盖，看不见明火。从铁盖那里往周边扩展，扩成了一张铁板圆桌，圆桌一角竖起一根茶杯般粗细的烟筒，煤烟子通过烟筒排到室外，屋里也闻不到煤烟子味儿。整个办公室里暖融融的，表明炉火里的煤火一直在燃烧着。圆桌上放着几杯早就煮好的茶，因连着煤火的铁板圆桌有保温功能，茶就不会凉。人在不会凉，人走了茶也不会凉。

既然到了吃午饭的时间，饭是必须吃的。老支书和村主任早有准备，煤火上温着一锅早就蒸好的白米饭，还有一锅白水炖老豆腐。老豆腐是当地的做法，豆腐还是豆花儿时，里面就放进一些切碎的青菜，压成豆腐块时，青菜与豆腐成为一体，看上去白里有绿，绿里有白。他们做豆腐时不过油，连盐都不放，就那么用白水一煮就行了，汁是原汁，味是原味。要招待向书记，没有肉可不行。村主任打电话在附近镇上的饭馆订了一份烧羊肉，托人骑摩托车把羊肉送到村委会。别看镇上离高远村只有十几里，因山间小路难行，等烧羊肉送到村委会，至少需要一个多钟头。向家明说她不爱吃肉，不同意给她订羊肉，说午饭吃不吃都没关系。可老支书和村主任态度坚决，不容推辞。镇领导安排他们要把态度准备好,坚决让向书记吃到肉的态度,也是他们所准备的态度之一种。老支书说:向书记,我们欢迎你到我们高远村当第一书记,第一顿饭光让你吃点素菜可不行,我们心里过意不去。

向家明说:我只是来高远村看看,是不是到这个村当第一书记,还不一定呢!

老支书和村主任互相看了一下,老支书说:到我们这里来一趟不容易,就算你是市里来的上级领导,我们也要招待你一下,给你接风洗尘。我们还准备了一瓶当地烤的苞谷酒,等羊肉送来了,我们陪你喝一点。

向家明对酒精过敏,向来滴酒不沾,别说让她喝酒了,她一听带三点水的那个"酒"字,脸就不由得红了一下。她连连摆手说:不不不,我从来不喝酒。

司机师傅到屋里转了一下,端了一杯茶,到外头一棵树下抽烟去了。

向家明到门口招呼师傅说:你在屋里坐一会儿嘛。

师傅说:你不用管我,你们只管说你们的事儿吧。外面空气好,我在外面站一会儿。

火炉周围放有几把木椅子,向家明和老支书、村主任在椅子上坐下,老支书开始向她介绍高远村的基本情况。高远村共938户,4829人。建档立卡的贫困户437户,2074人。截至2015年年底,年人均纯收入876元,月人均纯收入还不到80元,离国家所规定的脱贫标准差得很远很远。说到这里,老支书说,高远村偏僻贫穷,当年国民党的军队不敢走的地方,红军正好可以走。红军四渡赤水时,有一部分红军曾在高远村的树林里露宿住过一晚。红军还向一户姓杨的村民家借过五石苞谷,并打了借条。

向家明听得眼睛一亮,对这个话题很感兴趣。她说借条很有价值,很有意义,问:借条还在吗?

老支书说:杨家搬家时把借条弄丢了。

向家明说:借条是革命文物,可以证明老区人民对中国革命的贡献啊,丢失太可惜了,太可惜了!你跟杨家的人说说,再让他们仔细找找嘛,要是找到了,咱们马上向市里汇报,可以送到市里的博物馆去展览。

他们正说话,忽听得头顶的楼板上呼呼啦啦一阵响。楼板比较薄,有的地方裂开了缝隙,上面的声音显得很清晰,似乎伸手可及。向家明仰脸往楼板上看了一下,顿时有些惊恐,问:楼上是不是有老鼠?

老支书和村主任都听到了老鼠在楼板上奔跑打闹的声音,也注意到了向家明惊恐的表情,他们你看看我,我看看你,似乎都不敢承认屋里有老鼠。有头发就有虱子,有屋子就有老鼠,老鼠对他们来说是司空见惯,一点儿都不可怕。可是,向家明是城里下来的女干部,他们担心要是嘴不把门,承认了屋里有老鼠,有可能会把她吓走。老支书像是想了一下,说:外面没有老鼠,咱们到外面去走走吧。

他们沿着一条羊肠小道,向山下的一个居民组走去。时逢春三月,竹子已经泛绿,桃花正在开放,扑面而来的是春天的气息。向家明看到,坡下不远处有一座破旧的木头房子,问这家是什么情况。

老支书告诉向家明,这家的男孩子姓王,要身高有身高,要长相有长相,原本是一个挺不错的小伙子。他去城里打工期间,谈了一个外地的对象。对象怀孕后,眼看肚子一天比一天大,就把她带了回来。女孩儿一见小伙子家里穷得叮当响,埋怨小伙子骗了她,天天吵架。孩子生下后,那女的不等孩子满月,就扔下孩子走了,来了个一去不回头。小伙子哭天抹泪,认为就是因为家里太穷了,自己太没本事了,才没能把对象留住。他一时没找到改变贫困现状的门路,就铤而走险,干起了盗窃的勾当,半夜里撬开一家盛酒的库房,偷了几箱酒。酒是名酒,价值比较高,小伙子便因犯盗窃罪,被判了十五年徒刑,现在还在监狱里关着。被妈妈抛弃的小女孩儿今年已经六岁,家里有卧病在床的奶奶,还有年近九旬的曾祖母,都是靠小女孩儿给她们做饭吃。

听了老支书的讲述,向家明的表情凝重起来,她不由得感叹:一穷百病生,小伙子的遭遇太惨了,小女孩儿太可怜了!她说:咱们去小女孩儿家里看看吧。

他们来到房子四面透风的小女孩儿家,见她正在锅灶边择一把像是刚从地里拔回来的小白菜。小女孩儿的曾祖母在一把竹椅子上坐着,怀里抱着一根拐棍。见有人来了,她的眼珠慢慢转动着,似乎已经有些迟钝。向家明走到小女孩儿跟前问:小姑娘,你今年几岁啦?

小姑娘摇头,瞪着大大的眼睛,看着向家明。

那你叫什么名字呢?

这回小女孩儿说话了:王安新。

哦,王安新,这名字不错,ān肯定是安家的安,安全的安。xīn是哪个xīn呢?是心灵的心,还是新年的新呢?

小女孩儿再次摇头。

向家明把小女孩儿从头到脚打量了一下,见她的头发乱蓬蓬的,头发上有白色的虮子,还有正在活动的虱子。脖子里和耳朵后面结着一层黑色的灰垢,好像用手一揭就能揭下一层。小脸上泥一道,土一道,脏得像花瓜一样,不知多长时间没洗脸了。小女孩儿上身穿一件只有一枚扣子的薄棉袄,腿上穿着吊到小腿那里的单裤子,光脚穿着拖鞋。向家明记住了小女孩儿的名字叫王安新。她问:王安新,你这是准备做午饭吗?

王安新点点头。

我看看你做的什么饭可以吗?

王安新没有点头,也没摇头。

向家明走到锅灶前,掀开锅盖,见锅里蒸的是苞谷面土豆饭。苞谷面是粗糁子,土豆切成了土豆块,把两样东西放进锅底,添上水一蒸,苞谷面和土豆就结合成一坨,成了苞谷土豆饭。向家明夸王安新做饭不错,闻着挺香的。她盖上锅盖,问王安新准备炒什么菜。

王安新像是没听懂向家明的话,又像是听懂了,却不知怎样回答。她低下了眉眼,在掰一棵白菜。白菜是地里刚发的春菜,白菜的帮子和叶子都很新鲜。别看王安新的小手又瘦又黑,掰起白菜来却又准又快,嚓嚓嚓只几下,就把带有湿泥的白菜根子掰掉了。

村主任觉得王安新太不懂礼貌,对王安新说:阿姨跟你说话呢,没听见吗，怎么能这样呢！

向家明说：没事儿，小孩子看见生人，可能有些害羞、害怕。

村主任替小女孩儿回答：他们家没有油，不炒菜。都是用开水把青菜一烫，烫塌秧，蘸点咸辣椒水当菜吃。

这时，躺在病床上的王安新的奶奶大概听到了屋里有人说话，开始呻吟起来，边呻吟边说：作孽呀，遭罪呀……

村支书小声对向家明说：各家都有难念的经，向书记，咱们走吧。

向家明人从王安新家里走出来，她的脑子似乎还没有走出来，场景还未及转换，一时变得有些沉默。云彩多了起来，把太阳遮住了。向家明也是有女儿的人，看见小小的王安新，难免想到自己的女儿。从小到大，她对自己的女儿呵护有加，穿得厚了怕热着，吃得多了怕撑着，舍不得让女儿受一点儿委屈。看见女儿掉一个泪蛋蛋，她的眼泪掉得比女儿还多。女儿目前正在上海读大学，每个星期她都要与女儿通视频电话。她不明白王安新的妈妈为何如此狠心，怎么舍得把自己的女儿扔下不管呢！好歹是自己的亲骨肉，难道就不想得慌吗？难道人一穷，心肠就变狠了吗？女儿都是父母生的，天下女儿的生存环境差别怎么这样大呢？

沉默也有传染性，老支书注意到了向家明的沉默，知道是小女孩儿家的贫困现状，让向家明的心情变得压抑了、沉重了。他吩咐村主任跟送羊肉的打电话，问问羊肉快送到没有。山里电话信号不好，趁村主任登上附近的一个小山头打电话时，老支书对向家明补充说，像王家这样的情况在高远村不是个别的，据他所知，全村至少有十几个相貌不错的小伙子，都是把怀了孕或生了孩子的对象领回高远村后，那些耐不住贫穷的对象就丢下小伙子和孩子走掉了。他们大都在试婚阶段，没办结婚证，走了也就走了。村里有十几个留守儿童都生活在单亲家庭，孩子只能见到爸爸，见不到妈妈。有的孩子连爸爸都见不到，因为爸爸又外出打工去了，只能把他们交给爷爷奶奶看管。老支书总结说，待嫁的姑娘对贫穷最敏感，衡量一个村子贫困到什么程度，有一个看似不是标准的标准不可忽视，那就是外面的姑娘愿不愿意嫁到这个村，嫁到这个村后能不能留住。要是愿意嫁到这个村，并住了下来，说明这个村穷得还不是太砸锅。要是不愿意嫁到这个村，偶尔来了也留不住，那就说明这个村穷得不能再穷，确实穷得掉底子了。高远村目前的贫穷状况就像是掉底的锅，盛汤漏汤，盛水漏水，什么都盛不住了。现在高远村的人外出，都不敢说自己是高远村的人，说了怕别人看不起。

向家明说：你说的这个标准我以前还真没听说过。对于高远村的贫困，我是听说过一些，但没想到贫困得这样厉害。没事的，总书记讲了，脱贫攻坚，一个地方都不能少，一个民族都不能少，一个人都不能少。高远村这样的状况再也不能继续下去了。

村主任与送羊肉的打通了电话，对方说他在山里走迷了路，把羊肉送到另外一个村子去了，要把羊肉送到高远村，恐怕得到下午三四点了。村主任把送羊肉的埋怨了一通，骂他是笨蛋，比羊还笨。送羊肉的一再道歉，说他闻到了羊肉的香味，早就饿得头晕眼花。要是村主任不让送就算了，他把羊肉吃掉，订羊肉的钱他自己付。村主任命令他，就是送到天黑，也一定要送到，要是送不到的话，他就把送羊肉的宰掉。

时间还长，老支书建议向家明去一个水窖那里看看。老支书说：那个水窖还是几年前你们检察院作为扶贫项目帮我们建的呢。

在老支书的带领下，他们三人沿着一条杂草掩映、乱石嶙峋的小路向上攀登，登了半个多小时，才来到了建在山坡上的水窖边。水窖是一座用钢筋水泥建造的正方体容器，水窖的窖口盖有一张半米见方的水泥盖板。老支书指着刻在盖板上的字让向家明看。向家明看清了上面的七个大字，一腔热血一下子沸腾起来，她满脸通红，眼里渐渐地涌满了泪水。刻的是什么字呢？"吃水不忘共产党"。字像是在水泥盖板刚刚打成时用干树枝刻上去的，字体并不是很好，字迹的凹坑里生出了丝绒状的绿苔，但一笔一画清晰可见。这就是革命老区的人民，党为他们做了一点应该做的事，他们就铭记下来。那一刻，向家明想到自己也是一名入党二十多年的共产党员，想到党章所规定的每一个共产党人的责任,并想到当年她面对党旗的庄严宣誓,暗暗下定决心,要排除私心杂念和有可能出现的一切干扰,在高远村留下来,再苦再难也要留下来,一定要帮助高远村的村民战胜贫困。

第二章

在检察院检察员的岗位上时,向家明曾作为一起案件的公诉人,在法庭上起诉了三个犯罪嫌疑人。三个无业青年结成一伙,在暗夜里持凶器拦路抢劫。他们抢得了钱,就到酒馆里喝酒,到歌厅里唱歌。把钱挥霍完了,再去行劫。朗朗乾坤,法治天下,国家绝不允许这些不法之徒侵害公民的利益,危害公民的生命和财产安全,必须拿起法律的武器把他们绳之以法。向家明身穿"检察蓝"制服,打着红领带,端坐在面前放有公诉人标牌的位置上,把公诉书宣读得义正词严,铿锵有力。她的声音与她的相貌有些不符,在她未开口时,仅看她的长相,人们或许会以为她声音比较小,比较绵软。及至她开口,人们不禁小小地吃了一惊,没想到她的声音竟如此之大,如此刚性十足,具有犀利的穿透力。待向家明把公诉书一页一页读下去,人们听了一会儿,再看向家明,很快就适应了她的声音,觉得她的声音与她的明丽长相十分匹配,似乎只有这样的长相,才能发出这样的声音,而只有这样的声音,才能对犯罪嫌疑人起到震慑作用。

向家明宣读公诉书时,三个年轻的犯罪嫌疑人,在公安警察的押解和看管下,一起到庭听诉。他们听出公诉人的声音是一个女声,想抬头看一眼,又不敢看,一个个低头耷脑,战战兢兢。公诉人所列举的他们的犯罪事实,还有女公诉人针针见血、刀刀见骨般的声音,仿佛已经从精神上把他们打垮了，使他们意识到罪恶深重，不可饶恕。其中一个比较瘦弱的犯罪嫌疑人，下巴抵着胸口，头垂得很低，低得不能再低，像秋天里的一只拉秧子葫芦。他这样子像是已经在认罪，已经在忏悔。

进入庭审阶段，只留下一个犯罪嫌疑人受审，其他两个被暂时押了下去。留下受审的犯罪嫌疑人，被公诉书定义为三人犯罪团伙的主犯。国徽高悬，明镜高悬，主审法官先拿他开审，大概是擒贼先擒王的意思。看样子主犯不过二十来岁，个头不高，剃着光头。光头圆圆的，即将冒出的发楂使他的头皮有些发青。他眉清目秀，既不歪瓜，又不裂枣，一点都不像个坏人。他梗着脖子，硬着头皮，皱着眉头，一副好汉做事好汉当的样子。果然，不管主审法官问他什么，他既不推诿，也不辩驳，不是答"是"，就是答"有"。他的潜台词仿佛在说：我早就不想活了，要杀要剐由你们。

看着受审的青年，向家明不由想起邻居家的一个男孩儿。那个男孩儿家教很好，文文静静，羞羞怯怯，每次见面都喊她阿姨，向她问好。去年夏天，男孩儿考上了中国人民大学，目前正在北京读书。都在一个国家，都在一个市里，都是父母生，父母养，都是男孩子，差别怎么就这么大呢！不难判断，眼前的青年走到今天这一步，原因是多方面的，其中一个主要原因，是他的父母教育失当，管教不严，有不可推卸的责任。这次庭审公开，公民或犯罪嫌疑人的家属，通过申请和安全检查，可以到法庭的旁听席上旁听。向家明往旁听席上看了看，见旁听席的椅子上坐满了人，没有虚席。她不知道这个受审青年的父母来了没有，要是来参加旁听，不知他们此时会作何感想。

法律重证据，古今中外的法律概莫能外。也就是说，重证据是法律的核心内容之一，有罪还是无罪，都必须有证据加以证明。男青年对他的犯罪事实供认不讳，还不能结束庭审，还要用铁一般的证据，把他的犯罪事实坐实。证据既要有物证，还要有人证。弹簧刀、螺丝刀、三节棍等一系列物证出示过了，接着，作为人证之一的一个受害人也出现在庭审现场。这个受害人是一个中年男人，身高在一米八以上，膀大腰圆，堪称雄壮。拿他与光头男青年作比，二人的体重明显不在一个量级，他是重量级，男青年只能算是轻量级。若是让二人单打独斗，男青年应该不是中年男人的对手。别说一个男青年，就算三个犯罪嫌疑人一哄而上，如三只野狗围攻一头狮子一样，能不能抢走狮子口中的食物恐怕也很难说。可是，公诉书所提供的犯罪事实里描述说，中年男人半夜里骑着一辆破旧的自行车回家，从墙角的暗影里冲出的三个劫匪一命他下来，他就哗啦从自行车上下来了。他若是骑在自行车上不下来，脚下猛蹬，往前猛冲，也许会冲过去，躲过一劫。然而，他从自行车上下来了，劫匪还没命他站住，他就站住了。当低他一头的矮个子劫匪用弹簧刀的刀尖抵到他的腰眼时，他差点举手，做出投降的姿势。把钱掏出来！劫匪命令他。他说好好好，没问题。他没有钱包儿，所有的钱都在上衣口袋里放着。他身上一共带有四百多块钱，有百元的票子、十元的票子，还有一元的票子，大概为了表现顺利配合，他乖乖地把所有的钱都交给了劫匪。

这个证人到庭作证前，有发言权的公诉人向家明特别对证人提示了几句，要求证人不要紧张，法官问他什么，他就实话实说。千万不要隐瞒什么，更不要撒谎。隐瞒和撒谎都是作伪证，是要负法律责任的。向家明之所以这样提示，是以她特殊的敏锐性察觉到，这个中年男人气质猥琐，眼皮乱眨，似乎在躲避着什么。

向家明的感觉很快得到证实。

法官问证人：你是否见过这个犯罪嫌疑人？

证人摇头否认：没见过，不认识。

法官又问：是不是这个犯罪嫌疑人拿一把弹簧刀逼着你，让你把身上的钱都掏出来？

证人继续否认：没有没有，他没有抢过我的钱。

只两句话，就出现了矛盾，露出了马脚。向家明立即把证人的"马脚"指了出来，她锐声指出：你既然说没见过、不认识这个犯罪嫌疑人，怎么就敢一口咬定不是他抢了你的钱呢？这说明你是在撒谎，是在作伪证，是在包庇犯罪嫌疑人。向家明是个有脾气的人，她的脾气上来了，热血上涌，满脸通红，手指稍稍有些抖动。她说：你挨了抢，受了害，国家的法律为你伸张正义。你不说站在正义一边，维护法律的尊严，老老实实地配合法官的问讯，还口出谎言，为犯罪嫌疑人开脱，你良心何在，公民的责任何在？！

证人顶不住了，很快暴露出心虚的一面。他额头的汗珠冒了出来，从小米大冒成绿豆大，又从绿豆大冒成黄豆大。满头的"黄豆"摇摇晃晃，终于站立不住，从眉头和鬓角滑落下来。汗水流进眼里，把眼淹得有些睁不开。他使劲挤了挤眼，又用手背把眼擦了一下，还是睁不开。他的嘴动了动，似乎想说什么，但没有说出来。

地管不住下雨，人管不住流汗。向家明从高个子证人头上冒出的冷汗里，进一步判断出这个证人确实没说实话。向家明的脾气还没发完。她的性格有一些男性化，而一个女性的性格一旦有男性化，发起脾气来就比男性更厉害。她指着中年男人说：就是因为你们这些人是非不分，善恶不辨，缺乏起码的法治素质，才导致坏人得不到惩治，好人得不到保护，拖了全市法治建设的后腿。她向法官建议休庭，并建议让公安机关侦查证人作伪证的问题，在对抢劫犯罪团伙的三个犯罪嫌疑人提起公诉之后，她还要对作伪证的嫌疑人提起公诉，让作伪证者同样受到法律制裁。

三个男青年被公安机关抓走后，他们的父母都着急了，心疼了。在计划生育年代，三个男青年都是家里的独子，是家里的宝贝，儿子连着父母的心，父母心疼是必然的。儿子游手好闲，不务正业，父母们是知道的。但儿子沦落到拦路抢劫这一步，是他们没有想到的。他们都不愿眼睁睁地看着自家的儿子被判刑，去坐牢。孩子一被判刑，一辈子就完了。孩子坐了牢，他们精神上跟坐牢也差不多，很难在人前抬起头来。于是，他们串通在一起，紧急商量对策。

他们的家庭都是普通的工人家庭，父母都是普通的父母，能有什么像样的对策呢？商量之后达成共识，只能花钱消灾。他们挣的是血汗钱，攒点儿钱很不容易。平日里，儿子要钱，他们总是把钱攥得死死的，骂儿子是败家子。事情到了这个地步，他们只能忍痛掏钱。掏了律师费，请律师帮他们斡旋。律师嫌钱少，不干，说自己要担风险。他们给了加倍的钱，律师才答应带他们逐个登门慰问受害人。慰问受害人，不是空口说白话，按照律师的安排，他们给每个受害人都送了一笔钱。这笔钱，要比被害人被抢走的钱多得多。送钱的目的是明显的，就是拿钱堵受害人的嘴，让受害人出庭作证时不要说实话。那个中年男人就是因为收了他们三千块钱，出庭作证时才卷了舌头，说了瞎话。公安机关侦查到这些事实后，提交给检察院。向家明当仁不让地担负提起公诉的责任。经过法庭审理，不但三个抢劫犯得到了罪有应得的刑事判决，作伪证的人也付出了沉重代价。

起诉和制裁作伪证者，这个案例是该市司法史上的一个先例，先例一开，几乎在全市产生了一种轰动效应，市民们口口相传，说以后可不敢在法庭上作伪证，作伪证也要吃官司的。再经过市里的电视台和报纸一宣传，这个案例几乎成了可推广、可复制的模范案例。

开创先例的是谁呢？是市检察院的女检查员向家明。如果说创造模范案例的是一个事迹的话，事迹里的主要模范人物是谁呢？当然也是向家明。要是在部队，向家明这样的表现有可能会被记功。向家明虽然没有被记功，职务却得到了提升，从副科级提到正科级，当上了警示教育科的科长。

就在向家明的事业如日中天之时，检察院推荐她到一个贫困村辛平村当驻村第一书记。辛平村原来有驻村第一书记，是位年轻有为的男同志，也是检察院经过选拔派去的。当第一书记的轮岗时间是两年，他才干了一年多，因突然出现了一点状况，不能在辛平村继续干下去，只得提前回到了原单位。脱贫攻坚是大事，村里第一书记的职位不可空缺，检察院经过挑选，决定派向家明接替那个男同志。

对于检察院领导的这个决定，单位内部的同事们颇有些不同看法。有人认为，向家明没在农村生活过，不了解农民，更没有在农村工作的经验，让她到一个贫困村去当第一把手，能行吗？是不是有点强人所难呢？还有人认为，和男性相比，女性一般被认为是弱者，是照顾对象。让一个弱者到远离城市的乡村去独当一面，恐怕不大合适。表示支持向家明去当第一书记的同事们,有的是怀有私心。谁都知道农村生活艰苦,不如在城里生活舒服。他们都是家里的顶梁柱,上有老,下有小,老小都需要他们照顾。他们要是去了农村,家里就无法照顾了。院里符合当第一书记条件的人选并不是很多,要是不派向家明去,就可能派到他们其中一个人头上。派向家明去了呢,他们就不用去了。至于了解农民嘛,以前不了解没关系,到农村生活一段不就了解了嘛。农村工作经验也是一样的道理,经历过了,验证过了,经验就有了。更让他们说起来不禁莞尔的是关于向家明的性别,且莫说女性是弱者,在有些时候,弱者可以变成强者,女性自有女性的优势所在。那个出状况的第一书记,状况就出在他是男性上。

听说向家明要去辛平村当驻村第一书记,在家人当中,第一个提出质疑的是他的三妹向家慧。他们家是姐妹五人,没有哥哥也没有弟弟。在姐妹五人中,向家明排行老二,被下面的三个妹妹叫成二姐。不料,大姐患了癌症,不到四十岁就去世了。大姐一死,二姐向家明虽然还是二姐,却被推到了大姐的位置,妹妹们有什么事,都愿意跟她说一说,听一听她的主意。向家明呢,也自觉地把自己摆到大姐的位置上,对每一个妹妹都很关心、爱护。她们家不是没有哥哥嘛,向家明就拉开了当哥哥的架势,担起了当长兄的责任,她对妹妹们说:谁要敢欺负你们,你们就对我说,我来给你们出气。她对几个妹夫也是客气中有不客气,哪个妹夫稍有不乖,她就把人家训得歪歪甲斜,鼻青脸肿。向家明虽然有些家长的做派,但她不搞"一言堂",妹妹们有什么不同意见都可以提出来,甚至可以跟她争论,和她吵架。三妹向家慧在市属县下面的一个镇已当过三年镇长,又当了三年镇党委书记。经验在心,功夫在身,她早已威风八面,叱咤风云,成为乡村基层干部中的一位女强人。她对二姐答应去辛平村当驻村第一书记颇有些不屑,揶揄地问二姐:你去辛平村是准备走读,还是去镀金?何为走读?何为镀金?二姐反问。走读嘛,就是市里乡村来回跑,利用自己的资源优势,为村里拉几个扶贫项目算拉倒。镀金嘛,就是在乡下锻炼一段时间,等候回到原单位提拔。三妹回答。我不是走读,我要在村里住下来。驻村驻村，当第一书记的前提是驻村，不在村里住下来，那就不是名副其实。至于镀金，我根本就没想过，你二姐今年都四十七岁了，已经在向年过半百上奔，年龄在这儿摆着，提拔谁，也轮不到我呀。那你为什么要答应去当驻村第一书记呢，你一天农民都没当过，一天村干部都没干过，你以为第一书记的帽子是那么好戴的？戴不好会把人压垮的。三妹这话二姐不爱听，她说：你以前也没当过农民，也没当过村干部，现在怎么就能当镇上的党委书记呢？你能当镇上的书记，难道我连一个村里的书记都不能当吗？你太小瞧你二姐了吧！三妹见二姐有些激动，忙说：好好好，算我什么都没说，祝愿二姐能旗开得胜，马到成功！

向家明第一次到辛平村当驻村第一书记，如果说家里人还可以接受的话，她第二次到高远村当驻村第一书记，全家人就不太理解了。不是因为她去辛平村工作取得了成功，赢得了荣誉，家人就可以继续支持她到另外一个村去当第一书记，恰恰是因为她取得了胜绩，家里人才不希望她再去高远村。有句人所共知的说法，叫"见好就收"。这种说法背后隐藏的是物极必反的道理，提醒人们，如果见好不收，下一步不一定能收到好的效果。

春节期间，在向家明家举行的家宴上，全家人除了共同举杯，祝愿年过八旬的父亲母亲健康长寿，妹妹和妹夫们还纷纷向二姐敬酒，祝贺二姐被评为全市脱贫攻坚的先进个人和优秀共产党员。庆功都在功成后，这样的庆贺，有些给二姐的下农村画句号的意思，也有宣告的意思，宣告二姐的家庭生活从此进入了稳定期，再也不用两头牵挂、两地奔波了。春节过去，春天到来，当向家明告诉家人，她又要到高远村去当驻村第一书记时，全家人都有些吃惊。妹妹们认为，二姐这样做可不是见好就收，而是自讨苦吃。二姐有条件放着平稳舒适的城市生活不过，非要去过那种不确定的、劳累的、艰苦的生活，真是有些不可思议。更让丈夫和三个妹妹担心和于心不忍的是，他们都听说过，高远村是全省有名的深度贫困村之一，贫得不能再贫，困得不能再困。别的不说，你就听听这个村的名字吧：高远高远，高是山高、天高；远是路远，离家远，离城里远。光听名字就得把人吓一跟头，让人听而却步，谁敢去那里找不自在呢！

丈夫郝思清，劝向家明要冷静头脑，慎重考虑。向家明说：听你的意思，是不想让我去？丈夫说：我没别的意思，主要是担心你的身体吃不消。你的岁数不算小了，身体素质又不是很好，去那里当第一书记，成天吃不好，睡不好，可不是闹着玩儿的。向家明把两个小拳头攥了攥，说：我觉得我的身体还可以。别看郝思清的岁数比向家明大，职位比向家明高，在家里向家明却是一把手，好多事情她都是说一不二。郝思清已经习惯了处处让着向家明，难得一辈子做夫妻，讲恩爱就行了，哪有多少真理可言。郝思清：你既然铁了心要去，肯定有强大的理由。我尊重你的选择，会全力支持你。向家明说：一忙起来，我可能连双休日都不能回来，你要抽时间去看看我。郝思清说：那是一定的，红军不怕远征难，万水千山只等闲，我自己开车去。向家明又对郝思清布置任务说：这两天你帮我买点儿杀伤效果好的老鼠药，高远村村委会的办公室里有老鼠，我去了要先把老鼠治一治。郝思清说：那没问题。郝思清跟向家明开了一个玩笑：你晚上一个人睡觉，一定要把门窗关好，防止有人骚扰你。向家明说：你老婆都要成一个老太婆了，谁还会拿我当一盘嫩菜呢！郝思清说：那可不是，在我眼里我老婆还是一个西施呢，姓向的西施。

三妹向家慧，帮二姐分析了去辛平村驻村之所以能够取得成功的原因。主要有三个，一是辛平村靠近镇政府所在地的镇子，从村里走出来，走个两三里路，就到了镇上的农贸市场。村民在村里一声喊，镇政府的官员差不多就听得见。辛平村是近商楼台，也是近官楼台，脱贫当然要容易些。二是辛平村有旱田，也有水田，有梯田，也有平地，自然赋予的条件不是很恶劣。三是前任驻村第一书记已经在村里干了一年多，从市里争取到的扶贫项目开始落地，打下了不错的基础。二姐等于接过人家交下来的接力棒，才顺利跑完了全程。那个男书记因出状况功亏一篑，功劳才全部记到二姐头上。而二姐去高远村就不一样了，在辛平村所有的优势，到高远村都成了劣势。一是远离镇政府所在地，几乎成了当权者所遗忘的地方。二是自然条件恶劣，跟一座孤岛差不多。三是以前的驻村书记没什么大的作为，跟走过场差不多。二姐去了，一切都要重打鼓，另开张，那将是非常困难，非常非常困难。向家明听出来了，三妹说了半天，意思还是不想让她去。一娘同胞的亲姐妹，三妹为她着想的苦心她能理解，但她说：我听你强调的都是客观原因，没说到主观因素。在有些时候，人的主观因素和精神力量也是不可忽视的。她告诉三妹，自己已经跟区委书记表态了，同意去高远村任职。区里已经报给市委组织部，组织部很快就会下发她到高远村任驻村第一书记的文件。向家明半哄半捧地说：我知道我们家慧有丰富的农村工作经验，以后遇到了什么解不开的问题，我还要向你请教呢。事情到了这个份儿上，三妹只有苦笑。

向家明的四妹向家君，是市公安局报警指挥中心的副政委，天天在指挥中心值班，日日如箭在弦上。好不容易参加一次家庭聚会，仍然是一身警服不解甲，警用对讲机不离身，时刻保持着警惕。往往是对讲机一响，一有风吹草动，她就以冲锋的速度马上奔赴指挥岗位。如此紧张的工作状态，使她很少有时间和精力过问家里的事。她在家宴上表过态，谁有什么事情欢迎找她。但她很快补充说，最好不要找她，因为一有事就不见得是什么好事。

五妹向家莹自己办了一家文化旅游公司，剩下的姐妹四人中，只有她一个人在体制外。别看小五妹不拿国家工资，却数她最财大气粗。她办了游乐园，开了酒店，人称美女老板。她把在市里三居室的房子留给父母住，自己另外买了别墅。她几乎每天都到服装店走一道，经常往家里买新衣服。她买的衣服，不少拿回家就放下，连一次都没穿过。但她还是要买，买衣服似乎成了习惯。偶尔回家没带盛新衣服的手提袋，连她的女儿都不习惯了，女儿问：妈妈今天回来怎么没带包包儿呢？

向家莹也不赞成二姐再去农村任职。二姐从辛平村回城后，她为二姐高兴，自己也顿感轻松。听二姐说又要到更远更贫困的高远村去，她又压力陡增。二姐在家的时候，照顾父母的责任主要由二姐承担，父母有什么事都是跟二姐说。二姐一不在家呢，三姐、四姐都指望不上，她的工作是自己管自己，自由度比较高，照顾年迈父母的责任就得由她承担下来。因此，她甚至对二姐有些意见，有些噘嘴，觉得二姐的表现有点儿过于大公无私。

她们的父亲白白胖胖，满面红光，精神矍铄的样子。父亲爱看报纸，爱看电视里的《新闻联播》《今日环球》和《海峡两岸》等。五姑娘给父亲在家里安装了卡拉OK机，父亲高兴了，就拿起麦克风唱上一曲两曲。一曲《昨夜星辰》或《篱笆墙的影子》唱得声音洪亮，底气十足。说是年过八旬，别人猜他的岁数，至少要给他减去十岁。父亲先是在人民公社的粮站当会计，人民公社取消后，接着在镇上的粮站当会计，一直干到退休。父亲的遗憾，是一辈子没能生一个儿子。有了第一个女儿后，他估计第二个该生儿子了。第二个又是女儿，他就有些失望。从对二女儿的失望开始，他一路失望下去，一直失望到第五个女儿的出生。他在粮站得了好多张奖状，得了也就得了，从来不拿回家炫耀。他得了奖品暖水瓶，也不往家里拿，宁可放在办公室里让大家公用。他对女儿们不冷不热，似乎对每一个女儿都保持着父女间的距离。在具体的事情上，他对女儿们的要求却十分严格，能听到他对某个女儿的批评，极少听到对某个女儿的表扬。就在那次春节期间的家宴上，当妹妹和妹夫们都在为二姐所取得的荣誉祝贺时，父亲却泼冷水似的对向家明说：你不要骄傲，不要把功劳都记在自己头上。都是党把你教育得好，自己没什么可骄傲的。向家明赶紧说：对对，爸爸说得对。我一定要谦虚谨慎，继续努力。

最明确表示支持向家明去高远村的，是她的母亲。母亲是新中国成立初期入党的老党员，她的党龄比向家明的年龄都要长。母亲入党后，乡里想让她去乡政府当妇联主任，她知道自己不识字，怕误事，就没去，一直跟着丈夫当家属、带孩子。大概因为二女儿一出生就受到丈夫冷遇，她对二女儿格外疼爱，比如二女儿在喝鸡汤时不愿放盐，爱喝原汁原味的淡汤，那么，在鸡汤熬好后，母亲就先给二女儿盛出一碗，然后才往鸡汤里放盐。再比如，二女儿爱吃炼猪油炼出的油嗞啦,每次把油嗞啦炼得又香又焦,她都会单独给二女儿留一份。星有万颗,只有一颗最明。花有千朵,只有一朵最爱。哪个当父母的不想承认都不行,在多个孩子当中,总是心疼其中的一个孩子多一些。由于疼爱,母亲对二女儿还格外信任,不管她做什么,她都相信二女儿肯定有二女儿的道理。

在向家明上小学的时候,一个男孩子在放学路上拦在她前面,不让她过,向家明就把那个男孩子打了一顿。母亲听说后不但没有批评向家明,还给她撑腰,夸她打得好,做得对。

对于向家明要去高远村当第一书记,母亲对女儿们和女婿们说:我和你们的爸爸都吃得好,睡得好,身体没什么大毛病,自己完全可以照顾自己,你们不用为我们多操心。你们的爸爸比我的身体还好,说不定他比我活的岁数还大呢。你们各自干好各自的工作,管好各自的家庭,就算对我们最大的孝敬。你们二姐要去贫苦的村子帮人家脱贫,这是积功又积德的好事,我支持她,你们都要支持她。电视里天天说为人民服务,为人民服务,不能光挂在嘴上,还要挂在心上,不能光当话说,还要当事做。啥是为人民服务,不就是在老百姓需要你的时候,你去为老百姓做事情嘛。我是老了,不中用了。要是老天爷给我减掉十岁,我就陪家明一块儿去,家明在外面忙工作,我起码可以在屋里给她做点热乎饭吃。你们都知道,你们姥姥家也在农村,我从小是在农村长大的,农村的事儿我都懂。家明给我讲了高远村一户贫苦人家的情况,边讲边掉泪,我听了也掉了泪。

啥情况呢,一家有一个小女孩儿,今年才六岁。小女孩儿的妈妈嫌家里穷,生下她就跑掉了。小女孩儿的爸爸偷了人家的东西,被判了刑。小女孩儿家里有卧病在床的奶奶,还有九十多岁的太奶奶,全靠小女孩儿给她们做饭吃。你们也都是有孩子的人,你们想想,那个小女孩儿有多可怜!母亲这样说着,眼圈儿又红了。她自己眼圈儿红了,自己看不到,却看着向家明说:你们看,家明的眼圈儿又红了。不说了,不说了。母亲长叹了一口气,说:天底下啥时候都有受苦人,日子好过的人,不能忘了受苦人哪!

第三章

向家明一到高远村上任，就想尽快上马脱贫项目。根据人们共知的脱贫工作经验，要脱贫就得上项目，上了项目，才会有收入，有了收入，才能给村民分钱，提高村民的年人均收入水平。项目主要分两种，一种是家庭经济项目，另一种是集体经济项目。家庭经济项目不外乎种植和养殖，集体经济项目当然是村办企业。向家明上家所任职的辛平村之所以顺利实现了脱贫，就得益于这两种项目。打个比方，好比要吃鸡蛋就得养鸡，要吃猪肉就得喂猪，上项目是实现脱贫的必由之路。

要想富，得种树。向家明急于上的第一个项目，是让高远村的一些村民种核桃树。她在辛平村时，村里办的企业有一个砂石建筑材料厂，还有一个酿酒厂，家庭经济项目就多了，养殖方面可以养猪牛羊、鸡鸭兔，还可以养鱼；种植方面可以种庄稼、果树、蔬菜等。辛平村的部分村民就曾栽过核桃树，但栽上六年了，一直没有结果儿。村民们认为，当地的土质不适合种核桃，种也是白种。为此，向家明曾专门请核桃专家去辛平村看过，并对土质进行了化验分析，证明土质没问题，不但可以种核桃，还可以种富士苹果。种下的核桃树之所以不结果儿，是村里通过中间商购买的种苗有问题，种苗都是不育株。不育株好比牲畜中的骡子，公骡子肚子里没有精子，母骡子肚子里没有卵子，它们怎么可能会生下小骡子呢！专家向向家明承诺，如果由他们公司提供种苗，栽上的果树两年就可以挂果。向家明在辛平村工作时没来得及试验，到了高远村，她急于尝试一下。如果成功，种核得核，种桃得桃，村民两年后可以见钱，就能为脱贫增加一部分收入。

可是，当向家明对老支书夏方东和村主任尚应金提出动员村民种核桃时，二人都说不急不急，这事儿不急。她提了三次，村里的两位主要领导都说不急不急。他们脸上微笑着，态度却是坚决的，不仅是对种核桃态度不积极的问题，简直就是拒绝。向家明心里明白，上级派她到村里当第一书记，除了把准政治方向，她所起的作用就是上下沟通，全面协调。不管她要开展什么工作，都必须紧紧依靠村里的党支部和村民委员会，如果得不到这方面的支持，她将一事无成。拿种核桃的项目来说，如果连老支书和村主任都不同意，她根本不可能推动，别说种下大片的核桃林了，恐怕连一棵都种不成。

村干部不急，向家明急，村干部越说不急，她越是着急。来高远村上任之前，区委的江书记郑重地跟她谈了一次话。江书记上来就对她表示了感谢，感谢她以一个共产党人的高度责任感和主动承担精神，到一个深度贫困村去工作。江书记的感谢让向家明感动，感动得有些心潮起伏，眼睛发潮，她说：我应该感谢区党委对我的信任，我还没说感谢您呢，您先说感谢我，这让我怎能当得起！

江书记说：我说的不是客气话，也不是官话，是真心实意感谢您。您知道的，高远村是咱们区唯一的一个深度贫困村，也是最后一个贫困村。帮助高远村脱贫，是各级党组织的责任，既是村里的责任，镇里的责任，区里的责任，也是市委和省委的责任。如果不尽快把高远村这个贫困点拿下来，我们对哪一级党组织都无法交代。咱们这么说吧，高远村就是咱们全市全区的最后一块硬骨头，无论如何，咱们也要把这块硬骨头啃下来。高远村就像是贫困村里最后一个寨子，我们举全区之力，也要以攻坚克难的精神，把这个寨子拔下来。现在是2016年春天，我们争取用两年多时间，到2018年，完成党交给我们帮助高远村脱贫的任务。我既是代表区党委、区政府向您表示感谢，也是以我江世成自己的名义，向您表示感谢。我还没有来得及告诉您，高远村也是我的帮扶点，我也是这项工作的责任人之一，我们等于在一辆战车上。让我们同心协力，共同迎接新的挑战。我们再难，也难不过红军当年的湘江之战吧，难不过四渡赤水吧。以后您遇到什么困难，或者有什么要求，可以找区属的职能部门领导，也可以直接找我。只要政策允许，只要不超出我的职权范围，我都会大力支持您。

向家明说：好的，江书记，您这样讲，等于给了我尚方宝剑，身佩尚方宝剑，谁敢调皮捣蛋我就斩谁。说罢笑了起来，露出了细白的牙齿和调皮的一面。

向家明禁不住把江书记对她的要求转达给夏支书和尚主任，说江书记给她的时间是两年，要求她在两年之内帮助高远村把贫困帽子摘掉。两年七百多天，听起来好像很长，但过一天少一天，一转眼就没了。今年是头一年，前面的一百多天已经没有了，咱们还什么事情都没干。当前春暖花开，万木复苏，正是春耕时节，一天都耽误不得。拿种核桃来说，现在正是种核桃的季节，如果错过了，今年就种不成了。她让夏支书和尚主任说一说，村民到底为什么不愿意种核桃。

夏支书说：事情很简单，都在地里明摆着。以前来驻村的第一书记，从上面争取到了扶贫项目，动员一些村民种核桃。核桃是种上了，种的面积还不小，可是六年过去了，树上一个核桃都没结。地里种了核桃，上面的树叶遮住了阳光，下面的树根拔走了地劲，连庄稼也种不成了。农民靠地吃饭，最讲实际，有一分耕，希望能一分收。他们花了钱，费了力，想的是脱贫。结果不但没有脱贫，反而比以前更贫了。这事儿搁在谁头上，谁都会恼火。

明白了，向家明说：可以理解，谁家愿意养下不下蛋的母鸡呢！她问夏支书：你们家种核桃了吗？

当然种了，书记让我带头种，我不种能行吗！我种了一亩多，至今还在地里长着呢！我老婆成天价埋怨我，说一亩地要是种苞谷的话，六年打下的苞谷都够我换一头牛了。

向家明又问尚主任：你家呢？也种了吗？

尚主任不好意思地笑了一下，说：我家地少，种得少一些，只种了十几棵。三年不见结果儿，我就把核桃树都砍掉了，种上了苞谷和土豆。

话说到这里，两位村干部以为，向书记不会再坚持种核桃的项目了，不料她说：我在辛平村也遇到过和高远村相同的情况，看来那一批种苗都是同一个不法商人提供的。向家明把请教专家的经过，以及专家对她的承诺，对两位村干部说了一遍。还说她曾去外县到那位种植专家的种植基地实地考察过，核桃结得果实累累，压弯了枝头，很是喜人。人不能一朝被蛇咬，十年怕井绳，我看核桃该种还是要种。这一次我敢保证，核桃种下后，最快两年，顶多三年就可以挂果儿，可以有收益。

夏方东和尚应金互相看了一眼，都不再吭声。上面派来的这位女书记长得这么漂亮，他们以为是个随和的、好说话的人。一打交道才知道，女书记上来就咬住种核桃不放松，原来是"一根筋"，是不达目标不罢休的人。话不投合，他们说什么呢，一时都无话可说。

他们是在村委会的办公室里说话，时至中午，外面下着小雨，不远处谁家的公鸡啼叫了一声。叫声的音节很长，听起来一波三折。向家明说，公鸡的叫声挺好听的，跟男高音的声音差不多。

两位村干部还是不说话。他们听出女书记是无话找话，二人对公鸡的叫声没有任何评价。

空气潮湿，向家明心有不悦。她提出的第一个脱贫项目就遇到阻力，好像第一脚就没有踢开。她喝了一口温开水，说：要不这样吧，咱们晚上开一个支委会，大家一块儿讨论一下，看看高远村的脱贫攻坚到底从哪儿起步。

高远村的党支部委员，包括夏方东和尚应金，一共是七个人。七个人分住在不同的村民小组，有的住在沟底，有的住在山腰，有的住在山顶。离村委会办公室比较近的有三五里，比较远的有十几二十里。七个支委中，只有夏支书和尚主任骑着摩托车，别的支委都是翻山越岭步行来参会的。新来的驻村第一书记向家明第一次召集会议，他们必须出席，不出席是违反纪律。他们都听说了，新来的书记是个女同志，他们要一睹女书记的风采。雨下个不停，他们有的穿雨衣，有的打伞，有的头戴竹编斗笠，每个人的雨具上都水淋淋的。办公室前面有伸出的廊厦，他们把各式雨具放在门口两侧的廊厦下，每件雨具下面的地上都洇出一片湿。等支委们全部到齐，差不多到了晚上九点，天早已黑了下来。这里虽然通了电，但因为只有低压电，没有高压电，电流弱，功率小，电灯泡儿黄黄的，明亮度很低。用村主任尚应金的话说，每一盏灯泡儿都像一朵倭瓜花儿一样。在"倭瓜花"下面，每个人的脸都有些黄黄的，像已经成熟的倭瓜。每进来一个支委，向家明都起身迎上前去，热情地和他握手。支委们见女书记的手有些小，像是一个女孩子的手，手畏缩着，似不敢与她相握。见女书记的手一直伸着，不得不把自己粗糙的大手交出去，被动地与女书记握一下。支委中还有一位女的叫刘丽，看样子有三十来岁，刘丽也不大敢和向书记握手，她说：我手湿呀。向家明说：手湿怕什么！刘丽把手在衣服上擦了一下，才和向书记握手。向家明握着刘丽的手说：你的颜值很高啊！

刘丽说：我迟到了，不好意思。

向家明说：我没说你迟到，是说你颜值很高。

刘丽以前没听说过"颜值"这个词儿，不知道颜值是啥意思。她好像有些傻眼，看别的支委，也都是大眼瞪小眼，不能帮她解释。

向家明只得解释说：我说你颜值高，是说你长得漂亮，容颜价值高。

刘丽笑了，笑爆了，笑得直哎呀：哎呀向书记，你不是笑话我吧，我漂亮什么，一点儿都不漂亮。你才是真正的漂亮，还有那个什么来着，对了，颜值高，你才是真正的颜值高。我进屋一看见你，吓我一跳，还以为是从哪里来的电影明星呢！

全屋子的人都笑了，二人的对话如会前先演了一个语言类的小品，气氛得到了活跃，也使向家明与村干部们的距离近乎了不少。

人都到齐了，可以开始开会。向家明拿出从市里带来的一本

《习近平治国理政讲话读本》,翻开找到习近平关于脱贫攻坚的讲话,先把讲话读了一遍。"脱贫攻坚的冲锋号已经吹响,我们要立下愚公移山志,咬定目标,苦干实干,坚决打赢脱贫攻坚战。……必须以更大的决心,更明确的思路,更精准的举措,加大力度,加快速度,加紧进度,众志成城,实现脱贫攻坚目标,绝不落下一个贫困地区、一个贫困群众……"向家明用普通话读得字正腔圆,抑扬顿挫,像电视台的播音员在播音一样。高远村的村干部以前从没有近距离地看过电视台的播音员,向家明的朗读,一时间使他们产生了幻觉,好像播音员真的来到了他们身边。读完之后,向家明以她自己的理解,把"三个更"和"三个加"重复了一遍,希望大家都能记住。她特别强调了"冲锋号已经吹响"这句话,说:大家都看过战争电影,冲锋号一吹,战士们拼死也要往前冲。脱贫攻坚跟打仗一样,听到冲锋号声,我们也要往前冲。不知道在座的各位听到冲锋号的声音没有,我相信大家都听到了。冲锋号在不停地吹,我们必须有催征感、紧迫感,立即行动起来,投入脱贫攻坚的战斗。我和夏支书、尚主任商量,今天召开这个支委会,一是统一大家的思想,让我们尽快树立起时不我待、争分夺秒的冲锋意识;二是请大家出主意,想办法,看看高远村脱贫攻坚的突破口在哪里,上哪些脱贫项目,才能收到立竿见影的效果。好了,大家说吧,畅所欲言,谁先想好了谁先说。

外面的雨点稀疏了一些,夜晚的凉气一阵阵涌进屋里。没人说话,好像谁都没有想好。

冷场不好,主持会议的人都怕冷场,好像冷场的责任都要由组织者承担。办公室也是会议室,办公室一角的那只圆桌形的煤火炉子里的煤火还燃烧着,参加会议的人一人一把椅子,围着煤火炉子而坐。向家明把每个人看了一遍,见仍无人开口,只好点了夏支书的将:咱们请夏支书先打头一炮吧。

参加会议的男人无一人抽烟,这种情况在农村很少见。不知他们原本就不抽烟,还是怕抽烟熏到了女书记,暂时收敛。

夏支书也不抽烟,他说:好吧,既然向书记点到我,我就先说几句。向家明书记是上级党组织为我们高远村派来的驻村第一书记，市委组织部给我们下达了正式文件，让我们对向书记的到来表示热烈欢迎。说罢带头鼓掌，其他支委都鼓掌。

夏支书看见有人笑，说：你们不要笑，我说这话可不是走形式，这话我必须说到，必须代表高远村党支部表这个态度，不然的话，就是我们不懂党的组织原则和组织纪律。下级服从上级，今后我们党支部的所有成员，都要好好配合向书记的工作，服从领导听指挥，向书记指到哪里，我们就打到哪里。还有一点，我也不得不说一下。我们这里这样贫穷落后，各方面的条件这样差，和市里相比，简直就是一个天上，一个地下。向书记作为一个女同志，能到我们这里工作，是很不容易的，是要做出很大牺牲的。别的且不说，向书记刚来这两天，又要自己做饭吃，又要睡硬床板，还要自己用药药老鼠，自己用硫酸刷洗厕所里的便池，真是太委屈向书记了！

夏支书，夏支书，你不要这样说嘛，你太客气了，千万不要把我当外人噻！向家明一着急，说出了当地的土话。你们祖祖辈辈都生活在这里，连红军都在这里的树林里宿过营，我来这里是应该的嘛！

夏支书说完了，没有谈及上什么样的脱贫项目。向家明让夏支书接着说，夏支书不同意种核桃树，或许会有别的建议。可夏支书不说了，说让别的支委说。

又停了一会儿，总算有一个支委发言，他的建议是，村里可以办一个小煤矿。原来有一个小煤矿，是外地的一个煤老板投资开办的。规模虽说不太大，但黑煤出去，红钱进来，煤老板还是赚了不少钱。不该的是，矿工在地底挖煤，哪里有煤往哪里挖，竟挖到村里的小学校下面去了。结果，挖得地基下沉，学校教室的墙裂了缝子，整个学校的房子都成了危房。学生的生命安全是大事，谁都不敢让学生娃子在危房里上课，村里就临时借了几间民房，让学生先去那里上课。煤老板一看事情不好，怕村里让他赔钱，就赶紧把小煤矿关闭，把挖煤的矿工解散，卷款走人了。据发言的人所知，高远村地下埋藏的煤很多，山的表面是绿的，山的下面是黑的，每个山包里都包着一大包煤。

有一户村民，他家的梯田下面就包着一包煤，他在田埂下面掏了一个平洞子钻进去，不远就掏到了煤。他没有办小煤矿，挖出的煤主要是为了自家烧着方便，好像把那一包煤当成了自家后院的柴火垛。别的村民知道了，去他家买煤，他都不卖，让买煤的人自己钻进洞子里掏煤。他允许掏煤的人掏双数，一次掏出两背篓煤，或四背篓煤，他和掏煤的人对半分，人家弄走一半，给他留下一半就完了。留下的一半，除了他自家烧，还卖一部分，挣点钱补贴家用。说到这里，他指了一下面前的煤火炉，说这里烧的煤，就是从那户村民那里买来的。煤很便宜，要比市场上卖的煤便宜一半多。发言人对向书记说，希望向书记能从上级争取到一笔资金，在那个小打小闹的煤洞子的基础上，办成一个集体所有的村办煤矿。如果煤矿能办成，每年至少可以给村里增加几百万元的收入。

　　向家明从市里带来的笔记本是红塑料皮的，如一本书那样大。她打开笔记本，一边儿听支委说，一边在笔记本上记几笔。她在脑子里很快形成了自己的意见，她的意见是否定的，开办小煤矿的建议根本不可行。原因主要有两条：一是全市正在加大生态保护力度，原有的煤矿一律关停，不得再建新的煤矿。二是赤水河两岸建有全国闻名的酒厂，酿酒用的是赤水河的水，为了保证一河原生态的好水不受污染，在整个赤水河流域，一律不许建工厂，包括不许开煤矿。向家明没把自己的意见说出来。刚把支委们发言的积极性调动起来，刚有人开始提建议，她若把人家的建议给否了，会挫伤大家的积极性，会议气氛有可能会再次冷淡下来。她的意见迟早会说，因为这也不是她个人的意见，是地方政府的政策，她有责任把政策传达下来，并坚决贯彻执行。她说：谢谢你为发展村里的集体经济着想，你的建议我记下了。大家接着说。

　　前面有人提到了学校，留下一个没说完的话茬儿。刘丽接着这个话茬儿，把学校的事说了说。她说：高远村要脱贫，是要解决吃饭的问题、穿衣的问题、住房的问题、走路的问题等一系列物质生活上的问题。但我个人认为，高远村还要解决教育贫困问题，还要争取实现教育上的脱贫。比起生活上的脱贫，教育上的脱贫更是面向未来的长久之计。如果只把生活上的温饱问题解决了，教育上的落后状态不能改变，脱贫就缺一大块，高远村就不算实现全面的、真正意义上的脱贫。就算一时脱贫了，从长期看，恐怕还得回到贫困落后的老路上。看看咱们的学校是个什么样子，借来的三间木头民房，四面透风，八面透气。老鼠在屋里乱跑，臭虫在桌子缝里横行。一百多个学生挤在三间教室里，教室里坐不下那么多人，有的学生只好贴墙根站着听课，听着就叫人心疼。学校里只有两位上岁数的老教师，都是本村人，都是从民办教师的岗位上转过来的。他们的汉语拼音很差，连普通话都说不标准。把高读成狗，把远读成怨，高远村就成了"狗怨村"。

狗怨村，连狗都怨，好玩儿。有人笑了，屁股下的椅子有移动声，煤火炉里的煤火也叭地响了一下。显然，刘丽的发言在会议室里产生了共鸣。

向家明及时表扬了刘丽，说她讲得很好，很有远见，也很生动，鼓励她接着说。

以前的学校，是市里的希望工程帮我们建的，是私挖乱采的小煤矿，把我们的希望毁掉了。向书记的到来，给我们带来了新的希望。我不知道市里的希望工程项目还有没有，要是没有的话，我希望向书记能跟市里的教育局说一说，给我们村一些资助，帮我们重建一所学校，把希望之光重新点燃。

刘丽的话赢得了一片掌声。

夜越来越黑，外面已是漆黑一团。电流嗞嗞响了一阵，头顶倭瓜花一样的灯泡光线在变弱，似乎马上就要凋谢。还好，黄黄的"倭瓜花"总算没有凋谢，又恢复成继续开放的样子。

村主任尚应金就着灯泡说事儿。他说：高远村要脱贫，我认为还要解决电的问题。电是什么，电是动力，电力跟不上劲，我们想大动也大动不起来。他打了一个比方，电线里的电流好比人血管里的血液，血脉旺盛，人才有力量。人若老是贫血，一天到晚病恹恹的，哪有力气干活呢？高远村的电线杆，还是十多年前栽下的木头线杆，用的电还是很弱的低压电。这样的电只能照照明，代替一下过去的煤油灯。刚才大家都看见了，这样的电连照明都不稳定，忽明忽暗的。有的人家连个电冰箱都不敢买，害怕一用冰箱电线就短路，电闸就跳闸。

有人插话，问尚主任：听说你们家不是买了冰箱吗？

尚主任笑了，笑得有些不好意思。他承认他家的确买了冰箱，是在城里酒厂打工的弟弟帮他买的，他用了两次，电闸跳了两次，就不敢再用了。他建议向书记发挥人脉广的优势，和区里的供电局联系一下，看能不能在高远村建一个变电站，把木头线杆换成水泥线杆，把低压电变成高压电，把高远村的用电问题彻底解决一下。

水一旦开了流，会越流越欢。发言一旦开了头儿呢，受到前面发言者的激发和推动，受到会场气氛的感染，急于发言的人心跳加快，也会有些坐不住。周志刚腰杆挺直，双腿并拢，就有些坐不住了。他是村党支部的监委，还是月亮村村民小组的组长。他在云南和北京都当过兵，是一位退伍军人。尚主任的发言刚结束，余音未落，还没等向书记做出回应和点评，周志刚就把手高高举起，要求发言。他还保留着在部队时被训练出来的习惯，发言之前先举手，首长同意让你发言，你才能发言。如果首长没有让你发言的表示，你还得把手放下。在周志刚心目中，向书记就是村里的首长。别看他是第一次见到这位女首长，但他一定要对首长表示出足够的尊重。

向家明看到了周志刚高高举起的大手，说老周还是军人的作风，让他发言。

周志刚站起来了，他身材挺拔，威武雄壮，两眼炯炯发光，依然带着军人的风采。

向家明请周志刚坐下说。

周志刚说：谢谢向书记！我还是站着说吧。我习惯站着说话。作为一个见过世面的人，他想保持应有的镇定和风度，但一开口说话，还是有些抑制不住地激动。他说他读过《矛盾论》，知道矛盾分主要矛盾和次要矛盾。理论联系实际来说，高远村的脱贫攻坚工作，也有主要矛盾和次要矛盾。他说：经过我多年的观察和实践，我们高远村之所以陷入长期的深度贫困，主要矛盾是什么呢？我认为，是道路问题。大到一个国家，有道路问题；小到一个村庄，也有道路问题。只不过，国家的道路问题是政治方向、政治制度、政治路线问题，我不说大家也知道，我们国家现在所走的道路，是中国特色社会主义道路。那么我们村的道路问题呢，不是意识形态问题，是实实在在的具体问题，是石头的问题，沙子的问题，泥巴的问题。说话时，周志刚的眼睛不看别处，一直看着向家明。在不说话的时候，他不会这样，眼睛不会一直看着一个女同志。但在作会议发言时，他就没有了任何顾忌和回避，看向书记看得大胆而直接，目光甚至有些锐利。也许他意识不到他在这样目不转睛地看着向书记，他专注的是自己的思想和内心，不知不觉间就这样了。

向家明在笔记本上记老周的发言，灯光微弱，她需要皱着眉头，眯着眼，才能在笔记本上写字。有时她会抬起头来看一眼老周，每次看老周时，都会与老周的目光发生碰撞。于是她收起目光，继续把目光聚拢在笔记本上。

向书记是我们的领导，我相信，我所说的这些问题，向书记比我们明白得多。我在向书记面前说这些话，可能有些不自量力，班门弄斧。我说的有不对的地方，请向书记批评。

没有没有，您说得很好，对我很有启发。不必谦虚，您接着说。

我所说的具体的道路问题，不是路况好坏的问题，是我们高远村长期无路可走的问题。村里通向外界，没有路；几十个村民小组之间，没有路；在村民各家各户之间，更没有路。我说的这些情况，一点儿都不夸张，向书记到村里看一看就知道了。都是因道路不通，村里的人出不去，外面的人进不来，才使高远村与外界隔绝，成了孤立的状态、原始的状态。外面的人把我们村说成孤岛，就是这个意思。从理论上说，高远村的道路问题是主要矛盾，用通俗一点的话说，道路不通，就是高远村的卡脖子问题。人人都有脖子，我们呼吸是通过脖子，吃饭喝水是通过脖子，如果把我们脖子卡住了，我们怎么出气，怎么吃饭喝水？一个人是这样，一个村庄也是这样。对于高远村来说，道路就是高远村的脖子，道路不通，就等于把脖子卡住了。我们想改革，也没法改革；想开放，也开放不成。所以我认为，高远村的脱贫攻坚工作要以打通道路为突破口。打仗要找准突破口，找不准突破口，很难把城池攻下来。脱贫攻坚也要找准突破口，找不准突破口，只在外围搞几个脱贫项目，很难实现真正的脱贫。就算人均收入暂时上去了，因基础不牢，升上去的收入还可能会掉下来。

老周的发言稍停顿了一下，夏支书问他：老周，你说完了吗？看样子，他也有些坐不住了。

就算说完了吧。

要是没说完，你接着说。等你把话说完，我也说几句。

就这样吧，反正我觉得高远村就像一头犟牛，我们要想把它拉走，必须牵住它的鼻子，不能拉住它的尾巴。牵住它的牛鼻子，它会乖乖地跟我们走，要是拉它的尾巴呢，它不但不走，还会跟我们尥蹶子。说罢，周志刚这才坐下了。

我非常赞成老周的看法，夏方东说，我看高远村脱贫攻坚的当务之急，就是解决修路的问题。我们村是一座座山，一道道沟，翻山没有路，过沟没有桥，一堵百堵，都快把我们堵死了。有一年秋天，山外来了一个照相的，他在山里照来照去，说高远村是真正的原始生态，是真正的世外桃源，这个样本要永远保留下来才好。我见他留着一嘴毛胡子，心说，嘴上没毛儿，办事不牢，他嘴上这么多毛，说话怎么也这么不靠谱呢，心里只想骂他。我对他说：你觉得这儿好，就在这里住几天吧，哪天我请你喝一顿苞谷酒。结果他一天都没住，骑上摩托车就跑掉了。

夏支书的话也得到了支委们的回应，会场上响起一片议论之声。有人说：山外来的人不过是隔山观景，哪里知道山里人的苦处。有人举了另外的例子，有一个外山的人，用独轮车推着一车子好炭到高远村卖，过一个陡坡时，他没把车把把握好，连人带车带炭翻倒在山沟里，差点丢了性命。他惊魂未定，就破口大骂高远村的祖奶奶，发誓从此以后再也不进高远村。千言万语归结到路上，谁都知道修路好，可万年的高山高入云，千年的石头硬如铁，修路就得开山劈石，谁来干呢？修路就得用洋灰，买洋灰就得花钱，那得花多少钱哪！

向家明在手机上看了一眼时间，已经到了后半夜。想打一个哈欠，她捂了嘴，没把哈欠打出来。她说：时间不早了，今天的支委会就开到这里吧。听了大家的发言，我了解到不少情况，好多情况我以前都不知道。这说明我的调查研究工作做得很不够，离全面深入地了解高远村的贫困现状还差得很远很远。从明天起，我要在村里多走走，多看看，争取把每个村民小组都走到，多跟村民们聊一聊。

第四章

  向家明自己在办公室里做饭吃。在市里，他们家做饭早就不烧煤了，先是用大肚子液化气罐装的石油液化气，后来烧冒蓝色火苗的天然气，到了高远村，她得重新烧煤。好在她从小就会烧煤，对点火、添煤、捅炉子、掏煤渣、封火等一系列操作过程都不陌生。她做的早饭很简单，用钢精锅煮一碗麦片粥，再往粥里卧一个鸡蛋，就齐了，营养就够了。
  昨晚散会后，她和夏支书、尚主任约好，今天一块儿下组。她吃过早饭不一会儿，夏支书和尚主任就各自骑着摩托车，到了村委会办公室门口。雨不下了，缕缕白云在半山腰间缭绕。白云真白，恐怕比最白的丝绵都要白。白云很薄，薄得有些透明，露出了衬底的青山。白云是飘动的，在飘动中不断变换着形状，一会儿像一条哈达，一会儿像白鹭的翅膀。白云行，天放晴，看样子今天不会再下雨了。下组，就是从村委会下到村民小组去，村委会为上，村民小组为下。村民小组有的在山顶，有的在沟底，上下落差有一千多米。山里人还不习惯把米作为计程单位，米有大米、小米，不管大米小米，一粒米才有多长呢。他们还是愿意拿"里"说事儿。他们所说的里，也不是什么公里，而是他们祖祖辈辈所说的土里。一千多米换算成土里是多长呢，是两里多路。两里多路放在平地不算什么，一撒腿儿就可以从这头跑到那头。若把两里多路直上直下竖立起来就不一样了，我们的老天爷，那不成了天梯嘛，那不是通到了南天门嘛！向书记说了，争取到每个村民小组都看一看，尚主任就问她从哪里看起，是从低处往高处看，还是从高处往低处看？在最低处的小组是海洞，在最高处的小组是长风。向书记环顾四周的群山，像是想了一下，说：人往高处走，那咱们就先从低处看起吧。接着又补充说：人只有先到了低处，才能一步一步往高处走。要是一下子到了高处，就该走下坡路了。尚主任被向书记的话绕住了，问到底是先去海洞，还是先去长风。向书记明确说：先去海洞。她问海洞组的组长叫什么，去之前要不要给那个组的组长打一个电话。尚主任说：海洞组的组长姓秦，叫秦希明。他没有手机，没法儿跟他联系。就算他买了手机，给他也打不通，他们那里一点信号都没有。秦希明在家不在家都不一定，他儿子大了，到了该找对象的年龄。他想把旧房子翻盖一下，这两年一直忙着筹备建房的材料。向书记说：知道了，那咱们就出发吧。

向家明，不再穿检察员的制服，换上了普通的便装；不再穿皮鞋，换上了轻便的旅游鞋。她所背的一只双肩背包，是女儿上高中时淘汰下来的旧书包，书包一侧装有一瓶凉开水，另一侧装有一把折叠雨伞。书包里面放的是笔记本、纸巾等。向家明的发型是比较会赶时髦的五妹向家莹帮她设计的，是能够用乌发衬托白脸的发型。轻烫，短披至肩，额前不盖刘海，露出光光的前额，鬓发也不遮耳朵，而是抿在耳郭后面，露出双耳白白的轮廓。从背后看，向家明还像是一位背着书包去上学的高中生呢。

从村委会到海洞组有二十多里，要是步行的话，在山路上绕来绕去，恐怕一上午都走不到。夏支书和尚主任准备用摩托车带向书记去海洞。夏支书问向书记：你敢坐我们的摩托车吗？

向书记说：你们都是骑摩托车的老手了，那有什么不敢坐的，只要你们敢带我，我就敢坐。摩托车是两辆，两辆摩托车是同一个牌子，她坐哪一辆呢？尚主任才四十来岁，年轻一些，身手也矫捷一些，她就坐尚主任的车吧。

在整个高远村，只有村委会门前有一条三里多长的砂石路，也就是村里所说的"毛路"。之所以被说成毛路，是路上没有铺水泥，没有硬化，一点儿都不平整，更不光滑。别看这段路不怎么样，村里有什么大的集体活动，镇里的电影放映队来放电影，或是村民在过年时唱花灯调等，都是在这段路上进行，使这段路几乎有了官路的性质和文化广场的性质。下了这段路，他们像是一下子跌落下来，掉进山里无路可走的地方。不会吧，无路可走，那摩托车怎么开，摩托车又不是带翅膀的飞机，不能在天上飞，没有路怎么能行呢？也是，要说路，路还是有一点的，只是那些路都是羊肠小道，差得不能再差，坏得不能再坏。说是羊肠小道，有两个意思，一是小道很细，细得跟羊肠子一样；小道弯弯曲曲，弯曲得也跟羊肠子一样。二是那些小道比较适合山羊攀援行走，山羊四条腿，四只蹄，平衡能力强；山羊的每只蹄甲子都分成两半，可以牢牢抓住石头，可以在小道上上蹿下跳，奔跑如飞。和羊相比，人就不行了，直立起来的人只有两条腿，上半个身子只有胳膊没有腿，平衡能力比羊差远了。人虽说有十个脚指头，但脚指头都被人为包裹在鞋里，早就失去了抓地的功能。那么，人借助于机械的力量，骑上摩托车怎么样呢？若是在宽阔的水泥路上，或柏油路上，摩托车当然可以开得很快，快得像飞一样。在这样的小道上就不行了，摩托车只能小心翼翼，一点一点往前开。

　　山道上不能并排行两辆摩托车，夏方东骑一辆摩托车在前面带路，尚应金带着向家明在后面跟。路上多是碎石块、硬沙砾，在石块和沙砾的缝隙间，才有一些细土黄泥。路上不时会挡着一些大块的石头，那些石头有的是从山上滚落下来的，有的是从地里冒出来的。从山上滚落的石头，茬口还是新的，看去面目嶙峋。而从地底冒出来的石头，根都比较深，坚如磐石的样子。有时两块大石头在路上夹道并列，中间只有一道可容一只摩托车的轮子通过的缝隙，尚应金只能把摩托车的前轮对准缝隙，两只脚分别踏在两边的石头上，以脚蹬为动力，推动摩托车从夹缝里通过。向家明模仿尚应金的动作，也把两脚抬起来，踏着石头通过。遇到石头拦路时，向家明要求从摩托车上下来，尚应金说不用，过去没问题。车轮每碰到稍大一点的碎石块，整个摩托车都难免会咯噔一下，弹跳一下。摩托车每次弹跳，向家明的心脏也会跟着猛跳一下。向家明听人说过，就是在这样宽不到一米、处处惊险的山路上，2013年春天，镇里派出所的一个民警和一个辅警，骑着一辆摩托车下乡办案，就跌进了山路一侧的深渊，双双以身殉职。向家明难免会联想到自己，她和尚主任也是共骑一辆摩托车，也是骑行在让人惊心的小路上，万一摩托车也跌进深渊，肯定粉身碎骨，她帮助高远村脱贫攻坚的使命就完不成了。这种联想让她十分紧张，紧张得头皮有些发麻。头皮一发麻，连头发似乎都有些发麻，发硬。她没敢抱尚主任的腰，要是抱了他的腰，会把她的紧张心理传染给他，对安全骑行不利。她两手只是紧紧抓住摩托车的前座子，一再对尚主任说：你慢点儿骑，咱不着急，安全第一。尚主任让向书记放心，说他会小心的。

拐弯处，向家明看见下面山脚处有一座房子，房顶上面的池子里积满了雨水。她问尚主任这是怎么回事，房顶上这么多积水，难道不怕往房子里漏水吗？

尚主任说：这是房子的主人在建房子时，特意在房顶建的水泥防漏蓄水池，趁下雨时把雨水收集起来，日常用水就用蓄水池里的水。

向家明觉得稀罕，她问：市里检察院不是帮村里建了水窖吗？我第一次来高远村的时候，就看到了一座水窖。

尚主任说：那次只建了五座水窖，只有村委会和其他四个村民小组能用上水窖里的水，绝大部分村民小组的村民还是这样靠天吃雨水。

这个我没想到，我想下去看看。向家明说。

尚应金喊住了前面的夏方东，二人把摩托车熄了火，推到一侧的峭壁下停下来。

向家明站到路边看到了，房顶上积攒下来的一池子雨水虽说有些浑浊，但看上去还是一池子明水，天映在池水里是蓝的，云映在水里也是白的。一只无名鸟从水池子上方飞过，鸟在天上飞，也像是在水里飞，倏忽就不见了，不知飞到哪里去了。

夏方东跟过来介绍说：这些水宝贵得很，除了蒸饭、煮粥外，洗脸都舍不得用。不得不用水洗把脸，舍不得倒掉，还得用来刷锅。刷锅水仍舍不得倒掉，还要用来喂牛，喂猪。到了干旱季节，房顶蓄水池里的水用完了，见底了，他们只好挑起水桶，翻山越岭，到很远很远的河里去打水。

说水想水，向家明觉得口有些渴了，她背过手，从书包一侧取下那瓶用矿泉水瓶子装的凉开水，拧开盖子欲喝，还没喝，问夏支书和尚主任：你们喝水吗？二位摇头说，不渴，不喝。他们平时没喝水的习惯。他们身上都没背书包，徒手骑摩托，除了把手机和钱包装在口袋里，别的什么东西都没带，更不要说带凉开水。别说他们不渴，就是真的口渴了，女书记只带了一瓶水，他们怎么会好意思喝呢。向家明说：那我就喝了。

喝水时，向家明看见山下这户人家门前的院坝里坐着一位上岁数的老人，老人头扎灰布帕，坐在一把矮竹椅上，一动不动。院坝里还有三只鸡和一只狗，鸡在互相追逐，狗蹲在院坝一角看着鸡。狗也是一动不动，像是在模仿它的主人。鸡和狗肯定是不洗脸的，向家明不知道老人洗不洗脸。因距离比较远，向家明看不清老人的面目，远远看去，老人的脸像是有些发黑。因为缺水，这里的人连脸都不敢多洗，在城里生活的人是想象不到的。在城里的家中，他们家的自来水什么时候都足足的，一打开水龙头，水就喷得哗哗的。她和丈夫还时不时地去温泉城里洗浴，那里更是水天水地。对比之后，向家明在心里留下了一个新的问题，看看怎么解决村民的吃水和用水问题。

刚才坐在摩托车上颠簸时，向家明就有些口渴，她知道，她的口渴是心情紧张所致，并不是身体里真的缺水。在心情紧张时喝一点水，压一压，会对紧张起到一点缓解作用。喝了几口水，把瓶盖拧上，心跳均匀多了。可是，重新骑上摩托车时，向家明提出，让尚主任放松一下，她坐一段夏支书的摩托车。她心里真实的想法是，尚主任身材比较矮，体重比较轻，压不住摩托车，摩托车前行时会弹跳得比较厉害。而夏支书身材比较高大，体重属于重量级别，会对摩托车的弹跳起到压制作用，使摩托车跑起来稳当一些。夏支书和尚主任很快理解了向书记的意思，尚主任说：好吧，老将出马，一个顶俩。我在前边带路。夏支书笑了一下，没说什么，用手把摩托车的后座拂拭了一下，请向书记上车。

他们又向山下骑了一段，尚主任把摩托车停下，紧随其后的夏支书也把摩托车停下了。原来对面自下而上地走来了一队人，为了给上山的人让路，他们必须在路边停一下。上山的这些人都是高远村的村民，夏支书和尚主任与他们都很熟悉。通过夏尚二人与他们的交谈，向家明得知，有一户人家，喂大了一头猪，舍不得杀掉吃肉，就请来一些青壮男人，要把猪抬到山外的镇上卖钱。猪长得过于肥大将近五百斤，主人就请了八个男人，分成两拨儿，轮流替换着抬。山路上不能行车，肥猪运不出去，只能靠人力往山外抬。

在夏支书和尚主任与村民说话时，抬猪的四个村民并没有把猪放下来。向家明对夏支书说：让他们走吧，老把猪抬在肩上多累呀！

夏支书这才想起把向书记跟村民们介绍一下，他从摩托车上下来了，把挡在向书记前面的身体让开，但仍扶着摩托车的车把说：这是咱们村新来的驻村第一书记向书记。

村民们把坐在摩托车后座上的向书记看了一下，都没有什么表示，没有欢迎的表示，也没有不欢迎的表示。书记是上面的人，派书记是上面的事，书记都是过客。他们好像并不认为书记与他们的生计有什么关系。

猪大概不耐烦了，在竹笆包里叫了一声，它叫得有些凄厉，像挨了刀一样。

夏支书说笑话：这家伙急了，急于挨刀，急于把自己的鲜血和鲜肉贡献出去。好了，你们继续赶路吧，随后向书记再去你们组跟你们座谈，听取你们的意见。

这时才有一个村民开口说：向书记够得着上面的人，跟上面的人要点钱，把我们这条路修修呗。修了路，通了车，把猪往车上一扔，开起来就走了，就不用像现在这样用八抬大轿往山上抬猪老爷了。

"八抬大轿"和"猪老爷"的说法，引起了一些笑声。笑过之后，夏支书说：不要老想着当"伸手派"，我们还是要自力更生。

再转过一个弯，传来一串铃声，铃声叮叮的，很清脆，不是银铃，也是铜铃。在深山里，铃铛有着空谷回音般的美声。因隔着山拐子，不知铃声来自哪里。等转过了这个拐子，拐肘处总算出现了一个小小的平台，平台大约有两三个方桌的桌面那么大。在上上下下老是倾斜着的山道上，有一个平台是难得的。谁走到平台这里，都会禁不住想停下来喘口气，歇歇脚。挑担子的，会把担子放在地上，摸出手巾擦擦汗。背背篓的，不管背篓里盛的是粮食，还是煤炭，都会把背篓放在路边的一块石头上，屁股也靠在石头上，歇一歇。石头是两块，石头上面也有平面。那平面像是好心人用铁器打磨出来的，以供受苦受累的过路人休息。

两辆摩托车骑到平台上，也停了下来。不是他们也要休息，是铃声响上来了，他们低眼看见，脖子里戴铃铛的是一匹枣红马，马背两侧驮着两大包东西，正沿着山道的一个陡坡，奋力向上攀登。如果他们不停下来，在斜坡处狭路相逢，就会互相挡道，车下不去，马也上不来。所以，他们正好在平台上停下来，等和负重的马匹错开身，他们再下山不迟。一二得二，二二得四，四个蹄子行走，马的行走历来带有节奏，在爬坡时，只要蹄下不打滑，仍不失节奏。马的行走一带节奏，它项下的铃声自然也有了节奏，像进行曲的节奏一样。

夏支书和尚主任都看见了，赶马的人不是别人，正是海洞村民小组的组长秦希明。秦希明不是在前面牵着马，而是扯着一根长长的缰绳跟在马的后面。他没有把缰绳扯紧，而是松松地拖着，以免给马帮倒忙。跟在马后面的，还有一只身量不大的小黑狗，小黑狗白眼圈，长相滑稽，像舞台上的小丑。它一会儿跑在马的左侧，一会儿跑在马的右侧，不离枣红马左右，像是对马的劳动有所监督，又像是跟劳苦功高的枣红马做个伴儿。

登上平台，秦希明吁了一声，扯了一下缰绳，马就停了下来，铃声也停了下来，只剩下一点余音。

夏支书、尚主任、向家明，都从摩托车上下来了。夏支书把向家明介绍给秦希明：这是从市检察院来我们村驻村的第一书记向书记，向书记下组的第一站，就是到你们海洞组调研，你不说在家里等向书记，怎么又跑出来了？

秦希明从裤子口袋里摸出手机，看了看，说山里没有信号，他没接到通知。要是接到通知的话，他一定会在家里等着向书记。说着，他有些抱歉似的对向书记点点头。

没事的，你今天先忙你的事，以后我们见面的机会多的是。向家明把驮在马背上的尼龙蛇皮大包儿摸了一下，问里面装的是什么。

秦希明说，是苞谷，他把苞谷运到镇上卖掉，买一些砖瓦驮回来，准备翻盖房子。

马是最原始的运载和交通工具，城市里早就不养马，不用马了，你们还用马匹驮运东西，说明这里的生活还没有走出原始状态。

是的，为驮运建房的材料，去年我家已经累死了一匹马。现在这匹马也不知道能不能坚持到最后。秦希明说着，爱怜地拍了拍马的脖子。手碰到了铃铛，那只铃铛是只铜铃，铜铃叮叮响了两声。

向家明看到了马身上冒出的片片汗水，被汗水浸湿的地方，枣红的颜色显得更深，深得变成了黑红。可马的目光平静，一声不吭，完全一副任劳任怨的样子。向家明还看到了那只滑稽的小黑狗，它事不关己似的在一旁蹲着，像一个懂事的小人儿。向家明说：这只小狗狗挺可爱的。她叫着"狗狗，狗狗"，向小黑狗走去。她不敢看猪的眼睛，敢于看狗的眼睛，猪的眼睛不会塌蒙，狗的眼睛会塌蒙；猪的眼睛不知道害羞，狗的眼睛知道害羞；猪的目光里有敌意，狗的目光里充满善意。向家明的童心上来了，掏出手机，要通过自拍的方式，拍一个和狗狗的合影。她会保存在相册里，晚些时候发给丈夫和女儿看，以告知她现在的生活状况，并期待赢得亲人的关注和点赞。她把手机举起来了，屏幕上出现了她的脸，同时出现了蹲在地上的狗狗。这种情况有一个流行的说法，叫同框。她自拍了一张和白眼圈狗狗的同框，犹嫌不够，半蹲下身子，把自己和狗狗靠近一些，想再拍一张。

在向书记自拍和小黑狗的合影时,夏方东、尚应金和秦希明都看着她,如果说他们的眼睛也是手机里的相机的话,他们把"相机"的镜头和焦点都对准了向书记。他们脸上都难免露出一些微笑,心里大约在说:向书记对一只小狗儿这样感兴趣,这样爱玩儿,人家到底是城里人,不是乡下人啊!

然而,当向家明要和狗狗自拍第二张同框时,小黑狗不愿配合似的,竟起身走开了。小黑狗边走,边回头看着向家明,仿佛在说:干什么呀,我又不认识你!

第二张自拍没拍成,向家明像是受到了冷遇,说:呀,这只狗狗不喜欢我。

秦希明说:他对你不太熟悉,还有些认生,等时间长了跟你熟悉了就好了。秦希明仰脸看了看天上的太阳,对夏支书说:你们去我家吃中午饭吧,让我老婆给你们煮鸡蛋吃。我家的鸡是在山上散养的跑鸡,下的蛋好吃着呢。我老婆攒了快一瓦罐子新鸡蛋了。

夏支书说:你不在家,你老婆舍得煮鸡蛋给我们吃吗?

舍得,舍得,肯定舍得,我老婆大方得很。只要家里来了客人,要是赶上淡季,家里没鸡蛋,我老婆恨不能自己下蛋给客人吃。不信你们试试,去到我们家,你们一句话不用说,连鸡都不用提。要是我老婆不给你们煮鸡蛋吃,我把我的人头输给你们。

尚主任说:那可不敢,你一颗人头得值多少鸡蛋哪!

赶路要紧。秦希明赶着马继续上山,铃声渐行渐远。骑摩托车的三个人,分别跨上摩托,接着下山。又走到一处山脚边有房的地方,向家明看到路边有一个老太太在摆地摊卖东西,就让夏支书和尚主任停车,她要看一下。老太太坐在路边的一只小凳子上,面前的地上铺着一块有些发硬的塑料片子,上面放着三样东西,一堆小葱,一堆小白菜,还有一些鸡蛋。小葱青是青,白是白,择得干干净净,捋得整整齐齐。小葱根部的泥洗去了,露出白色的根须。小白菜像是春天刚发出来的,水灵灵的,新鲜得很。老太太身后是一块坡地,坡地里种的是土豆,间种着一些小白菜。看老太太面前放的小白菜,叶子都支棱着，显然是刚从土豆地里拔出来的。鸡蛋白花花的，每一枚鸡蛋都是新蛋，蛋面上分布着一些细小的麻点，像敷了一层粉。其中有一枚头生蛋，蛋上留着浅浅的血红，如含苞待放的花蕾。老太太头戴一顶束口的白布帽，白发从帽子下面露了出来。向家明蹲下身子问：大娘，卖东西呢？

老太太笑容满面，指着小葱，说一块。

是一块钱一斤，还是一块钱一堆呢？

老太太还是说一块，并举起了一根食指。

尚主任过来替老太太回答：这里在路边卖东西都是论堆，一块钱一堆。

那鸡蛋呢？不会论堆吧？

尚主任问老太太，鸡蛋多少钱一个？问过之后，告诉向书记，卖鸡蛋是论个，一块钱一个。

向家明笑了，说：看来老大娘摆的是一块钱的地摊，做的是一块钱的生意。她对尚主任说：咱们买点儿老大娘的东西，帮老大娘开开张吧。鸡蛋是八个，菜是两堆，一共是十块钱。尚主任掏出钱包，要付钱。向书记制止了他，说：以后在买东西的问题上，你们谁都不要跟我争着付钱，谁跟我争，我就跟谁急。我家老郝在市里一家大企业当总经理，他的工资比较高。向家明把十块钱递给老大娘，老大娘把钱卷成一卷，放进口袋里。把钱放进口袋后，老大娘又用手在口袋外面捏了捏，才放心。塑料片子下面压着两截事先剪好的塑料绳儿，老大娘把塑料绳取出，分别把小葱和小白菜捆扎好，交给向家明。向家明刚要伸手接，尚主任已把菜接过去。买好的鸡蛋却无法带走，老大娘没有准备盛鸡蛋的东西。铺在地上的塑料片子有些发硬，还有些发脆，用来兜鸡蛋恐怕不合适。好在夏支书摩托车前面的盒子里放有备用的塑料袋，他取过一只，将鸡蛋一一拾进袋子里，提走了。

向家明没有马上就走，又跟老大娘说了几句话，问老大娘今年多大岁数了。看老大娘的白发，估计岁数跟她母亲差不多。老大娘还是像卖菜一样，伸出一根指头，说八十一。向家明夸老大娘身体不错，对老大娘说：我是刚来的，也住在高远村。

老大娘站起来了，眨了眨眼，像是要把跟她说话的人看清楚些，问：你是一个人来的，还是带着孩子来的？

一个人。向家明在不知不觉间也伸出了一根指头。

你住到谁家了？你男人叫啥名字？

笑话儿来了，老大娘显然是误会了，以为她嫁人嫁到了这个村。向家明怕一时解释不清，又见夏支书和尚主任都已站在摩托车旁等她，就跟老大娘摆摆手走开了。她本来还想问问老大娘家的人口和经济收入情况，那就等以后再说吧。坐上摩托车，向家明还想着老大娘对她的误会。从外面来了一个新的、以前不认识的女人，人们首先想到的是嫁人，老大娘的误会是正常的。让向家明不禁哑然失笑的是，她这么一个年近半百的女人，连孩子都不会生了，哪个男人会要她呢？

秦希明家住在高远村的最低处，也是最边缘处，从秦家再往南走，跨过一条活水河，走过一座石头桥，就到了另外镇子下属的村。夏支书等三人骑着摩托车，直接到秦希明家里去了。尚主任把秦希明的老婆叫秦嫂，好像跟她很熟，他说：秦嫂，我们来你们家吃午饭来了。

秦嫂显得有些慌张，脸上布满少女红一样的红润，她搓着手说：我们家老秦没在家呀！

没在家怎么啦，秦哥不在家，难道你就不管我们饭了？

管，管，看你说的，哪能不管饭呢。中午我给你们煮鸡蛋吃，鸡蛋都是我们家的跑鸡新下的，我攒了一瓦罐子呢，够你们吃的。

真让秦希明说准了，他老婆果然要给客人煮鸡蛋吃。三个人互相笑了一下，尚主任说：难道你就会煮鸡蛋？除了煮鸡蛋，你不会给我们做点儿别的吗？

家里还有熏腊肉，我给你们炒腊肉吃。秦嫂说话时，看了一眼向家明，想看不敢多看、想问不敢开口的样子。

向家明看出来了，秦嫂想知道她是谁，自我介绍说：我是高远村新任的驻村第一书记，姓向，方向的向，叫向家明。刚才在路上，我们遇到了你们家秦希明，他好能干啊！向家明注意到，秦嫂脸上少女般的红润一直没有褪去,红润不像是因看见生人害羞所生,而是与生俱来的。秦嫂不光脸上和脖子里有着桃花一样的颜色,她光脚穿着一双拖鞋,连脚面和脚脖子都粉嫩粉嫩的。这样的女人是少见的,向家明禁不住说:真是深山出俊鸟,秦嫂你长得可真好看啊!

秦嫂的脸更红了,说:哪里哟,向书记你不要笑话山里人噻!

向家明让夏支书把他们所买的鸡蛋和蔬菜提过来,交给秦嫂。秦嫂只接了蔬菜,不接鸡蛋,她说:我说了,我们家有鸡蛋,你们把鸡蛋还拿回去吧。夏支书只管把鸡蛋放到秦嫂家厨房的灶台上去了,还对秦嫂说,鸡蛋不要白水煮,把小葱切碎,切成葱花,把鸡蛋打进葱花里,做成葱花煎蛋就可以了。

趁秦嫂在厨房里做饭,向家明从屋里走出来,一个人在秦希明家房前屋后看了看。三间木头房子,不知住了多少年,确实已经很破旧,木板已经发黑、开裂、腐朽,大风一吹,似乎就会坍塌、飘走。在木头房子的西面,码放着一些准备翻盖新房的建筑材料,有石块、砖头、细瓦,还有一些原木。房子前面,是一块小小的院坝。院坝下面是一大片竹园,竹子旺盛,茂密,黑森森的,密不透风。往下看,竹子之间,新生了不少竹笋。每根竹笋都很粗壮,像是一生发就确定了自己一生的腰围。每根竹笋都很挺拔,似乎都树立了不见蓝天誓不休的志向。竹园东侧有一棵桃树,灼灼的桃花正在开放,总算给竹园增加了一些明亮的色彩。向家明还拐进秦家房子东侧的小夹道,到房子后面看了看。小夹道东面和房子后面,依次排列着猪圈、牛圈和马厩。猪圈里有两头白猪,每头大约有二百斤,都在脏污的地上伸腿卧着,养膘不嫌多的样子。牛圈里的一头牛,正细嚼慢咽地吃着青草。马厩里面是空的,应该是那匹枣红马住的地方。再后面就是一座葱茏的青山,山坡上有灌木,也有乔木。红色和黄色的公鸡、母鸡在林木间穿行,不用说,这就是秦希明和秦嫂所说的跑鸡。向家明觉得,秦希明家的家庭经济搞得不错,一年的经济收入大概会超过国家规定的脱贫标准。如果全高远村的村民都像秦希明两口子这样勤快,脱贫恐怕就不是什么难事。

午饭，秦嫂果然做了葱花煎蛋，她没有把鸡蛋翻炒成块状，而是煎成了一张完整的蛋饼。蛋饼厚墩墩的，黄里透着红，红里透着葱白和葱青，很是诱人。向家明一再说好吃。她以为秦嫂煎的是她从老大娘那里买来的鸡蛋，老大娘所卖的也是跑鸡下的蛋。不料，吃过饭临从秦嫂家里离开时，秦嫂从厨房里把用塑料袋装着的那兜鸡蛋提溜出来，鸡蛋原封未动。秦嫂把鸡蛋递给尚主任，尚主任躲手不接，说：你这是咋回事？

秦嫂说：我们家老秦不让我要别人家的东西。

我们是别人家吗，向书记是别人家吗！这是向书记花钱买的鸡蛋，只不过让你帮着加工一下，你怎么能退回来呢！

不是，不是，老秦知道了会吵我的。

吵你什么，你就说是我让你收下的。尚主任几乎以命令的口气说，拿回去，拿回去！

不行，这鸡蛋我真的不能收。

好吧，给我吧。尚主任接过鸡蛋，很快把鸡蛋送回厨房去了。

秦嫂追过去，又把鸡蛋提溜出来，说：你们不知道老秦的脾气，他知道了，会骂我的，说不定还会打我。秦嫂说着，两眼涌满了泪水。

尚主任说：你这个傻娘们儿，怎么这样一根筋呢，真是个傻娘们儿！

向家明看到了秦嫂眼里的泪水，她是最见不得泪水的，说，算了算了，咱不能让秦嫂受委屈。

第五章

　　去过最低处的海洞村民组，向家明和夏方东、尚应金商定，第二天去最高处的长风村民组访问。去罢最低处和最高处，中间的半低和半高处，再一一去。第二天鸡叫开门时，向家明发现下雨了。向家明的姥姥家在农村，她小时候在姥姥家住，听到过鸡叫。后来长期在城里生活，就听不到鸡叫了。现在来到高远村，她又听到了这久违的声音。回想起来，她觉得挺不解的，先前去的辛平村，在那里住了将近一年，怎么没听见鸡叫呢？向家明所住的村委会办公室，坡上有一家邻居，坡下也有一家邻居。鸡叫肯定是邻居家的公鸡发出来的，但她不能肯定哪家养了公鸡，哪家的公鸡在叫。有一点她可以肯定，是两只公鸡在叫，一只叫的声音高一些，一只叫的声音低一些；一只声响贯通，直冲云霄；一只叫得还不够连贯，在低处徘徊。听得出来，两只公鸡的叫声是一老带一新，或一爷带一孙。雨不大，雨点儿落到地上，听不见声响。搁不住雨不停地下，门前的地上还是湿了，已经有了积水。地坑坑洼洼，积水一盏一盏，都是浑浊的白水。尚应金头天就说过，天只要一下雨，别管雨大雨小，长风组就不能去了。去长风组要爬山，在好天好地的情况下，爬山都非常困难，跟登天差不多；一下雨等于下了天河，河阻路断，谁都不敢往上爬。

　　村委会办公室所在地，也有一个村民组，叫马石坡。村民委员会，也是一级政权组织。人都是社会性动物,哪里有政权组织机构,哪里居住的人口就多一些,比如镇里人口多,县里人口多,市里人口更多。马石坡组的村民有四十多户,男女老少,人口超过了三百。下雨天,村民们可以在家里待着,想捉虱子就捉,想睡觉就睡。向家明是来工作的,下雨天也是工作天,她不能闲着,也不想闲着。她想起那个叫王安新的小姑娘,小姑娘的家就在马石坡组,离村委会办公室不太远,她打算吃过早饭后,去王安新家看看。

山里人早饭吃得晚,等吃过早饭,就到了八九点。向家明不准备拉夏支书和尚主任陪她一块儿去了,在高远村久住,她要学会独立工作,不能动不动就拄"拐棍"。再说,夏支书和尚应金各有一大家子人,他们都是家里的主心骨,有好多事情要做,她得给他们留出一些时间。村里有一个医务室,有两个中年男医生,一个张医生,一个王医生。向家明准备请一个医生,一块儿去王安新家看看,让医生帮王安新的奶奶检查一下,老人得的是什么病,能不能治一治。那天听见老人在床上呻吟,她没来得及到床前把老人看一看,问一问,一直有些放心不下。

门外来了一个人,在雨地里站了一会儿,到门口一侧的廊下停住了脚。向家明出来,问来人找谁。来人摇头。又问他有什么事儿。来人还是摇头。真是个怪人,来人的样子让向家明有些吃惊。他没穿鞋,也没穿袜子,光着两只脚板,有些发红的脚面子上,沾着一些黑色的泥点儿。穿一件灰色的秋裤,秋裤只有半截儿,往上吊着,露出了小腿。秋裤还烂着一些毛边的小洞,像是一只只向外张望的眼睛。上身穿的是一件土黄色的绒衣,绒衣的破烂处打着杂色的补丁。那些补丁打得一点儿都不整齐,有的补丁向下耷拉着,似乎随时都会脱落。他头上戴的是一顶大罩度的竹编斗笠,总算完整一些,显示出当地传统的竹编工艺水平。他站到廊下,虽然不淋雨了,但斗笠并没有取下来,仍牢牢戴在头上,脖颈下面的布带也系得紧紧的。斗笠上的雨水,顺着斗笠的周边滴落下来,在地上湿成一个圆圈。来人就站在圆圈里一动不动,像自我保护一样。让向家明感到吃惊的是,现在都什么时候了，城市垃圾桶里扔的衣服很多都是完好的，单衣棉衣都有，这人怎么还穿得如此破旧，简直像稻田里的稻草人，像逃荒要饭的叫花子。对比一下，稻草人和叫花子都比他穿得好。你是哪个组的？向家明问他。

这次来人没有摇头，说：黑窑沟。

你叫什么名字？

齐天星。

你今年多大岁数啦？

五十七。

你怎么穿成这样？村里没给你分过衣服吗？没给你分过鞋子吗？

齐天星又不说话了。他的表情一点儿都不悲苦，微微笑着，一副大有深意的样子。

向家明猜，齐天星冒雨来村委会，很可能是要求村干部给他救济衣服，她表态说：齐大爷，我记住你的名字了，我们会尽快想办法解决你的穿衣和穿鞋问题。我是新来的驻村第一书记，我叫向家明。

齐天星对向家明点点头。

这时，尚主任穿着雨衣骑着摩托车过来了，他一看见齐天星，就好像没有好气，说：老齐，你又来干什么？你看你这身打扮，嫌给高远村丢人丢得还不够吗！

齐天星不生气，还是微微笑着，说他听说村里来了一个书记，是个女的，他不相信，就来看看，还真是个女的。

女的不女的，跟你有什么关系！好了，没事儿就回去吧。既然想来见书记，为啥不穿得像个人样儿一点？再看见你穿得破衣烂衫，别怪我对你不客气！

齐天星这才走了。

向家明对尚主任说：你不要吵他嘛，你好厉害哟。

尚主任不好意思地笑了，说：向书记，你不知道，我向你汇报一下他的情况。他一辈子没找到老婆，一直是孤身一人。他是村里建档立卡的低保户，每月都可以领到三百多元低保金，加上他自己种的有苞谷、土豆，养的有鸡，生活不成问题。城里人给农村人捐献衣服，村里每次分衣服，都会有他一份。可是呢，每次给他的衣服，他不是放着不穿，就是被别人要走，反正还是穿得破破烂烂，赤皮露肉，像叫花子一样。可气的是，他穿得这样"旧社会"，还总喜欢在村里走来走去，越是上边来人检查，他越是起劲儿往前凑，给村里扒分儿。每次见他穿得这样，我都会训他一顿，可他就是不改，真不明白他这是什么毛病。

我还以为他真的没衣服穿呢。有衣服不往身上穿，有粉不往脸上搽，这事儿是挺奇怪的。向家明说。

我们村奇怪的事还有不少，连抢别人家老婆的事儿都发生过，你住的时间长了就知道了。尚主任说：今天长风组是去不成了，不光今天，就算明天不下雨了，也不能去，山上稍微湿一点，就跟抹了油一样，根本爬不上去。得等山上完全干了，才能往山上爬。那座山叫太阴山，我爬上去过几次，领教过太阴山的厉害。

向家明心说，长风组在高远村的最高处，那座山应该叫太阳山才对，怎么叫太阴山呢？她没把疑问提出来，只说不着急，过两天再去也不迟。自己想去小姑娘王安新家里，看看她奶奶的病情怎样了。

要不要我陪你去呢？

不用了，你只管忙你的事，我想让医务室的张医生跟我一块儿去，你去通知张医生一声，让他九点半左右到我这里来，背上药箱。

村里的医务室在另外一个地方，尚主任骑上摩托车，通知张医生去了。王安新是个孩子，她家里还有两位老人，去她们家空着手不好，向家明觉得应该带点儿什么。上次他们去王安新家，是临时性、随机性的看望，才什么东西都没带。这次是专门前往，再不带点什么，恐怕说不过去。要是在市里，街上到处都是大小超市，她可以去超市买点曲奇饼干、蛋黄派、巧克力什么的。可高远村别说超市了，连个小卖部都没有，什么东西都买不到。市场经济都发展了好多年，市里的商品丰富得不得了，这里却关山阻隔，像是一个被遗忘的死角。向家明在屋里看了看，对了，把昨天带回的八个鸡蛋带上，另外再带上两包方便面。方便面是她从市里带来的，为自己准备的食物，小孩子都爱吃方便面，只管给王安新带两包吧。她把鸡蛋和方便面都放进背包里。

还不到九点半，张医生就打着雨伞，背着药箱，来到村委会办公室。张医生听尚主任说了，向书记要带他去王安新家，就对向家明说：巡诊的时候，我去给那家的奶奶看过病，她是老年性骨质增生，加上腰肌劳损导致的腰疼，问题不是很大。我给她开了药，劝她不要卧床不起，能活动就活动活动。她不听劝，以为自己快活不成了，老是躺在床上不动，还得让六岁的孙女儿给她做饭吃。依我看，主要因为她儿媳跑了，儿子被判了刑，觉得没啥希望了，心理上出了毛病。向家明认为张医生的分析有道理，好多人的病都是心病，心有病，百病生。去王安新家，是一路下坡。下雨路滑，向家明脚下一蹬，差点摔倒。张医生伸手欲扶她一把，向家明说没事儿。她想她要是摔倒，沾一身泥水不说，背包里的鸡蛋肯定会碎得一塌糊涂。

在向家明和张医生到王安新家之前，王家老少三口都在家，还没吃早饭。地里都是泥巴，王安新没去地里扒土豆，也没去拔小白菜，早饭不知道做什么。没有饭占嘴，王安新的老奶奶和奶奶，一个抱着拐棍坐在竹椅子上，一个靠被子坐在床上，在一来一往地斗嘴。说是老奶奶和奶奶，也是婆婆和儿媳。说是斗嘴，其实她们是在斗狠，唇枪舌剑，每一句都事关生死。儿媳妇说：我都这么老了，脸上一把枯皱皮，头上一把白毛尾，该死咋还不死哩，还活着干啥哩！活着净是招人烦，不如眼一闭，腿一蹬，干净。

婆婆听得出来，儿媳这些话都是说给她听的，她要是耳聋就好了，听不见，心不烦，也不用接腔。可气的是，她都这么大年纪了，耳朵还听得清清楚楚。既然听见了儿媳怨她不死，她要是不接腔，就对不住儿媳。她说：我早就不想活了，早就想死，阎王爷瞎了眼，看不见我，不把我收走，我有啥办法哩。

儿媳说：我不是说你，是说我自己。人活的岁数太大了，占的是儿孙的福，折的儿孙的寿，要不是我该死了不死，说不定安新她妈也不会跑，安新她爸也不会坐牢。

婆婆说：人各有命，人的命归老天爷管着，谁拿自己的命都没有办法。

有的人，嘴是两张皮，一会儿说生死归阎王爷管，一会儿又说归老天爷管，推来推去，跟鬼推磨一样，还是不想去死。

婆婆叹了一口气，以商量的口气对儿媳妇儿说：要不这样吧，你弄点儿毒性大的老鼠药，哪天下到我饭碗里，把我药死算了。哪天死，哪天埋，就算我自己老死的，我不说谁都不知道。

儿媳一听恼了，嚷嚷起来：老天在上，可都听见了，你看你有多恶毒，你的恶毒总算暴露出来了。你的目的，是让人家把我抓走坐牢，然后砍我的脑壳。我儿子都去坐牢了，要坐十五年，这难道还不够吗！还要把我关进大牢里，你才舒服吗，好你个老妖婆！

王安新大概实在听不下去了，突然发声：别吵了，别吵了！你们老吵，老吵，真是烦死人了！你们再吵，我就去找我妈。

你哪有妈，你妈死了。奶奶说。

没有，我妈没死，你骗我。我妈就是嫌你们家太穷，嫌你们老吵架，才跑走了。王安新抹起了眼泪。

这时，向家明和张医生收起雨伞，把雨伞倚在门外的墙边，进屋来了。二人一进屋，婆婆和儿媳顿时偃旗息鼓，跟没发生过任何争吵一样。张医生说：两位老人家，这是咱们村新来的向书记，外面下着雨，她来看望你们了！

向家明来到王新安奶奶床前问：大娘，您的身体怎样了，好些没有？

还那样半死不活的，活也活不好，死也死不了，也不知哪辈子造下的孽，这辈子遭了报应。她坐在床上，伸着脑袋看向家明，说，上次夏支书你们一块儿来，我还没看清你，你就走了，这一回，让我好好看看。哟嘿我的娘哎，你长得可真好看，像个女菩萨！

哪有什么菩萨，我是来高远村帮助大家脱贫的。我听说您的身体没什么大碍，就是精神负担过于重了。您要坚强起来，带着您的孙女儿,一起往前奔,奔小康。

王安新的老奶奶从竹椅上起身,拄着拐棍儿走过来说:我这个儿媳妇可是个好人哪,她一点儿都不嫌我老,一句都没吵过我,这样的好儿媳天底下都难找啊!

没啥,这都是我应该做的。儿媳说。

张医生把药箱放在床头,打开药箱,取出一摞膏药,对王安新的奶奶说:今天我给您带来了六贴膏药,这些膏药是西藏出产的,治腰疼效果特别好。感觉哪儿疼,您就把膏药贴在哪儿。今天贴上一贴,睡觉时别把膏药揭下来,贴对头一天一夜,您的腰就不疼了,就可以下床活动。连着把六贴膏药都贴完,您就能走能跳,干啥活儿都不耽误。

那敢情好,腰要是不疼了,我得给菩萨烧香磕头。你别嫌我心急,热沾皮,你现在就把膏药给我贴上吧。

向家明伸手招呼王安新:安新,你过来,看着叔叔给你奶奶贴膏药,你学会了,下次就由你来贴。在向家明喊王安新之前,王安新一直在屋子一角待着,两只大眼睛显得怯生生的。她生来没见过妈妈,也许见过,但那时的眼睛还不算眼睛,跟没睁开差不多,不知道妈妈长什么样。一看到从外面来的还不是很老的妇女,她就会想到她妈妈。想到妈妈,她对来人感到亲切才对呀,可不知为什么,她对向家明有些害怕。上次看到向家明就有些害怕,这次更害怕了。她听见大人都喊这个女的为书记,以为这个女的名字就叫书记。书记喊她过去,她不敢不听话,但她一走过去,就把头低下了。向家明说:王安新,把头抬起来,看着我!她的口气有些严厉,像教育小时候的女儿那样。

王安新把头抬起来了,她只看了书记一眼,赶紧塌下了眼皮。

你叫我阿姨了吗?你叫一声让我听听,我看你会不会叫阿姨。

王安新从没有叫过阿姨,不知道阿姨是什么,反正阿姨不是妈妈。她抬起眼皮,又看了书记一眼,见书记两只亮光闪闪的大眼睛正盯着自己,吓得她又把眼皮塌了下去。她的眼皮像是有自动开关控制着,需要关的时候,眼皮自己就关上了。她的嘴动了动,像是要喊一声阿姨，但没能喊出来。

向家明从背包里取出鸡蛋和方便面，说：这是阿姨今天送给你们的礼物，来，伸手接着。不要光用清水煮白菜了，中午你给老奶奶和奶奶煮点鸡蛋吃。

王安新接过礼物，抱在怀里。

说，谢谢阿姨。小孩子从小就要学会懂礼貌。从今天开始，我就要教你学习懂礼貌，我说一句，你学一句。注意，谢谢阿姨，说。

王安新小孩子叫妈头一声似的，终于说出来了：谢谢阿姨！她说的声音不是很大，不是很清晰，还有一些快，但她总算说出来了。

向家明很欣喜的样子，说：很好，这就对了嘛！阿姨问你，你想不想上学？

王安新点点头。

不要点头，要开口说话，想就说想。我再问你一遍，你想不想上学？

人家说我是没妈的孩子，是黑孩子，想上学也没地方上。王安新说着，嘴一撇一撇，大颗的泪珠吧嗒吧嗒滚落下来。

什么黑孩子，不要听别人胡说。等你一到上学年龄，阿姨就把你送到学校里去。向家明的眼睛也湿了。

这一次，向家明没有让王安新说谢谢阿姨，王安新自己就说了出来：谢谢阿姨！

不用谢，阿姨说到做到。向家明对张医生说：你看这个小姑娘，聪明得很，等她上了学，一定是个好学生。

奶奶插话说：孩子是好孩子，就她妈不是个东西，是一只守不住窝的撂蛋鸡，下一个鸡蛋，还没把蛋暖热，就跑了。

向家明说：大娘，话不能这样说，人家不是撂蛋鸡，是金凤凰。金凤凰都喜欢梧桐树，咱们这里没有梧桐树，就留不住金凤凰。

大娘说，她只见过杏树桃树李子树，不知道啥是梧桐树。又说：刚贴上膏药有点麻麻的，这会儿又有点儿热乎乎的，这个膏药不错，对住症了。

腰不疼了，您就下床活动。孙女儿这么小，您得爱护她，心疼她，不能像使唤大人一样使唤她。她爸爸妈妈是那样的情况，您是她的亲奶奶，您不心疼她，谁心疼她呢！

好，我听向书记的话，天一晴，我就起来。你们给我送来了膏药，我手里可是没有钱哪！等哪天我托人卖点苞谷，再把钱还上。

钱的事儿您不用管，医务室先记上账，随后村里想办法替你出。

雨停后的第三天下午，太阳在天上照耀着，山地确实变成了干地，向家明和夏支书、尚主任才重新约在一起，向太阴山顶的长风组进发。还是尚主任自己骑辆摩托车在前边带路，夏支书带着向家明在后面紧跟。摩托车在山路上上上下下，七拐八拐，跑了一个多小时，才来到了一座山下。尚主任停住摩托车，并熄了火，对向家明说：这就是太阴山，长风组就在山上面。摩托车只能骑到这里，要上山只能徒步往上爬。向家明仰脸往山上看了看，山陡得直上直下，直插蓝天。她的竖脖子仰成了横脖子，后脑勺几乎抵到脊梁，都没有看到山顶。不错，她看到了蓝天，却没有看到山顶，山顶似乎和蓝天连到了一起，实现了山和天的无缝对接。整座山是绿色，虽说绿的颜色深浅不一，有的地方发黑，有的地方发紫，有的地方甚至有些发白，总的格调还是以绿色为主。几乎看不到路，小路大约都被葱茏的灌木丛遮住了。只有一块峭壁处，露出一块灰白。那山壁像是一块巨大的黑板，只不过，黑板是黑色，那个板块是灰白色。板块并不是白板一块，上面有一些不规则的黑色的线条，当是万年雨水画下的杰作。板块稍稍有一点缝隙的地方，就有几缕植物斜刺着从缝隙里钻出来，那应该是风的或鸟的作品。在板块的中下沿，隐约可见一条灰白色的小路，像是挂在山腰的一条蛇皮，又像是一根干豆角。向家明向上指着那条小路问尚主任：咱们就是从那里爬上去吗？

尚主任说是的，那是上山的唯一一条小道，是山民用钢钎子在绝壁上一点一点凿出来的，不管是往山上背煤，还是砖头，他们都是用背篓，一篓一篓往上背。过那段小道时，人都不敢往外看，也不敢往下看，一看容易头晕，腿容易发软，一不小心会掉进山涧。人都像壁虎一样,脸朝里,背朝外,两手扶着山岩,一点一点往前挪。人还不如壁虎,壁虎背上不背东西,人背上还背着东西;壁虎的四只脚都可以抓岩壁,人只有两只手可以扶在岩壁上;壁虎的脚掌上有吸盘,连玻璃都吸得住,人的手掌一点儿吸力都没有,一摸一出溜,啥都吸不住。

尚主任,你说得这么可怕,不是吓唬我的吧?向家明说。

我是实话实说,没有任何吓唬你的意思。不瞒你说,你的前任,那个男的第一书记,就没敢往上爬,他说他有恐高症,只在山下往山上看了看,就回去了。

那你的意思是……

依我的意思,你也不一定非要往山上爬。住在山上的,一共只有四户村民,我通知长风组的组长,带上两个村民代表,让他们到村委会,你和他们谈谈就行了。

你让我想想。我恐高症倒是没有,但我的腿有些问题。

夏支书也建议向书记不一定非要上山,山路难爬是一个方面,另一个方面,山上住着一个单身汉,是一个酒鬼,他成天喝得醉醺醺的,满嘴牙咬不住一根硬舌头,说话很不讲究。

向家明心想,既然来到这儿了,还是上去吧。之所以坚持要上去,她说了三个理由,一是长风组的村民祖祖辈辈都住在高山顶上,人家经常下山,上山,自己连上一次都不敢,那算什么。二是长风组的村民,上上下下都背着东西,都是负重的,而他们空着两只手,爬起来要轻松许多。三是高远村的名字带一个"高"字,长风组住的地方,就代表着那个高度,如果不到长风组看一下,跟没到过高远村差不多。对整个高远村,就缺乏全面的认识。还有一个理由,她没有说出来。刚才尚主任提到,上一任驻村第一书记,到山下望而却步,没敢往山上爬。这个信息不但没让她打退堂鼓,反而激发出了她的犟脾气:别人不敢上,我偏要上,决不能成为第二个不敢上高山的第一书记。至于山上住着一个酒鬼嘛,那更不算什么事。整个赤水河流域,遍地种满了红高粱,到处都是酿酒的作坊,空气中充满着酒糟的香气,酒魂在大街上游荡，谁还没见过几个酒鬼呢！

见向家明主意已定，夏支书和尚主任都笑着表示赞成。夏、尚二人马上做了分工，尚主任在前面开路，夏支书殿后，让向书记走在中间，他们一定会保护好她的安全。

刚上山时，有一段小路坡度还比较平缓，路上长满了柔软的青草，路两边都是浓密的灌木。透过灌木的缝隙，向家明看到坡下的草地里有一匹白马，在悠闲地吃草。往远处眺望，可以望见对面山坡上的层层梯田。有一只小鸟，鸣叫着飞到别处去了。向家明吸了吸鼻子，说空气真好，风景真美，她都想唱歌了。然而，向家明唱歌还没唱出声，面前很快就出现了一个陡坡，陡坡上有一些青色的石头，石头中间夹杂着一些碎石、黄沙和黑泥。尚主任脚蹬着石头，手扒着石头，手脚并用，率先爬了上去。他没有爬得太高，没有和向家明拉开多少距离，就在上方停了下来，向下看着向家明问：怎么样向书记，行不行？

我试试吧，应该没问题。向家明往上看了看，说：路都立起来了，这样的路，马恐怕上不去了吧！

尚主任说是的，马的身子太重，这样的路只有山羊和狗可以上来，马肯定上不来。马很聪明，看到这样的路，不管人在上面怎么使劲拽它，在后面怎么用鞭子抽它，它瞪着眼睛，就是站着不动。

向家明说：看来我还没有一匹马聪明。她学着尚主任的样子，也俯下身子，脚踩着石头，双手交替扒着石头，一点一点向上爬。在向上爬时，她并不仰头往上看，只看眼前的地面。她懂得，如果看得太高，容易生畏，气馁，不如闷着头往上爬，反正爬一点，少一点。还有，她的脚必须踩在石头上，或硬地上，万不可踩在还没有干透的湿泥上。要是踩在湿泥上，脚下一打滑，就会滑落下去，后果不堪想象。向家明没有停顿，总算爬到了有一个小小平台的地方。她满脸通红，额头冒出了汗珠。她说休息一下，在平台上站下了。她的背包里放有纸巾，有心拿出纸巾把汗水擦一下，一看两手沾着泥，就没有掏。平台只站得下向家明一个人，夏支书和尚主任在她一前一后站着。不管站前，还是站后，二人都是站在斜坡上，一腿弓一腿撑的样子。或许为了放松心情，向家明讲了一个笑话。说有一回，他们两口子带女儿到郊区爬山。走在游人如织的山路上，女儿一再问，妈妈，咱们什么时候爬山呀？又走了一段，女儿又问，妈妈，咱们怎么还不开始爬山呢？她一开始没明白女儿的意思，说咱们不是正在爬山嘛！女儿说，没有呀，咱们都没有趴在地上爬呀！她这才笑了，知道女儿所理解的爬山，就是四肢着地，在地上往前爬。郊区的山并不高，山坡并不陡，不用趴在地上爬，可为了满足女儿的好奇心，对女儿说，你想爬也可以呀。女儿果然趴在地上，像小动物一样爬起来，可把他们两口子乐坏了。讲完了笑话，向家明说：我们今天的爬山，是真正的爬山，不想爬也得爬。

接着往上爬时，尚主任对向家明说：我替你背着包儿吧。向家明没有拒绝，说：好吧，谢谢你！她把双肩上的背包取下来之后，不再管手上有没有泥，拉开包上的拉链，取出里面的半包纸巾，抽出一张，把额头上的汗擦了擦，把剩下的纸巾掖进裤子口袋里。把拉链拉好，她又取出放在背包一侧的瓶装白开水，拧开瓶盖，对着瓶口喝了一气。她说：我喝半瓶，给你减轻点儿负担。

尚主任说：我的负担倒是减轻了，负担转移到你身上了。

不是，凡是负担，都是在身外，一旦装进肚子里，就不再是负担。谁会把吃进肚子里的饭当负担呢，是不是？不但不是负担，还会转化成能量呢。

尚主任承认向书记说得对，一说话就带着学问。

又一段山路更陡，没有八十度，也有七十多度。向家明低着头，自欺式地向上爬了一段，倒是把自己的眼睛欺住了，但欺不住自己的腿，她右腿的小腿稍稍有些抖。不得不向上看了一下，见尚主任正站在她头顶上方看着她。到了这个地步，她只好向尚主任求助：尚主任，你看什么，拉我一把嘛！我小时候得过风湿性关节炎，现在右腿膝盖软化，无力得很。

没问题，没问题，我早就想拉你，只是有点儿不好意思。尚主任这才俯下身子，伸手把向家明的手拉住了。

这有什么不好意思的,看来你还有封建思想啊。向家明一只手拉住尚主任的一只手,还觉得不够,她两只手都上去了,一只手紧紧握住他的手掌,另一只手抓住他的手脖子。这样一来,她像是把尚主任的胳膊变成了一根绳索,使劲儿拉着"绳索",借助"绳索"的力量向上攀登。

尚应金感到了手上的分量,更感到责任的分量,深知分量有多重。他必须站稳脚跟,不能有半点闪失。如果稍有闪失,他就有可能和向书记一起滚下山坡,造成严重的后果。他头上也出汗了,后背出的汗很快把衣服濡湿。他也意识到了,他的一只胳膊好像变成了一根绳索,而他的身体就像是一根固定绳索的柱子,只要他把"柱子"立牢,"绳索"不管向上攀登人怎么拉,都不会变细,更不会断掉。

在后面担负保护责任的夏方东,也很紧张,他真担心向书记一脚踩不稳,会从上面滑下来。倘若向书记滑下来,一定会冲击到他,他脚下也难以站稳。他一边一步不落地向上爬,一边紧紧盯着向书记,随时准备保护她的安全。向书记要是个男同志,他会推着她的后面,给她一些推动力,让她爬得省劲一些。可向书记是个女同志,那就算了。

山再高,也有顶,山路再崎岖,也有稍微平整的地方。爬过这段险路,向家明眼前开朗了一下,面前的山边出现了一块平地,平地是一个长条,地里开满了野花。那些野花都是白色,像荞麦,不是荞麦;像山菊,不是山菊,向家明认不出是什么花。每朵小花都被花茎举得高高的,在微风中轻轻摇曳。向家明的兴致又上来了,她让尚主任把放在背包里的手机掏出来,递给她,她要给那些星星点灯一样的花朵留影。给花儿留了影,向家明把手机递向尚主任,说:你给我照一张嘛。尚主任说他照相技术不行呀。向家明说:没问题,只要把花儿和人都照上就行了。尚主任照完后,向家明接过手机看了一下,说:哇,还可以,晚上发给我女儿看。花地的右侧,是一条山沟,从山上下来的山泉水从沟底流过,哗啦哗啦响。向家明往泉水响处看了看,在一些流垂的植物遮掩下,泉水有些明明灭灭。尚主任说:这些山泉水就是天然的矿泉水,一点儿都没有污染,捧起来就能喝。向家明说:真想喝一口尝尝,可惜山沟儿太深了,我们够不到水。她把手一挥:走,继续前进!接着问尚主任:这条山路一共有多长?

四里多吧。尚主任说。

不算远,咱们走了多少了?向家明向高处展望着。

大约三分之一吧,走过那段凿在山壁上的路,就差不多了。

向家明这才想起来,他们在山下远远看到的、像是挂在悬崖的蛇皮一样的小路还没走到,更艰险的考验还在前面。开弓没有回头箭,越是艰险越向前。给自己加油似的,向家明蹚开几乎被野花遮掩的小路,走到前面去了。

向家明突然想到一个问题:山上住的有没有正上学的孩子?路这样难走,连大人走起来都很困难,上学的小学生怎么办?

有呀,尚主任说,我知道的,在山上住的至少有两个正上小学的孩子,一个男孩儿,一个女孩儿。每天上学、放学,他们都是走这条路。他们中午不回家,只带一个馒头,或一个蒸土豆,就算是一顿午饭。遇上下雨天,或下雪天,家长就不让孩子去上学了。孩子急得直哭,家长也不放他们走。

向家明说:那是的,要是我女儿的话,我也不让她上学,不能让她走这样的路,孩子的生命还是最重要的。

夏支书说:山里的孩子没办法,他们走这样的路上学,是为了上好学走出大山,从此不再走这样的路。他们要是不上学呢,就走不出去,一辈子都得走这样的路。

话题又回到路上。人生了两条腿,就是为了走路。走的路多了,人才站立起来。而目前这样的路,站立起来的人得重新趴下去,变成像是四条腿的动物。这样一来,人不是进步了,而是退步了。要想让人进步,必须解决路的问题。向家明想起村党支部委员、月亮村村民小组组长周志刚说的话,路是高远村陷入贫困的主要矛盾,这个主要矛盾不解决,其他矛盾就无法解决。包括孩子受教育的问题,也无法解决。所以,在帮助高远村脱贫攻坚的过程中,她要把打通道路的问题，放在首要位置，作为主攻方向加以解决。

在不得不通过那段在绝壁上凿出的小路时，向家明想到了两个词，都不是很好听，一个词叫面壁，另一个词叫横行。面壁，是说她脸朝里，一直面对着石壁，悬崖下面蹿上来的风，吹得她脊沟发凉，她根本不敢扭脸往外看，仿佛一看就会跌进万丈深渊，只能两眼瞅着冰冷的石壁，鼻尖儿几乎贴到石壁上。横行，是说她的两只脚不能脚尖向前竖着走，只能横着走，像螃蟹一样。她又比不上螃蟹，螃蟹横行起来，速度是很快的，她呢，只能在尚主任和夏支书的前后保护下，一横一横往前挪。一些险境就是这样，当人站在低处，远远向高处望时，总有些让人望而生畏。而一旦登上高处，把险境踩在脚下，会觉得险境不过如此，并不是不可逾越。越过了险境呢，会油然生出一种胜利感，禁不住想欢呼一下。向家明就是这样，当她从绝壁上的小路上走下来时，不由得举起双臂，握着小拳头，喊了一嗓子：呀，胜利了，我胜利了！喊过之后，她问尚主任：我是不是还可以？

可以，向书记当然很可以，比男书记都厉害。

咱们下山时还走这条路吗？还有没有别的路可走？

尚主任和夏支书互相看了看，尚主任说：没有别的路，只能原路来，原路回。

第六章

这天晚饭后,向家明给丈夫郝思清打了一个电话。因手机信号儿不好,她能听见丈夫说话,丈夫听不见她说话。她听到的丈夫说的话,也是断断续续,前言不搭后语。她说屋里信号不好,到外面找一个高的地方试试。她往外走,并没有把手机放下来,一直把手机贴在耳朵上,继续跟丈夫说话:现在怎么样?能听到我说话吗?

现在听到了,不过信号弱得很,你的声音很小。你怎么样?

不怎么样。

怎么,困难很大吗?

很大很大,大得难以想象。高远村简直就是像一张破渔网,每根网线都是朽的,每个网眼都是烂的,我都不知道从哪里补起。

这些情况你事先不是有所了解嘛,不是有心理准备嘛!

有心理准备也不行,实际情况要比我想象的糟糕得多,我连大哭一场的心都有。一说到哭,向家明眼里马上涌满了泪水,说话声音也有些哽咽。

家明,家明,你怎么了?不行跟领导说说,你回来吧,继续当你的检察员。我听说,检察院下一步实行员额检察官制,你回来,说不定能当上检察官呢!

那怎么可能!

那怎么不可能，凭你在检察院以前的工作成绩，当检察官应该是顺理成章的事。

我说的不可能，是我不可能回去。我都答应区委江书记了，怎么好意思找他要求回去呢。

你要是不好意思，我替你去找他。

郝思清同志！向家明叫了丈夫一声。平日里，她叫丈夫都是叫"思清"，或"老郝"，很少叫全名全姓，更是很少在姓名后面加"同志"。一带"同志"，事情似乎就严肃了，几乎有了政治的色彩、历史的回声。丈夫只要一听见向家明叫他"同志"，就不由得一惊，不知自己又说了什么错话，做了什么错事。也有的时候，向家明是逗他玩，故意吓唬他，但叫完就笑了。这次在电话里叫他"郝思清同志"，他听着不像是开玩笑。果然，向家明在叫了"同志"之后说：你说什么呢，我不许你去找江书记。要是遇到困难就打退堂鼓，我还算个共产党员吗，还算个第一书记吗！我今天给你打电话的意思是，我到高远村都半个多月了，你一次都没有来看过我，我看你一点儿都不关心你老婆。

郝思清赶紧说对不起，对不起。说他最近在集中精力筹备厂里的职工代表大会，忙得连家都顾不上回。等开完了职工代表大会，他立即去高远村看望家明。

你来的时候，记着给我带一箱方便面。我上次带来的方便面，已经吃完了。

不要光吃方便面，吃方便面倒是方便了，但没什么营养。你一定要自己照顾好自己，注意自己的身体。别的我不担心你，就是担心你的身体。喂，喂，家明，家明，信号又不好了，又听不到你的声音了。郝思清一着急，不知不觉以领导的口气向向家明说：你抓紧解决网络通信问题。现在是信息社会，数字经济，手机就是工具，通信不脱贫，其他方面很难脱贫。

给丈夫打完了电话，向家明还想给江书记打一个电话，把半个多月来所了解到的情况，向江书记简单汇报一下，听听江书记的意见，下一步该怎么走。江书记事先说过，她有什么事，可以直接给江书记打电话。电话打过去，手机里传出的是自动语音：您拨叫的用户暂时无法接通。她又拨了一遍，手机里重复的还是这句话。电话打不通，可能还是丈夫说的通信不畅的问题，是网络没有有效地覆盖高远村。向家明学习过这方面的知识，知道多年前的电话都是有线电话，人们之间的通话，需要通过电线里的电流，才能传达给对方。电线扯到哪里，话才能通到哪里。电线扯不到的地方，通知只能靠人的两条腿跑着送。战场上，炮弹把电线炸断了，通信兵冒着枪林弹雨，拼死也得把电线接上。电线也是生命线。有了可移动、可随身携带的手机之后，有线电话就用不着了，煤块一样的座机逐渐成了死机。无线电话说是无线，其实线还是有的，只是线变成了无形，变成了虚拟。所谓信号，就是一种无形的线。据说所有的线都由在天空运行的通信卫星管着，在地面打电话的人，把线扯到天上的卫星，卫星再把线反射给接电话的人，接电话的人才能听到。设想一下，人间的手机那么多，射向天空的线肯定密密麻麻，比天罗地网都稠，比蜘蛛网都有黏性。再设想一下，如果哪天通信卫星不工作了，天下的人就一下变成了聋子和哑巴，那是多么可怕。据说在卫星和手机之间，还有一个中间环节，那就是安装在维基站里的接收器和发射塔。接收器把电子射频信号接收下来，再通过发射塔发射出去，才能增加信号的能量和强度，人们在手机里的通话，才能连贯、洪亮、清晰。这样说来，维基站好比手机的加油站，"加油站"为手机加了油，手机方可正常通话。没有"加油站"为手机加油呢，手机就成了摆设，跟聋子的耳朵差不多。在高远村使用手机，之所以还能断断续续收到一些信号，那是因为在十几公里以外的镇上，建有一座维基站。高远村处在维基站信号所覆盖的边缘，只能是帮边子蹭一点儿能量。处在边缘地位，不在人家维基站的正常覆盖范围之内，手机通信通话效果当然不会好。要彻底解决高远村的对外通信问题，把高远村从所谓"高原孤岛"中解放出来，必须建立自己的维基站。这个问题不消丈夫说，她心中已有打算。

来到高远村的半个多月时间内，按照原定的计划，向家明把每一个村民组都走到了，全村共四十二个村民组，她走一个，在笔记本上记一个，一个都没有落下。同时，她走组入户，还走访了不少村民家。每走进一户村民家，她都会记下户主的名字，了解一下当户人家的人口、年龄、身体状况和经济收入情况。有遗憾，她还没来得及走进所有村民家中。这里的村庄布局，与内陆省份坐落在平原上的村庄不同，平原上的村庄，村民大都集中居住在一个不大的地方，上面下来的干部要到村民家走访，只需一两天时间，就可以一户不落地到每户村民家走一遍。而高远村的村民，受山区"地无三尺平"的限制，两户人家的房子盖在一起的就很少，几乎都是独立成户，你住东山头，我住西山头，你住南山沟，我住北山沟，一家住一个地方。往往是，同是一个村民小组，从这家到那家，这边的人吼一嗓子，那边的人可以听到，可要走到对面的人家，就得翻山越沟，需要花费一两个钟头。每户村民家不能全部走到，向家明总算把每一个村民组的组长家都走到了。她懂得，村民组长是她在脱贫攻坚工作中，所必须依靠的中坚力量。打个比方，那些组长是她的腿，也是她的手臂，没有组长们的支持，她等于没有腿，也没有抓手。所以她必须尽快熟悉他们，团结他们，把他们脱贫攻坚的积极性调动起来。像月亮组的组长周志刚，海洞组的组长秦希明，他们都很能干，思想、意志、道德品质都很高，在脱贫攻坚方面，都能起到模范带头作用。

在马不停蹄的走访过程中，向家明不一定每次都拉上夏支书和尚主任和她一路同行。但是每次下组，她还是希望村里能有别的干部陪她一起去。一是她不熟悉村里的路径，一个人转来转去，恐怕迷了路。二是她怕哪户人家的家里突然窜出一只狗，咬她。她喜欢狗，也害怕狗，她喜欢乖乖狗，不喜欢咬人的狗。在人多的时候，她不害怕狗，她一个人单独行动的时候，对狗就会害怕起来。在下乡当驻村第一书记之前，女儿曾建议她在家里养一只狗，她拒绝了，说看看别人家养的狗还可以，让她引狗入室，她坚决不干。别的且不说，仅狗的不知道讲卫生，她就受不了。女儿笑话她，说她是叶公好"狗"。她有时候让女支部委员刘丽陪她下组，有时请镇里派驻高远村警务工作室的张兴警官跟她一起外出。刘丽没有摩托车，她跟刘丽一块儿出行，只能是步行。张兴手下倒是有一辆带有警务标志的专用摩托车，但向家明不让他用警用摩托车带她下组。她知道，按照规定，警察在接到报警电话或出警指令的紧急情况下，方可骑着摩托车出警，在没有出警任务的情况下，警务摩托车必须处在待命状态，不可随意挪作他用。再者，警用摩托车出现在哪里，意味着哪里出了案情。为了避免村民看见警车产生不必要的恐慌，还是不坐张兴的摩托车好一些。张兴也很能理解她的想法，他跟她外出时，尽量穿便装。在和刘丽一块儿下组时，向家明问刘丽，要不要人手准备一根棍子，随时准备和狗进行战斗。刘丽说不用，她认识各家的妇女，各家的狗都认识她，狗看见她，都是对她摇尾巴表示欢迎，从来不咬她。张兴也说他不用带棍子。为什么呢？说来有点儿逗。凡是他穿着警服到组里去，狗都会对他叫，只要他脱下警服，换上便装，狗就对他友好起来。他无法跟狗交流，不知道这是为什么。他估计狗对他的工作有成见，有警惕。向家明说：狗可能担心你把它抓走，吃它的肉。你吃过狗肉吗？张兴说吃过。这就是症结所在。向家明说。

　　向家明所了解到的贫困情况越来越多，她除了当场记录一下，回到办公室，在早起和晚睡时，她还要根据记忆，再把笔记加以补充。在农户家里，她边听边记，记得都比较简单，有时只是记一点只有她自己才能辨认的记号。在补充记录时，她记得详细一些，会有一些细节。那些情况涉及方方面面，除了衣、食、住、行、水、电、通信等基本生活方面的难题，在文化、医疗、卫生、治安、托幼等方面的困难也很大，欠账也很多，也很薄弱。有一个孕妇，难产，大出血。村里的医务室处理不了，急需抬到镇上的医院救治。几个青壮男人，抬着用小木床做成的担架，在崎岖的山路上一路小跑。鲜血一路滴答，孕妇一直在担架上喊叫：我不想死，救救我，快救救我！可等把孕妇抬到镇上的医院，孕妇鲜血流尽，已停止了呼吸，孩子也没能保住。

　　在治安方面，除了偷鸡偷羊、打架斗殴的事时有发生，高远村竟然还有两个吸毒人员，一个吸毒还贩毒，被判了十多年徒刑。另一个经过强制戒毒后，被送回了村。回村后，他的毒瘾没有戒掉，还偷偷往吸毒人的毒窝子里跑，又被抓了起来。在托幼和幼儿教育方面，高远村从来没有相关的项目。年轻人大都在外面打工，他们生下孩子，留给父母看管，继续去城里打工。家里上了岁数的爷爷奶奶，像管家里的小猪小羊一样，只保证他们的孙子或孙女儿有吃有穿，饿不死，冻不坏，就行了。至于对幼儿的教育，根本谈不上。爷爷奶奶一般都不识字，哪里有能力教育他们的孙辈。向家明看到了不少留守儿童，他们的小脸儿都脏兮兮的，头发都乱蓬蓬的，穿得赤皮露肉，十个有九个都光着脚丫子，真是可怜！

据向家明的深入了解和分析，高远村目前所存在的普遍贫困现象，固然有客观的原因、自然的原因，也有主观的原因，有个别村民习惯不好、素质不高的原因。那天，她在太阴山的山顶，所见到的村民褚大鹏，就是因为天天喝酒，才把自己喝穷的。夏支书他们三人到褚大鹏家时，见他正坐在炉台前自斟自饮。盛白酒的玻璃瓶子是光肚子，未贴任何商标，不知是什么牌子的酒。他喝酒的陶瓷酒盅黑釉白边，像一件出土文物。酒盅里的酒喝干了，酒瓶里的酒还剩下小半瓶。他就酒的菜是一个吃了一半的煮鸡蛋，还有烫过的野灰灰菜蘸辣椒水。他面色微酡，两眼光明，很自得的样子。见夏支书他们进屋来了，褚大鹏才从矮脚凳子上站起来。夏支书把向家明介绍给褚大鹏：这是从市检察院来我们村的驻村第一书记，向书记。

褚大鹏把"向"听成了"像"，说：什么像书记，难道她不是书记吗？

你不要听错，向书记的向，是方向的向，不是像不像的像。

方向的向我认识，"向"字里面有一个口。向书记，欢迎你来到我们家，我请你喝酒。说着拿起酒瓶子，往酒盅里倒满了酒，请向书记坐下喝。

谢谢你，我滴酒不沾，从来不喝酒。向家明摇手拒绝。

当书记的，哪能不喝酒呢！

我真的不会喝酒，喝一点就皮肤过敏。

我不相信，我没见过皮肤过敏，你过一下子敏，让我看看嘛。说着把酒盅端起来，往向书记面前送。又说：这杯酒你要是不喝，就是看不起我，就是看不起老百姓。

向家明的眉头顿时皱起来，成了两个疙瘩。她的脸子也拉下来，方脸几乎变成了长脸。事前她听尚主任介绍过，褚大鹏要个头有个头，要长相有长相，自然条件很不错。就是因为他太爱喝酒，爱酒胜过爱女人，所以一直没找到老婆。别人也给他介绍过对象，对象也跟他谈过一段时间，后来发现他酒瘾太大，一喝酒就不是他，就不再跟他谈了。他名下有梯田，梯田里种的有苞谷、高粱，还有土豆、山芋，他养的有鸡，有羊。要是不喝酒的话，他的日子应该富富足足。他拿粮食换成了酒水，酒水可以使人醉，却不能使人饱，他变成了低保户，每月可以领到几百块钱低保金。这样的人，其实不应该吃低保，但他喝了酒，动不动就嚷没饭吃，国家只好用最低生活保障金，把他养起来。他自己喝酒不算，还将别人的军，逼别人跟他一块儿喝，这让向家明实在有些不能容忍，她说：你说我看不起你，实话告诉你，我就是看不起你。对着酒照照镜子，你看你喝成什么样子了，脑子都不清醒了。一个大男人，几口酒就把你给打倒了，你的理智到哪里去了，意志力到哪里去了？你还算是一个男人吗！向家明的脾气上来了，声音又大又锐利，棍子打枣一样，噼里啪啦一阵响。

敬酒不吃，褚大鹏的面子被卷了，酒劲顶在脑门子上，他脸上一时有些下不来。他看了看酒盅里的酒，想泼掉，又舍不得，一仰脖子喝了下去。灌下这盅酒，他的脸更红了，差不多红成了猪肝色。他哼了一声，加强似的又哼了一声，说：什么书记，我看你就是下凡来了。你下到我们凡间转几圈，浮皮蹭痒地看看热闹，跟别的下凡的仙女一样，很快就回到你们的天上去了。

喝高的人，把她说成是仙女下凡，这让向家明没有想到，她说：什么仙女不仙女，下凡不下凡，你简直在胡说八道！

褚大鹏举着空了的酒盅，嘴里你你你的，还要和向家明犟嘴，夏支书一声断喝"住嘴"，才把褚大鹏喝住了。夏支书说：褚老二，你再敢胡咧咧，小心我用酒瓶子擂你，把你的脑袋擂开瓢。

夏支书的话像是说到了褚老二的短处，褚老二顿时蔫了下来，"我我我"的，不再说什么。

那天下山的路上，夏支书对向家明说，有一回，褚大鹏喝多了酒，见他嫂子去他家拿鸡蛋，拉拉扯扯，想打嫂子的主意。他哥知道了，拎起一只装满酒的酒瓶子，就往他头上擂。酒瓶子碎了，酒水淋了他一头一脸。

向家明说：怪不得你一说拿酒瓶子擂他，他就老实了，原来他以前有过教训。

他喝得红头涨脸，我真怕他发酒疯，冒犯你。夏支书说。

那我不怕，我在检察院受过格斗擒拿的训练，不等他近身，我一脚就能把他踢趴下。

夏支书和尚主任把向家明看了看，尚主任说：没想到向书记还身怀武艺。

武艺谈不上，防身术还是会一点的。

也是那天在下山的路上，向家明摔了一跤。上了山，又下山，艰难的历程都过去了，总算没出什么事。走到山脚一处比较平缓的路段，她心里一放松，腿一软，脚下一滑，就滑倒在地上。尚主任赶紧把她拉起来，问她摔着没有。她说没事儿，提起裤腿看了看，见膝盖那里磕破了皮，渗出了血丝。好在她背包里准备的有云南白药创可贴，她取出一片，贴在浸血的地方，用手抚了抚说没事了。又说：这次摔跤，还是值得总结的。越是在接近胜利的地方，越不能放松警惕。

离高远村最近的上级领导单位是草厂镇，两者相距二十多公里。从村里去镇上，也都是山间小路，要是步行的话，半天才能走到。镇里通知村干部去镇上开会，都是头天通知，第二天或第三天开会，要是当天通知，那就赶不上趟了。向家明头天下午接到镇党委办公室通知，要她第二天上午九点去镇里参加会议，会议的主要议题，是听取高远村关于脱贫攻坚进展情况的汇报。一听进展，向家明不由得有些起急，什么进展，她进驻高远村二十多天了，高远村原来是什么样，现在原地踏步，一点进展都没有。但她能够理解，镇党委让她去汇报，是督促她的意思，说得通俗一些，也是拿小鞭子在后面赶她的意思。草厂镇下属六个行政村，目前其他五个村都已摘去了贫困村的帽子，只有高远村还在贫困村的帽子底下扣着，而且还是深度贫困村。全草厂镇一共三万多人，高远村的贫困人口就占了全镇人口的六分之一。高远村一天不脱贫，她向家明就有责任，镇里的领导也有责任，她着急，镇里的领导说不定比她还着急。她头天下午就对尚主任说，请尚主任骑摩托车送她去草厂镇。为了不耽误参会，他们在第二天早上七点前就要出发。向家明准备汇报材料到半夜，外出处理打架纠纷的张兴，骑着摩托车，回到了警务室。她闻声起身出屋，向张兴道了辛苦，自己引体向上似的伸展着双臂，问纠纷处理得如何。张兴说：我把两个家伙各打五十大板，纠纷暂时平息了。又说：我明天一早去镇上派出所开会，向书记要不要带什么东西？

向家明说：巧了，我明天上午也去镇上开会，你几点出发？

八点开会，我六点就要出发。张兴说。

那正好，明天早上我蹭你的车吧。我原说让尚主任送我去，这样就不用跑了，你跟他说一声吧。

镇党委对这次汇报会很重视，镇里的书记、副书记、镇长、副镇长，还有镇脱贫攻坚办公室主任和副主任等，都参加了。从行政级别上说，镇里的党政一把手，是正科级，向家明也是正科级，向家明和他们是平级。但镇里的干部明白，向家明是从上级派下来的正科级，虽说都是正科级，但里面的含金量不一样，所以，包括镇党委书记田玉坤在内的所有镇干部，都对向家明很高看，很尊重。田玉坤是一位年轻干部，看样子不过四十来岁，很精干、很稳重的样子，会议由他主持。他说：向家明书记是市委组织部为我镇派来的驻高远村第一书记、高远村脱贫攻坚工作组的组长，我代表镇党委、镇政府对向书记的到来表示热烈欢迎。说着带头鼓掌。又说：我们大家都知道，向书记是市里的优秀共产党员，脱贫攻坚先进工作者，她以对党的事业的忠诚，以高度的责任感，顽强的事业心，不辞辛劳，来帮助我们开展脱贫工作，让我们对向书记表示衷心感谢！又带头鼓掌。

向家明抿着的嘴角那里出现了两个小窝儿，不由得有些想笑，心说：这个年轻的书记不简单，官话说得一套一套，已经很熟练。

田玉坤没说让向家明开始汇报工作，他说的是：下面请向书记给我们讲话。

向家明一开口，哎呀了一声，说：田书记说反了，不是你们感谢我，是我应该感谢你们支持我的工作才对。我本来早就应该来镇里汇报工作，迟迟没有来，是因为村里的脱贫攻坚工作还没有取得任何进展，没什么可说的。到今天，我到高远村任职已经二十三天，在这三周多时间里，我和村干部一起，主要是在做调查研究的工作。伟人说过，没有调查，就没有发言权。我想，我要取得发言权，还是要先做调查研究工作。高远村三山夹两沟里的四十二个村民小组，不管是在山沟最低处的村民组，还是在山顶最高处的村民组，我一个不落，全都走到了。初步数了一下，我所接触到的村民，有五百多人。那些人有男有女，有老有少，有失足青年，有留守儿童，有智力障碍的人，也有身有残疾的人。不管他们个人能力如何，大都处在贫困状态。今天，我主要向大家汇报一下我所了解到的贫困现状，分析一下造成贫困的原因，并谈谈下一步的设想。说到贫困现状，向家明难免举一些实例，说到一些细节。说着说着，她就沉浸其中，声音低沉，两眼濡湿。正说着，装在口袋里的手机骤然响起，几乎吓了她一跳。她为手机选择的铃声是快节奏的，有着军号催征一样的效果。她掏出手机一看，荧屏上显示的是江世成书记。呀，是区委江书记的电话，不好意思，我得接一下。按下接听键：江书记，江书记！她连喊了两声江书记。她的情绪有些激动，声音里好像带了一些颤音。她大概意识到了自己的激动，把手机捂在耳朵上，起身到会议室外面去了。

您好像有些激动啊！江书记说。

向家明笑了笑，说：我在村里给您打了三次电话，都没打通。高远村没建维基站，手机信号不行。我现在在镇上，这里的信号儿强得多，我听见您的声音很清晰，接到您打来的电话，我太高兴了！江书记，谢谢您。

您到镇上做什么？

我来向镇党委汇报工作。

哦，您在汇报工作，对不起，我把您的汇报打断了吧？您接着汇报吧，咱们找时间再聊。

有人从向家明身旁走过，窗外是晴天，春光一派明媚。向家明不想中断与江书记的通话，她说：我已经向镇党委汇报得差不多了，现在该向您汇报了。她沿用对丈夫郝思清的说法，说整个高远村的贫困现状，就像一张烂得不能再烂的渔网，每个网眼都破烂不堪。这样的"渔网"早就失去了打鱼的能力，把这样的"渔网"投到水里，一条鱼都捞不上来。她和村党支部、村民委员会的干部，经过反复调查研究，反复协商，计划补网先补纲。啥是高远村的纲呢？路就是高远村的纲，只有先把纲修好了，才能做到纲举目张。可是，把路从村里修到镇上，有二十多公里，再把路从村里修到各个村民小组呢，加起来又有三十多公里。修路就是砸钱，要把路修好得花多少钱哪，恐怕几千万都不止，真是愁死个人哪！

家明书记，您不用发愁。记得我跟您说过，高远村我去过，也听镇里的同志汇报过，对高远村的基本情况，有一些了解。我虽说没有您调查得那么深入、细致，大概的情况还是知道的。我跟您说几个意思，跟您交流，供您参考。第一，您不要把高远村看成一张烂渔网，看成烂渔网，哪里都是漏洞，修修补补是很难的。您把高远村看成一张白纸，等于白纸上什么都没有，这样才能在白纸上画出最新最美的图画。第二，您要克服小家子气，把目光放远，提高政治站位。咱们必须认识到，脱贫攻坚奔小康，是党中央确定的国家战略，是大政方针。国家改革开放将近四十年，已经积累了一定的财富，不允许像高远村这样极少数的村子，还处在贫困线以下。不管投入多少，国家也要尽快帮助高远村摆脱贫困。

向家明插话：江书记批评得对，我是有点儿小家子气。以前过穷日子过怕了，我总是想为国家省点钱，能少花就少花。

不是批评您，以前我也不够大气。现在我才知道了，该花的钱一定要花。江书记接着说：第三，不要忘记，我们这里是革命老区。在遵义会议期间，在红军四渡赤水的时候，老区人民为革命付出了牺牲，做出了贡献。现在到了回报老区人民的时候，一定要让老区人民彻底摆脱贫困，有获得感、幸福感。不然的话，我们就对不起老区人民。第四，高远村的脱贫攻坚是百年大计。我建议，你们不要急于上某一个项目，先搞一个全面的、书面的规划出来。制订规划是一个系统工程，对科学性、专业性的要求都很高，不是随便拍拍脑袋就可以完成的。随后我跟农业农村局的局长说一下，让他至少派一个副局长，再带上一个专家，帮助你们一起搞规划。第五，我希望规划体现出全面、彻底、高质量、现代化的标准，让高远村来一个脱胎换骨般的变化，把高远村打造成一个焕然一新的美丽幸福家园。时不我待，你们抓紧时间，争取在一个月内把规划制订出来。到时候，我和区里相关局委的领导，都去高远村，逐项听取你们对规划的讲解。你们讲解之后，再请各局委的领导提意见，进行补充完善。

向家明又激动了，大声喊着江书记，说：您说得太好了，等于为我们的工作指明了前进方向啊！下一步我们就按您的这五条建议来落实。江书记，您的这五条建议，我能不能向草厂镇的领导转达一下呢？

当然可以。哎，对了，您跟镇党委田书记说一下，在制定规划的时候，镇里也要派人参加，至少派一个副书记或一个副镇长。高远村的脱贫攻坚工作，也是镇里的重点工作，他们听取您的工作汇报，我也要听取他们的工作汇报。您身体怎么样，吃得消吗？

还可以。我姐妹多，从小娘待见，爹不待见，一点儿都不娇气。

村里目前的生活条件和城里毕竟不一样，您还是要多注意身体。

向家明本来想说，她家老郝也是最担心她的身体，话到嘴边，她没有说出，只说：谢谢江书记，我会注意的。

第七章

在江世成书记的协调组织下，高远村的脱贫攻坚规划小组很快成立起来。小组一共六人，区农业农村局副局长、跟副局长一起来的规划师，镇里来了一位副镇长，再就是向家明、夏方东、尚应金。向家明建议请副局长当组长，统一指挥规划工作，因为副局长是上级派来的，职级最高。副局长坚决不同意，他说出的理由是，党是领导一切的，规划小组当然要归驻村第一书记领导。他们只是来村里协助制定规划，不可喧宾夺主。那好吧，不管谁当组长，目的是同心协力，把规划做好。向家明不再争执。

规划工作以微知著，以小博大，纸上一个点，地上一口井；纸上一条线，地上一条路，半点马虎不得。也就是说，搞规划的人须心胸博大，胸怀全局。而要做到大，必须从小处着眼，从足下开始。副局长和规划师都是忠于职守的人，工作较真的人，比起听别人的讲述，他们更注重实地考察，更愿意相信自己的双眼，和自己的双脚。是单位派车把他们送来的，他们随车带来了折叠行军床。村委会的办公室已无地方可住，夏支书只好把他们安排到一户住房稍宽敞的农民家里借住。他们把行军床打开，支上，还未及在床上躺一躺，就走到户外，投入现场踏勘工作。凡是向家明走过的地方，他们都要走一走，向家明没有走到的地方，他们也要走。凡是向家明到过的农户，他们都要走到，向家明没有走到的农户，他们也要走到。他们不认为这是重复劳动，每种劳动都是个人性的，因个性的不同而不同，因动机的不同而不同，因效果的不同而不同。比如，为了彻底解决高远村的吃水和用水问题，他们设想，在村里建一座水库，建一座水厂和水塔，并通过埋设地下管道，把水送到各家各户。这是三个项目。水库建在哪里，水源是否充足，库容是多少，拦水坝要建多高，要不要安装泄洪闸，等等，这些都需要在制订规划时考虑在内。水厂和水塔建在哪一座山的山头最合适，这也需要多看一些山头，经过反复比较、挑选，才能确定下来。再比如修路项目，从镇上修到村里，从村里修到各组，再从各组修到各户，也是三个项目。每个项目的总里数是多长，不同项目的宽度是多少，每个项目需要投入多少资金，也要写到规划里面。要把规划做准确，做得切实可行，他们必须把前期的勘察和测量工作做足做够，做深做透。

向家明对副局长和规划师的工作态度和敬业精神很是佩服，她说：你们辛苦了！你们很有紧迫感啊！

副局长说：扶贫攻坚是全党全国的大事，现在离国家规定的实现全国脱贫的时间已经不多了，脱贫攻坚，人人有责，不抓紧时间不行啊！

只要有时间，向家明就和副局长、规划师、副镇长一起，到村里各处走，各处看。走和看的同时，商量规划的内容。在做别的事情的时候，向家明就让夏支书或尚主任陪他们下去。村委会没食堂，向家明一个人时，在办公室的煤火炉上简单做点饭凑合一下还可以。现在又一下来了三个人，再凑合就不行了，向家明必须解决他们的吃饭问题。三个人所住的那户人家，男主人也是一个村民小组的组长，名字叫晏同林。向家明跟他商量，让三个人临时在晏家吃饭，请晏同林的妻子帮着做饭，然后由村里给晏家一些生活费补贴。夏支书有时从家里提来一只活鸡，尚主任则从家里提来一块腊肉，给规划小组的人改善一下生活。副镇长骑有一辆摩托车，到了双休日，他就骑车回到镇上住。星期一再来高远村时，他会买一些鸡蛋、豆腐和新鲜蔬菜，带到高远村来，让晏同林的妻子做给大家吃。

五一劳动节前一天，向家明的丈夫郝思清自己驾车，来高远村看望妻子。向家明看见郝思清，只说了两个字：终于——"终于"后面的话都省略了。郝思清也说了"终于"，在"终于"后面又加了一个"终于"，叫"终于的终于"。久别的两口子像对暗号一样，对上了暗号，夫妻俩都笑了。郝思清看着向家明说：家明瘦了，至少瘦了五斤。向家明说：在家里天天减肥，就是减不下去。到了这里，不用特意减，肥自动就减下来了。在车的后备厢里，郝思清给向家明带来了好多好吃的东西。每看到一样好吃的东西，向家明都不无夸张地欢呼一声。另外，他还带来了一箱方便面和一箱白酒。郝思清所在的酒厂改制为酒业股份有限公司，他是总经理，白酒是他们公司出产的，是他从公司门市部买的。当晚，郝思清做东，请规划组的所有成员喝酒。他端起酒杯说：我们家向家明不会喝酒，她欠了大家不少酒，她欠下的酒，我今天替她喝。第一杯酒，感谢大家对家明工作的支持，干！说罢，率先把一杯酒干掉了。副局长等人也把酒干掉了，副局长说好酒。向家明面前放的是一瓶郝思清从城里带来的瓶装酸奶，在别人举杯的时候，她把酸奶瓶子举起来，也跟大家碰了一下。郝思清敬的第二杯酒，是给大家道辛苦。敬的第三杯酒：让我们共同为高远村的美好未来干杯！三杯过后，郝思清给在座的副局长、规划师等人逐一敬酒。他神采飞扬，游刃有余，对每个人都有说头。酒喝得越多，他的说头就越多。向家明有些插不上嘴，只能微笑地看着郝思清，任由他借酒发挥，好像她不是高远村的第一书记，丈夫才是。向家明不会阻止郝思清澎湃的热情，觉得丈夫比自己水平高，一直对他的才能持欣赏态度。

五一节放假一天，加上星期六和星期日连在一起，一共是三天假。明天是假期的第一天。郝思清对向家明建议，趁放假回家看看老母亲，她将近两个月没回去了，老母亲一直挂念着她。同时，他还向副局长和规划师建议，让二人坐他的车一块儿回市里。等假期结束，他再负责把向家明他们一块儿送回来。副局长说：太好了，郝总想得真周到，真讲人道。副局长和规划师一起，跟郝思清喝了感谢酒。

向家明在市里的住房很宽敞，有客厅、书房兼茶室，还有大屏幕的家庭影院。他们家住在十楼的顶层，说是顶层，顶层上面还有多半层，算是复式，女儿的房间就在楼上。楼顶一块宽展的平台也归他们家所有。他们在平台上栽种了些花草和蔬菜。世上的花儿有千种万种，向家明最喜爱的花朵就是向日葵花，平台花园自然少不了向日葵。偶尔写诗，她赞美最多的也是向日葵。心中所有，眼中所有，登上平台，首先映入眼帘的就是她最爱的几棵向日葵。向日葵的花盘已经长圆，花盘外圈明黄色的花瓣，一瓣挨一瓣，如同给花盘镶上了金边。阳光照在花盘上，仿佛花盘也变成了太阳。天上一个太阳，花池里好几个"太阳"。天上的太阳会发光，花池里的"太阳"好像也会发光。天上的太阳在转动，地上的"太阳"随着天上的太阳，也在转动。两者的转动，是长期的默契，不易看到而已。向家明拿出手机给向日葵照相，照了多棵照单棵，照了全景照特写，一连照了好几张。给向日葵照完了相，她该和向日葵合影了便把手机交给郝思清，让他给自己照。她对画面总是很挑剔，对丈夫的照相技术一直不甚满意，她一让郝思清给她照相，郝思清就有些打怵。但她既然说了，郝思清又不敢不服从，所以每次为她照相都是上看下看，左看右看，照得格外认真。郝思清一边为她拍照，一边不忘恭维她：我老婆底板好，只要以我老婆为中心，怎么照都不会差。说着把拍下来的照片给向家明看。正值节日，楼下的街道上车水马龙，彩旗飘扬，市声熙攘，颇有节日气氛。向家明接过手机，单指滑着看了一遍，说照得还可以。女儿过节没有回来，她说随后挑两张给女儿发过去。

向家明对郝思清不满意的地方，是露台园子里长了不少野草且格外茂盛，与蔬菜试比高似的。向家明把裙子往上提了提，蹲下身子，开始拔草。她一边拔草一边说：你看看，你看看，野草疯长成什么样子了，一个家离开女人还是不行啊！

那是当然。男人所谓成家，就是找到了老婆，没有老婆，就不算成家。成了家呢，仍然离不开老婆。

我知道你忙，我不在家的时候，你可以请一个小时工帮咱家拔草嘛!

可以呀。请男的还是请女的呢?

当然是请女的,这还用问吗?

是请年轻的还是请不年轻的呢?

废话,调皮。

我计划好的就是在劳动节期间除草,劳动节嘛,就是要劳动。好了,你下去休息吧。穿着裙子,涂着口红,哪里像干活的样子,不就是向家的二小姐嘛!

我这还没穿高跟儿鞋呢!她抬脚看了一下,脚上穿的是一双绣花拖鞋。这双鞋是几年前妈妈戴着老花镜为她做的,她一直舍不得换掉。

你下楼穿上嘛!郝思清喜欢单独性的劳动,不愿让向家明跟他一块儿拔草。就算向家明不拔草了,站在一旁看着他一个人拔,他也不乐意。他这种心理不光是爱惜妻子,怕妻子累着,还有一个原因,妻子看着他,他仿佛置身于监督之下,顿觉浑身不自在,一点儿都不放松。之所以形成这种心理障碍,是他在干活的时候,妻子不知不觉就以"检察"的习惯,对他指指点点,弄得他手忙脚乱。拔草是这样,在厨房做饭也是这样。在厨房做饭的时候,他宁可把厨房的门关起来,也不想让妻子看着他做饭。在妻子做饭的时候,他也尽量不去厨房。把饭做好,夫妻一块儿吃就是了,夸对方做的饭好吃就是了。郝思清总有办法将向家明支开,他说:哎,你不是说咱们晚上去看老爸老妈嘛,你现在去超市买点好吃的东西吧,老爸老妈爱吃什么你最知道了。向家明明白郝思清的意思,她没有说破。做夫妻时间长了,跟变成了一个人差不多,动动眉毛,眨眨眼皮,就知道对方要做什么。她没有坚持跟郝思清一块儿拔草,说那好吧。

晚上一看见妈妈,向家明就"妈妈妈妈"地叫,高兴得像是个小孩子。向家明的声音是明亮的童声。男孩子长到十几岁会变声,从童声变成憨腔。女孩子虽说没有明显的变声阶段,但随着岁数变大,声音也有所变化。可向家明的声音变化不大,似乎还保留着小女孩儿一样清脆的嗓音。如果让她到广播电台去播音,只闻其声,不见其人,别人还以为她是少年合唱团的团员呢。向家明说：妈妈，我好想您呀！

妈妈还是习惯把向家明叫"明明"，说：明明，我的孩子，妈妈也想你呀！来，让妈妈好好看看你。明明瘦了，恐怕五斤都不止。

我不怕瘦，越瘦越精干。

妈妈拉开冰箱，从里面端出大半碗猪大油炼成的油嗞啦，说：一直给你留着呢，你赶快吃吧。放的时间不短了，可能有点儿皮了，不太焦了。

没事儿。向家明接过碗，捏起一片油嗞啦，放到嘴里尝了一下，尝出一股子哈喇味，看来妈妈是把油嗞啦放的时间太长了。因她从小就爱吃这口，家里只要炼出油嗞啦，妈妈就给她留着。妈妈自己舍不得吃，也不给家里别的人吃。向家明说：好吃，真好吃，一吃就是妈妈炼出来的味道。有了哈喇味的油嗞啦，其实已经变质了，不能多吃。她自己不能多吃，也不能留给妈妈吃，或别的人吃。她说：我舍不得一次吃完呀，吃不完的我带走吧，带到高远村慢慢吃。她让郝思清给她找一个塑料袋，要把油嗞啦都倒进塑料袋里去。

郝思清正跟向家明的爸爸坐在客厅里的沙发上聊天，聊当前的国际形势。男人嘛，总是对大事感兴趣，只要和老人一见面，他们总是爱就国际和国内的形势交流看法。郝思清的父母都去世了，而向家明的双亲都在。每次见到两位老人，他都会想起自己的父母，感到很亲切，愿意好好孝敬向家明的爸妈。听见向家明喊他找塑料袋，他马上去厨房，找一个新的食品塑料袋给向家明递去。那种透明的薄膜塑料袋，卷成一个圆筒形状，用时就从圆筒上撕下一个。这样的一次性塑料袋是向家明给爸妈买的。她以前发现爸妈用旧的塑料袋装食品，就买了送来。郝思清对岳父岳母家的厨房也很熟悉，进去就把塑料袋取出一个。他知道向家明在卫生方面讲究得很，几近洁癖。比如煮鸡蛋，别人家拿出鸡蛋，一般会直接放到锅里煮。向家明呢，用清水把鸡蛋表面冲洗了不算完，还要用细毛刷子把鸡蛋刷一遍，才放进锅里煮。他撑开塑料袋，向家明往里倒油嗞啦时，对他使了一个小小的眼色。郝思清会意，却故意大声说：这么好的油嗞啦，拿回去让我吃一点儿可以吗？

那不行，这是妈特意给我留的，谁都不能吃。向家明配合郝思清演双簧。

妈妈果然是当真了，对二闺女说：家明，你不能这样小气，思清对你这么好，有了好吃的东西，你要和思清分着吃。

5月4日一大早，郝思清如诺，自己开车把向家明、副局长和规划师往高远村送。下了公路往山里开时，车开始还是在崇山峻岭的夹缝里绕来绕去，甩来甩去。在这样的小路上走得多了，向家明已不像第一次去高远村坐车时那样紧张，敢于系好安全带，坐在副驾驶的位置。再说了，在高远村组与组之间穿行时，她连像蚂蚱一样在山路上乱蹦乱跳的摩托车都坐了，那样的惊险都经历了，相比之下，坐在有四个轱辘、封闭很严的轿车里，又是自己的丈夫驾车，她觉得安全多了，还敢于往车外看。只见层峦叠翠，满目青山，山脊如黛，雾岚生紫，真是颇有诗意呢。向家明却伸手把一个膝盖揉了揉，说：今天晚上又要下雨。她的口气是肯定的，比电视里的天气预报都肯定。这是因为，只要天一阴，云一低，她的膝盖就会隐隐作痛。证实得不能再证实，只要她的膝盖一发疼，离下雨的时间就不远了。让她觉得不解和好玩的是，下雨前膝盖发疼，而一旦开始下雨，不管下三天还是四天，膝盖就不怎么疼了。等到天将放晴时，她的膝盖又开始疼。因此，她把自己的膝盖说成是戴在身上的天气预报台，既能预报下雨，又能预报天晴。

郝思清多次听到过向家明的准确预报，对这样的天气预报深信不疑，他说：我把你们安全送到后，趁雨还没下来，马上就得折返回来。不然的话，天一下雨，这路就更难走了。说罢就不再说话，专心致志开车。

副局长说：总经理亲自开车，我们的待遇可够高的。

副局长的话，郝思清不回应一下不合适，他说：没什么，我在公司里是坐车的，出了公司就是开车的。家明也会开车，只要有我在，车都是我开。

坐在汽车上说汽车，副局长接着讲了一件与汽车有关的事。有一天，他们去海洞组一户村民家走访，听说有一个白发苍苍的老太太躺在病床上，已病得很重，只剩下奄奄的一口气。大儿子问她还想吃点儿什么，她说什么都不想吃。问她还想喝点儿什么，她说什么都不想喝。问她想看点儿什么，老人家像是想了想，说她光听人家说汽车、汽车，也不知道汽车到底长啥样。儿子明白了，老母亲走前是想看看汽车。四个儿子一商量，决定把小木床当担架，把老母亲抬到镇上去看。当儿子们在床框上绑绳子时，老母亲误会了，说：我还没死呢，你们这是干啥？当大儿子说明，要抬她去镇上看汽车时，老母亲怕儿子们走山路太费劲，摆手说不去，说啥也不去。老母亲最后说的是，看不看汽车都没啥，都不耽误死。老母亲死后，儿子们只好买一辆纸扎的汽车，在老母亲坟前烧了。副局长感叹说：国家改革开放快四十年了，城里有的人家，家用小汽车都更新换代好几辆了，可山里的老人，一辈子都没走出过大山，竟然连汽车都没看见过。要不是到高远村来，这样的情况，我无论如何都想不到。说罢，轻轻叹了一口气。

无人说话，车里人都在沉默，沉默。汽车继续前行，偶尔能听见车轮碾起的小石子打在车的底盘上砰砰响。

向家明心想，副局长讲的这件事情她以前没听说过，这是她工作上的欠缺，说明对情况的了解还是不够透彻。副局长了解到的情况，她应该都了解，副局长没了解到的情况，她也应该了解。下一步，她要指定一名村干部统计一下，看看村里还有多少老人没见过汽车，争取让每一位老人都有机会看到汽车。其实，看到汽车并不是很难，不一定非要到镇上去，在村里也能看到汽车。比如丈夫开着汽车来村里看她，等丈夫再来的时候，她让丈夫把汽车在村委会门前停上一天两天，没见过汽车的老人们只需走到村委会，就能把汽车看到了。

又过了几天，规划进入讨论和起草阶段。作为规划小组的组长，向家明召集规划小组的所有成员坐下来开会。在她看来，这个会议，类似于一些重要的会议。会议前所做的一切工作，所付出的一切辛劳，都是在为这个会做准备。会前大家都会有一些想法，但不一定说出来，要开会时才说。等开完了会，与会者达成了共识，并形成了会议决议，会议才算是成功的会议、胜利的会议。因此向家明对这个会议很重视。她拿出从家里带来的好茶叶，让刘丽过来为大家泡茶倒水，做服务工作，给会议增加一些仪式感。她吃过尚主任的妻子炖的羊蹄，烂乎、脱骨，相当好吃。她掏钱让尚主任去镇上买回一些羊蹄，请他妻子帮助炖上一锅，作为会议餐撮上一顿。

规划分为多个项目，他们逐项讨论，一项讨论完了，再接着讨论下一项。对有的项目，他们几乎没什么争议，意见很快就统一起来。而对个别项目，他们之间的争议比较大，迟迟达不成共识。举几个例子来说吧，比如建维基站，副局长的建议是建一个。向家明的意见，最好建两个，因为高远村面积广，海拔落差大，只有一个维基站的话，恐怕信号不能做到全覆盖。要是建两个的话，通信信号可以到达高远村的各个角落，等于高远村一下子登上了信息高速公路，再也不用发愁手里的"手机"变成"烧鸡"。副局长认为向家明说得有道理，最终同意建两个维基站，由一个项目变成两个项目。别的小组成员，也都表示同意向家明的意见。规划师把这两个项目记了下来。

再比如建学校。规划师提出的规划建议，是新建一所三层楼的学校，至少可以容纳六个班级、三百多名学生到校读书学习。另外，还要在学校门前建一个够规格的操场兼篮球场，供小学生们做课间体操和打篮球。对于规划师的这个建议，大家都说那是必需的。十年树木，百年树人，教育是百年大计，实现了教育脱贫，才能从根本上实现脱贫。向家明补充说，建了教学楼和操场还不够，还要建一座配套的教师宿舍楼，保证新分配来的教师有单独的宿舍可住。教师是教育的主体，是教育优劣的决定性因素。要办好学校，必须有优秀的教师。听刘丽说的，还有她去学校走访了解到的情况，知道市里的师范学院，去年曾给高远村分配了一个刚毕业的大学生，是个男生。那个男生赶了一天路程，到学校一看，连个住的地方都没有。人家连行李箱都没打开，宁可不要工作，当天晚上就摸黑走了。希望小学还存在的时候，有两位从师范学院分配来的女大学生，倒是留下了，很受学生们欢迎。

后来，小煤窑的巷道挖到学校下面，挖得地基下陷，墙体开裂，使希望小学变成了失望小学。两位女大学生看不到新的希望，就先后调走到别的学校去了。向家明联系到自家的女儿说：我们不能埋怨人家大学生怕苦怕穷，缺乏敬业精神和牺牲精神。人家辛辛苦苦读了几年大学，谁不想到一个条件比较好的地方去工作呢？这些大学生，大都是独生子女，都是家里的宝贝。他们的父母，看到自己的孩子在如此艰苦的穷山沟里教书，不心疼才怪呢！不用说别人了，要是让我的女儿到这里当老师，我也是舍不得的。所以，我们一定要筑巢引凤，争取把新的大学生吸引过来，并留下来。大家听向书记越说越有道理，道理里面还有感情，还有将心比心，纷纷表态同意。

再比如种核桃。向家明好像有了核桃情结，好像核桃树已经在她心里种下很久了，并在她心里开了花，结了果。如果不把核桃种在土地里，无论如何她都不会甘心。每个人都有固执的一面，向家明的固执在种核桃树方面体现了出来。当她把种核桃作为一个脱贫项目提出来后，其他五位规划小组的成员都没有说话。夏支书和尚主任互相看了看，都微笑了。他们心里说的是：这个向书记，咬定核桃不放松，真够拧的。局面总不能一直僵下去，他们都看着副局长，用目光催促副局长说话。副局长看出了大家的意思，喝了一口水，说：我觉得种核桃这事需慎重考虑。他说了他的几点考虑。以前这里曾种过核桃，六年都没有挂果，这样的教训应当记取。现在离国家规定的脱贫时间只有两年多，而种核桃要得到收益，恐怕需要三年时间，高远村等不及。分田到户后，每户农民都有种地自主权，你让他们不种庄稼，去种核桃，很难做通他们的工作。基于这几点考虑，他的意见是，种核桃暂不宜列入脱贫攻坚项目。听副局长说得如此有理有据，除向家明之外，其他人都像是松了一口气，以为向书记也会被说服，会放弃种核桃的建议。大概是为了表示赞同副局长的意见，也是为了活跃一下气氛，副镇长说：没有金刚钻，揽不了瓷器活儿，吃核桃得有好牙口。这里的人牙口儿都不是很好，不太爱吃核桃。说罢，自己先笑了。

向家明怎么办？如果就此放弃自己的建议，向家明就不是向家明了。停了一会儿,她喝了几口自己带来的茶所泡出的茶水。茶是本省所产的都匀毛尖,入口有些苦吟吟的,回味却是甜丝丝的,她和丈夫都爱喝。喝了茶,放下茶杯,她还没有马上说话。有眼色的刘丽,马上提水瓶过来,为她续上了新水。新茶从杯底泛上来,绿莹莹的茶叶间有一些白雾状的东西,那就是毛尖上的细毛毛,证明着明前茶鲜嫩的品质。不远处传来一个男人的叫卖声,喊的是:金沙炭,火旺耐烧的金沙炭,谁买金沙炭!等叫卖声暂停,向家明才说话。她对副局长的意见逐条进行了解释。她的解释不是引申的意思,更不是同意。乍一听像是解释,再仔细一听,原来是辩解,甚至是辩驳。她说,她建议把种核桃列为脱贫项目之一,绝不是一时冲动,是经过调查研究的,是有科学依据的。她请教过种核桃的专家,并到专家所经营的核桃种植基地看过,专家向她保证,专家提供的核桃种苗,种下去两年即可挂果,三年就可得到收益。至于种核桃能不能在脱贫的时间卡口前结果,为脱贫做出有效的实质性的贡献,她谈了自己的看法。据她所知,有些从城里下来的驻队干部,没有长远的打算,只有急功近利的心态。他们利用自己的资源优势,拉来几个脱贫项目,完成后就算取得了业绩,自身就像镀了金,回去后就可以得到提拔。这种心态是要不得的,也是不负责任的。正确的做法,是做见效快的项目,也要有长远的眼光,做一些能长期收益的项目。而种核桃就是一个能长期收益的项目,大约可以收益三十年吧。她想到了,由于以前种核桃的教训,村民们可能不愿再种核桃。这个不是太大的问题,村民的思想工作由她来做,相信夏支书和尚主任也会帮她做。为慎重起见,第一批种核桃项目,也不必种多,二百亩就可以了,先给下一步的扩大种植面积起一个示范作用。对于副镇长所说的当地人牙口儿不好,不爱吃核桃,向家明也做出了回应。她说,核桃是一种坚果,谁的牙再好,也不能直接用牙咬。要用锤子,或者用专门夹核桃的夹子,把核桃坚硬的外壳弄碎,才能吃到里面的果仁。核桃的食用和保健价值都很高,它的蛋白质含量是鸡蛋、鸭蛋和牛奶的五倍,还含有丰富的氨基酸、亚油酸及钙、铁、磷、锌等多种营养元素,被称为"万岁子""长寿果""智力神"等,是很宝贵的东西。这里的人并不是不爱吃核桃,是因为这里以前不怎么种核桃,没条件吃,也吃不起。要是树上有核桃,家里有核桃,我相信大家都爱吃。

向家明说完,讨论会再次出现冷场的局面。不是规划小组成员的刘丽有些着急,她给每个人的茶杯里都添了一道水。说喝茶喝茶,喝了茶润润喉咙好说话。又说:我老公从镇上给孩子们买回了几罐核桃露,孩子很爱喝。刘丽的老公是草厂镇党委办公室的主任。

一个项目没讨论完,就无法接着讨论下一个项目。规划师把用作记录的圆珠笔暂且放下,说大家都很认真,这很好,这正是做规划所需要的精神。但他话头一转说:其实我们所做的规划方案,只是一个草案,并不算最后定盘子。草案做完后,我们先要报到镇上。镇上的领导班子审查修改后,再上报到区里。等区里党、政领导审查修改并批准后,规划才算正式定稿,才能进入实施阶段,项目才能一个一个落地。他当规划师多年,已经做过多种多样的规划。据他的经验,对规划的审查,有着复杂而严格的程序,规划有着不同的命运。有的规划报上去,很顺利地就获得了批准。有的规划报上去,被一再打回来修改,修改了多次,也没能获得批准。还有的规划,报上去迟迟不见回音,私下里一打听,规划早就被"拍死"了。

规划师的话,让大家稍稍有些泄气。他们认认真真地讨论,一丝不苟地做规划,原以为规划一做好,就如同铁板上钉钉,不再改变了呢。却原来,规划可以由他们做,最后怎么定,并不能由他们说了算。规划在运行过程中,还有很大的变数。不过,他们从规划师的话里,也听出了另外一种意思,有些拿不准的项目,争议不下的项目,不妨只管报上去,由上级领导定夺。规划师干脆把他的意思说了出来:既然向书记对种核桃项目这样坚持,咱们就只管报上去吧,核桃到底是硬的,还是软的,领导们比咱们拿捏得好。明显的,规划师是在玩折中,玩踢皮球,皮球到了他脚下,他率先踢了第一脚。既然如此,夏支书、副镇长、尚主任都说,那就报上去吧。副局长把头发往后整理了一下才说:少数服从多数,那就列上吧。

争议最大的，是要不要为居住在太阴山最高处的长风村民组修路的项目。他们事先商定的修路原则是"三通"，即镇通村，村通组，组通户。按照这个原则，路应该从村里修到长风组，再从长风组修到各家各户。可副局长一上来就亮明态度，他不同意为长风组修路。他态度坚决，表情严肃，似乎没有任何商量的余地。在是否种核桃的问题上，他虽说不是很情愿，但总算做出了一些让步。在要不要为长风组修路的问题上，看样子他要寸步不让。

这是怎么回事？俗话说，宁落一村，不落一家。全村四十二个村民组，四十一个都要修路，只剩长风组不给修，恐怕说不过去。有人以为副局长有了情绪，刚才他不同意种核桃，大多数人的意见还是把种核桃的项目报上去，他一时转不过弯来，就起了情绪。别以为当领导的就不闹情绪，当领导的闹起情绪来，比普通人还厉害。尚主任看了看向家明，见向家明也在看他，像是在用眼神儿鼓励他说话。尚主任有一句口头禅——我向领导汇报一下。只要是跟领导说话，他开口第一句都是说这个。他是一个基层的村主任，所处的是汇报的位置，汇报来，汇报去，这句话他就说顺了嘴。有人跟他开玩笑，问他跟自己老婆说话时，是不是也是"我向领导汇报一下"？尚应金说：那是当然的，我老婆也是我的领导嘛！尚主任也不是等闲之辈，说了"向领导汇报一下"之后，上来就搬出了总书记的讲话，他说：总书记讲过，脱贫路上一个也不能少。我们得遵照总书记的指示，在修路的路上，也要做到一个组都不能少，一户都不能少。村民们是平等的，每个组和各家各户门前的路，要修都修，要不修都不修。有的修，有的不修，是无法平衡的。如果单单不给长风组修路，我估计长风组的村民不会答应。长风组有一个酒疯子，不给他修路，喝了酒他会骂人的。

副局长说：山有高有低，沟有深有浅，树有粗有细，猪有肥有瘦，世上万事万物，到啥时候都不会一般齐。什么是政策，差别就是政策。长官骑马，士兵不一定骑马，不能搞绝对平均主义。我坚持不把太阴山修路列入规划以内，谁要是骂人，让他骂我好了。这样说着，他好像已经挨了骂，脸上板得铁板一块。

向家明是一个自信心很强的人，也是一个有着一定男性性格的人，加之她长期在市里检察院工作，不怵任何当领导的人。多年的人际交往经验，她的体会是，人的地位越高，修养越好，气质越温良，越不摆官架子，平易近人，容易打交道。人都是从小到大，从低到高，从弱到强，能走上领导岗位，每个人的背后都有着艰苦奋斗的经历。特别是一些从农村走出来的领导干部，偶尔回忆起小时候的贫困生活，回忆起漫漫的求学路，每个人都有一肚子苦话可说，说起来差不多都眼泪汪汪。会看人的人，不光要看当前，还要看以前，把一个人的当前和以前联系起来看，才能把一个人看全面，看透彻。且不说别人，就拿她自己和丈夫来说，能走到今天这一步，每一步都不容易，都费尽了千辛万苦。向家明没有和副局长深入交谈过，那天丈夫请副局长等人喝酒，只听副局长和丈夫交谈了几句，得知副局长的老家在邻省的农村，先是在北京的中国农业大学读书，毕业后分配到村里当村官，两年后提拔到镇里当副镇长，接着是镇长、镇党委书记，直到去年，副局长才升到副处级，当上了区农业农村局的副局长。没听见他和丈夫说到了什么交心的话，只见二人竟连碰了三杯，都是一饮而尽。向佳明要求大家都不要激动，什么事情都可以商量。副局长姓张，向家明把副局长叫张局长。她说：张局长不同意往太阴山上修路，肯定有他的道理，我们听张局长说说他的道理嘛！

副局长说：谢谢向书记给我说明道理的机会！说起来，我的道理也很简单。我就是觉得，在太阴山上修路太难了，成本太高了，代价太大了。我们都读过李白的《蜀道难》，太阴山的山道，我看跟蜀道也差不多。要在太阴山上修路，就得劈山，还要盘山，盘山路要在山上绕来绕去，绕够九曲十八弯，才能到达山顶。我初步算了一下，要修这条路，投入三千万恐怕都打不住。别的修路费用都加起来，都没这么多，而这一条路就要花三千万，太不划算了。改革开放这几十年，我们国家是攒了一些钱，才使我们有资本搞脱贫攻坚。可是同志们，我们得明白，我们的钱来之不易，都是血汗钱哪，都是纳税人的钱哪！在脱贫攻坚的路上，我们是要做到一个也不能少，不能抠抠搜搜，太小家子气。但是，我们也不能大手大脚，任意挥霍，必须实事求是，尊重科学和客观规律。我们要对村民负责，也要对国家负责。对国家负责，就是对村民负责。只有很好地对国家负责，才能更好地对村民负责。我觉得这两者是一致的，一点儿都不矛盾。我们应该保持对国家负责和对村民负责的一致性。

当副局长说到修路要花很多钱时，向家明想起江书记对她说过的话，叫她不要有小家子气。她想，副局长是不是也有一些小家子气呢？等副局长说完，她心里不得不承认，他说得很有道理，不但不是小家子气，而是胸怀大局的大家气派。可现实的问题是，长风组怎么办呢？总不能把长风组的四户人家丢在山上不管吧？那怎么跟区里交代呢？还没等她把顾虑说出来，尚主任先说了"我向领导汇报一下"，他跟向家明的想法是一样的：那长风组怎么办呢？总不能把长风组的四户人家丢在山上不管吧？

当然不能不管。副局长说：我有个想法，不一定成熟，说出来供大家讨论。我的想法是，村里跟镇里协商，请镇里为高远村在镇子附近划一个地方，我们可规划在那里建一些居民房，让长风组的四户村民全部从山上搬下来，搬到新建的居民房去住。这样，四户村民以后跟城镇居民差不多，可以彻底告别山顶刀耕火种一般的原始生活，在脱贫方面实现一步到位。我初步估算了一下，就算给每家盖一栋两层楼的新居，连一千万都用不了，几百万就可以拿下来。

听了副局长的想法，还没等别人发言，向家明不由得第一个发出赞叹：张局长的想法太好了！我以前在报纸上也看见过，这种办法叫易地扶贫，整体搬迁，外地有过这样的经验。我怎么就没想到呢？看来还是张局长站得高，看得远，思路宽哪！

哪里，向书记过奖了。这样做的话，既为国家节省了钱，村民又得到了妥善安置，应该是皆大欢喜吧。副局长说。

那不一定。夏支书说，那些村民祖祖辈辈在山上住，那里有他们的土地、他们的房子，还有他们的祖坟，他们要是不愿意下山怎么办呢？

不会吧。向家明说，说是请他们下山，其实跟让他们一步登天差不多，对于这样的幸福生活，他们怎么可能不愿意过呢！大家看看这样好不好，我们先斩后奏，只管把这个项目列在规划里。他们万一不同意的话，我们就去做他们的工作，千方百计也要把他们请下山来，不想幸福也得幸福。向家明把自己说笑了，给自己的话命名说：这叫"强制幸福"。

因说到要在草厂镇附近找地盖房，副镇长表态说，等区里把规划批复下来，找地盖房的事，他想办法协调解决。

他们把规划讨论了一整天，最后共列出四十一个项目，大约需要投入资金一亿元人民币左右。

规划由规划师负责起草，起草完成后，由副镇长带到镇里打印出来。打印稿分发给规划小组的成员人手一份，可再提意见，再修改。修改意见汇总时，向家明又召集规划小组的成员开了一次会，集体完成并通过了规划草案的定稿。至此，规划小组的任务完成了。

第八章

六月里,高远村山山沟沟野花盛开,到处洋溢着复合型的花香。蜜蜂飞来了,蝴蝶飞来了。蜜蜂在花朵里进进出出,忙着采蜜。蝴蝶的花翅膀在花朵上开开合合,不知它们忙的是什么。这里除了种苞谷、高粱、土豆、葵花等,也种小麦。此时,中原地区遍地金黄的小麦已完成了收割,而高远村梯田上种的小麦才刚刚甩穗,一片青汪汪的。按一般道理来说,同一种庄稼,种在南方应该比种在北方成熟得早一些,可能因为高远村处在高寒山区,日照不够,发育不快,成熟期反而推迟了。规划草案完成后,向家明在草案的落款处盖了章,签了名,就报到镇里去了。她不能越级,直接报到区里,只能先报到镇里,再由镇里往区里报。规划小组解散,副局长、规划师回到市里去了,副镇长回到镇政府去了,需长期驻村的向家明,又恢复到刚来村时的单独状态。

这天早上没听见鸡叫。原本是两只公鸡在叫,叫出的是不同的声音,现在一只公鸡的叫声都听不见了,不知怎么回事。也许公鸡早就不叫了,她只顾忙规划的事,把鸡的叫声给忽略了。鸡叫是公鸡自己的事,没有任何人为它们布置打鸣的任务,它们叫了,天会发明,它们不叫,天照样发明。对人来说,公鸡的前途无非是两种,一种是被杀掉,吃肉;另一种是卖掉,卖给别人也是吃肉。向家明想起来,规划小组的人有一天吃午饭，喝的是鸡汤，吃的是鸡肉。很有可能，那两只每天早上打鸣的公鸡，已变成了他们的碗中肉，被他们吃到肚子里去了。

规划报上去后，向家明不知何时才能批复下来，只能耐心等待。在等待期间，她每天都背上背包，在村子里走动。因规划在胸，想象在脑，她看山，不是原来的山；看沟，不是原来的沟；看路，不是原来的路；看屋，不是原来的屋，一切似乎都有了新的景象。她相信，等高远村的脱贫攻坚规划批复下来，等高远村的改天换地的建设全面启动，用不了两年时间，一个焕然一新的高远村就会出现在世人面前，那是何等灿烂光明的前景。她看到了一片核桃园，核桃树枝繁叶茂，已长得有两三人高。她探头往枝叶间细瞅，看看能不能发现一两颗核桃。核桃树就是用来结核桃的，她不相信树上一颗核桃都不结。可她瞅来瞅去，把眼珠都瞅硬了，硬得几乎变成了核桃，竟然连一颗都没发现。她不知道这片核桃园的主人是谁，让她不能理解的是，既然年复一年的事实表明，这些核桃树都是样子货，不会结核桃，也不会长成架房造屋用的栋梁之材，还留着它们干什么呢？是不是为了证明种核桃树的失败呢？是不是以此向动员他们种核桃树的人表示抗议呢？这不是明摆着在浪费土地吗！在一片草地里，向家明看到一些野苋菜，叶子又肥又嫩。

她想起在褚大鹏家里看到他用水煮野灰灰菜下酒，就走进草地，掐了一把野苋菜，准备也用开水烫一下，蘸点儿咸水当菜吃。一个背着竹背篓的妇女向她走过来，啊啊地跟她说话。妇女的表情很生动，也很热情，可惜她听不懂妇女说的是什么，她看出妇女是一个哑巴。哑巴用手指指向家明手里拿着的野苋菜，又指指自己张开的嘴巴。向家明明白了，哑巴是在告诉她，野苋菜是可以吃的。向家明说：知道了，谢谢你！十哑九聋，向家明知道哑巴听不见她说的话，就向哑巴伸了一下大拇指。哑巴更热情了，继续啊啊地跟她说话。她说：对不起，我听不懂你说的是什么。摆摆手，跟哑巴表示了再见。都说"麦黄杏"，可麦子没黄，杏子却黄了。向家明看见一个年轻的妇女，在路边卖杏子，杏子盛在一只竹篮子里，有多半篮。杏子黄里带红，每颗杏子的脸蛋上都像是搽了胭脂。妇女还在篮子里放了一条带着青叶的杏枝，像是用以证明杏子的新鲜，又像是用绿叶对金果有所装饰。向家明问妇女：杏子怎么卖？妇女说：一毛钱一个，一块钱十二个。

看来买得越多越便宜。那，我要是买十块钱的呢？向家明问。

妇女有些羞涩地笑了，说：要是买十块钱的，就不用数了，你都拿走吧。反正是从自家树上摘的，不值啥。

就我一个人吃，我可买不了那么多。你的杏子酸不酸？

杏子熟透了，不酸，可甜可香了，还有点儿沙。

那我买两块钱的吧。她从钱夹子里抽出两块钱，递给妇女。从自己的背包里找出一只空塑料袋，蹲下身子，从篮子里往塑料袋里拣杏子。

这时，有一个老头儿，嘴里叼着烟袋锅子走过来。他的黄铜烟袋小小的，从烟袋嘴，到烟袋杆，再到烟袋锅，也不过一拃长。他吸的烟是生烟，把一片烟叶卷成一个小卷儿，装进烟袋锅子里，用打火机点烟，就那么吸，原烟原味，吸得很香的样子。他对卖杏子的妇女说：这是来咱们村驻村的第一书记，是来帮咱们脱贫的，你不要收她的钱了。老头儿说着，皱下眉头，目光炯炯，有些厉害。

妇女顿时满脸通红，像是有些害羞，还有些吃惊。哦，我不知道呀！说着把已经装进口袋里的两块钱，又掏出来欲还给向家明。

妇女的样子，让向家明想起海洞村民组秦希明组长的妻子秦嫂，山里的女人，还都有些少女一样的纯真。她说：这可不行，你卖杏儿，我买杏儿，你收下钱，我把杏儿拿走，这才是公平交易。你要是不收钱，我一个杏儿都不会拿，想尝一个，也尝不成了。

妇女怎么办？她看看老头儿，又看看向家明，样子像是有些无所适从。

向家明想让妇女放松一下，问她：你去过草厂镇吗？

妇女摇头，说没有。

那你见过汽车吗？

见过。

在哪儿见的？

妇女想了一下，说：在村委会门口。

那你坐过汽车吗？

妇女又摇头，说没有。

等咱们村修好了路，从外面开进来的汽车就多了，到时候，你一定要把汽车坐一坐。向家明见老头儿离开了，妇女的心情也放松了不少，才说：一毛钱一个，给你两块钱，我一共拿了二十个，一个不多，也一个不少。好了，你接着卖吧。

在回村委会的路上，向家明听见几个小孩子在远远冲着她有节奏地喊：仙女儿下凡，仙女儿下凡！向家明一听就知道，这话一定是那个叫褚大鹏的酒鬼传出来的。这话对她的工作很不利，让她很是反感。她是一个凡人，不是什么天上的仙女。她是来推进脱贫工作的，也不是什么下凡。她快步冲小孩子们走去，要教训他们，不许他们瞎喊。孩子们见她走过来，一哄跑远了。小孩子都跑得像兔子一样快，她追不上。她刚停下来，小孩子们又开始喊：仙女儿下凡，仙女儿下凡！始作俑者是褚大鹏，等下次再见到他，她一定要严厉地对那个满嘴酒话的家伙提出严肃批评。

向家明接到镇党委书记田玉坤的电话通知，说区委江书记把他们报上去的规划草案看过了，总体上是肯定的。下一步，江书记和区长一起，带领区属各局、委、办的第一把手，到高远村，现场听取镇党委书记和驻村第一书记关于规划中各个项目的汇报、讲解，征求各职能部门领导的意见，集思广益，使规划更加完善。

向家明以前汇报过工作，没讲解过工作，她说：项目不是都列得很清楚吗，还讲解什么！要讲解你讲，我可不会讲。

田玉坤没有推辞，答应他来讲，讲得不够的地方，由向家明补充。

哪天？向家明问。

6月16日上午，今天6月13日，还有三天准备时间。田玉坤答。

向家明略一推算，是个星期天。她没问，为什么选择在星期天开会，她知道，江书记经常不按正常的作息时间出牌，星期天召集会议是常有的事。她问，大约来多少人？

加上镇里的人，我估计有二三十人。田玉坤知道，向家明接着该问午饭怎么安排了，是在镇上吃，还是在村里吃。他说：午饭村里就不用管了，江书记体谅村里的困难，让参会的人自带干粮，村里烧一锅开水就可以了。

那不太合适吧。向家明说。

那没办法，脱贫期间，就按脱贫的事情办，让大家体验一下高远村的贫困也好。我估计江书记也是这个意思。

向家明还有问题：高远村连个会议室都没有，会场布置在哪里呢？还有，村委会也没有那么多板凳，领导们来了，总不能让领导们一直站着开会吧！这的确是一个问题。一穷百洞出，连个开几十人会议的会场都找不出。向家明和田玉坤都多次参观过遵义会议会址，知道红军在遵义转战期间，在那么艰难困苦的条件下，总算找到了一个像样的会议室，开了那么一个具有历史转折意义的重要会议，留下了由毛泽东主席亲笔题写的"遵义会议会址"，供后人参观学习。区领导在高远村开会，关系到高远村脱贫攻坚的前途和命运，对村民来说也很重要，总不能连个会场都找不到吧。

田玉坤说：要不这样吧，我提前去一天，15日上午赶过去，咱们一起看看，在哪里开会合适。高远村那么大的面积，我不信找不到一个开会的地方。

田玉坤以前已多次到高远村看过，这次再看，经过和向家明商量，决定把会场选在原希望小学门前的操场。小学的教室虽然塌成了废墟，但操场没有塌陷，还算平整，那里坐几十个人不成问题。至于板凳嘛，趁着学校星期天不上课，可以把小学生上课用的板凳借用一下。在操场查看时，向家明把变成废墟的教室看了又看，说在这里开会，很影响大家对高远村的印象啊！

田玉坤说：高远村的形象本来就不好，咱们想藏也藏不住，干脆就借此机会，让领导们看看真实的高远村。

会议如期召开。早上有一些云雾，在青山间缭绕。太阳一出，即云开雾散，到处一派光明。从市里开来了两辆面包车，从镇里开来了一辆面包车，从车上下来的都是这书记，那书记；这长，那长；这主任，那主任。他们手里几乎都拿着保温茶杯，在车上时少不了互相打趣，下车仍在打趣，像是集体出游的样子。走进操场，向家明说：会场没摆桌子，也没有桌签，大家随便坐吧。区里来的干部，向家明大都认识，有的还是老同学、老同事。向家明热情地跟每位领导打招呼，声声不断，一声更比一声喜，激动得脸都红了。干部们坐的都是小学生上课时坐的小板凳，因凳子比较矮，干部们的姿态一下子低了不少，像是都变成了听课的小学生。会场边只摆了一张课桌，一把椅子，算是主席台。会议的主持者是江世成书记，要坐主席台的话，只能由他坐。可他没坐，也坐到了小学生坐的矮脚小板凳上。他说了一句活跃会场气氛的话，这很好，要当先生，先当学生。江书记也没讲话，他示意田玉坤到前面去，说：开始吧。

　　田玉坤到前面去了，站在课桌一头，样子有些紧张。他把紧张说出来了：我有点儿紧张，感觉像在课堂上接受考试一样。敢于承认自己紧张，等于把紧张情绪释放了一些。江书记要他不要紧张，先做一个自我介绍。是呀，今天区里来了不少领导，有的领导不一定认识他，自我介绍一下是必要的。江书记一提醒他，他不由得又紧张起来。他说：我叫田玉坤，是草厂镇党委书记。高远村是我的脱贫攻坚帮扶点，今天由我向各位领导汇报一下高远村的脱贫攻坚规划。我汇报得不充分的地方，请我们高远村驻村第一书记向家明书记补充。

　　提到向家明，江书记起身环顾而问：向家明书记呢？

　　江书记，我在这里呢！向家明大声回答。因她的女声比较清脆明亮，引得与会的人都回过头看她。她和刘丽站在会场最后一排的一角，小板凳虽说还有空座位，但她们并没有落座，像是随时准备为大家端茶倒水。

　　你到前面来嘛！江书记说。

　　不用了，我们在这里好为大家服务。

田玉坤手持打印装订成册的规划草案，逐项一一汇报，并按要求加以讲解。对每个项目的讲解，基本上都是三个方面的内容：一是为什么要规划这个项目，它的根据是什么。二是完成这个项目，需要多少资金投入，大约需要多长时间，中间有可能会遇到什么困难。三是设想全部项目完成后，给高远村带来的翻天覆地的变化和美好前景。很显然，田玉坤为这次汇报和讲解，背后下够了功夫，做足了功课，讲得有条有理，头头是道。特别是在展望前景时，田玉坤发挥了他在大学里学中文的优势，用形象化的语言，把高远村的未来想象得很有画面感，并富有诗意，使大家受到感染。向家明心说，亏得让田玉坤来讲解，要是让她讲解的话，她不会像田玉坤书记讲得这么好，这么有激情又富有文采。

向家明听到附近有说话声，扭过脸一看，见离会场不远处来了一些村民，有男人，也有女人；有大人，还有孩子。男人中，有那个老是叼着小烟袋抽烟的老头儿。女人中，有那个扛着竹篮卖杏子的妇女。他们来这里，或许是为了看汽车，会场边儿上停着三辆面包车，还有两辆小轿车，够他们看的。或许对开会感到好奇，想听听会议上讲些什么，跟他们有没有关系。会场是露天的，会议内容又不需要保密，他们愿意听听也无妨。旁观的人群中有一点躁动，向家明仔细一看，那个穿着一身破烂衣服的齐天星也来了，他还是穿得破衣拉撒，蓬头垢面，打着赤脚。人群中，可能有人嫌他穿得太破，拉他往后站，并站在他前面挡住他。齐天星不干，他想站到前面当主角，别人要把他拉到后面当配角，他当然不乐意。当别人拉他时，他也拉别人，两人拉拉扯扯，躁动由此而起。向家明听尚主任说过，齐天星是个"人来疯"，村里哪里有热闹，他就出现在哪里，上面只要来领导视察，他一定会不失时机地出现在领导面前。齐天星这样的形象的确不太雅观，有些影响高远村村民的形象。这天，警官张兴穿着一身警服，在会议现场维持秩序。向家明招招手，让张兴过来，悄声做出安排，让张兴想办法劝齐天星离开会场回家。张兴说：没问题，我有办法治他。向家明说：领导都在这里，你不要激化矛盾。明白，向书记放心。张兴过去了，不知对齐天星说了些什么话，齐天星果然乖乖地跟张兴走了，向家的方向走去。可是，张兴刚返回会场一小会儿，齐天星又回来了。这次，他没有站到人群中，而是单独站到了一边，而且，他站的地方离会场比较远，远远地向会场里面看着。张兴又要过去赶他走，向家明对张兴摆摆手，制止了他。

时近中午，山里有炊烟飘起，远处传来母鸡下完蛋的报告声，一只云雀，翅膀一开一合，飞走了。与会的干部们在小板凳上久坐，已经有些疲惫。小学生上一堂课，也就是四十五分钟，他们呢，已经在小板凳上坐了将近两个小时。有人认为，规划草案既然已形成了文本，发给大家人手一册，自己看就是了，没有必要再拿到会上讲解。还有人想起，有段时间流行吃"忆苦饭"，而今天开会，像是在让他们坐"忆苦凳"。有人站起来了，到会场后面为自己的茶杯添水。有人添了水，并不回到座位上，握着水杯向会场外面走去，像是要找厕所。尚应金跟了过来，他说的不是"我向领导汇报一下"，问的是：领导是不是要去厕所？我带您去。会场附近没有厕所，他们在山坡下的拐角处，用红白相间的塑料布帘子，临时围起了一个厕所。

规划翻到最后一页，田玉坤的汇报讲解到了尾声。他的结束语是：我汇报完了，有不当之处，请领导和同志们批评指正。他以为会有人鼓掌，哪怕鼓一两声也是好的，可不知为什么，他没听到掌声。

区委书记江世成，这时才到主席台上去了，他没有就规划本身发表意见，而是再次点了向家明的将：你是驻村第一书记，上面千条线，下面一根针，高远村的脱贫攻坚战一旦打响，你就是前线的总指挥。有什么想法，你也可以说嘛！

江书记，谢谢您给我发言的机会，可是，可是……我不敢说。

向家明还在最后一排站着，听她说有话不敢说，这有意思了。也许大家都爱听不敢说的话，都回过头看着她，仿佛她一下子成了全会场的焦点。

为什么？江书记问。

我怕您批评我。向家明顿时满脸通红，众目睽睽之下，像是一子变成了一个在课堂上回答老师提问的女学生。

别人也像同学们一样开始起哄:说嘛,说嘛,说出来让大家一块儿听听嘛!

还有人说:回答问题要大胆,向家明同志不要害羞噻!

会场上的人都笑了起来。

江书记招招手,坚持让向家明到前面来说,防止大家不往前看,都往后看,扭坏了脖子。他说:是批评还是表扬,你只有把想法说出来,大家才能做出判断。

向家明只好走到会场前面,鼓足勇气说道:我是觉得,高远村党支部和村委会办公的地方太小了,也太破旧了。办公室里没有会议室,连个开会的地方都没有。几个人挤在一间办公室里办公,差不多头碰到了头,脚踩到了脚。以后实行网络化办公,恐怕电脑都没地方放。房子的楼板裂得开了缝,一踩咯吱咯吱直响,谁都不敢上去。我刚来的时候,老鼠在楼上横行,我药了好几次,才把老鼠的嚣张气焰压制住了。房梁被不知名的小虫子蛀成了空洞,每天都从房梁上往地上掉虫沙,掉得地上一层白。如果哪天房梁断掉,整个房子都会倒塌,挺可怕的。我的想法是,在对高远村进行全面建设时,是不是把村里办公的地方也改善一下。我担心领导说我在搞形象工程,在制订规划的时候,就没敢提出来。今天江书记和各位领导鼓励我把想法说出来,我才斗胆提出这个建议。

对于向家明的建议,江书记没有肯定,也没有否定,只是问:要改善办公用房,你选好地址了吗?是在原址改建,还是另择新址呢?

另择新址,我已选好了一个新地方。向家明说着,回头把原希望小学的废墟看了一下,说:我想就把新的办公用房建在这里。反正这个废墟不能老荒在这里,不如修旧利废,把这块地方利用起来。

地基没问题吗?

没问题,我向搞建筑的工程师咨询过了,他们说这里地底下煤层很薄,下面已经塌实,不会再形成深度塌陷。盖新房时,只要把地基打得深一些,牢固一些,盖一座三层楼都没问题。

江书记这才表态说：很好，我看向家明书记的想法很好。你不是在搞形象工程，而是在搞基本的形象建设。形象建设是必要的，国家的首都建设要讲形象，省府、市府、区府、县府、镇府的建设要讲形象，村党支部和村委会，作为一级组织和政权所在地，也要讲形象，形象破破烂烂是说不过去的。等高远村的脱贫攻坚规划全面落地后，省里和市里要组织专家来这里检查、验收，他们到高远村的第一站，应该先到村党支部和村委会，党支部和村委会所在地要以新的美好形象迎接检查验收组的到来。等高远村的村容村貌发生巨大变化之后，可能会有一些媒体记者来这里采访，会有一些作家来这里深入生活，他们一到党支部和村委会，就要眼前一亮，给他们留下一个美好的印象。向书记的这个想法，不是为了个人享受，而是为高远村的全体村民着想，不是权宜之计，而是高远村的百年大计。到了高远村，就要做到高瞻远瞩。从这些意义上，我不但不批评你，还要表扬你。对于你的建议，我先投一份赞成票，赞成把村办公楼的建设，马上列入规划项目。不但要把办公楼建成一座三层小楼，另外我还建议，要把这个操场扩建一下，建成高远村的文化广场。同时，在广场北面建一方高于地面的基座，竖起一根永久性的旗杆，每天都要升国旗。让每一个来高远村的人，远远地就能看见五星红旗在高高飘扬。

好！好！有人叫好，有人鼓掌，会场上响起热烈的掌声。

顺着江书记的思路，向家明仰脸往天上看了看，仿佛已经看见，鲜艳的五星红旗在蓝天下迎风飘扬，她心中的热浪涌起，两眼即刻盈满了泪水。

第九章

　　事情在提速，规划很快批复下来。让向家明没想到的是，区党委是以红头文件的形式，把规划作为必须完成的任务，下达到区属各个单位。不管什么事情，一旦形成编号文件，并且是红头文件，就显得不同寻常，有些重大。向家明理解，区党委这样向全区下文件，表明高远村的脱贫攻坚，不仅仅是高远村一个村的事，而是全区所有单位的事，区党委要举全区之力，攻下高远村这个贫困的堡垒。

　　把文件学习下去，向家明发现，每个项目栏里，都列上了具体承办单位。例如：学校、幼儿园和教师周转房，由区教育局负责建设；水库、水厂、水塔和通往各家各户的水管，由区水利局负责完成；电线杆更换，建变电站，低压电改高压电，由区电力局一包到底；等等。不仅每个项目都有承办单位，文件还规定了完成规划的时间。大概考虑到项目之间的差异，施工的困难程度不同，对完成期限的要求，也有长有短。脱贫攻坚，网络通信先行。在高远村建两个维基站的任务，由区网信办公室负责。文件要求，要在三个月之内，实现网络信号对高远村的全覆盖，让每户人家都能看到电视，无论在哪个位置打手机，都能做到畅通无阻。修路困难多，工程量大，文件对负责修路的区交通局的要求是，争取用一年半左右的时间，实现水泥硬化公路，从镇修到村，从村修到组，从组修到户。这样的文件，跟张榜公示差不多，分工明确，责任到位，哪个单位应该干什么一目了然。单位与单位之间，既可以互相学习，也可以展开竞赛，看哪个单位时间抓得更紧，进度更快，质量更高。

看完整个文件，向家明兴奋之余，也有不甚满足的地方。文件当中，在他们原来上报的规划项目的基础上增加了两个，却砍掉了三个。新增的两个项目，一个是村党支部和村委会的办公楼，包括文化广场和国旗基座，另一个项目，是建筑材料厂。砍掉的三个项目呢，一个是养牛场，一个是养猪场，再一个是核桃种植。这样算下来，他们上报的规划项目是四十一个，增二砍三，最后上文件的项目是整整四十个。向家明想，不让在村里建规模化的养殖场，可能是为了对自然生态的保护，以免牛粪、猪粪产生过多，对环境造成污染。可是，砍掉核桃树种植项目，是为什么呢？到底是什么原因呢？是谁干的呢？在制订规划时，为上这个项目，她和农业农村局的张副局长争论了半天，才把这个项目列在了规划里面。结果等规划正式下来，种核桃的项目一个字都不见，等于把核桃看成和"牛粪""猪粪"一样，生生抛弃了，让人不悦。

向家明的不悦并没有明显表现出来。镇上通知向家明，说区里的文件下来了，让向家明派人到镇里取一下。是尚应金骑着摩托车去镇里取回了文件。向家明在看文件时，没有让尚应金走，让他坐一会儿，等一下，她看了文件内容再说。看完文件后，她主要是高兴，不悦就不在话下了。她问尚应金：在镇里看过文件了吗？

尚应金说，田书记让他简单看了一下。

你感觉怎么样？向家明问。

尚应金说：怎么说呢？我觉得太好了，区里对高远村太好了，国家对老百姓太好了！等这些规划全部实现，高远村一定会大大变一个样子，从外地回来的人，恐怕都不认识高远村了。

田书记跟你说什么了吗？向家明又问。

尚应金说：田书记没对我们提什么要求，他只是说，下一步，各承办单位的一把手，要给区里写责任书，也就是俗话说的立军令状，

103

要保证按时保质保量完成各项任务，不然的话，是要问责的。

门外有人走过，向家明好一会儿没说话。等回过神来，她说：这个厉害，这可不是开玩笑的，看来区里的工作力度很大。我们也得紧迫起来，赶紧行动。这样吧，尚主任，你辛苦一下，马上通知党支部的所有支委和村委会的所有委员，下午两点之前来这里开会，我们马上集体学习区党委下达的这个文件，研究一下，村里怎样贯彻执行。

尚应金不敢怠慢，马上去下通知。能打电话的就打电话，打不通电话的，就骑上摩托车去通知。

在尚应金忙着下通知期间，向家明一个人坐在办公室里，开始思考高远村下一步的工作安排。虽说下午要召集大家集体研究，但她的思考须先走一步，做到心中有数，不然的话，她这个第一书记就谈不上称职。每想到一点，她就在笔记本上记两笔。这样边想边记，到了吃中午饭的时间，她连饭都忘了做。

一个妇女从门口走过，提醒她说：向书记，该做饭了。

向家明还在思考里沉浸着，没听清妇女说的是什么，她说：噢噢。

妇女手里抓着一把刚从地里拔出的小白菜，对向家明说：给你两棵小白菜，你煮方便面的时候，可以往锅里下点青菜叶儿。

这次向家明听清了妇女说的话，她起身说：不要不要，谢谢你！

妇女还是把小白菜分出两棵，放在门口一侧的门墩上，走了。

向家明把小白菜拿起来看了看，闻了闻，闻到一股清新的青菜气息。方便面包里没有什么蔬菜，小小的塑料袋里，虽然有一点干菜的碎末，那不过是象征性的。再煮方便面时，把小白菜洗洗放进汤里，倒是不错的主意。可她刚要掰下小白菜的叶子，做饭的事让她又想起另一件事，她放下小白菜，在笔记本上记那件事儿去了。就这样，直到下午参加会议的人陆续来到，她也没有做饭吃。奇怪的是，虽然没有吃午饭，她一点儿都不觉得饿。

人到齐后，向家明从抽屉里把文件取出来，交给刘丽，让刘丽读给大家听。文件的题目是：《关于认真落实草厂镇高远村脱贫攻坚规划的通知》。向家明要求大家一定要认真听，听完后，立即联系实际，进行讨论。作为脱贫攻坚的前沿阵地,看看高远村怎样尽快行动起来,做落实通知的先行者。

通常,人们对于听念文件,总是提不起兴趣,觉得文件天高皇帝远,跟自己没多少关系,听不听是一样的。可这次听念文件,他们的感觉不大一样:山,是眼前的山;水,是熟悉的水;路,是脚下的路,屋,是头顶的屋。文件中的一字一句似乎都触手可及,与他们的生活有着紧密的联系。不管刘丽念到哪一个项目,他们都能联想到村里的实际、自家的实际。他们听得两眼放光,逮谁跟谁微笑,也有人握紧了拳头,跃跃欲试,急于行动起来。

刘丽把文件念完了,向家明没让大家讨论,自己先讲了话:大家听了文件,需要先把认识提高一下。心里不要只想着自己家那一亩三分地,不要以为文件里说的只是高远村的事,只是自家的事。高远村的事,其实也是镇里的事、区里的事、市里的事,甚至是全省的事。作为全省的深度贫困村之一,如果高远村不能按时脱贫,等于全省都没有脱贫,全国都没有脱贫,各级领导都不会安心。所以,我们要从国家战略的高度,从政治的高度,甚至从人类历史的高度,来看待我们村的脱贫问题。话说回来,把目光收回来,我们同时还要认识到,千里之行,始于足下,我们必须踏踏实实地从高远村的一草一木做起。上次江书记讲到,上面是千条线,我们高远村是一根针,上面的千条线,都要穿到我们这根针的针鼻子里。我理解,江书记的意思是,脱贫攻坚工作千头万绪,都要具体落实在高远村这块老区的土地上。我们要行动起来,用穿在针鼻子里的五彩线,绣出高远村的锦绣图画,我们还要把针变成挖掘机,彻底挖掉高远村的穷根,挖出源源不断的幸福的泉水。

周志刚举手插话:向书记,您就说我们怎么干吧!

别人也纷纷说:向书记安排吧。尽管布置任务吧。

文件精神鼓舞着大家,我看文件跟动员令差不多,大家的精神头都起来了,都在积极请战。我考虑得也不是很成熟,先把我想到的几点说出来,跟同志们一块儿商量。第一点,在新增的一个规划项目中,区里拟投资一百万元，要我们就地建一个建筑材料厂。这个项目，我们没有想到，是区里领导为我们想到了。我觉得这个项目太好了。大家想啊，等水库、公路、学校、医院等开工建设，会需要大量的石板和碎石。这些石料要是到山外去买，能不能买到不好说，就算能买到，成本也一定很高。而我们就地建厂、就地取材呢，不仅低成本地解决了材料供应问题，还可以为村里的集体经济增加一些收入，并可以带动一些劳动力到厂里就业。现在需要解决的问题是，材料厂建在哪里？由谁负责筹建？

大家互相看了一下，支部书记夏方东说：有一处山坡，前年下大雨时，山体遭遇了滑坡，山坡上的泥土和灌木都滑了下来，露出了下面的岩石层。在岩石上绿化有困难，我正发愁，那块裸露的岩石怎么办呢，这下好了，咱们正好在那里开石料厂。如果大家信任我的话，我可以牵头做这件事。

好，我们现在就是需要这种勇于担当的精神。大家表个态吧，同意夏支书兼任建筑材料厂厂长的同志请举手。大家都举了手，向家明宣布：一致通过。说罢，带头鼓掌，全场响起一片掌声。

夏厂长开始履职，他说：建筑料场需要开山，开山光靠铁锤和钢钎是不行的，效率太低。要提高开山效率，得使用炸药炸才行。据我所知，对于炸药的使用控制很严，这个难题恐怕得向书记出面协调解决。

没问题，我跟区里有关部门协调。说实话，我都不知道炸药归哪个部门审批。

周志刚说：我知道，炸药归区里矿山安全生产管理局审批。

老周知道的不少嘛！

我修路开山时，找他们批过炸药，他们没批给我。

向家明讲她想到的第二点。各种基本建设项目一旦开工，整个高远村会变成一个大工地，要从外面进来不少干部和工人，恐怕几百人都不止。而不管什么人进来，都带着两只手、一张嘴，既要干活儿，也要吃饭。按过去打仗的说法是，兵马未动，粮草先行。脱贫攻坚跟打仗差不多,也要做好后勤保障的工作,让进来的人起码不为买米、面、油、蛋、肉发愁。因此,她的想法是,看谁家有条件,能在高远村办一个代销店,卖些粮食和副食,省得各个施工队各自为战,还得跑到镇里买东西。

高远村以前从来没有形成过商品交易市场,连山上的禽蛋瓜果等农副产品交易市场都没有,更没有人想过要在村里办代销点。对于向家明的想法,他们都觉得很新鲜,也很超前,好像山外有一股风要吹进来,不知是市场的风,还是解放思想的风。可办代销店不是一件容易的事,要投入一笔资金,还要有地点。他们互相看了看,没人敢承担这个任务。

刘丽问尚应金:尚主任,你们家小姨子不是在草厂镇开了一家超市嘛,既搞零售,也搞批发,我去她的超市里买过东西,我看她经营得挺火的。你可以跟你们家小姨子说说,让她在咱们高远村搞一个分店嘛!

柳暗花明又一村,这个建议不错。大家都看着尚主任,看他如何表态。尚主任有些不好意思,脸上红了一下,差点儿说出"我向领导汇报一下"。他说:刚才向书记说办代销点的时候,我就想到了我老婆的妹妹在镇上开的超市。我首先觉得向书记的这个想法特别好,我们村不光客观条件落后,思想方面也比较落后。连镇上都有超市了,我们这里别说啥超不超,至今连个卖东西的小商店都没有,这说明我们跟不上形势,缺乏市场观念。可是呢,我老婆的妹夫在城里酒厂打工,超市只有我老婆的妹妹一个人在经营,她一个人还要带孩子,我担心她分不出手来在我们村开代销店。

刘丽还有主意:这有什么难的,你让小姨子把东西批发过来,让你们家我嫂子帮着卖不就得了。

在开玩笑时,尚主任把刘丽叫成丽美女,说:丽美女的主意真不少,你嫂子简直就是一只笨羊,她哪里会卖东西,人家把她卖了,说不定她还帮人家数钱呢。

尚主任说话要注意了,不许这样轻视我们女同胞。刘丽说。

这样吧，我回去跟她姐妹俩商量一下，脱贫攻坚，人人有责，希望她们也为高远村的脱贫工作尽一份责任。等商量有了结果，我马上向向书记汇报。

有人说：尚主任，别忘了，开代销点是可以赚钱的。

等赚了钱，我请大家喝酒。

又有人说：我们喝不喝酒无所谓，向书记去代销店买东西，便宜一些就行了。

向家明赶紧摆手：那可不行，万万使不得，我一分钱的便宜都不会占。

我开玩笑呢。

这种玩笑开不得，在屋里说是开玩笑，传出去就有人可能认为是真的。

向家明想到的第三点，是希望有人在村里开一个小饭店。一下子从外面来那么多施工人员，就算各个施工单位都可以自己开食堂，但开饭不一定很应时，想吃什么不一定很方便。特别是一些年轻人，喜欢到街面上吃小吃、零食。如果村里开一个小饭店的话，对各个施工单位的食堂是一个补充，一定很受大家欢迎。对于这个想法，向家明没有交给大家提建议，出主意。她知道，在高远村开小饭店也是一件破天荒的事，谁都没有经验，不能搞摊派。虽说炒勺颠起来，银子滚进来，开小饭店肯定能挣钱，也是脱贫的门路之一，但干这个事情很辛苦，一定要自觉自愿。她提到，上个月，规划小组在村里工作时，天天去黑窑沟村民组的晏同林组长家吃饭，由晏同林的妻子给大家做饭吃。在她的印象里，那位晏嫂干净利落，心灵手巧，做的饭很好吃。特别晏嫂做的羊肉汤粉，肉嫩汤浓，粉筋爽滑，堪称一绝，味道好极了，一想起来，就让人满口生津。向家明这样说着，似乎口里已生了津，别人口里也生了津，想笑又不敢大笑，生怕一笑口水就会从口里流出来。她说随后和晏同林及晏嫂商量一下，看他们能不能把小饭店开起来，开一个在高远村开小饭店的先河。小饭店的名字她都想了一个，叫同林羊肉粉店，并顺口问大家觉得这个名字如何。

在场的人都说这个名字不错，意思好，有特色。

向家明说：同林羊肉粉店要是真的开了张，我们都要去捧场。

那没问题。大家异口同声答应。

向家明说完了自己的想法，接着请各位发言，有什么好的建议都说出来。

来开会，就是来发言。抱着葫芦不开瓢，来开会干什么呢？人人都有发言方面的压力。可是，向书记把该想到的，都想到了，该说出来的，都说出来了，他们发言发什么呢？如果说不出新的建议，只是打打哈哈，说一些淡话，发言还不如不发。在大家正绞脑汁之际，村委会的会计提了一个疑问：镇里田书记那天宣讲规划项目的时候，其中一个项目是种核桃树，我刚才听区里的文件，怎么没听见种核桃树的项目呢？

能听出文件中没有了种核桃树的项目，这说明会计听得很仔细。夏支书和尚主任互相交换了一下眼神，明白种核桃树是向书记主推的脱贫项目，文件中把这个项目取消了，表明区里不同意上这个项目呗，这有什么可问的，问多了，只会惹得向书记不高兴。尚主任对会计说：我看你是哪壶不开提哪壶！

会计不服：怎么了，不开的壶就不能提一提吗！不开不要紧，多烧一会儿不就开了嘛！

你不要再说了，有些事情不像用铁壶烧开水那么简单。

向家明表情平静，倒没什么不高兴，她说：这没什么，种核桃的项目，以后有机会我还会向区里争取。

周志刚举手，要求发言。

向家明伸手示意：老周说吧。你从来不打无准备之仗。就坐着说吧，不要站起来了。

老周还是坚持站起来说。他个子高大，身板挺直，坐着时，就比别人高出一头，一站起来，就显得更高。他认定，修路是高远村的主要矛盾，对规划中修路的部分还是更关注。规划中明确规定，从草厂镇到高远村的通村公路，全部由区交通局负责修，而从村里通往各组和各户的路,则需要动员起村民们的力量,让村民参与修路过程。办法是,先由村民们自己动手,把自家门前的路修成毛路,修成的毛路经交通局工程技术人员验收合格后,再由交通局的施工队把毛路加以硬化,变成正规的水泥路。周志刚一从部队复员回到家乡,就动员和组织他的邻居们修家门口的路,太知道修路的艰辛,太懂得毛路和水泥硬化路的区别。所谓毛路,就是砂石土路,软路。走这样的路,虽然不用爬高下低、磕磕绊绊,但仍是晴天一身土,雨天两脚泥。而水泥硬化路呢,就是用水泥铺成的路,硬实路,平板路。上了这样的路,一蹦子可以跑到十里八里,刮风下雨都不怕,雨下得越大,路面上越干净。周志刚对于让村民参与修路的规定,表示了高度赞赏,伸出核桃般大的大拇指,说这个规定好,很好,相当好。国家现在虽然比过去有钱了,但我们不能一下子躺在国家怀里,赌等着国家照顾,赌等着享福。我们还是要发扬自力更生和艰苦奋斗的精神,在修路方面,贡献出我们自己的力量。我国是一个大国,大国的事情很多,要花钱的地方也很多。世界上有个别国家,只许自己好过,见不得别的国家的人民过好日子,千方百计限制我们国家的发展。我们作为中华人民共和国的公民,一定要为自己的国家着想,能为国家省点钱,就省点钱。

向家明对周志刚的话深有同感,禁不住插话:老周说得太好了,毕竟是在北京当过兵的人,站得就是高,思想境界就是不一样。我要向老周学习,我们大家都要向老周学习。

周志刚的一只大手在空中停着,思想仍沿着自己的思路运行。向家明称赞他说得好,并说要向他学习,他像是听见了,又像是没听见,没与向家明的话对接,没有说"不敢当"之类谦虚的话,而是接着自己的话说:人只有劳动,才会有收获;只有付出,才能得到回报。让村民参与修路也是一样,只有自己动手修路了,才知道修每一寸路都不容易,都需要付出心血和汗水。这跟生孩子和养孩子的道理差不多,只有自家亲生亲养的孩子,看见孩子才觉得亲,才会对孩子倍加爱护。

这一次是夏方东支书插话,他说:老周谈的是自己的切身体会,他从部队一回到家里,就组织他们村民小组的村民修路,他们修路已经修了六年多,已经修出了九里多长的毛路。我看各组和各户的硬化路,就从老周他们修出的毛路那里硬起,正好给全村的村民们提供一个修路的样板。

夏支书的插话,周志刚听清楚了,他说:样板不样板,那倒无所谓。我们所修的毛路,质量并不是很高,需要按标准翻修,进一步提高质量。下面我主要想谈谈对各组和各户修路的担心。

担心,有什么可担心的呢?会场气氛有些转变,都仰脸看着周志刚,像是看一种悬念。

周志刚把他的担心说了出来。路修在地上,难免会占一些土地。修路对各家各户来说都是一种福利,占地没有任何补偿。这样的话,问题可能就来了。对于高远村的村民来说,每家都把有限的土地看得很宝贵,跟寸土寸金差不多。有人可能不愿意把正种庄稼的地拿出来修路,路就无法修。这是周志刚的第一个担心。他的第二个担心是,修毛路需要遇山开山,遇坑填坑,是一种重体力劳动,可以说寸石寸土都不饶人。可目前村里的劳动力是什么情况呢,青壮男女劳力差不多都到外地打工去了,在家里留守的多是一些老弱病残的人,不能担负修路的重体力劳动。要按时修好门前的毛路,他们得把外出打工的人叫回来参与修路才行。那些打工的人,工作离不开,不愿耽误挣钱,让他们回来干活,是很难的。这样的话,就会耽误整个修路的进程。在说出第二个担心时,周志刚笑了一下。周志刚是个不苟言笑的、严肃的人,他不笑还好些,一笑反而显得更加严肃,几乎有些吓人。他说:不怕向书记笑话,村里有的人懒得很,吃饭没够,晒太阳没够,睡觉没够,就是不愿意干活儿。别说让他们打石头背土了,连打个喷嚏,都怕走了身子。这样的人,怎么能指望他们参与修路呢,怎么能指望他们会变成移山的愚公呢?综合以上原因,我认为,修路是高远村一项最难开展的工作,村党支部和村委会的同志们,都必须清醒地认识到这一点。

对于周志刚的担心,向家明不能不由衷地佩服。在周志刚说出他的担心之前,向家明对修路持乐观的态度,国家把好事办到家门口,谁会不乐意呢,谁会不积极参与呢?听周志刚说了几点担心,向家明不得不承认,他的每一点担心都有根据,有道理。可以说,对每一点担心,向家明都没有想到。周志刚毕竟是土生土长的高远村人,对村里的人更熟悉,对村里人的秉性和心思更了解。看来开这个会是对的,听取大家的意见是必要的。

周志刚的妻子来了,远远地站在门外,向村委会的办公室里看着。她一定是有什么事,急着向丈夫请示,却不敢走到屋里去。她个头低低的,看去有些小巧,岁数似乎也比老周小不少。

夏方东看见了周志刚的妻子,说:老周,你老婆来找你。

不要理她!周志刚说。

向家明说:老周,你还是问问嫂子有什么事儿嘛,没事的话,嫂子不会跑那么远的路来找你。

老周这才从屋里走了出来。他板着脸,一句话都没跟妻子说,更没问妻子找他有什么事,只挑挑手就让她走了。

向家明看出来,老周在家里肯定说一不二,有家长作风,大男子主义。

回到会议室,周志刚接着说:我说了我的担心,并不是说我对修路缺乏信心,相反,这正表明我对修路充满信心。我相信,在我们这个前所未有的伟大时代,在党中央的坚强领导下,在各级党委和政府的共同支持下,经过我们大家的努力,一定会把路修好,如期实现脱贫攻坚的目标。因此,我给向书记的建议是,开了村党支部和村委会的会议还不够,还要接着开各村民小组组长和党员代表会议,尽快把骨干们的修路积极性调动起来,充分发挥各村民小组组长的组织带头作用和党员的先锋模范作用,以保证修路工作及时开展,顺利进行。

出于对周志刚的信任,向家明未来得及和夏支书、尚主任商量,就同意了周志刚的建议。她说:我看行,明天咱们就召开全体村民小组组长会议和部分党员代表会议。向家明所掌握的情况是,尽管高远村外出打工的人不少,但各村民小组的组长,基本上都在自己的工作岗位上。有的村民小组的组长,由党支部成员和村委会委员兼任,像月亮村村民小组的组长,就由党支部纪律监察委员周志刚兼任。除了兼职的组长,没兼职的组长还有三十多位,再加上各组至少要选派一位党员代表参加会议,一共有八十多人,会议的规模已经不算小。

莺在飞,草在长,目前田里的农活儿比较多。夏支书说,白天大家都在忙着干活儿,要召集那么多人开会,最好是晚上。向家明说:晚上开没问题,今天通知大家恐怕来不及了,那就明天晚上吧。明天晚上几点开会?向家明问夏支书。夏支书说:等大家到齐,差不多到晚上八九点了。向家明说:那就定八点半吧,怎么通知大家呢?夏支书说:下通知的事,我和尚主任负责。他和尚主任的办法是,给当时正参加会议的村两委委员都分派了任务,每个委员通知几个组长,再由组长通知党员代表。

向家明的膝盖没有疼,第二天是个大晴天。还是因为居住分散,路途较远,山路难行,晚上参加会议的人员陆续来到时,已经到了晚上九点多。会议选择在希望小学废墟前面的操场里召开。江世成书记所主持的规划项目宣讲会,就是在这里召开的。向家明把这里作为召开村民小组组长和党员代表会议的会场,像是对江书记的模仿。只不过,他们没有从小学校里往操场里摆放小板凳。区里来的干部坐小板凳,自己本村的干部,就不一定坐了。他们有的站着,有的蹲着,还有的在地上坐着。学校废墟里的电线线路早就坏了,从废墟拉不出电线来,就无法安电灯照明,会议只能在无灯照明的情况下举行。好在一轮月亮从东天升起来了,越升越高,照得整个会场白花花的,连一个死角都没有。人们禁不住往天上看,从月亮的圆满程度判断,这天不是农历的六月十六,就是六月十七。有这么一轮明亮的大月亮挂在天上,恐怕什么样的灯泡都比不上吧。有这样的月光,在月光下辨认字迹都不成问题。向家明手里虽拿着文件,但她不必看,因为文件里的每一个项目,她已经熟悉于心,不用看就能讲解得清清楚楚。她没有再把文件交给刘丽宣读,而是她自己逐项讲解。她讲解的办法,是不知不觉间在模仿镇党委书记田玉坤,每讲到一个项目,她都对项目完成后的情景进行一番展望，尽量展望得充满激情，并富有诗意。月亮越来越明，夜越来越深，山里万籁俱寂。谁能想得到呢，在祖国的西南边陲，在有过腥风血雨的革命老区，在关山重重阻隔的大山深处，在那么一个几乎处在封闭状态的深度贫困村，在深夜的月光下，有那么一位驻村的第一书记，而且还是一位女书记，正在大声宣讲一份即将实施的脱贫攻坚蓝图。她是站着讲的，一边讲，一边用手比画，月光勾勒出她的身影。她声音嘹亮，像夜莺的鸣叫，穿透了夜空。她是一位喜欢写诗的女性，脑子里时常会出现诗一样的画面、诗一样的语言。在展望路修好后的情景时，她一高兴就来了这么几句：莫道山高路又远，天堑终于变通途；户户都有硬化路，小车开到院坝头。好，好听，棒着呢！她的诗句赢得一片喝彩之声。

　　向家明讲完之后，听讲的人们像是兴犹未尽，对她提了不少问题，比如，脱贫项目中有一项是村民的危房改造，是不是危房，确定的标准是什么？谁来确定？再比如，等通信维基站建好后，村民们是不是都可以买手机？要是买手机的话，到哪里去买？对于小组长和党员代表们所提的问题，向家明能回答的，马上作出答复。对于吃不准的问题，她跟大家一块儿讨论。

　　月亮的运行是看不见的，但月亮一直在无声无息地向西转移。月亮已经偏西，向家明偶尔在月光下看了一下手表，说：呀，我的天哪，已经夜里两点多了，明天大家还有事情，今晚的会就开到这儿吧。

第十章

　　在上了文件的所有四十个规划建设项目中，最先建成的是两个维基站。区网信办通过项目招标方式，把这个项目，分别外包给了两家电信公司。这两家公司都是全国性的，在各地都有分公司。向家明听网信办的一位副主任说过，之所以把高远村的维基站项目包给两个公司，是想让他们展开竞争，看哪家公司建设速度更快，质量更高，收费更低。国与国之间要竞争，单位与单位之间要竞争，人与人之间要竞争，人类的不断进步来自竞争，竞争被无数实践证明是有效的。两个公司暗暗展开竞争的结果是，承包合同上规定的时间，是在三个月内完成建设任务，结果呢，他们分别只用了两个月多一点的时间，就使两个维基站拔地而起，从无到有。

　　向家明到两个维基站都看了，代表驻村工作组和村党支部，对维基站的建设者表示感谢和慰问。她看到了维基站的机房和高高竖立的发射塔。机房是木头房子，建设者从城里运来的是一些加工好的木板，用螺丝把木板组装起来，很快就建成了房子。怪不得维基站建得这么快，原来他们有预制好的标准件、半成品。维基站建成后，手机屏一角所显示的电子信号就饱满了，强劲了。如果说以前的电子信号像一只半死不活的绵羊的话，现在的电子信号一下子变成了生龙活虎，龙在欢腾，虎在跳跃。她每次拿起手机，手机上跳将出来的信号都像是在催促她：还等什么，赶快打我吧，我现在好使唤得很，你叫我打谁，我就打谁，保证一打一个准，不把对方打倒也差不多。向家明给丈夫郝思清打电话，向他报告维基站落成的好消息，问：你听我的声音怎么样？

好听，是你的声音。郝思清说。

废话，当然是我的声音。不是我的声音，难道是别的女人声音不成？我的意思是让你鉴定一下，电话信号是不是很好？声音的清晰度是不是很高？是不是没有了通话断断续续的情况？

很好很好，一切都很好，你的声音很嘹亮，冲击得我的耳膜像听冲锋号一样。手机信号好了，你以后再打电话，不用大声嚷了，声音可以小一点。

向家明嚷着说：我嚷了吗！我历来不会小声说话，你又不是不知道。

郝思清当然知道，妻子只会用嗓子说话，不会用气声说话，哪怕两口子在卧室里说亲昵的话，也不会悄悄的，一开口就是大声大嗓。郝思清认为妻子不够温柔，在说话的方式方面，夫妻俩多次讨论过。向家明说，那没办法，自己一辈子都没学会说小话。郝思清不认同向家明的说法，认为妻子是在偷换概念。什么是说小话？说小话的意思是自卑，是低声下气，甚至是乞怜。夫妻间谁家没有耳鬓厮磨，款语温言，怎么能说是说小话呢！换概念谁都会，郝思清说：你不会说小话，一辈子都在说大话，行了吧！说大话，什么叫说大话？这话向家明也不爱听，所谓说大话，是说不着边际的话，是空话，是吹牛皮的话，评论一个人老说大话，就带上了政治和道德方面的负面评价。向家明脸上有了愠色，说：不许你这样说我，我是说大话的人吗？我历来实话实说，对得起自己的良心。他们在电话里又交谈了几句，郝思清说：以后打电话方便了，我争取三天给你打一个电话。

那不行！向家明像下命令似的说，你两天就得给我打一个电话。

得令，向书记威武。

向家明接着给妈妈打电话：妈妈，妈妈，我是家明。我们村里的维基站建好了，以后给您打电话就方便了。

妈妈不懂什么是维基站，以为是喂鸡站，说多喂点鸡好，喂了鸡，才会有鸡蛋吃。

向家明不由得笑了，说不是喂鸡的地方，是电话通信站。

妈妈说：不管啥站，人该站的时候就得站一会儿，不能老跑，老跑谁都受不了。还说呢，我昨天夜里做梦还梦见你，梦见你小的时候，我带你去乡下走姥姥家。天下了雨，地上都是水窖子。你看到别的小孩子都光着脚往水窖子里踩，你也脱了凉鞋，往里踩，泥水把两个裤腿都溅湿了。我没想到，大了大了，如今你又跑到乡下去了。

妈妈，你不用为我担心，没事儿的，天下的乡下，都是我姥姥家呀！

那好，是你姥姥家好。那村里上岁数的人都是你的舅舅、妗子，和你岁数差不多的呢，都是你的表哥表姐、表弟表妹，你要对他们亲一些。

是的妈妈，我争取让他们都过上好日子。

妈妈没忘记说油馓啦，说她炼出的油馓啦都快攒够一碗了，在冰箱里放着，等家明回来吃。

向家明给江世成书记也打了电话：江书记，我向您报告一下，高远村的通信维基站建成了，区里的文件要求他们在三个月内建成，结果他们只用了两个月多，就提前完成了建设任务。

好嘛，这是所完成的规划项目中第一个项目吧，值得庆贺一下。江书记说。

通信畅通了，高远村的村民跟外界联系起来就方便了，等于高远村开放了。下一步，我准备动员村民们买手机。以前村民们没有手机，听不到外面的声音，无法跟外面的人说话，跟聋子和哑巴差不多。有了手机呢，"聋子"就变成耳聪的人，"哑巴"就变成了口齿伶俐的人，这对扶贫致富非常重要。

现在是信息时代，是数字经济时代，你的想法很好。不过呢，高远村的村民现在还很穷，他们不一定买得起手机，你可以和市里的手机销售商协商一下,让他们也发扬一下扶贫精神,送货上门,把手机卖得便宜一些。批量销售,薄利多销嘛。

向家明又在大声喊江书记,说:您的主意太好了,每次给您打电话,我总是能受到启发。您要是当老师的话,也一定是位好老师。

哪里呀,向书记每次打电话都这么热情,我不能让您白花电话费呀。

按照江书记的点拨,向家明拉上刘丽,果然到市里找手机销售商游说去了。在检察院的工作岗位上时,都是别人求她。到了农村的工作岗位上呢,事情就打了颠倒,成了都是她求别人。之所以拉上刘丽,是她在买东西时不太会讲价钱,对讨价还价缺乏耐心,更没有快感。她曾和刘丽一块儿买过东西,发现刘丽说话活络,比较善于讲价钱。买某样东西,刘丽哪怕能砍下一块钱,也很高兴,像是取得了某种胜利。刘丽能理解向家明的用心,每次和商家讲价钱,都是她冲在前面。向家明不是一点作用也不起,作为刘丽的后盾,有时她能起到一些镇台的作用。比如有一次,刘丽和一个年轻的卖手机的小老板讲价钱,就把向家明抬了出来,推向了前台。她说:你知道这位是谁吗?她是市里检察院的模范检察官,办过不少有名的案子。她受市委组织部的任命,现在到我们高远村当驻村第一书记。向书记每天为脱贫攻坚的事情操劳,吃不好、睡不好,非常辛苦。为了支持向书记的工作,你们也应该把手机卖得便宜一些。

向家明想说,她不是检察官,只是一个检察员。但她没有说,她得配合刘丽,不能让刘丽的话掉在地上。

不想小老板把向家明看了看,说:我妈妈是市里财政局的会计师,她也加入扶贫工作队,到农村扶贫去了。

刘丽不由得一喜,这可对上路了。她赶紧说:向书记跟你妈妈差不多,支持向书记,也是支持你妈妈,这还有什么说的呢!

小老板答应,把被称为"老头机"的老年人用手机,按出厂价卖给高远村的村民,每部手机比销售价便宜二百块钱。

第三天,小老板就带着一男一女两个年轻的工作人员,驾车把手机送到了高远村,一天就卖出了五十多部手机。一传十,十传百,隔两天,当卖手机的再来到村里时,一天竟卖出了一百多部。卖手机的地点,在村委会门口。向家明注意到,平日里连一双鞋都舍不得买的齐天星,竟花钱买了一部手机。嗜酒如命的褚大鹏,特意从高山上下来,也买了一部手机。买完手机的村民们,并没有马上离开,他们请工作人员帮他们输进电话号码,帮他们操作,当场就打开了电话。他们大都是给在外地打工的亲人打的,说话的声音都很大,像吼一样。他们以前隔着山沟说话,不吼对方听不见,吼来吼去吼惯了,一说话,不知不觉就吼起来。

我有手机了,以后可以给你打电话了,你也可以给我打电话了。

你还好吗?钱挣多挣少都没啥,千万要注意自己的身体。

村里要进行危房改造了,咱们家只出一半钱就行了,另外一半由国家给补助。等盖房的时候,你一定要回来哟。

打电话的,有男人,也有女人。一个女人大概是在给她男人打电话:你个死鬼,你都多长时间没回来了,要是今年过年再不回来,你就永远不要再回来!一时间,村委会门前吼声连天,众声喧哗,像是在开前所未有的电话会议。

市委要求,每一位驻村第一书记,都要把自己的头像照片和电话号码印制成告示,贴在每户村民门口的墙上,便于村民们和第一书记联系,有事可以直接给第一书记打电话。并要求,第一书记的手机要一天二十四小时开机,处于全天候服务状态。向家明刚到高远村时,就按市委的统一要求,印制了彩色告示,派人贴到了各家各户门口。照片里她穿着蓝制服,打着红领带。她的电话号码是从未更换过的,从使用第一部手机起,就是这个号码,二十多年过去了,她的手机已经换了好几部,越换智能化程度越高,但号码始终未变。手机在高远村普及之前,很少有人给她打电话。随着村里拥有电话的人越来越多,情况就不一样了,每天都有人给她打电话。也是的,不少村民虽说买了手机,他们才知道几个电话号码呢,每人能知道两三个就算不错。好比家里养了公鸡,就想让公鸡打鸣。手里有了手机呢,也想听见手机叫,也想用手机跟别人打一打。别人的号码,他们不一定能得到,可向书记的号码呢,家家墙上都有,那就给向书记打一下试试吧。向家明的手机铃响,有时在办公室,有时走在路上,有时在白天,有时在夜晚。别人听到电话,看一下来电显示,可能会有选择地接听,可她没有选择,来电必接。她知道,高远村的村民用的都是新手机,打给她的电话号码,都是陌生的号码,所以她一个都不能落下。等接了电话,她问清对方是哪位,在通信录里把名字记下来,下次再接电话,就知道来电话的是谁了。

也有这样的事情,有一天夜里,她关上门刚要休息,手机响起来。她拿起手机,按下接听键,喂了一声,对方没有回音。请讲。向家明说。对方还是没有声音,隐隐传来的像是呼吸声。请问你是哪位?你怎么不说话呢!对方把电话挂了,手机里只有滴滴的忙音,莫名其妙!向家明自言自语。

一天早上,向家明在村委会门口的路边锻炼身体。没有专门锻炼身体的场地,她是站在原地,左右转体。季节到了盛夏,山上山下,到处绿汪汪。空气有些潮湿,里面有甜丝丝的气息。朝霞从东边的天际渐渐铺开,绚烂的红色与叠翠的青山相映生辉。忽听屋里手机响,她赶紧回屋从床上拿起手机接听:喂,早上好,请问您是哪位?

我是老齐。

老齐?向家明一时想不起老齐是谁,问:您是哪个组的?

老齐没说他是哪个组的,只说:我叫齐天星,我去村委会找过你,你不记得我了吗?

哦,对不起,您是齐大爷。找我有事吗?

没事儿,我就是打一下手机试试,听听是不是真的是你,是不是真的是你的声音。

向家明笑了一下:您听出是我的声音吗?

没错儿,是你的声音。你的声音跟别人的不一样。

那是的,每个人的声音都不一样。您现在有鞋穿了吗?上次镇里送来城里人捐献的衣服和鞋子,我特意跟尚主任交代,让他发给您一身衣服和一双旅游鞋。您都领到了吗？

领到了。

您都穿上了吗？

齐天星嘿嘿笑了一下。

您嘿嘿是啥意思？要是领到了，就把衣服和鞋子都穿上。您要注意改变自己的形象，维护自己的形象。您的形象好了，不光代表您个人，还代表着整个高远村村民形象的变化，您明白吗？

明白了。

明白就好。下次再看见您，我要给您照相的，和您合影的。

合影？那可不敢。在给向家明打电话时，齐天星还是赤着两只脚，穿着打有补丁的半截秋裤，上身光着膀子。他是站在自家门口，看着自家的房门打电话的。因为印有向家明头像和电话号码的告示，就贴在他们家的单扇木门上，在打电话时，等于他一直看着向家明。说着说着，他产生了幻觉，仿佛看见向家明像神话传说中的画中人一样，在对他开口说话。打完电话好一会儿，他手里握着煤块一样的手机，把"煤块"都暖热了才回过神来。回头看见他家的猪圈。两年没养猪，猪圈已经废弃，上方的木头架子七零八落，都已经发黑。让齐天星没想到的是，猪圈里竟长出了三棵苞谷。在破烂猪圈的衬托下，苞谷生机勃勃，显得格外青翠。他不明白，自己一颗种子都没往猪圈里撒，猪圈里怎么就长出了苞谷呢？他没再养猪，却养了一条狗。狗是小母狗，一身雪白，只有眼圈是粉红的，像涂了胭脂一样。在主人给不知名的人打电话时，小母狗仰着脑袋，一直看着主人，很好奇也很纳闷的样子，仿佛在问：这老头子，周边一个人都没有，你跟谁说话呢？你把一块黑东西老捂在耳朵上干什么？该不是有什么毛病了吧！

又一天午后，褚大鹏给向家明打来了电话。褚大鹏一说话，向家明就听出了是他，因为打电话的人舌头有些发硬，不用说，这个酒鬼又把酒喝多了。喝多酒的人都是这样，他们也想管住自己的舌头，装着自己的舌头和平时一样正常，可他们总是不当舌头的家，越捋舌头就越硬，越直，越显得造作得可笑又可气。向家明自己从不喝酒，也见不得别人发酒疯,她上来就说:褚大鹏,你中午是不是又喝酒了?

喝酒,没有呀。噢,是喝了一点点,一抠儿抠儿。

还说只喝了一点点,你满嘴的酒气都喷到我的手机上了。

酒气,那不好意思。我知道,你是一个女书记,女书记,我没说错吧?

向家明严厉起来,厉声问道:褚大鹏,仙女儿下凡的话是不是你说出去的?

什么什么,仙女下凡,我没说过,我不知道。

敢说你没说过,我亲耳听你说过。要不是你满嘴酒话,到处胡说,那些小孩子怎么会乱喊?你褚大鹏就是始作俑者,你否认不掉的。今天我正式警告你,仙女下凡是对一个驻村第一书记的污蔑和诽谤,会造成很不好的影响,今后你要是敢再胡说,我就要追究你的法律责任。我说的是法律责任,你听清楚了吗?

作为酒场中人,褚大鹏肯定听人说过,向家明的工作单位是市检察院,当过公诉人,办过不少案子,把不少违法犯罪的人送进了监狱。别看她是个女的,长得像个电影演员,但这个女的来自强势部门,又是个厉害角色,可是惹不得。一听向家明说到法律责任,褚大鹏酒醒了大半,像一只鸟被人折了翅膀,顿时蔫了,吓得大气都不敢出。

敏感的向家明能感觉到,她可能把话说重了,把褚大鹏吓着了。她说到法律责任,不过是情急之中想吓唬他一下,不想真的把他吓哑了。她懂得,农村人对法律还是很害怕的,不是因为他们大都不懂法,就不害怕法;相反,正是因为他们不懂法,以为法律都是治人的,往往谈法色变,不敢则声。为缓和气氛,向家明说:你给我打电话,有什么事,说吧。

我忘了。

我给你五秒钟时间,你可以想一想。

我想起来了,别的组都给修硬化路,为啥不给我们长风组修?

这个事情几句话说不清楚,简单来说,是区里要在镇子附近为你们长风组的几户人家另盖新房。房子盖好后，你们集体从太阴山上搬迁下来，从此结束山顶上的原始贫困生活，开始现代化的富裕生活。听明白了吗？

别组的村民为啥不搬迁，只让我们几户搬迁，高远村是不是把我们开除了，不要我们了？这不公平。

你的想法太可笑了，怎么能这样想呢。情况不同，就要区别对待。让你们一步到位，一下子就过上了城里人的生活。这样的生活，很多人梦寐以求，求都求不到。你们赶上了好时候，天下的好事落到了你们头上，你还有什么不乐意的呢？

我就是不乐意。别人谁想搬谁搬，反正我褚大鹏不搬。

你傻，我看你是喝酒把脑子喝坏了，已经分不清好歹。现在安置房刚开始建，还说不到搬家上，搬家的话，最快也得到明年的下半年。等新房子建好，先带你去参观一下，说不定一参观就会把你吸引住，你再也不愿往山上爬。等你在新房里住下，找上一份儿工作，再把酒瘾戒掉，也许会找到一个对象呢。

我才不找对象呢，坚决不找。

隆隆炮声传来，是村里的建筑材料厂在开山采石。放炮用的炸药，是向家明去区里批来的。周志刚提供的信息不错，负责批给炸药的，果然是区安全生产监督管理局的局长。找到局长，向家明作为市里的老干部，她所拥有的人脉资源再次体现出来。局长主动说，他和向家明的丈夫郝思清是高中同学，在学校里打篮球时，他和郝思清都是班里篮球队的队员。局长大笔一挥，一下子就免费批给高远村十吨炸药、五千发雷管。但他解释说，自己一次批给高远村这么多不用花钱的炸药和雷管，并不是因为和郝思清是同学，是因为他也看到了区里所下发的关于高远村脱贫攻坚规划实施意见的文件，他们局也要响应区党委的号召，为高远村的早日脱贫尽一份力。局长特别对向家明交代说，这么多炸药和雷管，不可一次性全部取走，一次最好只取走一吨炸药、一千发雷管。他担心高远村没有专门存放炸药和雷管的地方。为安全起见，可以把炸药和雷管存在他们局下属的火工仓库里，用完一批，再取下一批。向家明说这样很好，局长考虑得很周全。向家明还是觉得，她沾了郝思清的光，于是说：哪天我让郝思清请您喝酒。

局长却说：心意领了。越是老同学造酒管酒，我们越是不敢喝他的酒。

炮响第一声的那天下午，向家明就去材料厂看了，见整个厂子周边用塑料布帘子遮起了围挡。夏支书正在厂子里，他把崩下来的石头指给向家明看。被重炮瓦解的石块在山脚散落着，石头露出了新茬，弥漫出一种石头特有的香味。这一炮下货不少，看来头一炮就打响了。夏支书说，大一点的石块，准备加工成条石，建水库筑水坝的时候用。小一点的石块，再敲打得碎一些，修路时做铺路石用。水利局的人跟他接洽过了，材料厂加工出来的条石，有多少他们要多少。交通局施工队的队长也跟他联系过了，材料厂里出来的碎石，要统统卖给他们。他招聘了五个工人，都是本村的村民，三个男的，两个女的，算是在本村打工。他们打一天工，男的每天按八十元发工资，女的每天按七十元发工资。如果不缺工的话，他们每人每月都能挣两千多块钱，不但一个人可以脱贫，带动得全家人都可以达到脱贫标准。

向家明说：这很好，炮一响，等于他们率先实现了脱贫。学校快放暑假了，等放了假，回村的高中以上的学生如果愿意劳动，可以让他们来这里打石头。干上一个暑假，就把下个学期的学费解决了。

向书记想得真周到，好，这个事儿我记着。

向家明在材料厂里看到两位像是干部模样的人，他们身穿蓝色的工作服，头上戴着橘红的胶壳安全帽，正向山的高处指指点点。向家明问夏支书：这两位是谁？

噢，我忘了告诉您，这两位是区里安全生产监督管理局局长派来的工程技术人员。炸药和雷管是他们押车送来的，送来后就帮我们找存放的地方。找来找去，找到一处废弃的煤窑的洞口，正好洞口还有当年封窑时留下的铁栅栏，他们就建议把炸药和雷管放进窑洞里，并把铁栅栏上锁，严加看管。放好炸药和雷管后，他们并没走，留下来，教我们的工人装药，下雷管，连电线，然后用他们带来的电动起爆器起爆。咱们这么说吧，要不是他们手把手教我们，帮我们操作，我们根本就不知道怎样才能把炮放响。

他们这么认真负责，得好好谢谢他们。

要说感谢，高远村的人主要还得感谢您向书记，我觉得向书记太厉害了，太有面子了。不是我恭维您，我认为只有您来当第一书记，一切才这么顺利，换了别人谁来都不行。

夏支书，话可不敢这么说，不是我有面子，是党有面子，国家有面子，高远村的人民有面子，我自己算不了什么。她没有说明局长与她丈夫郝思清是同学，那样说的话，就显得庸俗了，就小化了事情的大义。

正说着，那两位带橘红安全帽的干部向夏方东和向家明走过来。夏方东对他们介绍说：这是我们村的驻村第一书记向家明书记，她是从市检察院派来的。

向家明和他们一一握手：谢谢你们，你们辛苦了！

两位干部，一位岁数大些，一位比较年轻，岁数大的不戴眼镜，年轻的倒戴着近视镜。岁数大的干部说：向书记，你们还用铁钎子打眼，铁锤碎石，速度太慢，效率太低。我建议，你们尽快把高压电线扯过来，买一台压风机和一台风钻，用风钻打眼。崩下来的石头多了，你们还可以买一台石头破碎机，利用破碎机的钢牙，把石头咬碎。在别的地方，采石和碎石作业，早就实现了机械化，你们还使用原始的方法，手工作业，让人替你们着急。

向家明说：我们也很着急，也想提高效率。您的建议很好。高远村的电线杆子正在更换，变电站正在建设，高压线正在往这里扯。等电力一允许，我们马上按照你们的建议，对材料厂进行电气化和机械化改造，尽快跟上时代的步伐。

以后有什么事需要我们做，直接跟我们联系就可以了。年岁大的干部报上了他的名字和他的职务。他是一位工程师。

太好了，那我加上您的微信可以吗？

当然可以。

他们掏出手机，互相加了微信。

向家明说：这样吧，晚上村里请你们吃顿饭吧。高远村新开了一家小吃店，羊肉汤粉做得特别好，我带你们去尝尝。

不用，向书记不必客气。今晚我们还要赶回市里，明天还要上班。工程师说。

路不好走，等你们赶回市里，恐怕都半夜了。

那没关系。

夜里行车，一定要注意安全。

没问题。向书记不要忘了，我们就是管安全的。哎，我忘了提醒你们，我发现采石场的工人都没戴安全帽，这不符合安全生产的要求。和石头打交道，石子飞溅，存在危险因素，要注意对工人的劳动保护。你们一定要买一些安全帽，工人只要进入工地，必须戴上安全帽。工程师说得斩钉截铁。

好，安全帽的事，我们明天就办。

还有，那些炸药和雷管一定要看管好，不得有半点闪失。

夏支书说：请工程师放心，这个事情我来负责。铁栅栏门锁的三把钥匙都在我手上，那里我连一只狗都不允许接近。

第十一章

麦子成熟了，收割了，地没有犁起来，农人就抓紧时间，种上了晚苞谷。这里地块小，麦子种得少，人们还是用镰刀割麦。割完了麦，也不用套上牲口在打麦场里碾，而是在院坝里放上石头，把麦穗在石头上摔。沉甸甸的麦穗在石头上摔上几下，金黄的麦粒就脱去了，只剩下银白的麦秆莛子。种进土里的苞谷种子，好像意识到季节留给它们的时间不多了，不舍昼夜地发芽，分叶，争分夺秒，拔着箭子往上长。黄色的麦茬还在地里没有腐朽，嫩绿的苞谷苗已经在地垄的麦茬间出来。热风一吹，苞谷的叶子如不断摆动的手臂，仿佛在喊：我们来了，这个世界该属于我们了！

高粱的穗子团结得不是很紧密，是散穗，用手一摸滑溜溜的，像流苏一样。高粱的籽儿由绿变白，又变红。这里的高粱是糯高粱，不管是蒸干饭，还是打稀饭，都很好吃，可本地出产的高粱，主要不是用来吃的，而是用来酿酒的。每一粒高粱都很饱满，里面似乎盛满了酒浆，散发着酒香。满地里看去，每一棵高粱都像是一位红脸汉子，把酒杯高高举起，仿佛在说：来，我的朋友们，让我们共同干杯！一阵风吹过，高粱叶子哗哗作响。像是掌声，像是欢呼声，又像是在盛大无比的酒宴上，万千高粱正和远道而来的客人共同干杯。土豆的秧子已经枯萎，变黑。这不影响结在土里根部的土豆继续生长，而秧子越黑，对比之下，刨出的土豆就越白，白得闪着胖娃娃皮肤一样的亮，让人喜爱。还有红薯，也到了收获期。有人在自家的梯田里刨红薯，男人在前边刨，女人在后面收拾，地里的红薯堆得大堆小堆。山边路过的人，大声跟刨红薯的男人说话：刨红薯呢，今年的红薯长得不错哟，锯成板材可以做凳子喽！刨红薯的男人接腔说：那你拿些去嘛，拿回去做好了凳子，和你老婆一块儿坐嘛！

向家明也从山边路过，听到了两个村民的对话，从中听出了他们的调皮，也听出了他们对丰收的喜悦之情。是的，今年风调雨顺，各样庄稼长得都很好。民以食为天，只要庄稼长得好，收成好，农民的吃饭就不成问题。同时，高远村的基础设施建设正陆续开工，队伍开进来了，红旗飘起来了，机器响起来了，号子喊起来了，使高远村几乎变成了一个大工地，到处都是热火朝天的劳动场面。夏支书买安全帽时，向家明让夏支书给她也买了一顶。头戴橘红色的安全帽，如戴着一朵硕大的红花，向家明兴致勃勃，每天在各个工地之间穿行。她的样子，像是一位在战场上指挥千军万马的总司令，更像是各个建设工地上的总指挥，信心满满，指挥若定。

她来到了更换电线杆的工地。电线杆从草厂镇那里换起，一路换过来，目前已经换到了高远村的地界。换电线杆的办法，不是每栽下一棵水泥电线杆，就把原来的木头电线杆移除，把电线转移到水泥电线杆上，而是在每一根木头电线杆旁边，都栽下一根水泥电线杆，等所有的水泥电线杆都栽齐后，再在新的电线杆上另扯新的高压电线。这样就可以避免在施工期间停电，至少可以保证高远村的村民在夜间正常照明。从草厂镇往高远村栽电线杆时，是一条线。到了高远村，就开始像树一样分杈，分成多条线。高远村沟沟壑壑，山山岭岭，给栽电线杆增加很多很大难度，每栽一根沉重的水泥电线杆，都要付出巨大辛劳。因道路尚未修通，吊车进不了山，电力工人们只能靠人拉肩抬，往山上或山下运电线杆。向家明看见，工人们头上都戴着安全帽，腰里都系着安全带。他们的安全帽是黄色的，安全带则是一律白色。大约有二十多个工人，才能把一根电线杆抬起来。众人往山上抬电线杆子时，像是一只巨大的蜈蚣在向上爬动，电线杆子好比是蜈蚣的躯干，分列在两侧的工人们像是蜈蚣的腿。向家明想起她刚来高远村时，看到一些村民往山上抬一头肥猪，觉得他们很是辛苦。现在看来，抬电线杆子的工人，比那些抬猪的农民还要辛苦。不要以为当上了国家的工人，端上国家的饭碗，一切就可以轻轻松松。不是的，工人阶级作为国家建设的主体，他们才是最重要的生产力，国家的繁荣富强离不开他们的辛勤劳动。向家明还想到，高远村的脱贫攻坚，国家除了要投入大量的财力、物力，还要投入大量的人力。这些参与高远村改天换地建设的工人师傅们，可能来自祖国的四面八方，和她一样，都会对在高远村的奋斗经历，留下难忘的印象，供以后回忆。向家明跟一位班长模样的师傅交谈了几句，问高压线的架设什么时候可以完成。师傅告诉他，他们双休日不休息，下雨天也不停工，争取在今年的国庆节之前，完成电线杆更换、高压线架设、变电站开始运行的全部工程，让高远村的村民过一个可以安装大功率彩灯、更加光明的节日。师傅见向家明戴了一顶橘红色的安全帽，问：您是来检查安全生产的吗？

向家明说不是，她是高远村的驻村第一书记。

在我们电力系统，凡是戴红色安全帽的，都是安全生产检查员。我看您戴一顶红色的帽子，还以为您是来检查安全生产的呢。

这个我不懂，我是个外行。

我们听说了，高远村的驻村第一书记是位女将，看来是真的。

这时向家明接到一个电话，是尚主任打给她的。等尚主任跟她说完了事，她说：我正要给你打电话，你的电话就先来了。尚主任以开玩笑的口气，问向书记有什么指示，向家明说：我这会儿在更换电线杆的工地上，你找一个年轻力壮的人，从你们家的代销店里搬一箱矿泉水，送到工地上来。我看工人师傅们出汗出得把工作服都湿透了，咱们给他们送点儿水喝，算是慰问一下。

没问题，我马上办。尚主任答应。

尚主任家的房子是两层楼，按照向家明的建议，他把一楼腾了出来，办成了代销店。代销店由他妻子负责经营，店里除了卖米面油、糖烟酒、酱油醋，还卖方便面、火腿肠、矿泉水等。尚妻和她妹妹一样，颇具经营头脑，她除了搞商品的批发和零售，还应村民的要求，搞起了收购。比如有些村民家里的鸡蛋找不到地方卖，她就把鸡蛋收购下来。她收购的鸡蛋是一块钱一个，卖时就卖一块两毛钱一个，一转手，一个鸡蛋可以赚两毛钱。这表明，高远村的女人们不是没有做生意的才能，只是以前没给她们发挥才能的舞台和机会。一旦机会来了，她们的才能很快就会表现出来。向家明对尚主任说：搬走的矿泉水，你让弟妹记一个账。以后不管村里从代销店里拿什么东西，都要记账，我让村里的会计一个月跟弟妹结算一次。

不用，一箱矿泉水不值几个钱。

那可不行，绝对不行。公是公，私是私，我们一定要做到公私分明。

向家明来到了建设学校、幼儿园和教师周转房的工地。这三个建设项目集中在一个地方，它们之间的距离不过几十米，被称为教育区。建设教育区的工人比较多，恐怕有上百人。工地上人来人往，忙碌得跟蚂蚁一样。和泥声，砌墙声，脚手架钢管的叮当声，构成了建设工地上的交响。向家明看见，工地旁边还搭起了一些临时性的简易木板房，房与房之间的铁丝上搭着一些衣服，那是工人们住宿的地方。大概因为工人比较多，劳动比较繁重，伙食必须跟得上，工地上就建起了临时性的食堂。食堂是用天蓝色的帆布搭成的，三面落地，一面敞着口子。食堂里有一男一女两个炊事员，向家明跟他们打了招呼，走进食堂看了看。食堂的木案子上放着半扇猪肉，有肥有瘦，红白相间，很是新鲜。她一大早听见猪的惨叫，估计有村民在杀猪。不用问，这半扇猪肉是从那家杀猪的村民那里买来的。向家明问炊事员，猪肉准备怎样吃？男炊事员说，红烧猪肉炖土豆。向家明说了句"生活不错"，就从食堂里走了出来。在建的事关教育事业的这三个项目，都由区教育局负责。文件上规定，这三个项目要在明年暑假之前完工，保证在新学期开学时按时招生。别看三处工地目前这样杂乱，到明年新学期开学后，那将是一派崭新的景象。在想象中，向家明仿佛看见，教学楼窗明几净，教室里传出琅琅的读书声。幼儿园里琴声阵阵，小朋友们在唱歌跳舞。教师周转房里，每位教师都有单独的房间，想做什么都可以。几只山羊从不远处走过，羊的叫声使向家明从想象中回过神来。她突然想到，等明年学校和幼儿园建成，学校会扩大招生，幼儿园也会开始招收小朋友，村党支部要赶快给区教育局打一个申请报告，请教育局在分配明年的大学毕业生时，最好分给高远村两名小学教师和两名幼儿教师，以扩大教师队伍，增强师资力量。有了硬件，软件也要跟上。不然的话，到明年放暑假时再打报告，那就晚了，就抓瞎了。从长远看，教育扶贫也很重要。招教师的事，虽没有列进规划项目，但她要当作规划项目来抓，一点儿都不能放松。

　　向家明来到了村里办公楼的建设工地。这天下着雨，雨下得还不小。远处滚过几声连续不断的闷雷，雷响时，雨小了一点，雷声刚过，雨点又急促起来。雨点打在向家明举着的伞篷上砰砰作响，似乎要把伞篷穿透，却始终没有穿透。雨点积少成多，顺着伞骨的柱头淌下来。没有风，向家明走得也不快，雨水差不多是垂直着从伞的周边流下来，形成了雨帘。从远处看，人和伞在烟雨中，有些朦胧。人在雨伞和雨帘的笼罩下，似乎是与世隔绝的状态。加上路上一个行人都没有，前不见往者，后不见来者。一时间，她有些走神，脑子里出现了空白，不知自己从哪里来，到哪里去，甚至不知自己是哪一个。神走了，她不知不觉间站下了。对这样的神游，她没有任何恐惧感，有的只是思绪的自由，身心的愉悦。她回过神来好一会儿，好像使劲想了一下，才想起她今天的行动方向和目的地。

　　因为下雨，办公楼的建设工地这天停止了施工。几天前，向家明已来这里看过一次，见工人们正在打地基。地基的槽坑挖得比较深，在槽坑里放进用钢筋编好的框架，往框架里填满石块，再往石块的缝隙里浇注水泥。据介绍，这样打成的地基，以后天塌地陷都不怕。地陷，地基不会陷；天塌，楼房不会塌。向家明在雨中看见，地基已经打好，并开始在地基上砌砖。这座办公楼由区里城建局负责建设，办公楼的设计人员把图纸给向家明看过，征求她的意见。办公楼的样式中西结合，楼顶起脊，两侧有飞檐，每一层都有回廊，看去像一只展翅飞翔的雄鹰。向家明看不懂图纸，提不出什么意见，只说挺好。

施工队的队长，打着伞从木板房的办公室里走出来，问：向书记有什么事吗？

没什么事，我只是来看看。

队长解释说：在雨中施工，会影响工程质量。等雨稍微一停，我们会马上开始施工。

我没有催促你们的意思，要注意爱护工人师傅们的身体。

不管是正在施工，还是建成后入驻办公，这座办公楼都让向家明有些小小的得意。得意袭上来，她都禁不住微笑。那天宣讲规划的最后，亏得江书记让她发言，问她有什么补充。亏得她鼓足勇气，斗胆提出为村里建一处办公的房子。不料江书记当场拍板，把建办公楼列进了规划项目。看来，人该提高勇气的时候，一定要把勇气提起来，只要不存私心，该说的话一定要说。

向家明来到了修路的工地。路分两种规格。从草厂镇到村里的路，路的宽度是六米。从村委会到各个村民小组的路，再从村民小组到各家各户的路，路的宽度是四点五米。总的要求是，这两种规格的路，当汽车在路上行驶时，面对面都可以错得开。向家明先看的是六米宽的修路工地。修路施工队伍的工人们，不像电力的工人队伍那么整齐，其中有老有少，有男有女，有人戴安全帽，有人不戴，所穿的衣服也是五颜六色，参差不齐。不难看出，这个施工队属于民营企业，所雇佣的大都是外出打工的农民。估计交通局也是通过招标方式，把修路的工程包给了民营企业。这很正常，现在大部分需要付出艰苦体力劳动的工程，都是民营企业里的农民工在做。民营企业在国家发展中所做的巨大贡献显而易见。

修路的劳动当然很艰苦。原来弯弯曲曲的山路，有的像羊肠子，有的像猪肠子，有的地方窄一些，有的地方宽一些，平均下来，宽度恐怕还不到两米。现在先要把它扩展成六米宽的毛路，每前进一米都不容易。山路大都是贴着山体而走，要把道路扩展，只能是取高就低，向山体要路。如果山上是灌木、砂石、泥土还好一些，他们用镐头、铁锹，直接把砂石和泥土刨下来就行了。遇到裸露的山岩就不行了，镐头刨不动，铁锹铲不开，一刨一朵火，一铲一股烟，只能靠打眼、放炮，才能把山岩炸开。遇上有的路段，山泉水从山上流下来，把山路冲成了水沟。在不修路的情况下，人们或许可以把山泉视为一景。走山路走累了，可以驻一会儿足，仰脸看一线瀑布，垂首听泉水淙淙。开始修路了，建设者们不能再任由泉水在路上横流，泉水再清也不行。他们必须修一座坚固的石桥，把泉水引导进下面的桥洞里去。向家明看着眼前的修路大军，想到了今后。等路修好了，人们行走在宽敞平坦的大路上，应当记起这些修路的工人才对啊。

向家明再看的是村民小组修路的工地。她来到月亮组，看到的是组长周志刚带领小组的村民们所修的毛路。来到高远村好几个月，她对周志刚已经比较了解。

周志刚刚入伍当兵时，是在云南。部队的驻地，生活条件很好，给他的感觉，好像一下子到了天堂一样，与他家乡的生活条件比，简直是天壤之别。在部队的营房，到了晚上仍电灯通明，在灯光下看书写字都可以。而在他的老家，还没有通电，没有电灯，入夜就漆黑一团。想照明的话，只能点灯头很小的煤油灯。在部队的营房，自来水供应充足，不管什么时候，只要一拧开水龙头，水就流得哗哗响。战士们不仅可以用自来水刷牙、洗脸，还可以经常用来淋浴洗澡。在他的老家，用水难得很。雨水多的时候，可以使用房顶水池的积水。遇到干旱天气，就得翻山越岭，到很远的地方去取水。水金贵如油，村民舍不得用水洗手、洗脸，更不要说洗澡。在部队的营房内和营房门口，不是水泥路，就是柏油路，条条道路通北京，刮风下雨都不怕。而在他的家乡，连一条像样的路都没有，出门就是乱石坑，一下雨满是泥污。

周志刚是位高大魁梧的汉子，但一想到家乡的贫穷、落后，他的双眼就禁不住涌满泪水。对家乡的感情，使他变得脆弱，又使他变得坚强。他以双重的感情为动力，苦练战斗本领。打靶，他在全连打的环数最高。投弹，他在全连投得最远。因表现优异，他在部队入党，并被选派到北京的防化部队学习防化本领。学习合格后，他本来有机会留在北京继续服役，可在他的要求下，他还是复员回到了家乡。回到家乡，一当上月亮村村民小组的组长，他就把全组的村民组织起来，开始了改变家乡面貌的艰苦卓绝的斗争。原来从镇里扯过来的电线，只通到村委会办公室和学校。周志刚发动小组的村民动手伐树、栽电线杆子，掏出自己的复员安置费买电线，使月亮组在全村的所有小组中，第一个向各家各户通了电。通电之后，就安上了电灯，结束了用煤油灯照明的历史。周志刚还买了电视机，可以看中央电视台的《新闻联播》。紧接着，周志刚就动员小组的村民修路。对于修路，有的村民愿意修，有的村民不愿意，他就挨家挨户去做思想工作，希望每户人家都能出一个男劳动力参与修路，千方百计把青壮劳力拉到修路工地上。人最多的时候，有二十多人参与修路，人少的时候，也有五六个人到工地劳动。不管人多人少，反正每天修路，都是周志刚第一个来到工地。除了在春耕和夏收大忙时节暂停，即使在冬天大雪纷飞的时候，他们也依然挥镐舞锨，修路不止。几年来，他们所修的毛路，与村委会门口那段只有二三里长的毛路实现了对接，毛路上不但可以骑自行车、摩托车，还可以跑汽车。

来到工地上，在人群当中，向家明一眼看见周志刚正和一个村民合作，在山边撬石头。村民持钢钎，周志刚抡锤往钢钎顶上砸，把钢钎的尖子砸进石头缝子里，再使劲扳动钢钎，把石头撬下来。见向家明走过来，周志刚暂时放下铁锤，迎上前去跟她说话，他说：我用皮尺量了一遍，我们修的毛路，大部分路段符合宽度的要求，还有三处路段，大约差半米左右，不符合标准。我们必须尽快打掉拦路的石头，使月亮组的全部毛路都达到文件规定的标准。

向家明说：老周办事认真，一丝不苟。

向书记，我正要找您，您就来了。我知道材料厂里有炸药和雷管，您能不能跟夏支书说说，把炸药和雷管分给我们一点。有了炸药和雷管，我们修路的进度会大大加快。

夏支书把炸药和雷管管得很严，我跟他说吧，应该没问题。您会使用炸药和雷管吗？

我在部队时学过爆破。

眼看到了中午，周志刚对修路的村民说：上午就干到这里，大家回家做饭吃吧，下午两点再接着干。

向家明笑了一下，说：你们这么干，让我想起了过去的生产队，好像没有分田到户单干，还是集体出工。

对集体劳动，不能一概否定。像修路这样的事情，单干是不行的，还是集体的力量大。周志刚把铁锤捡起来，拎在手里，对向家明说：走，到我家去，中午让你嫂子给你做饭吃。

向家明有些犹豫，说，不去了吧？

跟我您不要客气，我听说您老吃方便面，那是不行的。

跟着周志刚，拾级来到周家门前的院坝。向家明抬眼看院坝一角栽着一棵杏树，杏树上垂吊着好几个南瓜，顿时被那奇特的景象吸引住了，说这个好看，掏出手机向杏树走过去。杏树下面的泥土里，种有两棵南瓜，南瓜的秧子爬到了树枝上，在树上开起了花儿，结起了瓜。树上的杏子早就没有了，现在由南瓜取而代之。看样子，两棵南瓜是两个品种，结出的南瓜，形状、颜色，有所不同。一种是椭圆形，瓜皮是花皮，嫩绿中走着一些米黄色的斑纹。一种是磨盘形，瓜皮是纯粹的墨绿色。不管什么品种，南瓜的个头都不小，把瓜秧坠得紧绷绷的，似乎随时都会断裂。向家明围着杏树转了好几圈，从不同角度，为杏树上的南瓜照了好几张照片。在她拍照片的时候，周志刚一直陪着她，微笑地看着她。她有些担心地问周志刚：南瓜长得这么大，而且越长越大，秧子禁得住吗？不会把秧子扯断吧？

周志刚肯定地说：不会的，南瓜的秧子既然敢往树上爬，既然敢在树上结南瓜，它们的秧子就是有准备的秧子，就承担得起南瓜的分量。我老婆想在南瓜下面搭架子，把南瓜托一下。我说不用，因为南瓜的重量是渐重，南瓜秧子的坚韧性也在渐增，大自然的力量是平衡的。

老周，你的话很有哲理嘛！

没有，向书记见笑。

种南瓜没施化肥吧？

没施，施的都是有机肥。

醋熘南瓜片，是很好吃的。

中午我让你嫂子给你熘。

不用不用，还是把南瓜留着欣赏为好。

南瓜是有观赏价值，但更有实用价值。两种价值比起来，还是应该把实用价值放在第一位。

周志刚进屋对妻子安排午饭的事。周妻从屋里出来了，喊了一声向书记，对向家明羞涩地笑了笑。

周志刚从屋里搬出一张小桌、两把椅子，放到门前的廊下，他和向家明分坐在桌子两边说话。周志刚有两个儿子，大儿子和大儿媳在城里打工，一个孙子留在家里，由他和妻子看管。孙子在村里的小学上二年级，每天由周志刚骑着自行车接送。周志刚对孙子的要求是，每天晚上七点必看《新闻联播》，哪怕作业没完成，也要先停下来，看完《新闻联播》再接着写。孙子最爱看动画片，不爱看《新闻联播》，起初一让他看《新闻联播》，他就噘嘴。时间长了，看习惯了，每当《新闻联播》前的音乐一响，他就喊：爷爷爷爷，《新闻联播》开始了，快来看哪！他的二儿子目前在部队当兵，当兵的地方与他当年入伍的地方一样，也是在云南。让周志刚感到骄傲的是，2015年，在国家纪念中国人民抗日战争胜利七十周年之际，二儿子参加了步兵阅兵方队，去北京天安门广场接受了党和国家领导人的检阅。周志刚愿意对乡亲们说这件事，一说就两眼放光，神情豪迈，好像他本人受到了检阅一样。二人正说着话，周志刚起身到房子西边去了。从房廊一角抱了几样工具过来，哗地放在桌子前面的地上。他说：这些都是我修路用过的工具，钢钎用短了，锤子用扁了，都成了废品。

向家明起身看到钢钎有三根，锤子有两把。三尺多长的钢钎，只剩下一尺多。十二磅的铁锤，锤头扁成了铁帽，恐怕六磅都不到。这些钢铁制成的工具，是周志刚和村民，日复一日、月复一月、年复一年地修路才用成了这样，这需要付出多少汗水、多少力气，同时要付出多少耐心和意志力啊！事实表明，民间脱贫的愿望是多么强烈，潜力是多么巨大。她掂起一把铁锤试了试，别看完整的铁锤只剩下半个，拿在手里仍然很沉手，恐怕比三十部手机加起来的重量还要大。向家明说：这些工具您先保存着，等高远村的脱贫攻坚工作完成后，村里可以建一个展览馆，把这些工具送到展览馆里去展览。通过展览，让后来的人知道，高远村的脱贫攻坚工作是怎样走过来的。

您的想法很好，很有远见。周志刚说。

谈到修路，也有让人发愁的地方。据向家明掌握的情况，全村四十二个村民组，只有十六个村民组开始修毛路，还有二十六个村民组，一点儿修路的动静都没有。大部分村民组之所以按兵不动，无非是周志刚预见到的几种原因：不愿地被占，得不到补偿；不愿意付出了劳动，得不到现金报酬；只有老弱病残，缺少青壮劳力；懒惰惯了，不愿掏力。向家明向周志刚请教，下一步应该怎么办。

周志刚说，他也没什么好办法，还是得抓组长、抓党员、抓骨干。

向家明说：所有的组长，要是都像您这样就好了，工作就好开展了。

午饭，周嫂果然给向家明做了醋熘南瓜片，还炒了腊肉。南瓜片酸酸的、甜甜的、面面的，很好吃，一入口，满口生津。周嫂炒的腊肉也很有特色，肥肉黄黄的，透明，一点儿都不腻；瘦肉鲜红鲜红，像春天的桃花一样。向家明没敢夸周嫂炒的腊肉好吃，经常走村串户的她，村民多次留她在家里吃饭，她记住了，菜虽好吃夸不得，她夸哪样菜好吃，临走时，村民就非要给她带上一些，弄得她很难为情。她没敢夸周嫂炒的烟熏腊肉，却夸了周嫂蒸的米饭。大米里掺进了一些新的苞谷糁，既有稻米的糯香，又有苞米的清香，而且吃起来更有嚼头。她小的时候，妈妈就是这样蒸饭给他们吃。妈妈的本意，是想节省点大米，节省点细粮，就掺进一些粗粮苞谷糁。谁知道呢，吃来吃去，她的胃里就留下了记忆，留下了妈妈的味道。一吃到苞谷糁蒸饭，心里一热，不由得就想起了妈妈。她说：好吃，好吃，真好吃，我小的时候，妈妈就经常蒸这样的饭给我们吃。她想，她夸周嫂蒸的饭好吃，老周总不至于给她带上一些苞谷糁吧。

刚说到妈妈，妈妈就给她打来了电话。她一看手机屏上的显示就欣喜地起身到一旁跟妈妈说话去了。妈妈问她吃午饭没有，她说：正吃着呢，在月亮组的周组长家里吃的，吃的是苞谷糁蒸米饭，跟妈妈蒸的饭味道一样，可好吃呢。妈妈说好吃就多吃点儿。又说打电话没事儿，就是想听听家明说说话，一听见她的声音就高兴。妈妈又问她什么时候回去，她说国庆节快到了，等到国庆节放长假，她一定回去看妈妈。

回到饭桌前，向家明对周志刚说：是我妈的电话。我妈是市里的助学模范，她的事迹还上过中央电视台的《夕阳红》栏目呢。

周志刚眼睛一亮，说：能上中央电视台，那很了不起。

周嫂没有坐在桌前跟丈夫和向家明一块儿吃，碗里盛上饭，上面盖一些南瓜菜，自己坐在旁边的一只小板凳上吃。向家明说：周嫂，您坐过来，咱们一块儿吃饭嘛，您也吃点肉嘛！

不用不用，你们吃吧。周嫂说。

向家明想起，有一次他们正在村委会办公室开会，周嫂去找老周，老周不问周嫂找他有什么事，一句话不说，挑挑手，就让周嫂走了。向家明对老周说：您发句话，让嫂子跟我们一块儿吃嘛！

周志刚这才说：向书记让你过来，你就过来噻。

你们只管吃你们的，不用管我。周嫂起身到厨房去了。

悬念总得放下来，向家明禁不住问：那天周嫂去找您有什么事啊？

没什么急事，是别人为我家二小子介绍对象的事。

我觉得您在家里很有威严啊！向家明说。

别人说我大男子主义，其实我们结婚这么多年，我一次都没打过她，连吵她都很少，顶多拿眼瞪她一下。

那您是不怒自威。

向家明告辞时，周嫂还是给她装了一袋子新苞谷糁，大约十来斤的样子。她禁不住想笑。她没夸南瓜，是怕周志刚摘一个南瓜送给她。她没夸腊肉，是怕老周送给她一块腊肉。她只说了蒸饭好吃，不料听者有心，真的给她装了一袋子苞谷糁。但她不笑，表情很严肃的样子，说：这个我不能收，吃完了，还要拿，这成什么了。

老周说：这没什么，苞谷是自家地里种的，中秋节前刚收回来的，不值钱，吃个新鲜而已。向书记您知道的，高远村的人虽说穷一些，可每年各家各户打的粮食，还是够吃的。再说了，我们国家早就取消了粮票制，谁还把几斤粮食当回事呢！

这些我都知道。您看，我在你们家吃了这么多好吃的，连一分钱都没掏。可是，我不能从你们家拿东西。不但不从你们家拿东西，去哪家村民家，我都不能拿东西。我不能开这个先例。您也是老党员，我一说您就明白了。见周志刚的眉毛有些纠结，向家明退了一步，说：要不这样吧，这些苞谷糁我拿走也可以，我得给您留下二十块钱。您收下钱，我就拿走。您要是不收钱，我绝对不能拿！她说着，拿出钱包，从钱包里抽出二十块钱来，递向站在一旁的周嫂。

周嫂看见自家男人和向家明一字一句地争论，像是在吵架，早就吓得有些发呆。又见向家明掏出二十块钱递向她，她就更害怕了，一边后退，一边把双手背在身后，红着脸说：孩子他爸，你千万不要收向书记的钱，别人要是知道了，会笑话死我们的。

老周看了妻子一眼，说：这个你不懂，我能理解向书记的心情。我们得尊重一个党的驻村第一书记对自己的严格要求。

第十二章

　　国庆节那天,向家明让丈夫郝思清帮着租了一辆旅行社的大巴车停在草厂镇,她则拉上村里所有的党政两委委员和全体村民小组组长,共四十六人,一大早赶到镇上乘车,向遵义市进发。高远村在西部的深山,遵义是在东边,大巴车虽然在弯弯曲曲的盘山路上绕来绕去,但向东的大方向始终不变。路程大约走了一半,太阳从青黛的山梁上升起来了。初升的太阳,又大又圆又红,红得像国旗的颜色一样。太阳的光芒照进车窗,使每个人的脸色都有些发红。坐在前面的向家明说:今天是个喜庆的日子,天公也作美,天气真好,太阳真红!说罢,她从座位上下来,站在过道里,面向车上的全体人员说:今天我们去遵义的第一项内容,是参观遵义会议会址。在今天这个庆祝中华人民共和国成立六十七周年的日子,我们去参观遵义会议会址,特别有意义。她问:在座的哪位去参观过遵义会议会址,去过的请举手。

　　周志刚第一个举起了手,接着,夏方东、尚应金、刘丽、秦希明等也举起了手。向家明数了数,包括她自己在内,一共才有七个人去参观过。她说:我们这里是革命老区,遵义是中国革命的红色圣地之一,遵义会议会址和遵义会议纪念馆,是红色圣地的核心。因为交通不便,以前大多数同志都没去参观过,这是很遗憾的,我们今天一定要补上这一课。至于需要参观的内容,我这里就不多说了。我家老郝,专门为我们这个参观团请了讲解员,到时候,经过专业训练的讲解员会带领大家参观,给大家做详细讲解。对了,上午参观完后,中午由郝思清做东,去饭店,请大家喝酒。我们这里是酒乡,因为我不会喝酒,没请大家喝过酒。我们家老郝喝酒还可以,中午陪大家好好喝一顿。我欠大家的酒,由老郝给你们补回来,到时候你们都不要客气哟!不见有人回应,好像酒已斟满,无人敢端杯一样。向家明点了夏方东的将,说:夏支书,到时候你要带头喝。

夏支书说:我现在喝酒不行了,一超过半斤,头就有些发蒙。他推荐了尚应金,说尚主任年轻,镇得住酒,喝一斤不在话下。

尚应金顿时满脸通红,像已经喝了半斤酒一样,他说:我哪里喝得了那么多,夏支书你不要害我。

我一点都不夸张,是表扬你呢。你喝好了酒,碰见一棵树,都敢跟树抵牛,你怕什么!夏支书讲的是尚应金酒后闹的一个笑话。有一次,尚应金喝高了,跟跟跄跄摔倒在地上。倒地时,右肩膀碰到一棵树,他以为顶到的是一个人,那个人在阻止他前行。于是,他奋力往前顶,还念念有词,我就不信顶不过你。顶着顶着,分不出胜负,他还拿着肩膀往树干上撞,撞得树上的叶子哗哗响。他老婆出来找他,见他还在和那棵树较劲,才把他拉回家去了。尚应金的这个笑话,村里好多干部都知道,听夏支书说出来,似乎看见了尚应金和树顶牛的倔强样子,满车的人都笑了。

笑声落下去,向家明说:快到了,我给大家唱支歌吧。她取过放在车前面的麦克风,打开开关,拍了两下,拍出砰砰的响声,就开始唱。她唱的是:唱支山歌给党听,我把党来比母亲……她的歌声高亢、嘹亮,满怀深情,把车上的人都惊住了。他们都没想到,他们的向书记唱歌唱得这么好。

向家明是面朝大巴车前进的方向唱的,刘丽起身,走到前面,偏过头去,悄悄看了他们的向书记一眼。她只看了一眼,就不敢再看。她自己的眼也湿了。

车到指定地点,郝思清带着手下一个年轻的工作人员,早在那里迎候。车上的人鱼贯下来后，郝思清似乎把整个参观团接管了下来。他做了一面蓝色的旗子，旗子上印有"高远村参观团"字样。他把旗子交给了向家明。他给每人发了一面手挥式小国旗、一顶红色的遮阳帽。考虑到大家早上没吃早饭，他给每人准备了一个食品袋，袋里装有一份鸡肉汉堡包、两个鸡蛋、一瓶矿泉水。每人接过国旗、帽子和食品，都夸郝总想得真周到。他们大多数人没吃过汉堡，甚至连这个名都没听说过，有人问：这是啥？这是啥？这怎么吃？刘丽发现路过的人在看他们，说：别问了，这是西餐，只管用嘴吃就是了。

等他们结队来到参观目的地，遵义会议会址的小楼前，已经络绎不绝地来了众多参观者。阳光温暖，秋色明丽，人们摩肩接踵，熙熙攘攘。一批人刚从楼上下来，又一批人走了上去。有一群人，像是某个培训班的学员，统一着装，穿的是模仿当年红军的服装，头戴五星八角帽，身穿灰色军装，腿上缠着灰色绑腿。他们穿的服装是临时租来的。还有一群中学生，像是在老师的带领下，在红色圣地开班会，他们正齐声高唱《歌唱祖国》：五星红旗迎风飘扬，胜利歌声多么嘹亮，歌唱我们亲爱的祖国，从今走向繁荣富强……

郝思清和向家明，一直在陪同高远村的参观团参观。训练有素的女讲解员，手持一支激光讲解棒，指到哪里，讲到哪里。她忽而声音低沉，忽而节奏铿锵，很有感染力。讲解员指到哪里，高远村参观团的成员们看到哪里，听到哪里，他们仰望着，听得都很认真。因参观团比较多，多个讲解员的讲解有些串声，但一点儿都不影响他们听讲。通过参观，他们知道了湘江战役的惨烈。红军将士从井冈山出发，走上长征之路时，队伍浩浩荡荡，有八万六千人。湘江一战，红军与国民党军苦战五天五夜，突破了敌人的四道封锁线，粉碎了蒋介石围歼中央红军的企图。但红军也遭受了极其巨大的损失，从八万多人锐减到三万余人，五万多人牺牲，红军的鲜血染红了湘江。在极其危急的关键时刻，党中央在遵义召开了会议。遵义会议是中国共产党历史上开始独立自主地解决中国革命和革命战争重大问题的会议，实际上确立了毛泽东在中共中央和红军的领导地位，挽救了红军，挽救了党，挽救了中国革命,是党的历史上一个生死攸关的伟大转折。通过观看实物和听讲解,他们得知,会议之所以能在遵义召开,会议之后,红军之所以能在遵义地区奋战三个多月,完成了四渡赤水,摆脱了国民党多路重兵的围追堵截,与遵义人民的支持、贡献和牺牲是分不开的。让人感动的是遵义人民勒紧裤带,省下口粮,在"粮草"上支援红军,更为可歌可泣的是,他们为革命贡献出了热血和生命。湘江血战之后,红军攻克遵义,得到了十二天的休整,并有时间召开会议。休整和会议期间,在红军的宣传和感召下,遵义的青壮年踊跃报名参军,成功"扩红"五千余人,使红军队伍再次发展壮大。他们刚参军,就要参加战斗。有人牺牲在随后的青杠坡、大渡河等战斗中,成为年轻的革命烈士。听着讲解,高远村参观团的成员们,难免联想到他们所在的高远村。高远村也是遵义的一部分,当年红军在遵义转战,也曾路过高远村,并在高远村露宿一晚,跟姓杨的村民借了一些苞谷。随后赶到的国民党军,听说杨姓村民借给红军苞谷,就以"通匪"的罪名,把杨家的房子放火烧掉了。可惜的是,红军当年给杨家打的借条,被杨家的后人弄丢了。要是保存到现在,捐给遵义会议纪念馆展览一下,那该有多好!人们一看,嗬,高远村,原来高远村的村民也给中国革命做过贡献哪!参观团的成员们还想,在10月1日国庆节这天,向家明书记自己不休息,也不让他们家郝思清总经理休息,而是请他们集体参加这么一个参观活动,是什么意思呢?是不是在对他们进行革命传统教育呢?是不是在修路的事情上遇到了困难,有话要对他们说呢?

中午的聚餐,在市里一家比较有名的饭店里进行。说是聚餐,其实是一场宴会。郝思清事先预订了一个宴会厅,宴会厅顶部大型水晶灯高悬,四壁金碧辉煌,一看就很豪华。宴会厅里摆了六张圆桌,每张桌上都铺了米黄色桌布,放了洁白的餐巾,桌子中央还放了一瓶鲜花。让高远村的干部们感到更为新奇的是,郝思清提前跟向家明要了名单,给每位村干部都制作了名签。名签是三角形的硬纸板,可以立在桌面上,两面都可以看到赴宴者的姓名。走进宴会厅后,郝思清说:

桌上有名签，每人找到自己的名字，就找到了自己的位置，对名入座吧。

干部们纷纷围着桌子转，寻找自己的名字。从小到现在，他们从没有经历过这样的事情，饭桌上摆桌签，吃饭前要先找自己的名字。有人找到了自己的名字，却觉得有些陌生，好像有些不认识一样，犹豫着，迟迟不敢落座。还有的组长不识字，不认识自己的名字，找不到自己。好在每张桌边都有身材高挑、穿着讲究的女服务员，发现哪位顾客找不到自己的位置，就主动上前询问、引导，帮助客人找到自己的位置。

郝思清准备了一些酒水提前送到了饭店。酒瓶打开，将酒斟满，郝思清端起一杯酒，开始讲话。宴会厅的正前方，有一个小舞台，舞台一角置有拉杆支架式麦克风。郝思清没有走到舞台上，对着麦克风讲话。他大概觉得那样做太形式主义了，也显得和村干部们不够亲近，就站在桌前讲。他先说明两个意思：第一，今天宴请的都是高远村的兄弟姐妹，向家明作为高远村的驻村第一书记，理应由她主持，但她不喝酒，我作为家属喧宾夺主，就替她来主持一下。说罢，他问坐在对面副陪位置的向家明：领导，您是不是授权给我？

向家明有意拖着长腔笑道：授权给您，您就主持好了。

他说明第二个意思是：这次请大家聚会，是由向家明和我做东的家宴。大家不要以为我是酒业公司的总经理，可以随便从公司里拿酒水，不是的，今天大家饮用的都是我花钱从公司的门市部买来的，所以不要有任何顾虑，可以放心大胆地喝。我自己虽然天天和酒打交道，跟泡在酒缸里差不多，可我并不爱喝酒，一个人在家里很少喝酒，只有跟朋友们聚会才喝一点。我酒量不大，自以为酒风还行。作为主持者，我先跟诸位共同喝三杯，也就是领三杯酒，每一杯酒代表一个意思。这第一杯酒，是庆祝酒。今天是庆祝中华人民共和国成立六十七周年的日子。上午大家看了展览，知道新中国来之不易，是无数革命志士抛头颅、洒热血换来的。为了怀念先烈，庆祝国庆，让我们共同干杯。郝思清说罢，带头把第一杯酒喝干了。一阵椅子响，大家站起来，说着"庆祝、庆祝"，都喝干了酒。郝思清让服务员给向家明倒的是半玻璃杯海南产的椰子汁。在大家共同举小杯喝酒的时候，向家明也把玻璃杯举起，喝了一点椰子汁。向家明说：空腹喝酒不好，大家先吃点菜，再喝第二杯。

服务员端上来的一道道菜，有的黄、有的白、有的绿、有的红。黄的不是南瓜，白的不是豆腐，绿的不是韭菜，红的不是辣椒。每样都不认识，但每样都很好吃。把菜吃了一会儿，郝思清起身举杯领第二杯。他说：这第二杯酒，是感谢酒，衷心感谢各位对我们家向家明工作的支持。她到高远村任驻村第一书记，如果仅靠她自己，不管她有多大能耐，工作也很难开展。她上靠党的领导，下靠广大群众的支持，特别是在座各位的支持，脱贫攻坚工作才初步打开了局面。万里长征刚刚开始，希望大家继续支持向家明的工作，来，干杯。

第二杯酒到第三杯酒之间，郝思清没有停顿，紧接着就举杯表达了第三杯酒的意思。他说：这第三杯酒是拜托酒。什么意思呢？我是想借这杯酒，说说高远村修路的事。高远村我虽然去得不多，但经常与家明电话沟通，情况还是知道一些。据我所知，村里的通组路和通户路，遇到了一些问题和阻力，致使大多数组和户没有开始修路。这个话题请允许我多说几句，热菜也上来了，你们别放筷子，只管吃你们的。你们一边吃，我一边说，等我说完了，咱们再共同干杯。路对高远村来说很重要，路通了，才能一通百通。路不通，别的很多事都行不通，干不成。无路可走，是高远村的千年之疾。现在开始修路，是高远村的百年大计。等修好了路，不但这一代受益，后代人也会受益。所以，大家一定要把修路的事重视起来，排除万难，去争取胜利。有一句俗话，我们都听说过，叫"火车跑得快，全凭车头带"。各个村民小组如果是一列火车的话，你们各个组长，就是车头，只有你们带头跑，整列"火车"才能跑起来。

向家明与坐在她旁边的周志刚说悄悄话：他这人就是这样，一喝酒，话就多，满嘴里跑火车，刹都刹不住。

不，我爱听郝总讲话，他讲得很好，很有水平。周志刚在回应向家明的话时,并没有看她,炯炯的双目一直看着郝思清。

所以,拜托,拜托,再拜托,拜托各位组长负起责任,赶快带头把路修起来。如果前两杯有人没喝干的话,这第三杯酒一定要喝干。说罢,他一仰头,把杯子里的酒喝了个底朝天。他刚才大概看见向家明跟周志刚说话了,喝干了酒仍没坐下,捏着杯子说:我听说月亮组的周组长在修路方面表现得最好了,大家都要向周组长学习。

周志刚说:不敢当,我做得很不够。

郝思清对向家明说:家明,咱俩一块儿给大家敬酒。他俩坐的是主桌,主桌坐的还有夏支书、尚主任、周志刚、会计等几位岁数比较大的村干部。他俩敬酒,先从主桌敬起。敬完了主桌,郝思清和向家明起身离座,郝思清一手持分酒器,一手端酒杯,向家明端着乳白色的椰子汁,向别的桌一一敬去。在他俩逐桌敬酒的同时,村干部们也开始互相敬酒。在如此豪华的高档饭店,参加这么大的宴会,对于他们来说,是第一次。吃这么好的菜,喝这么好的酒,对他们来说是第一次。村里的几十个村民组长,坐在一块儿喝酒,也是第一次。几个第一次相加,一三得三,三三见九,他们都有些兴奋。一时间,宴会厅里觥筹交错,笑语喧哗,气氛热烈起来。酒分子像是长了翅膀的小精灵一样,在宴会厅里飞来飞去,看哪个酒桌更热闹,它们就往哪里飞。看哪,这个桌有个人连喝了三杯!好嘛,这个桌有两个人吵起来了!一桌比一桌更热闹,它们有些飞不及。好在它们不会喝彩、起哄,不然的话,宴会厅里不知会热闹成什么样子呢!

向家明不往口里喝酒,却挡不住飞翔的酒分子的入侵,趁着她呼吸,酒分子就飞到她鼻腔里、口腔里去了,继而入侵到她血液里。她的脸开始发红,眼睑开始发红,连两只耳朵也红了,两鬓像戴了两朵大红花。有个组长跟向家明和郝思清开玩笑:你们两个这样,好像举行婚礼的新郎新娘向宾客们敬酒一样。组长这么一说,大家再看郝和向,见郝思清西装革履,仪表堂堂,向家明满面红光,不妆自靓,可不像新郎新娘嘛!如果按这个思路把玩笑开下去,也许会有人让他们喝交杯酒呢。郝思清是久经酒场、见过大世面的人,自然是应对自如。

他说：哪里还有什么新郎新娘，我们都是老郎老娘了。向家明反应也快，把郎说成了狼，把丈夫一指说：他是大灰狼，我是狼外婆。哗的一下子，向家明的说法把笑声掀起了新的高潮。

二人回到主桌，主桌的人等待已久，要向他们两口子敬酒。敬酒由夏支书带头，说感谢郝总的盛情招待，感谢向书记在高远村付出的千辛万苦！喝酒之际，已经满脸通红的尚主任对向家明说：向书记，这么好的酒，你也破例喝一杯呗！

向家明把手中的椰子汁一举说：我这也是白酒嘛，我的白酒比你们的白酒都要白。

您喝一杯，我喝三杯，怎么样？

不行，我一点儿都不喝。我劝你也不要喝那么多，要适可而止。

周志刚说：向书记，您也讲几句呗。酒喝得差不多了，您总结一下呗。

向家明说：我想说的话，老郝都替我说了，我就不多说了。

郝思清也说：你是第一书记，大家都听你的。老周让你讲，你就讲嘛！

向家明不反对郝思清在村干部面前替她讲话，相反，郝思清讲得头头是道，大家知道她丈夫不是等闲之辈，她也觉得脸上很有光彩。但这种场合，完全不说话也不合适，于是她扮作为难地说道：今天是家宴，也已经授权老郝主持了，他讲得已经很周全圆满，我还能讲点什么呢？我一人来驻村，一人来扶贫，其实是全家动员，全家人都跟着操心。特别是老郝十二分地支持，恐怕有一半心都操在了我的工作上，对咱们高远村不仅了解，也充满了感情和期待。顺着今天主持人老郝的思路，我就表达个祝福吧，祝福咱们高远村的明天，越来越好！

大家的情绪高涨，一边叫好，一边鼓掌。稍后，周志刚对向家明说：向书记，我说几句可以吗？他这次要求发言，没有举手，也没有站起来。

当然可以。向家明马上起身，啪啪拍了两下巴掌，大声说：大家静一下，静一下，周监委有话要说，我们欢迎他讲话好不好？

好，好，有人喊好，有人鼓掌表示欢迎。

周志刚这才从座位上站了起来，并拉开椅子，从椅子旁边走了出来。他立正后，没有马上开口说话，郑重地敬了一个标准的军礼。他这个军礼有些出人意料，引起了全场人的注意。如果说刚才向家明让大家安静，大家还没有完全安静下来，周志刚的这个军礼，就使整个宴会厅鸦雀无声了。周志刚说：感谢向书记给我一个说话的机会！今天是国庆节，我又喝了酒，心跳加快，心情有些激动。我有说得不对的地方，请大家批评指正。我主要想请大家想一想，在今天这个普天同庆的节点上，向书记，还有郝总，为什么要带我们参观遵义会议纪念馆？为什么要请我们喝酒吃饭？向书记放下城里优越的生活，为什么要到我们那个穷地方，跟我们一块儿打拼？我理解，这是他们要我们继承和发扬革命传统，振奋革命精神，带领高远村的乡亲们实干苦干，尽快摆脱贫困，走上富裕之路。国家的战略是分三步走，第一步，是站起来；第二步，是富起来；第三步，是强起来。现在我们整个国家富起来了，已经走到了第二步。可我们高远村落后了，只走了第一步，第二步还没走。如果没有富起来，就谈不上真正站起来，更谈不上强起来。我们要意识到这些，紧迫起来，争取迎头赶上，也富起来。现在是国家拖着我们走，我们高远村绝不能拖国家脱贫攻坚的后腿。如果拖了国家的后腿，我们谁都对不起，对不起党，对不起国家，对不起高远村的村民，也对不起自己。现在我们遇到的具体问题，是各组和各户的修路问题。刚才郝总在修路的事情上，请我们喝了拜托酒。本来是我们自己的事情，郝总还要拜托我们，说得我很是惭愧。我不知道你们惭愧不惭愧，反正我周志刚惭愧得很，连哭一场的心都有。说到哭，周志刚喉头发哽，一时说不出话来，眼里却涌满了泪水。向家明最见不得别人的眼泪，看见周志刚的泪光在闪耀，她眼睛里的水波也荡漾起来。稍事停顿，周志刚突然举起铁锤一样的拳头，铿锵有力地说：我建议，国庆长假结束后，我们每个村民小组的组长，都要和向书记签一份协议，也就是立下一个保证书，保证尽快带领自己小组的村民开工修路。同意我这个建议的，请鼓掌！

全场响起响亮的掌声。

节后回到高远村，向家明让刘丽起草了一份协议书，她修改后，打印出来，让各村民小组的组长一一在协议书上签了名。对不识字的组长，向家明让刘丽把协议书念给他们听，他们听完同意了，就在签名的地方按下自己的红手印。协议书的主要内容，是在时间上规定了两个卡点：一是保证在2016年年底前开工修路；二是保证在2017年年底把毛路修成。长风组虽然没有修路任务，向家明跟长风组的组长也签了一份协议，协议书规定：当安置房建成后，组长有责任动员该组的所有村民及时搬迁，不得拖延。

海洞组的组长秦希明，停下了为翻盖自家的房子筹备材料，不再每天赶着马，带着狗，上山下山运输砖瓦，开始带领本组的村民修筑毛路。从海洞组到村委会的这条山路，一共串联了四个村民小组，这四个小组像进行接力比赛一样，各自负责把本小组的"那一棒"跑好。海洞组是处在最远端的"那一棒"，离上个村民组比较远，他们得抓紧时间修毛路，才不至于将自己手中的"那一棒"掉在地上，影响整条路的衔接和进程。秦希明从脱贫攻坚的规划上得知，下一步，村里要对全村的破旧房子进行危房改造，一旦被确定为危房改造对象，每平方米，自家只需出六百元钱，超出造价的部分由区里下拨的资金补贴。这样算下来，翻盖一座一百多平方米的房子，自家只出六七千块钱就够了。就算盖一栋二百多平方米的二层小楼，也不过花一万多块钱。天爷，此等好事，谁不希望落到自己家头上呢！危房改造之所以放在下一步，是等村里的路全都修好了，可以跑汽车了，运送盖房子的建筑材料就方便了。秦希明之所以停止翻盖房子，是估计他家的房子符合危房改造的标准。他要等到危房改造规划大面积启动时，再翻盖房子也不迟。到那时候，哎嘿嘿，把建筑材料往汽车上一装，呼的一家伙，就拉到了家门口，再也不用马匹费那个死劲了。秦希明有秦希明的招数，在动员村民参与修毛路时，他就拿危房改造说事儿，说哪家的劳力积极参加修毛路，危房改造时，就分给哪家补贴指标，不参加修毛路的话，危房改造就不予考虑。这样的动员如果算是动员令的话，这个动员令厉害，它切中了每一户村民的切身利益，让他们都不能不为动员令所动。是呀，因交通不便，盖房艰难，他们所住的房子，差不多都是旧房、危房，谁不想抓住千载难逢的好机会，把自家的房子翻新一下呢？于是，他们纷纷抄起家伙，加入修路的队伍中来了。

12月的一天，山里下起了入冬以来的第一场小雪。高远村高高低低的海拔和高低气温相连，海拔越高，气温越低；海拔越低，气温越高。在这样的气温作用下，长风组所在的太阴山看上去已是白茫茫的，海拔最低的海洞组所在地，只飘起了一些零星的雪花。这天上午，向家明让尚主任骑摩托车带着她，去海洞组看修路。去之前，向家明给秦希明打了一个电话：秦组长，我和尚主任想去你们组的修路工地看看。

好呀，欢迎向书记到我们这里检查指导！

我看下雪了，你们上工了吗？

我们风雨无阻，别说这点儿小雪花，就是下大雪，我们也不会停工。

不错，你们抓得很紧，有只争朝夕的精神。

秦希明早早在路边迎候向家明，向家明刚从尚主任的摩托车上下来，秦希明就扬着手高喊：首长好，首长辛苦了！

秦组长，你开什么玩笑，我哪里是什么首长。向家明禁不住笑了。

在我眼里，你就是首长，是我们高远村的最高首长。

那我怎么说，我是不是应该模仿首长，喊一声同志们好，同志们辛苦了！可我的声音不像呀。

怎么不像，只要喊就像。

那我试试。她扬起手臂，还没喊出声，却笑出了声，笑弯了腰，说不行不行，咱没有首长的气质，装是装不出来的。这天向家明穿了一件紫红色的轻便羽绒服，头帽包住了头。下车停下后，有几朵雪花，轻轻地落在她的头帽上。她解开下巴下面的系带，把头帽掀到了脑后，露出光光的前额，乌黑的秀发。她看到了，在工地上冒着小雪干活的有二十多人，有男劳力，还有女劳力。他们有的用镐头在山边刨沙土，有的用铁锹把沙土装进竹编的筐子里。筐子装满，有人提到路中间倒掉。刚倒出的沙土是一堆，接着有人把成堆的沙土铺开，铲平，以把路面拓宽。这样一来，他们像是形成了修路的作业链，又像是修路施工一条龙，干得有条不紊。向家明估计了一下，海洞组已经修出的毛路大约有三百多米。他问秦组长，每天的计划是修多少米。秦组长说，每天必须修够十米，只许超额，不许欠缺。向家明看见秦嫂也来修路了，正在路上铲土，就喊了声秦嫂，打了招呼。秦嫂笑了笑，喊了一声向书记。向家明说：来，我替你干一会儿。伸手跟她要铁锹。秦嫂吃了一惊似的，说那可不行，你是书记，怎么能让你干活儿呢！

向家明说：书记怎么就不能干活儿呢！我姥姥家就在农村，我去姥姥家还刨过地呢。

秦嫂看了老秦一眼，双手把铁锹的锹把握得紧紧的，像是生怕被别人抢走似的。

这时尚主任跟秦嫂说了一句笑话，这个笑话可能是山里人特有的笑话，向家明没有听懂。笑话的性质一定有些发荤，不仅秦嫂的脸红了，尚主任自己也满脸通红。

向家明问秦嫂：你们家的马呢？

在家里拴着呢。

等修好了路，你们家的马可能就用不着了。

用不着正好，省得把它累死。

一回眼，向家明又看见了那只小黑狗，小黑狗长着一双熊猫眼，还是那种滑稽可爱的样子。小黑狗两条前腿支撑，立在山边的一块石头上，样子像是一个监工。她走过去对小黑狗说：你的马哥哥没有来，你自己来这里干什么！说着掏出手机，要给小家伙照一张相。

小黑狗再次拒绝照相，一跃，从石头上跳了下来。走了几步，它又回头看了向家明几眼，仿佛在说：我又没招你，没惹你，你老招我惹我干什么！

趁小黑狗回头的时候，向家明使用连拍，还是给小黑狗照了几张相。她说：好你个四眼儿，你就跟我不友好吧，小心我让你们家的主人收拾你。

151

第十三章

　　新的一年，是向家明到高远村任职驻村第一书记的第二个年头。如果加上在辛平村的任职，她当驻村第一书记已是第三个年头。春节过后，正当她斗志昂扬，继续带领高远村的干群进行脱贫攻坚战斗时，遇到的一件事让她有所不悦，甚至感到有些委屈。此事说来话长。
　　向家明的爸爸原是镇上粮站的会计，从解放初期参加工作，一直干到退休，都是会计身份。向爸爸业务精通，工作认真，多次被评为站、镇里和县里的先进工作者，得的奖状数都数不清。不管得多少奖状，他从来不往家里拿，家里人不知道他得了什么奖。不光是奖状，有时得到的一些实用性的奖品，他也不往家里拿。有一次，正上小学的向家明，偶尔来到了爸爸的办公室，看到茶几上放着一只铁壳子暖水瓶，铁壳子是红色的，上面烤有蓝蓝绿绿的孔雀开屏图，很是漂亮。向家明左看右看，很喜欢这个暖水瓶，说真好看。爸爸当时不在办公室，跟他同一个办公室的一位阿姨说，这个暖水瓶是她爸爸得的奖品，说留在办公室大家共用。向家明家里是有一只暖水瓶，但那只暖水瓶是用竹子编的壳子，因用的时间长了，壳子已经有些发黑，跟这个铁壳子的暖水瓶差远了。向家明回家，向妈妈告了爸爸一状，说：哼，爸爸得了那么好看的暖水瓶，都不往家里拿。妈妈没有跟她解释，只是说家里都是女孩儿，一个男孩儿都没有，爸爸不高兴，有了好东西，就不往家里拿。还批评了她：一个女孩儿家，不要到处乱跑，没事儿去爸爸的办公室干什么！天下的好东西多的是，如果看见一样好东西就想据为己有，这是非常不好的想法。妈妈还说：你要好好向你爸学习，有好东西要先想着别人，毫不利己，专门利人。

向家明的姥爷，在新中国成立之初当过乡党委书记。在姥爷的影响下，妈妈十八岁那年就入了党。因为妈妈不识字，没能当上干部，只在街道的集体工厂当了一名工人。好在妈妈有城镇户口，所生的孩子，也都可以登记为城镇户口。也叫非农业户口，只这一个"非"字，就与农民拉开了距离，优越性就显了出来。他们不用风里雨里下地种庄稼，每月每人都可以按粮食标准领到粮票。拿着粮票，就可以到粮站里买粮买面，吃商品粮、商品面。相比之下，向家明的姥姥没有城镇户口，三个舅舅和三个舅妈没有城镇户口，舅舅和舅妈所生的孩子们，也都没有城镇户口，他们还住在农村，在土里刨食。有一年暑假，妈妈带着她去乡下走亲戚，她身上穿的是花裙子，脚上穿的是红塑料凉鞋。而她的那些表哥、表姐、表弟、表妹们呢，穿的都是旧衣服和打补丁的衣服，出来玩耍都是光着脚丫子。有一天刚下过雨，他们到村子外面的地里玩，她看见别的男孩儿女孩儿脚上都沾满了黑泥巴。那一刻，向家明心中突然冒出一个念头，这个念头似乎有些远大，还有些庄严：等她长大了，有了本事，挣了钱，就给她的哥哥姐姐弟弟妹妹们，每人买一双凉鞋。因为是第一次生出这样的念头，所以她就记住了，时不时地就能想起来。

也是因为有城镇户口，向家明可以一直在城里上学读书。她的小学和初中是在镇上读的，上高中时就考进了县城的学校。别的高中生，都是一心一意上大学。与同学们有所不同，向家明的最大愿望，也叫最高理想，是当兵，当一名英姿飒爽的解放军战士。她在电视上看见过女兵，在县城的街头也看见过女兵，每每看见身穿军装的女兵，她就羡慕得不行，连做梦都想做一个女兵梦。她多次设想，当她穿上绿色的军装，打上绿色的领带，头戴有帽徽的无檐军帽，再配上领章、肩章、臂章和胸牌，那是何等威武。为此，她在笔记本上抄下了不少与当兵有关的诗句，有毛泽东的"飒爽英姿五尺枪，曙光初照演兵场。中华儿女多奇志，不爱红装爱武装"，有豫剧《花木兰》里唱的"刘大哥讲话理太偏，谁说女子不如男"，还有《红楼梦》里的诗词，"秋歌艳舞不成欢，列阵挽戈为自得。……丁香结子芙蓉绦，不系明珠系宝刀"，等等。然而，盼了一年又一年，得不到任何部队去他们县招女兵的消息，她一点办法都没有。她曾鼓足勇气，拉上一个女同学，到县人民武装部打听消息，武装部的干事让她们等着，一旦部队去他们县招女兵，希望她们积极报名。

向家明第一次参加高考，因为数学成绩不太好，拉了分数，没能考上。同班有的同学考上了大学，不仅考上了本市、本省的，有的还考上了外省的。她心有不服，留校复习一年，再考。她的自我感觉，这一次要比上一次考得好一些，考取一般的大学，问题应该不是很大。就算考不上大学本科，至少可以考一个专科。但在考分没出来的情况下，她一点儿都不敢高兴，表现得很低调。别人问她考试情况，她说的是：我觉得还是不行。就在等高考分数的时候，从爸爸订阅的晚报上，她看到一条消息，全市公检法系统，第一次面向全市青年公开招干。因第一次招干带有改革性、试验性，只招收三名男干部、一名女干部。应招的条件除了政治条件、身体健康条件，对年龄和学历也有要求，年龄最高不能超过三十岁，学历最低不能低于高中毕业。向家明和各项条件对照了一下，不由得有些兴奋，还有些激动，认为自身的条件和所有要求都符合。她甚至无来由地相信，这唯一一个女干指标，就是为她向家明而设的，她一定要把这个指标拿下来。

招干办为上百名报名的青年，提供了人手一份的学习材料，说考试的主要内容都从里面出，只要把学习材料学习好，考试时就不会跑题。学习的时间只有两周，两周之后笔试。笔试是第一道程序，笔试合格后，再走后面的程序。后面还有政审、体检和面试。四道程序走完，谁能全部过关，才有可能加入公检法系统的干部行列。拿到学习材料后，向家明立即投入争分夺秒的学习。她采取的是笨办法，死记硬背。她一篇篇读，一段段背。背会了不算完，还要合上材料本子，默写下来。默写完了，再与原文对照。有默写不对的地方，她再读，再默写。人一辈子有数不清的两周，而这两周，却在她的人生中至关重要。她一定要把这两周用好，把一周当一年用。她学得忘了睡觉，每天都在灯下学到大半夜。她背得忘记了吃饭，往往饭都放凉了，嘴里还念念有词。去农村走姥姥家时，她看见弹花匠用弹花锤在弦上弹棉花，弹花弦是用牛筋做成的，只有把坚韧的牛筋绷得很紧很紧，弹花锤弹得弦嘣嘣响，才能把棉花弹好。她那两周紧张的学习状态，脑筋就像弹花弦一样，绷得紧紧的，以致脾气都长了不少。有一次一个妹妹喊她吃饭，她竟把妹妹训了一顿。在学校高考复习时，她都没有这样拼命。这一次她豁出去了，成败在此一举似的。

考试完了，向家明才知道，在所有参加笔试的男女青年中，男青年只取前九名，女青年只取前三名，进入后面的程序。也就是说，最后录取的名额是三里挑一。她的考试成绩怎么样呢，倘若没进入女青年的前三名的话，她就没戏了。她不是第一名，也不是第二名，结果和另一个女青年的考分相同，是并列第三名。人生如戏，戏剧性无处不在。这事儿真有点戏剧性。如果差一分，她排到第四名，也就失望了，死心了。她并列第三名，表明吊她的胃口还没有吊到头，还存有一线希望，可以进入后面的三个考察程序。戏剧性在继续。在政治考察中，考分排第一名的女青年被刷下来了。在健康体检中，考分排第二名的女青年被淘汰了。向家明和那位与她并列第三名的女青年，并列进入了最后的面试。向家明听说，这位女青年从师范专科毕业后，在某县的中学当老师。她不愿当老师，想当公务员，就报名参加了市里公检法系统的招干考试。向家明还听说，这位女青年的爸爸是某县的县委副书记……相比之下，她的学历没人家高，也没有什么当官的亲戚可以求助，很可能竞争不过人家。

面试在市检察院的一个小会议室进行，面试完一个，再进去另一个。那个女青年第一个参加面试，向家明是第二个。面试她的人有五个。她坐在一张长条桌的这一面，一个人要面对对面的五个人，五个人都可以对她提问题。她未免有些紧张。一开口，她把自己的真实感受说了出来：我有些紧张，感觉自己像在法庭上受审一样。坐在对面中间位置的，是一位岁数较大的老同志，大概是对她进行面试的主考官，他微笑了一下，说：能说出自己的真实感受，说明你是坦诚的，还是有些自信的。接着，老同志向她提了两个问题，其他四位每人向她提了一个问题。这些问题都不在学习材料范围之内，像是因人而异，随机提问。有一个提问者问她：让你办一件案子，如果发现涉案人员中有你的亲戚，你该怎么办？

向家明的回答是：如果发现这样的情况，我会及时向领导如实报告，申请回避。如果回避得不到批准，我一定要秉公执法，一查到底。哪怕犯案嫌疑人是我的亲爸爸，我也绝不姑息！

还有一位女性提问者，对她提的问题比较日常、轻松：对身为执法人员的女同志化妆，你怎么看？

向家明说：爱美是女同志普遍的天性，女同志化妆，是为了呈现美，也是对别人的尊重。我一般不反对别人化妆，自己有时候也格外修饰下。但是，在执法机关上班期间，最好还是素面朝天。

向家明说罢，看见老同志点了一下头，流露出同意的意思。别的人也在互相看，用目光交换意见。

向家明后来才知道，那天担任面试主考官的老同志，是市检察院的一位副检察长，资格很老，是权威人物。面试之后，那些人并没有当场说出他们的意见，只是让她回家等候消息。至于要等多长时间，人家没说，她也没敢问。她想，这大概跟参加高考差不多，等待起来得有耐心。她第二次参加完高考，都快一个月了，一点消息都没有。这次参加检察院的面试，要得到消息，等的时间恐怕也不会短。让向家明没想到的是，时间只过了一个星期，她就收到了市检察院的通知，她被录取了。录取通知书是打印文书，装在印有"人民检察院"红色字样的信封里。她不大相信这是真的，把通知书看了一遍又一遍。当她确认，通知书上确实印的是"向家明"三个字，下面盖的确实是检察院的大红印章，一切千真万确，她才把通知书捂在胸口，叫了一声"我的妈呀"，长长地出了一口气。她对自己说：你一定要沉住气，不要太激动，更不要掉眼泪。说了不要掉眼泪，她对镜一看，双眼已湿得一塌糊涂。她对自己说了一句严厉的话：没出息，一点儿都不像一个检察干部的样子！

妈妈得到消息，马上到街上买了一只肥母鸡，要给二女儿炖鸡汤喝。妈妈知道，二女儿爱喝不放盐的鸡汤，喝的是原汁原味。于是对向家明的姐姐和妹妹说：今天炖的鸡汤，主要是为了奖励家明，祝贺她当上了国家干部。鸡汤炖好，尽她先喝。她喝够了，再放盐，你们再喝。妈妈还买了一块最适合炼油嗞啦的猪肉，说炼出的油嗞啦，也是主要给家明吃。在一家人欢天喜地的时候，正上初中的小四妹却哭了起来，哭得哇哇的，让人莫名其妙。妈妈吵了四妹：一家人都高高兴兴，你哭什么哭，再哭打死你！多少年后，向家明和四妹回忆起这件事，四妹说，见二姐当上了检察院的干部，一家人都围着二姐转，她觉得自己受到了冷落，对二姐有些嫉妒。还有，跟二姐相比，她感到了学习上的压力。家里最冷静的当数爸爸，爸爸对她说：家明，你不要骄傲，能当上检察院的干部，不是因为你有多大能耐，主要是因为你赶上了好时候。

第二天，向家明又收到了一份通知，是市里的师范学院寄给她的，通知她已被师范学院录取，新生9月6日去学院报到入学。看看这事情，喜事不来是不来，一来就来了两个，可谓双喜临门。师范学院是大专，读够三年，毕业之后就可以当一名老师。倘若没有被检察院提前录用，去读师范，当老师，也是不错的。可是呢，大学要读三年，三年之后才能当老师，拿工资。去检察院上班呢，等于马上就参加了工作，当月就可以领工资。什么事情都有个先来后到，那就去检察院报到吧。她不是一直想当兵嘛，检察院也给工作人员发特制的制服，穿上制服也显得挺拔威武，与军人更接近一些。

向家明虽然到市检察院参加了工作，她有自知之明，知道自己离一个称职的检察院工作人员还有不短距离。她一走上工作岗位，就一边工作，一边报考了西南政法学院的函授班，参加函授学习。经过五年连续学习，她拿到了大学本科的毕业文凭。同时，她一参加工作，就积极要求入党。在申请入党的第九个年头，她终于加入了党组织。到2016年春天，去高远村任驻村第一书记时，她已经在市检察院工作了将近三十年，当上了科级干部。她的党龄也超过了二十年，已经是一个老党员。

　　让向家明感到不悦和有些委屈的是什么事呢？是检察院工作改革，要落实员额检察官制。所谓员额检察官，是指检察院在编制内根据办案数量、辖区人口、经济发展水平等因素确定检察官人员限额。其核心内容，就是从检察院遴选出理论功底深厚、审案经验丰富的精英作为检察官，佩戴中国检察官徽章，对案件办案质量和审案效率负全责。员额制的落实和完善，标志着检察机关的检察队伍更加规范化、职业化和专业化。倘若向家明不去高远村当驻村第一书记，还在检察工作的岗位上，她当检察官应该是顺理成章的事。因为她暂时不在日常工作岗位，更没有在一线办案，推选检察官就没有考虑她。这个消息不是院领导通知她的，是同事告诉她的。她一听就有些吃惊，有些心寒，这么大的事，院里的领导不跟她说一声，就把她排除了。怎么，派到农村去当驻村第一书记，就不在检察院的人员编制以内了吗？就不算检察院的人了吗？向家明从同事那里听到的消息越来越多。如果当不上检察官，就只能当检察助理。如果当上了检察官，工资可以提高一大块，每月可以增加五千元。当不上检察官呢，工资不予调整，一年算下来，少拿六万元。当国家公务员，都是靠国家发的工资过生活，谁不希望自己的工资高一些呢！她下乡当第一书记，虽说每天有几十块钱的生活补贴，但一月的补贴加起来才一千多块钱，光手机通话费都用去不少。向家明坐不住了，回到市里，找检察院负责落实员额检察官制的政治部主任问情况。主任耐心向她解释，说检察官名额有限，目前必须在一线办案，才能当检察官。现在不能办案的，不能占检察官的名额。向家明辩解说，脱贫攻坚也是全市的中心工作之一，检察院推选检察官的工作导向，应该有利于鼓励工作人员下乡参与脱贫攻坚工作，有利于调动下乡工作人员的积极性，而不是相反。人家下乡去了，每天辛辛苦苦地在农村工作，而单位在职称晋升和职务调整时，却把人家忘了，以后谁还愿意下乡呢！主任说，院里的领导经过多次开会研究，就是这么定的，他也没办法改变。

向家明直接找院里的检察长去了，问院里为什么不让她当检察官。她列举了自己当公诉人和办案所取得的一系列业绩，认为自己完全有资格有能力当好一名人民的检察官。检察长微笑着向她表示了感谢。向家明问感谢她什么，检察长说，据他所掌握的情况，向家明在高远村所领导的脱贫攻坚工作，大规模的基础设施建设已全面铺开，并取得了很大进展。向家明是代表检察院去的，所以他要代表检察院的全体同志，对向家明所付出的辛苦和做的贡献表示感谢。向家明的情绪缓和了一点，说不用感谢她，那都是她应该做的。检察长对向家明说了一些安慰的话，说目前农村各方面的条件还是比较艰苦，要向家明劳逸结合，调整好自己的心态，保重自己的身体。检察长最后对向家明说的是，检察官不是终身制，是动态性的。到明年年初，向家明完成在高远村当两年驻村第一书记的轮岗任务，回到检察院，再争取推举她当检察官。

在检察长面前，向家明是没再说什么。一回到家里，见到自己的丈夫，说起当检察官的事，在亲人面前发泄似的，她的情绪又激动起来。她说：我去农村工作，在生活方面做出了牺牲；不让我当检察官，我又在职称方面做出了牺牲。我做出的是双倍的牺牲，我觉得这不公平，我想不通！

郝思清开导她：你当初选择了去当驻村第一书记，就同时选择了奉献和牺牲，你不是早就做好了做出牺牲的心理准备嘛。什么牺牲都是正常的，牺牲来了，你不要想不通。

我就是想不通。

咱在家里说话，把话说白了，你不就是每月少拿五千块钱嘛。我跟你说过多少次了，有我在这里盯着，经济上的事不用你多操心。

那不行，你挣的钱是你挣的，我经济上也要独立。我还要攒钱给我爸我妈在海南买房子呢。

反正我劝你不要生气，生气伤身。

我就是生气。

家明你要这样想，你一个人虽说少挣点儿钱，却可以让高远村的几千个村民摆脱贫困，逐步走上富裕道路。这样比较下来，你做出的一些牺牲，还是值得的。我们常说的为人民服务，不就是这个意思嘛！你今天别回村了，在家住一晚，把心情平复一下，明天我去送你。

我哪儿都不去，我不当那个第一书记了，地球离开谁都照样转。你干吗急着撵我走，你安的是什么心，我在家里，是不是碍你的事了？！

向家明的话让郝思清有些吃惊，他的脸红了一下，又白了，两个眉头拧成了两个疙瘩。他也是个有脾气的人，在公司里发起火来惊天动地，也是很厉害的。他定定地看着向家明，像是不认识自己的妻子一样。他没有发火，看到家明眼中闪烁的泪光，他压抑住了自己。谁口中的舌头能不碰牙呢，不知有多少次了，家明一激动，就满眼都是泪光。阳光下面是湖水，泪光下面是泪水。家明的睫毛比较长，比较密，像拦水坝一样，有本事把自己的泪水拦住，停留在泪光闪烁的状态。在这个时刻，不能火上浇油，和她对着来。要是对着来的话，她的泪水就会喷薄而出，哭得一塌糊涂。停了一会儿，他才无可奈何地叹了一口气，说：家明，我能理解你此时的心情。但我觉得你有些失去理性了。你刚才说的话是气话，并不是你的心里话。在理智正常的情况下，无论如何，你都不会说出那样的话。等恢复了理智，你会为刚才的话感到后悔。

向家明哼了一下，站起来，背起自己的小包，走了。她才说了哪儿都不去，却出门去了。

郝思清也赶紧站起来，问她：你要去哪儿？

我想去哪儿就去哪儿，你管不着！

你是去看爸爸妈妈吗？在老人面前，不要说工作上不愉快的事，免得老人家替你担心。

向家明没有再说话，只管下楼去了。

因市里到草厂镇不通长途汽车，向家明在检察院有一个待遇，可以向机关服务中心要车,不管她去高远村,还是从高远村回市里,都可以要求给她派车。这是检察院给向家明的特殊待遇,像她这个级别的干部,本来是没资格享受这个待遇的。院领导考虑到她作为一个女同志,去深度贫困村当第一书记太过艰苦,为了鼓励机关干部积极参与脱贫攻坚工作,也是为了给向家明提供交通便利,才对她破了例。这天下午,向家明赌气从家里出来后,没有去看望爸爸妈妈。就算郝思清没嘱咐她,她也不会回去诉苦。两位老人家都是敏感的人,特别是妈妈,怀她时,是肉连着肉;生下她后,是心连着心。她稍微有点心事,妈妈就看得出来。对老人的孝,在于顺,有时也在于瞒。自己遇到不顺心的事、不高兴的事,不该让老人家知道的,就尽量别让老人家知道。老大不小了,自己都有了孩子,还让年过八旬的老父老母为自己操心,那成什么人了。她准备回高远村,却没有给服务中心主任打电话要车。她跟来回接送她的那位司机师傅已经很熟悉,她也不想让师傅看出她的不高兴。她在街边站了一会儿,跟她站在一起的,是一棵玉兰树。她不知道这棵玉兰树在此地站了多少年,反正玉兰树自从站在这里,再也没有改变过"立场",不管春夏秋冬,风吹来,雨打来,玉兰树始终初心不改。在春天的时候,她看见过树上开的玉兰花,这是一棵白玉兰,当硕大的花朵开满一树时,那是满树洁白,光华耀眼。此时,冬天刚走,春天刚来,玉兰花尚未开放,但花苞已经鼓胀得像桃子一样,毛茸茸的,似乎很快就会绽裂。街面上车来车往,人来人往,都是匆匆忙忙的样子。她没有走进人流,觉得自己好像变成了一个局外人。

她给五妹向家莹打电话,以不由分说的口气,让五妹送她一趟,把她送到高远村。五妹没有多问,只问把车开到哪里接她。她说就在她家楼下的路边,身边有一棵玉兰树。五妹所开的车是宝马,她把"坐骑"开得快马加鞭,不一会儿就到了二姐身边。二姐拉开车门,刚在后排的座位坐定,五妹问二姐:怎么了,郝哥欺负你啦?

他敢欺负我!我欺负他还差不多。

郝哥人挺好的,你以后少欺负人家。

他说明天开车送我，我不想坐他的车了，不想让他过多参与我的工作。他挺忙的，那一大摊子工作也不好应付。

郝哥对爸妈也挺好的，你不在家，他时常看望爸妈。前段时间妈妈的膝盖出了毛病，疼得走不成路，都是郝哥跑前跑后，又是联系医院，又是找最好的大夫，才给妈妈治好了病。这些你都不知道吧？

我没听他说。这都是他应该做的。

爸妈没儿子，我看郝哥跟爸妈的儿子也差不多吧。

咱爸妈对他也很好，对亲生儿子也不过如此。

这一层向家明倒是没有想到。她是父母双全的人，以为自家的父母在，别人的父母也在，就没把郝思清早早失去父母的事放在心上。听家莹这么一说，她心里一沉，还真是的呢，自己的丈夫原来已失去了双亲，是个可怜的人。她一时无语。

向家明接了一个电话，打电话的人一说话就很着急：向书记，向书记，不得了啦，我家失火了，赶快帮我家救火吧！

你是哪个组的？你叫什么名字？向家明一听失火也很着急，说话声音很大。

打电话的没说他是哪个组的，也没报自己的名字，只管呼救：向书记，老天爷呀，这可怎么办哪，满屋子冒黑烟，火苗子都从窗口蹿出来了。

你不要着急，火着起来了，你着急也没用。向家明知道，路还没有修好，山里不通车，打救火电话无用。各家存的水很少，用存的水救火，也只能是杯水车薪。她问：屋子里还有人吗？人都跑出来了吗？

人都跑出来了，粮食、家具、衣服，还都在屋里呢，这可怎么办呢？打电话的人哭了起来，听声音像是一个老人。

人出来了就好，我现在正在赶回高远村的路上，一回到村里，我马上就去你们家看看。我给尚主任打个电话，让他先去看看情况。你还没告诉我你是哪个组的，叫什么名字呢。

求救的人这才把自己所在的村民组和自己的名字报给向书记。

挂了这个电话，向家明马上给尚主任打电话，说明了情况。

好的，我马上骑摩托过去。

山里夜晚还很寒，他们家的房子烧毁了，要给老人和孩子找个住的地方。

向书记放心，我来安排。向书记您什么时候回来？村里不少事都等着您拿主意呢！

我正在回村的路上，再有一个多小时就到了。

村民给二姐打的电话，向家莹也听到了，她把车开得很快，像是把自己的"宝马"车当成了救火车。二姐对她说：家莹，你不要开得太快，注意安全。

知道。听说人家家里失火，我不知不觉就加快了速度。

我老妹儿也是个有责任心的人哪！

说不上，受你的影响呗。

向家明又接了一个电话，是褚大鹏打的。他上来就说：向书记，我没的饭吃了。

一听褚大鹏叫苦，向家明就恼火，好像那一家的火还没有熄灭，褚大鹏就点燃了另一种火。她问：没饭吃了，有酒喝吗？

酒也不多了，我看二两都不到。

酒鬼家里放不住剩酒，你接着喝嘛，酒不是可以当饭吃嘛！

谁说的，酒是酒，饭是饭，酒从来不能当饭吃。

那你家里有水喝吗？

水倒是有。

那你喝水嘛！

肚里没食儿，难喝凉水儿。向书记，你不要这样说话嘛！

对你这样不长志气的人，就是不能客气。

这一次，褚大鹏没敢再把向家明说成天上的仙女，他说：向书记，就算你是天上下来的神仙，也不能不管民间老百姓的疾苦吧。

谁说不管你，国家每个月发给你几百块钱最低生活保障费，不就是保障你有吃的嘛。要不是你把饭钱变成酒钱，你的肚子每天都可以吃得饱饱的。

反正我现在没吃的了，肚子饿着呢，你看怎么办吧！

向家明听见，褚大鹏的手机里传过来的有狗叫声，还有别人说话的声音，像是在给褚大鹏做指点，出主意。这让向家明顿时有些警惕，想到，这个褚大鹏是不是酒后在别人的教唆下，在拿吃饭的事跟她无话找话。她愤然说：我看饿不死你！就把电话挂断了。

褚大鹏打给二姐的电话，五妹也听见了。车子上了盘山路，五妹开得格外小心。停了一会儿，五妹还是禁不住问：二姐，你一个人在这里，会不会有不懂规矩的人骚扰你呀？

不会，他们都知道我在市里是干什么的，我把两道眉毛一竖，跟两把利剑差不多。

向家明接的第三个电话，是驻村警察张兴打来的。张兴问：向书记，我向您汇报一个情况，您这会儿方便接电话吗？

我在车上，你说吧。

那等您回来，我再向您汇报吧。

向家明知道张兴是管治安的，一般都是急事，拖延不得。她说：你只管说吧，没事儿的。

张兴说：那我向您先简单汇报一下。白龙村民组，有一个青年叫韩虎，不爱上学，初中没毕业就外出流浪打工。他去城市的饭店端过盘子，洗过碗。去宾馆里叠过被子，铺过床。在居民小区里当过保安，站过岗。在建筑工地上和过泥巴，搬过砖。还在歌厅里当过送酒送饮料的服务员。他干来干去，没攒下什么钱，却结识了一帮狐朋狗友，染上了毒瘾。这样一来，他就更没钱，更不往人上混。公安机关抓住他，强制性地帮他戒毒。戒了半年，公安机关以为差不多了，就把他送回老家。老家山高路远，没有吸毒的环境，更买不到毒品，对他长期戒毒会有利一些。不料他在老家待了半个月不到，趁家人没注意，又翻山越岭，跑了出去。一跑到市里，遇到那些毒味相投的人，他又吸开了毒。因屡教不改，公安机关又抓到他后，对他进行了劳动教养。两年劳动教养期满，让我把他接了回来。上级公安机关的意见，以后对韩虎看管和教育的任务就交给村里了。村里要安排好他的生活，保证他今后不再外出，不再吸毒。我觉得完成这个任务挺难的，韩虎是个能走能跑的大活人，我们又不能限制他的人身自由，怎么能保证他不再外出，不再吸毒呢？大概的情况就是这样，等您回到村里，我再当面听您的意见，看看我们应该怎么办。

向家明说：我觉得这个事情挺重要的，跟脱贫攻坚的工作是一体的，是脱贫攻坚工作的组成部分，我们一定要认真对待。这样吧，我回村后，抽个时间见见他，跟他谈一谈，摸摸他的底。

车到高远村，向家明让五妹到她办公室里歇一会儿，她给五妹冲杯咖啡喝。

五妹说：不了，我还有事，这就返回去。

二姐临时抓你的差，把你累坏了吧？

开车我倒没觉得累，就是听你接电话打电话太累人了。二姐，我觉得你在超负荷运转，长期这样下去是不行的，身体会透支的。

家莹放心，二姐的身体结实着呢。

第十四章

春暖了,花儿开了,花儿开得越来越多。杏花开了桃花儿开,桃花儿开了李花儿开,山下开了山上开。除了木本的花儿,还有很多草本的花儿,一开就漫山遍野,角角落落都开到。凡有花儿的地方,就有蜜蜂和蝴蝶。在冬天和春寒时,不知它们在哪里藏着,一只蜜蜂、蝴蝶都看不到。可花儿一旦开放,它们像是听到了召唤,就纷纷飞了出来,开始了忙碌的生活。它们之所以乐此不疲,因为采蜜的过程犹如坠入爱河,和花儿的恋爱,得到的都是甜蜜。

向家明的事情也越来越多,好像比漫山遍野的花朵还多。她不是蜜蜂,也不是蝴蝶,可在高远村,似乎到处都能听到她的声音,看到她的身影。花开自有花落时,自然的安排,春来百花开,开上十天半月就谢了。夏天还好,仍有一些花期较长的花朵,在接续性地开放。到了冬天就不行了,除了室内,山上一朵花都看不到。继续拿向家明千头万绪的工作与花朵作比,她工作上的花朵,不会随着季节的变化而减少,只会越开越多,即使到了冬天,雪花子开了,她仍然会东奔西走,忙个不停。

谁都不是铁打的,向家明的身体出了问题。那天,她和张兴一起,到白龙组找韩虎谈话。此前,张兴已去过韩虎家两次,对他的家庭情况有了进一步了解。张兴把了解到的情况都对向书记讲了。韩虎兄弟三人，大哥有一年夏天在地里干活时，遭到雷击身亡，大嫂另嫁他乡，撇下两个儿子，靠奶奶抚养。大儿子上完小学就不上了，跟奶奶下地干活。二儿子正在村里上小学。二哥在城里的酒厂打工，二嫂一个人在家里种地，带两个孩子。一大早，张兴就给韩虎打了电话，告诉他，从市检察院下来的向书记，要登门去看看他，给他解决最低生活保障问题，要他哪里都不要去，乖乖地在家里等着向书记。

自从韩虎回到家，张兴每天至少给他打两次电话，以随时掌握他的行踪。当张兴骑着警用摩托车，带向书记来到韩虎家时，却看门上落着锁，家里一个人都没有。张兴气不打一处来，马上打电话把韩虎训了一顿：韩虎，我不是跟你小子说好，让你在家里等向书记吗！向书记来了，到了你们家门口，你跑到哪里去了？是不是又跟别人打牌喝酒去了，你长没长耳朵？还讲不讲一点儿信用？我命令你，马上在半小时内给我赶回来，要是不按时赶回来，我绝不饶你，看我怎么收拾你！

向家明和张兴在门口等韩虎回家期间，把韩家的房子看了看，墙黑门裂，已经很破旧，大风一吹，似乎就会倒掉。屋檐下扔着一些苞谷秆子、苞谷骨、酒瓶子、方便面包装袋，还有废弃的石头碓窝子。向家明看见墙上的木头橛子上挂着一束干豆角，她趋前摘下一根豆角，剥开看了看，见里面的豆籽儿已经霉变发黑。她对张兴说：记着告诉韩虎的妈妈，这样变质的豆籽儿是有毒的，千万不能再吃。

正说着话，一个老太太走了过来。老太太头戴一顶无檐束口白布帽，身穿一件罩着衣袖的灰布长围裙，怀里抱着几棵小白菜。张兴对向书记说：这就是韩虎的妈妈，今年八十四岁了。说罢，张兴迎上前去对韩老太太说：这是咱们村的向书记，向书记看望您来了。

韩老太太把向书记看了看，说：听说了，向书记到俺这穷地方受苦来了，搭救贫苦人来了。

向家明上前扶了一下韩老太太的胳膊，说：大妈的身体挺好的。

不死就还活着吧，不活着咋办呢，没办法呀！大妈说。

开门来到屋里，大妈要给向书记和张兴烧茶喝。向家明说：大妈，别忙了,您坐下歇会儿吧,咱们说会儿话。坐在炉台旁边的椅子上,大妈说:老天爷不长眼,孩子不争气,遭罪呀!也不知道我上辈子作了什么孽,老天爷就罚我这辈子受罪来了。我的老天爷呀,我的罪啥时候才能受到头儿呢!大妈说着,就哭了起来,一把鼻涕一把泪。

向家明哪里受得了这个,她的双眼顿时就起潮了。大妈戴着帽子,白发还是从双鬓露了出来。看着大妈,她难免想起自己的妈妈。生活在城里的妈妈,每天下楼散散步,看看电视,在享受晚年生活。这个大妈比妈妈还大两岁,却还要下地干活儿,为生计操劳,为儿孙操心。她劝大妈别伤心了,说过两年就好了,一切都会好起来的。说着,她掏出一包面巾纸,抽出一张,让大妈擦眼泪。大妈以前都是用手掌或衣袖擦眼泪,大概从来没用过纸巾,她接过纸巾捂在眼窝子里,眼泪很快就把薄薄的纸巾浸湿了。向家明又抽出一张面巾纸,递给大妈。大妈用新的纸巾擤鼻涕,被眼泪浸湿的那张也没舍得扔掉,攥进另一个手心里。向家明也为自己抽出一张面巾纸,把两个辣辣的眼角攥了攥。攥罢眼角看纸,面巾纸上也湿了两块,使白纸的颜色变深。就在这时,向家明觉得自己的腹部疼了一下,疼得隐隐的,像眼泪浸湿了面巾纸一样。她以为自己是岔了气,把两条腿伸直,顺了顺,并把腰杆往上挺了挺,就过去了。岔气,还有别住筋,以前在她身上都发生过。对岔气,她没有深究过,也没有请教过医生,不知道何为岔气,也不知道怎么就岔了气,听别人这么说,她也这么说。她只知道,要是岔了气,肚子会发疼,疼得厉害时,肚子里会滚疙瘩。别住筋也是,有时不知怎么搞的,脚上或腿上的筋就别住了,别得腿脚发硬,变形,生疼生疼。

门外哗啦一响,韩虎骑着一辆破旧的自行车回家来了。张兴把韩虎带进屋,韩虎一见向家明就连连哈腰点头,说:向书记,对不起,让您久等了!

在向家明的想象里,韩虎面黄肌瘦,一副大烟鬼的样子。面前出现的韩虎,与她想象的不大一样。他的个子虽说不高,但五官立体,皮肤白净,一点儿都不歪瓜裂枣。没有流里流气,他手足无措,似乎还有些不好意思。向家明没有起身，更没有与韩虎握手，正色问他：你就是韩虎？

是。

你刚才干什么去了？

没干什么。

韩老太太说：向书记问你什么，你要说实话，让向书记好好教育教育你。韩老太太说罢，呻吟了一下，摸摸索索出门去了。

我们村要建成无毒村，不允许有人吸毒，更不允许有人偷偷种罂粟，你知道不知道？向家明问韩虎。

知道。张警官跟我说过。

你到底出去干什么去了？既然张警官通知你了，让你在家等我们，为什么不听话！

我去看人家修路去了。

看哪个组修路？

韩虎的眉头皱了皱，没说出哪个组。

我看你在撒谎，这很不好。撒谎也是一种毒，是习惯之毒、品质之毒。你要做到彻底戒毒，首先要戒掉撒谎之毒。看别的组修路，你也可以参加修路嘛！你们家在家的人，我看只有你还算个劳动力，有能力参加修路劳动。你们组的组长通知你参加修路了吗？

通知我了，我没去。

你为啥不去？

我没劲。

这话让向家明来气，她质问韩虎：一个二三十岁的年轻人，竟然说自己没劲，你真好意思说出口。你的劲到哪里去了？难道吸了毒才有劲吗！你没劲，你妈妈有劲是不是！向家明一生气，腹部又疼起来。这一次比上一次疼得明显些。她顾不上腹部的疼痛，继续训斥韩虎：你老母亲都八十四岁了，还天天下地干活儿，养活你们，你看得下去吗，你忍心吗？你还有没有一点儿良心，还有没有一点儿人性！我告诉你韩虎，你算是犯在我手里了。你也知道我向家明以前是干什么的，我们有办法帮助你，改造你，让你重新做人。张开你的耳朵，我今天先跟你说三条，你给我记牢。第一，从今天起，你要帮你母亲下地干活，逐步把地里的劳动接管过来。第二，你要参与组里的修路劳动。组里的毛路修好后，你们家门口的毛路，你也要负责修。第三，非必要不得私自出村，要与你以前那些不三不四的毒友彻底断绝关系。有事情不得不出村的话，你必须提前向张警官请示。张警官批准了，你才能出去。张警官不批准，你就老老实实在家里待着。一二三，你都听清楚了吗？都记住了吗？

韩虎点点头，说记住了。他抬眼看了向家明一眼，见她剑眉竖起，两眼闪着利剑一样的光芒，赶紧塌下了眼皮。

张兴也对韩虎说，向书记都是对你好，在为你的前途着想。过个一两年，高远村就变样了，到时候你找个老婆，好小子，你就在村里好好过日子吧。

这天半夜里，向家明被一个村民的电话惊醒后，腹部像对她抗议似的，骤然间就疼起来。这次疼得比较厉害，似乎有烧灼感，还有撕裂感。等她接完了电话，对生病的村民进行了安慰，一摸额头，疼得她已出了一头汗，汗都凉了。她只感觉到是腹部的内部在疼，但吃不准是哪个具体的部位，仿佛整个腹部都在疼。她以为是肠胃。以前吃了过于辣的辣椒，或吃了生硬的凉东西，肠胃曾经疼过。这几天，她没吃辣椒，也没吃什么生硬的凉东西，肠胃怎么就疼起来了呢？她起床喝了半杯热水，疼痛不见好转。她躺下，把手搓热，闭着眼，用一只手在小腹上揉。正向揉几圈，再逆向揉几圈。症状仍不见减轻，疼得她眼泪都顺着两侧的眼角流了下来。

无奈之际，向家明第一个想到求助的人，自然是丈夫郝思清。那天因不能当检察官的事，她赌气从家里出来，郝思清一直在后面悄悄跟着她，怕她出什么意外。直到看到她坐上了小五妹的车才放心了。这些话都是郝思清后来打电话告诉她的，他说自己就是她的出气筒，有了气只管往他身上撒，没事的。有心马上发个微信，把自己身体的不适告诉丈夫，一看手机上显示的时间，已经凌晨两点多，丈夫肯定正在睡觉，她就没发。一直熬到早晨五点多，她才给丈夫发了微信。

郝思清一看到妻子的微信，心上一惊，把情况估计得比较严重。他深知妻子是一个忘我工作的人，也是一个意志坚强的人，有点小伤小病、头疼发热，妻子不会告诉他。大概嫌回微信太慢，他立即给妻子打电话：家明，我马上去把你接回来，咱去医院检查一下。你现在感觉怎么样，在路上颠簸没问题吧？

向家明故作轻松地笑了两声，说：思清，你不要紧张嘛，人吃五谷杂粮，这疼那痒的是正常现象。向家明没有拒绝郝思清开车接她，因为不想跟单位要车。病情不明，她不愿让单位的人知道她生了病。她安排郝思清：天还没有大亮，你开车的时候小心点儿，不要开得太快。

放心吧，我会注意的。

一上了郝思清的车，向家明就说：思清，我不会得癌症吧？

看你想到哪里去了。病有千种万种，癌症只是其中一种，不是每个人都会得癌症。

你知道的，我姐家梅就是得癌症死的，她死的时候才三十八岁。我听说，好多人得癌症，都是遗传基因的原因。

每个人都会生病，生病是必然的，而得什么病，是偶然的。姐患的乳腺癌，就是一种偶然性的疾病，跟遗传基因没有关系。要说遗传基因的话，父母的遗传基因最直接。老爸老妈的身体都好好的，他们什么癌症都没得过，你怎么会因遗传基因得癌症呢！

向家明的腹部还在疼，她按着腹部问郝思清：我会不会死啊？

你看你，越说越离谱。你这么年轻，生命正处于巅峰阶段，怎么会想到死呢！加上高远村的脱贫攻坚工作正在关键时刻，你要是躺倒不干，高远村的村民也不会答应啊！

我也是这么想的。

郝思清直接把向家明拉到市里最好的医院，通过他所认识的医院院长，给向家明挂了一个专家门诊号。专家姓赵，是妇科的主任医师。当天做了检查，第二天才能出结果。检查结果一出来，她一看就傻眼了，脸都白了。她双手颤抖，浑身颤抖。郝思清正要拉住她的手，安慰她，她却一头扑进郝思清怀里，说：思清，我怎么这样倒霉呢，我怎么这样倒霉呢！说着热泪横流，哭了起来。一时间，她完全忘了自己的身份，把一个女人的脆弱、一个妻子的脆弱都表现出来。她得的是什么病呢，子宫癌前期病变。她担心自己会得癌症，癌症这个恶魔还是敲她的门来了。恶魔离她只有一步之遥，她若不赶快阻止，恶魔闪身就会挤进来。怕鬼有鬼，鬼真的来了。病袭来了，唯一的办法是赶快治疗。等妻子稍微平静下来，郝思清向赵医师请教治疗方案。赵医师给出的治疗方案果断而明确，马上住院，进行全面检查，消炎后采取手术切除。赵医师说，对于癌症前期病变，手术切除是最佳治疗方案。这个方案的实施，是把癌症的病灶连锅端，不再给病变以任何恶化的余地和机会，与癌症彻底了断。郝思清赞成这个方案，他对妻子说：那你就住院吧。需要什么东西，我回家给你取。事情来得突然，向家明有些犹豫，她说：我一点儿准备都没有。她问赵医师：住院要住多长时间？

赵医师说：这是个大手术，如果一切顺利的话，大约住院半个月就够了。

要住那么长时间呀！

这个时间还是保守的估计。有人术后情况不稳定，住院一两个月都是有的。

住院时间太长了。除了做手术，还有没有其他保守治疗的方法呢？

保守治疗的方法是有的，那就是药物治疗。药物治疗周期比较长，至少要治三个疗程，每个疗程的时间是三个月。药物有副作用，长期服用，在抑制病变的同时，可能会对肝和肾产生不良影响。药物里含有激素成分，天天吃，人会不正常虚胖，影响个人形象。还有一点不得不说的是，保守治疗有两种可能，一种可能是成功，还有一种可能是不成功。赵医师对向家明一一交了底。

向家明看着郝思清，心说你看，麻烦了，怎么办？

郝思清还是那个意见，马上住院。他说：作为求医的病人，到了医院就得听医生的，医生说咋办就咋办。治病是一种科学，我们尊重赵医师的意见，也是尊重科学，服从科学。在科学面前，我们不能有半点犹豫。

向家明说：奇怪，这会儿我的肚子一点儿都不疼了。病可能怕医生，一见医生就收敛了，老实了。

郝思清说：不疼是暂时的，是一种假象。等你一转脸，它肯定还会折磨你。

向家明又要自己拿主意了，她对赵医师说：您让我回家想一想吧。至于采取哪一种方案治疗，我明天再来和您商量。

那好吧，我先给您开一点消炎和镇痛的药。赵医师说着，看了郝思清一眼，那意思是：看来你不当家啊！

郝思清明白赵医师的意思，轻轻摇了摇头。

回到家，向家明服了药，对郝思清说：你集中精力忙你的事去吧，我的事你不要管了。

别的事都是小事，我老婆身体的事才是大事，我怎么可能不管。

不对，你参加竞选的事才是大事。郝思清被确定为副市长人选，人选有两个，一个是他，另一个是市政府的秘书长。两个人选，要在市里即将召开的人大常委会上发表演说，进行竞选，最后二选一。郝思清认为，他只有在企业工作的经验，缺乏全面社会工作的锻炼，参加竞选没什么希望。他甚至觉得，自己不过是一个陪衬而已，是走一个民主选举的形式而已，不必太当回事。可向家明不这么看，她认为，市里能把郝思清确定为副市长人选，这本身就是对郝思清工作能力的肯定，是一种荣誉，必须认真对待，充分准备，不可有任何懈怠。不管最后能不能当上副市长，他都要全力以赴参加竞选。她又对郝思清交代：我生病的事，除了赵医师知道，再就是你知我知。你要严格保密，不要再让任何人知道。你明白我的意思吧？

我知道你心里是咋想的。

知道就好，知我者，思清君。

她不想让父母知道，二位老人都已年迈，倘若知道她生了病，会担心、心疼，影响身体健康。她不想让在外地上学的女儿知道，女儿知道了，会跑回来看她，耽误学习。她不想让检察院、区里和镇上的领导知道，领导知道了，一定会把她的身体放在第一位，让她安心治病。她不想让三个妹妹知道她生了病，她们要是知道二姐得了重病，一定会找到二姐的上级领导，坚决要求把她调回市里。她们的大姐得的就是癌症，正值壮年就离开了人世。她们已经失去了大姐，再不能失去二姐。她也不敢让高远村的村干部和村民们知道，那些善良淳朴的人，要是知道她得了这么危险的病，再有什么急事难事，就不敢找她帮忙解决了。要做到不让别人知道，就不能住院。她只要一住院，就难免被别人知道，一人知道，百人知道，她再想隐瞒就难了。更重要的是，她住了医院，穿上病号服，短时间内，就不能去高远村工作了。全村的脱贫攻坚战斗正处在紧要关头，她作为被大家称为主心骨的攻坚指挥者，若此时临阵离开指挥岗位，可能会影响攻坚的进度，不能按时完成摘掉深度贫困村帽子的任务。于是，她暗暗决定，不住院，不做手术，采取保守的药物治疗方案，一边工作，一边服药。

第二天一早，上班族刚开始上班，她就一个人坐公交车往医院赶。郝思清要开车送她，她坚决不让送，还说：你不要把我当病人看。她攥起两个小拳头，向上举了举：你看我像病人的样子吗！街面上，有人赶着去上班，有人赶着去上学。有人坐车，有人骑车，也有人步行。人们行色匆匆，一派繁忙景象。向家明一旦下定了保守治疗的决心，心情就平静下来。平静中往远处想，还生出一种类似悲壮的情感。

赵医师见向家明一个人来医院，问她：您爱人没跟您一块儿来吗？

他今天单位有事儿，我没让他来。她没跟赵医师说郝思清竞选副市长的事，不该说的话，说多了不好。

想好了吗，您打算选择哪种治疗方案？赵医师问。

想好了，我不想住院做手术，想保守治疗。

我跟您说过了，保守治疗是有风险的。能说说选择保守治疗的理由吗？

向家明本不想说，一说容易把话说大。可主治大夫让她说，她不说也不好。她说得很简单，几乎有些轻描淡写。她说她在山里的一个深度贫困村当驻村第一书记，村里的脱贫攻坚工作刚有了一些眉目，正在节骨眼上，她想一边工作，一边治疗，两不耽误。

哦，原来是这样。得了这个病，您正好可以拿着诊断证明，跟领导说一说，让领导把您调回城里来嘛。

我不能，我的任务还没完成。按市里驻村第一书记的轮岗规定，我得干到明年3月才能回城。我不能半途而废。

据我所知，市里有人不愿去当驻村第一书记，或当了第一书记，想提前回城，就把小病说成大病，或者根本没有病，却无病找病，托熟人，找关系，让我们医院出虚假证明，以达到自己的目的。

还有这样的事情？向家明有些吃惊。

肯定有的。人家要求保密，我就不多说了。

那对党太不忠诚了吧，不算是真正的共产党员吧！在入党宣誓的时候，其中一条就是对党忠诚。每个中国共产党党员，都应该信守自己的誓言。对了，赵医师，对于我生病这件事，我也请您为我保密，限于您、我和我爱人三个人知道就行了。我这样做，不算对党不忠诚吧？

您当然不是不忠诚，有时隐瞒也是一种忠诚，是另一种意义上的忠诚，是深度忠诚。赵医师不由得对面前的这个患者生出了敬意。她说：向书记，我尊重您的忠诚，尊重您的选择，也尊重您这个人。咱们加上微信吧，开始服药后，有什么反应，您随时可以和我联系。

第十五章

向家明带药回到高远村，开始了边吃药、边工作的生活。人一天吃三顿饭，她一天吃三次药，吃饭前必先吃药。吃了药，她胃口变差，食欲减弱，到了吃饭时间，常常不想吃饭，有时一天只吃两顿饭。饭可以少吃，但吃药一次都不能少，一粒都不能少。她把药锁进自己的行李箱里，吃药的时候才拿出来，不让任何人看见。她还是时常下组下户，有时不能按时回宿舍，就把药分成一份一份，事先装进一个或两个带螺丝盖的金属小瓶子里，到时躲到背人处，把药倒出来，赶紧捂进嘴里，喝两口水送下去。

这天上午，向家明和夏支书一起，去那户曾经失火的人家慰问。之前，村里已经为那户人家申请发放了一笔困难救助金，并帮助他们家建了临时住房，买了粮食和衣物。那户人家，两个老人，一个孙女，跟王安新家的情况有些类似，也是外出打工的儿子，带回了一个怀孕的对象。对象生下孩子，一去不返，把孩子扔给了老人。向家明还了解到一个情况，他们家原本还有一个女儿，因家里的父母要拿女儿给儿子换亲，女儿听说换给她的对象是一个大头傻瓜，连夜逃走了。一走就是十多年，在天不知，在地不知，一点儿消息都没有。上次见两位老人家，老父亲提起当年给女儿换亲的事，非常后悔。多年来，他一直想念女儿，想让向书记帮他打听打听，看看能不能找到孩子的下落。向家明记下了他女儿的名字,答应帮他通过公安系统找一下试试。查找老人女儿的事尚无结果,向家明和夏支书这次想去看看,他们家还有什么困难,并顺便带去五百元慰问金。

这家的老人姓卫,卫爷爷接过慰问金,手有些抖,说:向书记,你上次给我的钱还没花完呢,这钱就不要了吧。

留着吧,到天冷时买棉衣棉被。

卫奶奶合着双手,一个劲作揖:恩人哪,向书记是俺家的救命恩人哪,你叫俺说啥好呢!

您啥都不用说,记着共产党的恩情就行了。失火的原因你们找到了吗?

卫奶奶说:没有。她看了一眼她的孙女,说:这小闺女见人家清明节去坟上烧纸,她也在家里点树叶子,假装给她妈妈烧纸,我想着……

孙女大声说:不是我,我没给我妈烧纸,失火不怨我!

向家明对小姑娘说:可不敢一个人在家里玩火,玩火是危险的。

我没有玩火,他们诬赖我。

向家明告诉卫爷爷,还没找到他女儿的信息,公安系统会在网上继续找。她问卫爷爷:你儿子和你女儿有联系吗?

卫爷爷说不知道。

这样吧,你把你儿子的电话告诉我,我来问问他。

卫爷爷拿出手机,找出儿子卫国松的电话号码,让向书记记了下来。

卫奶奶说:向书记,你们中午别走了,在我们家吃饭吧。

夏支书说:等你们生活改善了,我们一定留下吃饭。

卫奶奶没敢再说什么,只是笑,笑得有些不自在。

刚离开卫家,向家明就给卫爷爷的儿子打通了电话,自我介绍说:我是高远村的驻村第一书记向家明,我和夏支书刚从你们家出来,你的爸爸妈妈,还有你女儿,都挺好的。

我听我爸爸说过您,谢谢向书记!

你家失火了,你知道吗?

知道，我爸跟我说过。

失火之后，你回来过吗？

卫国松有些支吾，支吾了一阵才说：还没有，我准备回去看看，还没回去。

向家明严肃起来，说：不是我批评你，我认为你是不对的。家里出了这么大的事，家里有老人、孩子，作为老人的儿子、孩子的爸爸，你怎么能不回来看看呢！你太缺乏孝心，太不负责任。

向书记，不是我不想回去，是我们厂里半年都没发工资了，我拿不到钱，没法回去。听说等到过中秋节，我们的工资才能发下来。一领到钱，我马上回家。

村里正在修路，你们家门口也要修路，希望你能回来参加修路。另外，等路全部修通后，要对村里的危房进行改造。你们家旧房子被火烧掉了，不是改造的问题，是重建。你不回来，你们家的房子怎么重建！

我爸都跟我说了，我一定回去。回去后，我就不出来打工了。

那好，我们等你回来。我还想问你一句，你和你妹妹有联系吗？

没有。我爸伤了我妹妹的心，我妹妹出走之后，就断绝了和家人的联系。

你注意和你认识的人打听一下，看谁见过你妹妹，跟你妹妹有联系。你打听到了，就跟我说一下。你爸爸提到你妹妹的时候特别难过。你得理解老人家的心情。

我记住了，向书记。这一辈子，我也对不起我妹妹。

向家明坐上夏支书的摩托车，夏支书没把车往村委会办公室的方向开，而是朝另一个方向开去。她问：夏支书，这是往哪里去，是去你们家吗？

是的，去我们家。你来高远村这么长时间了，还没去我们家吃过一顿饭呢，今天中午让你嫂子给你做饭吃。

向家明没有哥哥，家里一个嫂子都没有。到了高远村，一下出来这么多嫂子，秦嫂、周嫂、晏嫂、夏嫂，嫂嫂嫂，遍村都是嫂子呢。

在嫂子们面前，她就是妹妹、表妹、婆妹、弟妹，真像一大家人呢。她说：到了高远村，我的嫂子真不少。

你的嫂子们都是土老帽儿，识字的很少，一个比一个傻。

我可不这么认为，我看她们都很善良，都很聪明，只是生得不是地方，没得到上学的机会而已。要是她们生在城里，说不定都能考上大学呢。

您说这个我同意，一个人出生的环境，对一个人的成长是很重要的。我听说您爱吃苞谷糁蒸米饭，今天中午咱们就吃这个。

您听谁说的，是不是听老周说的？

是听老周说的。老周还说，他老婆给您装了一点苞谷糁，您非要给他们钱，弄得老周很过意不去。向书记，您还是没把我们当自家人。

这是两码事。我一定得严格要求自己。

吃饭前，向家明端着半杯温开水到门外，装作漱口的样子，准备悄悄把药吃下去。她走到墙角，夏支书家的狗脚跟脚儿走了出来。在她掏出装药的小瓶子时，狗站在她对面，眼巴巴地看着她，仿佛在说：你出来吃什么好吃的呢，给我吃一点儿可以吗？向家明吃药，似乎也不愿让狗看到，小声对狗命令：看什么看，趴一边儿去！狗识趣地转过身走开了。见狗离开了，向家明才赶快把几粒药吃了下去。

吃饭有营养，吃药没什么营养。吃药不但形不成什么营养，还有可能对吃饭形成的营养造成消耗。可让向家明感到奇怪的是，她的饭量虽有所减少，身体不但没有消瘦，反而开始发胖。她服药才一个多月，体重竟增长了十多斤。她早起照镜子，发现自己的脸大了不少，像小盆一样。她的鼻梁本来高高的，两边的腮帮子鼓起来，对鼻梁形成夹攻之势，鼻梁就不那么高了。她知道这种胖不是正常的胖，是虚胖，如赵医师所说，为药物中所含的激素所致。赵医师还说过，不正常发胖，会影响个人形象。影响就影响吧，只要肚子不再疼，只要不耽误工作，她人近半百，管它什么形象呢。

尚主任注意到了向书记的发胖，他说：向书记，我发现您最近好像胖了一些。

不是好像，就是胖了。

我听说，好多女同志都不愿意听别人说她发胖，我说了，您不在意吧？

胖就是胖，这有什么。我吃胖了，这说明在高远村吃得好呗，饭食热量高呗。

除了吃西药，向家明听从赵医师的建议，还请老中医开了中药，熬中药汤子喝。按赵医师的说法，是中西医结合，双管齐下。西医是生猛，是杀，是摧毁正在发生病变的不良细胞。中医是温和，是保，是挽救可能被西药大面积杀戮所伤害到的好细胞。西药是提炼出来的化学制品，颗粒小小的，易携易带，趁人眼错不见，手一捂，就捂到嘴里去了。中药是多种药草合在一起，用文火慢慢熬制出来的。发黑的中药汤子，味道都是苦的，喝时闭上眼，闭住气，一气喝多半碗才可以。不管是熬中药，还是喝中药，想不让别人知道，不那么容易。向家明的办法，是趁晚上大家都休息的时候，把一天要喝的药熬出来。西药每天吃三次，中药每天喝两次。中药要求空腹喝，每天早上喝一次，晚上睡觉前再喝一次。这样很好，早上别人还没上班，她已经把药喝了下去。晚上别人都下班了，她再完成当天第二次喝药的任务。然而，中药的气味是很大的，哪家有人熬药，邻居都闻得见。一天，刘丽有事来到向书记的宿舍，鼻翅子一张，就闻到了中药味。她掀开药锅的盖子一看，半锅子药草还在散发着余温。刘丽有些吃惊，望着向书记问：向书记，您怎么了，您生病了吗？

向家明心里早有准备，她镇定地说：看你大惊小怪的样子，生病怎么了，我得的是肥胖病，你没看出来吗？

刘丽又把向书记看了看，承认向书记最近是有些发胖。但她还是有些疑惑，问：那您喝的是减肥药吗？

对呀，刘丽就是聪明，一猜就猜对了。

刘丽对减肥很感兴趣，想就这个话题与向书记进行深入探讨。她说她也想减肥，问向书记喝的药里包含哪些成分。

对这个话题，向家明避之唯恐不及，不愿把减肥说来说去，就说：

你这个漂亮的小媳妇呀,你不胖不瘦,恰到好处,减的哪门子肥呢!我喝中药减肥的事,你自己知道就行了,不要跟别人说。别人要是知道了,会笑话我的。

入夏的一天,艳阳高照,天气很好。这天上午,区党委江世成书记来到高远村,查看脱贫攻坚规划的落实情况,以及各项基础建设的进度,并听取向家明书记的意见,看看还有什么困难需要区里帮助解决。与江书记一起来高远村的,有区党委办公室主任,还有区扶贫办公室主任。镇里的党委书记田玉坤接到通知,也及时赶到了高远村。

江书记不在办公室里听汇报,他让向家明带他去施工现场踏勘。向家明带江书记就近看了看第一个施工现场,是学校、幼儿园和教师周转房建设工地。学校是三层楼,幼儿园是二层楼,教师周转房是四层楼。这三座楼在同一座山坡下面,彼此相距不远。三座楼都已封顶,正在装门安窗,进入内部装修阶段。江书记说:进度还可以。

向家明说:不耽误今年招生。说到这里,她跟江书记说:学校和幼儿园建成后,我们希望区教育局能分给我们五个大学毕业生,学校三个,幼儿园两个。

江书记说:这个你们要提前向教育局打申请报告。

我们已经打过报告了,教育局没有给我们回复。

江书记对身旁的党办主任安排说:这个事你跟教育局沟通协调一下,争取让他们以脱贫攻坚的精神,支持高远村的教育事业。

好的,没问题。党办主任答应。

向家明带江书记看的第二个施工现场,是村党支部和村委会的办公楼。办公楼的主体工程也是已经完工,透过脚手架,可以看出办公楼的大概轮廓。看到即将落成的办公楼,向家明难免想起,就在一年前的这个地方,是她大着胆子提出了建办公楼的建议,得到了江书记的当场赞同。那个场景如在眼前,历历在目。转眼之间,建议就变成了现实,这怎能不让人欣喜,怎能不让人得意!向家明对江书记说:等办公楼建成后,我们初步打算,要建一个电脑工作室,建一个图书报刊阅览室,开一个法治和道德教育的大讲堂。另外,还要在一楼办一个小食堂。村里建起建筑材料厂后,我们有钱了,有三十多万呢,办一个小食堂没问题。等江书记下次再来时,就不用去村民家吃饭了,我们请江书记到小食堂去吃。我们给江书记做好吃的,村里什么食品最有特色,最好吃,我们就给江书记做什么。说着,向家明的得意之色就露了出来。

江书记笑着把向家明的得意指了出来,说:你们看看家明书记财大气粗的样子,一说胖,她就喘起来了。说到这里,他小声对向家明说:我看你明显有些发胖,跟我上次看见你的时候不大一样。你的身体没什么不适吧?要是不适的话,马上去医院检查一下。工作要做,也要注意身体健康。

向家明心里一沉,差点露出有病的情绪。这就是江书记,他是那么敏感,那么心细,对下属那么关心。亏得她对生病的事一直保密,不然的话,若是让江书记知道了,不催她住院做手术才怪。那样的话,她今天就不一定能在工作岗位上,江书记来检查工作,她就不一定能陪江书记。她很快调整好了情绪,仍把得意扬扬的情绪保持着,说:我能吃能睡,能跑能跳,没觉得有什么不得劲。我之所以吃成了一个胖子,都是因为高远村的生活好嘛,空气清新无污染!

向家明带江书记看的第三个地方,是月亮村村民小组修的毛路,那段毛路有十多里长,已和村委会门前的那段路衔接起来。江书记在马路上走了走,踩了踩,说毛路修得不错,这样的毛路,硬化之前,就可以跑汽车。说着,他让司机把车开过来,自己坐上去,让向家明也坐上去,在马路上走一下试试。毛路有些新,对小轿车来说,还是处女路,司机开得小心翼翼,像是害怕路面会把车轮陷进去。还好,路面结结实实,车轮碾过去,除了留下一些轮胎的痕迹,并没有陷进去。司机放了心,就开得快一些。一转眼,车就开到了月亮组。

周志刚还在修路。从月亮组的毛路到他的家门口,还有几十米。他要把这几十米也修起来,一直修到家门口,和门前的院坝平行连接起来。他身上只穿了一件跨栏背心和一条短裤,露出胳膊和腿上强健的肌肉。听见马达响,他抬头一望,见马路上开来了一辆小汽车。开天辟地第一回，周志刚心中大喜。他知道必是有领导过来了，就放下工具，拍拍手上的土向小汽车走去。他看见了，从车上下来的有向家明书记，还有江世成书记。他低眼看了一眼自身，顿觉有些惭愧，有些却步。为什么呢？他身上穿的背心太破旧了，上面烂了不少小洞。他的短裤也不干净，上面沾的又是泥，又是土。上级领导第一次坐汽车来到他的家门口，他应该穿得整整齐齐上前迎接才是。而自己穿得破破烂烂，赤皮露肉，这算什么，对首长太不礼貌了吧！

犹豫之间，周志刚看见向书记扬着手大声喊他：老周，江书记来看您来了！

周志刚这才鼓足勇气继续向前走。

在车上，向家明已经对江书记介绍了周志刚，说他早就开始在村里修路，是村里带头修路的模范。江书记认为，党的工作，重要的一点，就是相信群众、依靠群众、发动群众，发现群众中所蕴藏的改天换地的巨大潜力，充分调动人民群众的积极性。而周志刚就是群众中的一个优秀代表，向家明抓住了周志刚，等于抓住了一个先进典型。

周志刚同志，您好！江书记与周志刚握手。

周志刚又把手搓了搓，才伸出手来，与江书记的手握在一起。周志刚说：首长来了，我应该换一身干净整齐的衣服，来见首长。我还放着一套军装呢，我应该穿上那套军装再出来。我穿得这个样子，太抱歉，太不像话。

江书记说：旧衣遮不住英武之气，我觉得您这样很好，这才是劳动者的本色，这才是英雄本色。

向家明注意到"英雄"二字，她对周志刚说：老周，您听到没有，江书记说您是英雄呢！

不敢当，万不敢当，我哪里是什么英雄，普通一兵而已。

向家明对周志刚说：等村里的毛路全部修好，经公路施工队验收合格后，我们就开始硬化。

江书记说：我看不要等，哪个组的毛路先修好，就先给哪个组硬化。这样可以起到一个"比学赶帮"互相促进的作用。既然月亮组的毛路已经修好了，在上面开汽车都没问题，不妨先把月亮组的路硬化起来。硬化完成后，让其他组都组织村民来参观，起到一个样板作用。

向家明又激动起来：江书记的意见太好了，太好了，我怎么就没想到这一点呢，我还是不行啊！

周志刚也有些激动，他说：我们也有这样的想法，只是没好意思说出来，等于江书记替我们说了出来。谢谢江书记！他几乎想给江书记敬一个礼，意识到自己衣衫不整，就没把手举起来。

上午，向家明又带江书记看了医务室和水厂的建设工地，中午安排江书记一行到晏嫂家开的小饭店就餐。向家明让晏嫂做了她最拿手的羊肉汤粉，还炒了四个荤素搭配的菜。尚应金主任主张，给江书记他们上点酒喝。向家明没有征求江书记的意见，到她这里就把上酒的主张给否定了，她说市里有明文规定，领导干部下乡检查工作不许喝酒。咱们就是上了酒，江书记他们也不会喝的。

江书记吃饭，向家明悄悄吃了药，自己却不吃饭，坐在一旁看着江书记吃。江书记对她说：你也去吃饭嘛。

我早上吃得多，现在还不饿。江书记，羊肉汤粉的味道怎么样？

挺好吃的。羊肉汤粉好吃不在羊肉，也不在粉，关键在汤。这家的羊肉汤，一定是和羊骨头一块儿煮的全羊，味道很厚。

您觉得好吃，吃完一碗，再来一碗嘛。

我哪里吃得了那么多，这一碗足够了。其实这些菜都没必要做，一碗羊肉汤粉完全可以解决午饭问题。

江书记，趁您吃着饭，我想跟您说件事。

吃完饭再说嘛。

我说我的，您只管吃您的，不耽误您吃饭。

那你说好了。

向家明跟江书记说的，不是她没能当上检察官的事。这个事归市检察院管，不归区里管，她跟江书记说不着这件事。再说，她已经把这件事想开了，放下了。她要是当上了检察官，占一个检察官的名额，就得挤下一个人来。那个人可能正在检察工作的岗位上辛辛苦苦办案，不让人家当检察官，恐怕有失公平。当然，她也不会对江书记说她生病的事，既然决定对自己的病情保密，那就一保到底。她要对江书记说的，是种核桃的事。一来到高远村，她就认定种核桃是一个有效的扶贫项目，就想动员村民种核桃。你说她执拗也好，说她一根筋也罢，种核桃仿佛是她的一个心结，村里一天不种核桃，她就一天解不开心结。她说：江书记，我想跟您说的是种核桃的事。我认为种核桃是一个很好的种植扶贫项目，这个项目一旦开始收益，可以连续收益十五年到二十年。一个农户种两到三亩核桃树，果实的收入可以使农户达到全家人均收入脱贫的标准。我们在制订规划时，把这个项目列进去了。等规划批下来的时候，我一看，种核桃的项目没有了，一个字都不见了。我不知道，这个项目为什么被砍掉，至今也没有一个人跟我们解释过。江书记，这件事情我想不通。有时夜里睡不着，我还在想，可越想越不通。想着想着，有时还觉得有些委屈呢！说到委屈，她所受的委屈仿佛一下子全都涌了上来，心中热浪一打，竟哭了起来。她热泪奔涌，继续诉说：江书记，江书记，您不知道，我作为一个女性，能力有限，下来当第一书记，不是很容易呢！我想为村民办点好事，也不是很容易呢！

见向家明哭得如此伤心，这饭还怎么吃？江书记把碗放下了，把筷子放下了，变得严肃起来。他马上把在一旁吃饭的扶贫办主任喊过来，严厉地说：你们怎么搞的，把村里报上去的有些规划项目砍掉，为啥不征求一下向书记的意见呢？让一个驻村第一书记如此为难，如此伤心，你们怎么忍心！你回去把这个事情跟有关部门协调一下，争取尽快把种核桃的项目补充到规划中去。

扶贫办主任连连道歉，连连点头，答应马上协调，尽快办理。

向家明这才不哭了，她把浸满眼泪的一大把面巾纸攥在手里，握成一团，说：江书记，真不好意思，我说不耽误您吃饭，还是把您吃饭打断了，您接着吃吧。

不吃了，已经吃饱了。你不是说等村里的办公楼建成后，要办一个小食堂，请我们在小食堂里吃好吃的吗？到那个时候，可不许再哭鼻子哟。

向家明破涕而笑，对江书记说：到那个时候，我笑还笑不够呢，不会再让江书记笑话我了。

向家明的脸，因吃药胖得有些变形之后，避免和任何一个妹妹见面。那些妹妹都很在意自己的个人形象，对别人的形象也很敏感。要是让她们看见二姐变成了这个样子，她们一眼就能看出，二姐胖得反常，一定是生病了，病得还不轻。好在现在用手机打电话很方便，有事无事，她就给妹妹们打一个电话，说几句话。好在她的声音一点儿都没变，还和以前一样，脆生生的，明亮亮的，像少女的声音一样。可是有一次，在市公安局工作的四妹打电话问她：二姐，我听一个同事说，他在医院看见你了，你去医院干什么？

家明立即否认：没有呀，好好的，我去医院干什么！你知道的，你二姐最讨厌去医院了，医院就是给人找病的地方，用这机器、那机器，没病也能找出病来。

难道我的同事认错人啦？

那完全有可能。去医院的人都愿意戴上口罩，只露眉毛不露脸，最容易认错人。

只要不是二姐，我就放心了，农村各方面的条件跟城里没法比，二姐还是要多注意身体。

姐妹之情差点让二姐哽咽，但她极力忍住了，稍停了一下，说：家君放心吧，二姐没事的。

不跟妹妹们见面还可以，长时间不和爸爸妈妈见面，恐怕说不过去。爸爸还好些，爸爸对她的胖瘦不是很关注，好像胖瘦都无所谓。妈妈就不行了，老是挂念着她。妈妈嘴上并不说想她了，打电话说的是，又炼好油嗞啦。妈妈这样说，好像不是自己想她，而是油嗞啦在想她。不管妈妈怎样说，她都要看看妈妈，也让妈妈看看她。她想起来了，妈妈对一个人身体好坏的看法，还是农村老太太的眼光，胖了就是身体好，瘦了就是身体不好。妈妈看她发胖了，不但不会以为她生病，说不定还以为她的身体好呢！加上妈妈的眼睛已经花了，又不愿意戴老花镜,看她也不会看得很清楚,不过看个大概罢了,一蒙就蒙过去了。

一个疗程结束,向家明趁回市里医院检查完治疗情况,提着东西去看望爸爸妈妈。她提的东西,有蜂蜜蛋糕、蜂王浆,还有从高远村带回的柴鸡蛋和嫩南瓜。一看见妈妈,她就做出兴高采烈的样子,问妈妈:您看我是不是吃胖啦?

吃胖了好,快让妈妈看看。妈妈把二闺女看了看,说:是吃胖了,胖得还不少。你到农村去,我担心你吃不好,就怕你瘦。看到你吃胖了,妈妈就放心了。

妈妈果然还是农村老太太的老眼光、老观念,她真的把妈妈蒙住了。向家明心里说:妈妈呀,我亲爱的妈妈呀,您哪里知道女儿所遭的罪啊!检查治疗情况要做活检,做活检要采取活样,取活样的过程把她疼得死去活来,连大喊大叫的心都有。这次检查的结果,病变虽没有发展,但也没有明显减轻。她还得继续吃药,三个月后复查,还得做活检。做活检,还得再吃二遍苦,再受二茬罪,想想就让人打怵,让人想哭。在自己的亲妈面前,却有病说不得,有苦诉不得,有娇撒不得,有泪流不得,真是悲上加悲啊!

这次回城里,向家明在郝思清的陪伴下,看了西医看中医,拿了西药拿中药,西药拿了一小堆,中药拿了一大堆。天下没有好吃的药,可为了活命,为了事业,她必须把成堆的药日复一日、一点一点吃下去,真让人发愁,愁死了。让两口子稍感欣慰的是,病变被控制住了,没有往不好的方向发展。这就有可能往好的方向转变。拿到药后,赶上城里人过双休日,向家明没有很快回到高远村去,她对郝思清说:去高远村一年多,成天没日没夜,我把过双休日的事都忘了。

郝思清说:那是因为你把自己过成神仙了,洞中方一日,世上已千年嘛!

少跟我玩儿幽默,我知道你对你老婆有意见。这两天我先不回高远村,咱俩一块儿去海南看房子吧。向家明有一个高中同学,大学毕业后分到海南工作,同学多次给她打电话,说海南的房子便宜,宜居,鼓励她去海南买房子。同学还说，买下房子就算不去住，作为投资也是划算的，因为海南的房价是上涨的趋势。

我不去，要去你自己去。我对买房子不感兴趣，也不想通过炒房子赚钱。

对于丈夫拒绝和她同行，向家明一点儿都不吃惊，完全能够理解他的心情。正如丈夫事前所料，参加副市长竞选果然落选了。落选后的郝思清，虽然声称这是他早就料到的结果，仍然洒洒脱脱，表现出无所谓的样子，但作为妻子的向家明，能触摸到丈夫复杂的内心世界。丈夫表面平静，却难掩胸中汹涌的波涛。看似洒脱，是为了掩盖内心的失落；故作轻松，表明他心情的沉重。他越显得无所谓，越说明他内心的痛苦无以言表。世界上的男人就是这样，他们自强惯了，担当惯了，顶天立地惯了，有苦自己吃，有难自己当，有罪自己受，天大的事愿意一个人扛。特别在自家亲爱的女人面前，他们更是当仁不让，在所不惜。可怜天下男儿心啊！出于对丈夫的尊重，向家明不会说破郝思清内心的失落，如果说破了，有可能会伤到男人的自尊，加剧他内心的失落和痛苦。有道是，听人劝，吃饱饭。其实，别人的任何劝慰，效果都是有限的，最终还得自己劝自己。向家明拉郝思清一块儿去海南，看房子是次要的，主要目的是陪丈夫看看大海，散散心。她想，丈夫一定是猜到了她的用心，不然的话，不会如此抵触。向家明是有办法的，她登时竖起双眉，对丈夫发起了脾气：怎么，我让你陪我一块儿去，就那么难吗！你说，我还是不是你老婆，你还认不认我这个老婆？你要是不再认我这个老婆，我就不搭理你了，永远都不搭理你了！

作为老夫老妻，对于向家明这样的脾气，郝思清早就领教过多次了，只要妻子一发脾气，他就没了脾气，就得败下阵来，做出妥协。谁让他娶了向家的二闺女做媳妇呢，谁让他一直深爱着他的媳妇呢？他叹了一口气，说：真没办法。

第十六章

　　随着秋收时节的到来，村里的办公楼、学校、幼儿园、教师周转房、卫生院等，相继建成。蓝天白云，秋高风清。从办公楼的下面往上面走，最下面的一大片开阔地带，被分成两部分，东边是文化广场，西边是篮球场。广场中央建有花坛，花坛中间建有假山，假山上长着一些绿植。广场北面，是劈开的一块陡立的青石山壁，山壁上用红漆书写的斗大的字，是二十四字的社会主义核心价值观：富强、民主、文明、和谐；自由、平等、公正、法治；爱国、敬业、诚信、友善。篮球场的一侧，是依山坡而建的层层看台。球场北边的山壁上写的大字是：发展体育运动，增强人民体质。从广场北面的山壁一侧拾级而上，登过六十六级台阶，就到了办公楼门前的平台。一登上平台，前进数步，迎面可见一座方方正正、高出平台地面一米多的基座。基座上高高竖立起一杆金属旗杆，那是按照江世成书记的提示，特意为升国旗而建的。办公楼前的平台，用水泥打成了地坪，地坪面积也不小，放二三十辆轿车不成问题。办公楼是三层中式建筑，每一层的向阳面都建有回廊。站在回廊上，近可观看下面的文化广场和篮球场，远可眺望连绵起伏的群山，视野十分开阔。

　　办公楼启用前，向家明与夏支书、尚主任商量，请人先制作了两块新的牌子，分挂在办公楼大门口两侧。一块是高远村党支部委员会的牌子，一块是高远村村民委员会的牌子。牌子是漆白的底，鲜红的字，在阳光的照耀下熠熠生辉，显得格外醒目。一切准备就绪，办公楼在正式启用的那一天，向家明计划举行一个仪式——升国旗。她给江书记打电话，向江书记报喜，说办公楼建好了。她说村里计划举行一个升国旗仪式，特别希望江书记能够参加。江书记祝贺办公楼落成，说启用时举行升国旗的仪式很好，只是他目前正在省委党校学习，很遗憾不能参加。向家明说：江书记，谢谢您，我代表高远村的两委成员和全体村民谢谢您！都是您的一锤定音，高远村才有了这么漂亮的办公楼。

家明书记，您又把账记错了。记得我跟您说过，高远村之所以能走上脱贫攻坚之路，完全得益于国家脱贫攻坚的宏伟战略，得益于这个伟大的时代。我自己可没有那么大的本事，我可拿不出那么多钱，为高远村进行全面建设。那天在宣讲脱贫攻坚规划时，您说您不敢提建办公室的事，担心别人说您搞形象工程。其实，您的担心是有道理的，人们对某些事情的认识总有不一致的地方。但我们自己必须有清醒的认识，我们建办公楼，的确不是为了图排场，讲样子，我们就是为了更好地为村民办事，为村民服务。走到现在，高远村的脱贫攻坚仍处在起步阶段，要做的事情还有很多。怎么样，学校、幼儿园、教师周转房都建好了吗？

都建好了，新分来的五个大学生也都报到了，学校正在招生。

好，真好，让人高兴！这几个新建成的项目，你们可以放在一起庆贺一下。

好的，江书记总是比我们想得更周到。学校和幼儿园也都竖立了升国旗的旗杆。

那是必需的，从小就要对孩子们进行爱国主义教育。大学生们十几年寒窗，能到贫困山区任教，很不容易。村里要热情欢迎他们，关心他们，照顾他们。对高远村的长远脱贫、长期发展来说，他们才是最重要的力量。

那是肯定的。分来的五个大学生，都是女孩子，我觉得她们都跟我的孩子一样。

说完了工作上的事，江书记总不忘跟向家明说几句轻松的话：家明书记，你们的食堂开始办了吗？你说等在村办公楼里开了食堂，要给我们做好吃的，我可是记着呢！

向家明一听就笑了，说：看来当大书记的也爱吃好吃的呀！没问题，我都记着呢，下周我们就把食堂办起来。向家明也会说笑话：江书记，我们给您做了好吃的，您可不要说我们是贿赂领导哟。

在办公楼前举行升旗仪式的时候，向家明让刘丽去把学校和幼儿园的老师都请了过来。仪式开始之前，尚主任按照村里办喜事的习惯，先放了一挂长长的鞭炮。鞭炮皮是红色的，炮声响过之后，地上的红色纸屑像撒了一片红色的花瓣。升国旗要奏国歌，唱国歌。向家明用手机录了国歌，在张兴作为升旗手拉动绳子开始升国旗的时候，向家明带领村里的干部和老师们，随着手机里的音乐唱国歌："起来，不愿做奴隶的人们……"国旗升起来了，鲜艳的五星红旗迎风飘扬。他们仰望着象征中华人民共和国的五星红旗，心潮起伏，都有些激动。

大概是听到了鞭炮声，附近的一些村民纷纷走了过来，向天空中的国旗仰望。村民们没有走到平台上去，他们站在广场里的花坛旁，就把五星红旗看到了。他们站得越低，红旗就显得越高。

只有一位村民拾级而上，边走边仰脸看，一直走到国旗的基座那里。这人看了飘扬的五星红旗不够，还伸手把旗杆摸了摸。他是谁呢？是村里的有名人士齐天星。国民人人心中有国旗，看国旗是可以的。不应该的是，齐天星还是穿得破破烂烂，一点儿都不庄重，一点儿都不注意自己的仪表。

别的村民们和齐天星一比，觉得他们的穿戴比齐天星好多了，整齐多了，既然老齐都敢走到平台上去，他们为啥不能呢。于是，他们争先恐后，也沿着台阶，向平台上走去或跑去。他们以前或许看见过国旗，但从没有见过升得这么高的国旗，在蓝天的衬托下这么好看。他们围绕着国旗转来转去，看来看去，好像有些看不够似的。

这一次，向家明没有让张兴把齐天星撵走，她想，齐天星穿破烂衣服，也许是已经成了习惯，想改变他也难。他从小就是孤儿，现在仍是孤儿。他可能从来就没有穿过完整的衣服，更没有穿过新衣服，猛地一下让他穿一身板板正正的新衣服，说不定他还浑身不自在呢。

升旗仪式结束后，向家明把老师们都留下了。五位新来的老师，加上原来的两位老师，一共七位。向家明没说留下他们开一个座谈会，她说的是带老师们参观一下办公楼。五位新来的女老师，虽说都是来自本省，但她们的家乡都在不同的地方，到高远村报到也有先有后。在学校当校长的，就是刘丽说的那位说不准普通话的老教师，他每次接收了报到的大学生不算完，还要求大学生去向书记那里报一下到。一年来了这么多大学生，让他大喜过望，不大敢相信这是真的。要知道，高远村是一个深度贫困村，以前连一个大学生都没有留住过啊。他觉得，大学生只有到向书记那里报了到，才算是真正的报到。

有一个大学生，名叫任欢欢。她到高远村的学校报到时，步行的路上赶上了下雨，雷呼电闪，雨下得很大。她赶紧打开行李箱，往外掏雨伞。行李箱刚打开，雨伞还没打开，她身上穿的新衣服就被暴雨打湿了。有一段山路还没修好，装满东西的大号行李箱，在泥泞的毛路上拉不动，她只能把行李箱扛在肩膀上往前行。顾得了行李，顾不上雨伞，看得见闪电，看不清路，她脚下一滑，摔倒在地上。等她奋力从泥污里爬出来时，已是一身泥水两手泥。总算赶到了学校，她那被雨水淋湿的缕缕头发贴在苍白的脸上，两眼满含泪水，样子十分委屈。校长把她领进新建成的教师周转房的一个房间里，让她先洗一下，换换衣服，休息一会儿，再去学校的办公室注册登记。可校长等了好一会儿，迟迟不见任欢欢露面。校长登门，让任欢欢到办公室填表登记。任欢欢说，她暂时不登记，还要想一想，明天再说。

校长马上给向书记打电话报告情况，说新来的大学生任欢欢不愿登记，对于是不是留下来任教，好像还有些犹豫。雨还在下着，只是大雨变成了小雨。向家明接完电话，马上打起雨伞，去教职工的宿舍楼里看望任欢欢。她见任欢欢胖胖的，一看就是家里的娇闺女，她难免想起自己的女儿，女儿也胖胖的，在她面前可会撒娇呢。她欢快地说：任欢欢，高远村欢迎您！赶上个下雨天，您一路辛苦啦！

对于一个年轻人，把"你"说成"您"，这么尊重，这是哪一位啊？任欢欢看着面前这位干部模样的人，一时不知道说什么好。

陪同向家明前来的校长，赶快对任欢欢介绍：这是咱们村的驻村第一书记向家明，她是从市里检察院下来驻村的。

任欢欢点点头，说噢噢。

向家明看见任欢欢换下来沾泥带水的衣服，在卫生间的洗脸池里放着，说：沾了泥的衣服，得赶快用水冲一下。这里的黄泥染色，放得时间长了不洗，黄色会染在衣服上。说着走过去打开水龙头，冲洗沾在衣服上的泥沙。

任欢欢见状赶紧跟过去说：向书记，您不用管了，一会儿我自己洗。

没关系的，我女儿回到家里，我经常帮她洗衣服。向家明对任欢欢说：以前村里不通自来水，洗衣服得到山塘里去，要翻山越岭，走好远呢。上个月，村里才建好了水厂、水塔，安了水管，通了自来水，你们来得正是时候。她问任欢欢：您带洗衣粉了吗？最好先把衣服在放了洗衣粉的水里泡一会儿，衣服上染色的地方才容易洗干净。

任欢欢说她没带洗衣粉，带的是洗衣液。

向家明说：洗衣液融水性好，洗衣的效果更好。女孩子就是心细，想得就是周到。她对校长说：凡是来报到的老师，包括幼儿园的老师，要在她们每个人的房间里都配上洗衣机，这个事情你们尽快办理。

校长答应明天就去买洗衣机。

向家明跟任欢欢又聊了一会儿，问任欢欢家是哪里的，哪个大学毕业，家里情况如何。她又说：咱们加上微信吧，有什么困难，您可以直接微我。您也不用着急填表登记，先在房间里适应一下，明天再登记也不迟。

向家明带着七位老师，还有刘丽，从一楼参观到三楼，差不多把每个有标牌的房间都看了一遍。走到三楼的党员活动室，向家明见活动室里置有宽展的桌案，桌案周围摆有椅子，说：咱们坐一会儿，休息一会儿，随便聊点儿什么吧。她对刘丽说：一楼准备了矿泉水，你去拿上来一些给大家喝。落座后，向家明让校长说几句话。校长说他口音重，说不好普通话，还是请向书记说。向书记说：那好吧，我就简单说几句。我代表村党支部、村委会，和全体村民、所有学生，对老师们来高远村表示热烈欢迎，衷心感谢！高远村的存在，恐怕也有一千多年了吧，以前村里的学校从来没留住过一个大学生。听说有一年分来了一个男大学生，人家到学校里看了看，第二天就走了。大家都是苦读十多年，能上大学不容易。大学毕业后，谁都想到城里工作，到比较富裕的地方任教，这个想法完全可以理解。你们几位响应党的号召，服从教育局的分配，能够到偏远贫穷的高远村来报到，这非常难得。区委江世成书记听说你们来了，非常高兴。他特别嘱咐我，要求村里一定要热情欢迎你们，关心你们，照顾你们。这可都是江书记的原话，我原原本本地转达给你们，希望你们能够理解江书记对你们的重视，和对你们所寄予的厚望。我来这里参与脱贫攻坚的斗争，你们来这里，也是在为脱贫攻坚贡献力量，贡献青春的力量。脱贫需要从交通、电力、水利、通信、住房、种植、养殖、吃饭、穿衣等方面脱贫，也需要从教育、科技、文化、精神等方面脱贫。也就是说，我们要帮助高远村从物质上脱贫，也要从精神上脱贫；既要从硬实力上脱贫，还要实现软实力的脱贫。而你们所从事的教育事业，就是教育脱贫的重要组成部分。一个村庄、一个地区，乃至一个国家、一个民族，只有教育强起来，才能实现永久性脱贫，才能真正强大起来。我不知道我理解得对不对，你们都是有学问的人，我想听听你们的看法。

老师们互相看了看，没人说话。他们大概觉得向书记说得很好，很到位，他们说不出新的更好的看法。女书记的眼睛很亮，像两道光。除了校长和那位老教师，她们有的低下了眉，有的低下了头，像是不敢和书记的"两道光"接触。任欢欢似乎勇敢一些，总算没有低眉低头。但她的目光也有所躲避，没有和向书记直接对视。

校长说：向书记让大家谈看法，谈谈嘛。

向书记的目光关照到了任欢欢，她把任欢欢叫成任老师，说任老师，您说说嘛！

"老师"的叫法，让任欢欢觉得还有些陌生，有些重大，她像是惊了一下，一时还不大适应，连说没有没有。

什么叫"没有没有"，别的老师们笑了一下。

向书记继续和任老师说话：我听校长说，新学期开学后，您从一年级开始教。报名的学生多不多？招生情况怎么样？

对于具体的问题，任老师可以回答，她说：招生已经开始了，报名的不是很多，截止到昨天，报名的学生只有七个。

你们要主动一些，招生宣传要广泛一些，做到家喻户晓，人人皆知，该上学的适龄儿童，一个都不能少。我和夏支书、尚主任他们估计过，全村至少有六十多个该上学的儿童，招一个班不成问题。说到这里，向书记说：任老师，我给您提供一个信息，您帮我想着点儿。马石坡组有一个女孩子叫王安新，她今年到了上学的年龄，您一定要让她到校上学。她家的情况比较特殊。据我了解，类似王安新这样被外来的妈妈抛弃的孩子，还有二十多个。这是多么让人惊心，也让人痛心啊。要是不来高远村，我们怎么也想象不到，在我们国家的贫困乡村，还有这样的情况在发生。除了王安新，每个被妈妈抛弃的孩子，我们都要让他们到校园读书。他们的妈妈不要他们了，我们要他们，我们就是他们的妈妈，我们要关心他们，爱护他们。说着说着，向家明就动了感情，也几乎流出眼泪。

几位新老师都被向书记的真情所打动，不知不觉间，她们都抬起头来，一起看着向书记。她们老是在新闻媒体上看到脱贫攻坚的报道，也老是听到驻村第一书记的说法，但以前没看见过驻村第一书记，原来向家明书记就是驻村第一书记之一。这个第一书记跟她们想象中的不大一样，向书记有点儿婆婆妈妈，真有点儿像她们的妈妈呢！

任欢欢已完全被向书记的说法所打动，被向书记的情绪所感染。向书记没点别人的名，只点了她的名，跟她说话，这让她意识到向书记对她的重视，意识到自己应负的责任，她表态说：向书记您放心，王安新我记住了，我一会儿就去她家找她，一定要让她按时上学。她家里有什么困难，我也可以帮助他们。

向书记对两位幼儿园的老师也有话说：高远村以前从没有办过幼儿园，这对我们来说，是一件开创性的事业。这里没办过幼儿园，并不等于没有幼儿，学龄前儿童还不少。他们的父母大多在外面打工，把他们放在了家里，跟着爷爷奶奶过生活。这些留守儿童，跟的是不识字的留守老人。在上学之前，他们不会唱歌，不会跳舞，不识一个字，甚至连一句囫囵话都不会说。我在村里走访，看见过好多个这样的孩子，他们的小脸脏脏的，头发毛毛的，只会瞪着大眼睛，呆呆地看着你，一句话都不跟你说。你跟他们说话，他们不是不理你，就是转身跑开了。小猫看见你，会主动往你裤腿边蹭；小狗看见你，至少会汪汪叫几声。他们呢，看见你什么表示都没有。有一次，我去王安新家，给她家送去了一兜子柴鸡蛋，她连一句"谢谢"都不会说。我教她说"谢谢阿姨"，教了她两遍，她才说出来。我们办幼儿园，就是让小孩子们在学龄前就开始受到教育。

幼儿园的老师是两位，其中一位也像任欢欢那样表态，说请向书记放心，她们会挨家挨户走访登记，争取把每一个三周岁以上的儿童都接到幼儿园里去，教他们唱歌、跳舞、学礼貌、做游戏，为他们创造前所未有的新生活。

向家明没说给老师们开欢迎会，其内容跟欢迎会差不多。向家明也没说开座谈会，收到的却是座谈会的效果。话谈得差不多了，尚应金提着一袋子雪糕大步到楼上来了：来，大家吃雪糕。高压电通电之后，尚主任家的冰箱不仅可以用了，他家又买了一台卧式的冰柜，可以冷冻很多东西。草厂镇至高远村的高等级水泥路也修通了，尚主任的妻子去草厂镇进货方便多了，她买了一辆后面带斗子的电动三轮车，每隔两三天，就要去镇里拉一次货。她进的货越多，村民的需求越多。而村民的需求越多，她更要多进货。随着进货的品种不断增加，代销店已经容纳不下，她应需扩大规模，干脆把一楼都腾出来，办成了一个小超市。

向家明说：尚主任的夫人是超市的老板，今天是老板家的先生请客，大家吃吧，不要客气。她带头拿了一支雪糕，剥开雪糕上的包装，吃起来。

对，今天我请客，热烈欢迎各位老师！

向家明跟尚主任说笑话：你说的是热烈，请大家吃的是冰凉的东西，这热烈不起来呀！

尚主任反应也快，说：虽说雪糕是凉的，但我欢迎老师们的心是热的。

欢声笑语之中，老师们才一人取一支雪糕吃起来。每人都拿到了雪糕，还多出了两支。向家明说：尚主任，你自己也吃一支嘛，不要只给别人吃，你自己舍不得吃。

不是舍不得吃，是我从小没吃过这玩意儿，吃不惯，一吃大牙就冰得打哆嗦。

那你得跟上形势，练习着吃。你家的超市里不仅要进雪糕，还要进冰激凌。冰激凌更好吃，你吃过吗？

尚主任摇头说没有，听说过，从来没吃过。他剥开一支雪糕吃，表情很痛苦的样子。他说：这味道跟酒差远了。

还剩下一支雪糕，刘丽看见张兴从门口经过，就喊住张兴，把雪糕给了他。

吃过雪糕，临下楼时，向家明看见，每人面前所放的矿泉水，除了校长和那位老教师喝完了，几位新来的老师都没喝完，有的剩小半瓶，有的剩多半瓶。她说：剩下的矿泉水都要带走，带回去接着喝。虽然高远村现在用上了自来水，但水还是很宝贵的，我们一点一滴都要珍惜。

有人或许不好意思把没喝完的矿泉水拿走，或许觉得剩一点水无所谓，听向书记这么一说，她们意识到了事情的严肃性，都把剩下的矿泉水拿走了。还有人心里说，这个第一书记，管得可真细啊！

修路的事，还有难啃的骨头。有一个六十多岁的村民，因为常年拧着两个眉头解不开，人送外号"疙瘩眉"。别看有的乡村偏远、落后，识字的人不多，他们却很善于给人起外号，外号文化比较发达。或许正是因为好多人没上过学，连一个学名都没有，外号文化才流行起来。别小瞧那些外号哈，它往往一下子就抓住了那个人的相貌特征和性格特点，有入木三分之功。人一旦有了外号，就像牛被戴上了牛鼻圈一样，再也挣脱不掉，一戴就是一辈子。人们可以不知道他的姓、他的名，但一说外号，就把他对上号了。一提疙瘩眉，村民们就知道指的是那个老头子。应该说这个外号不错，比什么老别筋、犟驴、硬屎等，都好听得多，也文雅得多。外来的人一听疙瘩眉，还以为眉是梅花的梅呢，还以为梅花开成了疙瘩呢。村里人一解释，哦，原来是眉毛的眉。

疙瘩眉有两个闺女、两个儿子。两个闺女都嫁到山外去了，两个儿子都在城里打工，只他和大儿媳，还有一个孙子、一个孙女留守在家里。通组的毛路修到离他家不远处，因要占他家的一部分土地，他死活不同意。疙瘩眉家的那块地里栽的是红薯，红薯早就熟了，霜打之后，红薯叶子都发黑了，他就是不刨，坚持让红薯占着地，谁敢动他的红薯，他就敢骂谁。组长带他去看了草厂镇通往高远村的通村路，还带他去看了周志刚他们修的通组的样板路，他还是不开眼、不解眉、不松口。组长实在无计可施，答应把自家的土地换给疙瘩眉，修路占他家多少地，就换给他家多少地，保证一分一厘都不少。话说到这里，疙瘩眉还有什么可说的呢，他总该同意换地，同意给修路让开一条道了吧？可他拧着眉头，还是不同意。他说出的理由是祖祖辈辈不修路，不是也没憋死吗，不是照样过日子吗，不是也不耽误生儿育女吗？！你看看，你看看，碰见这样的疙瘩眉，眉疙瘩，跟他有什么道理好讲？拿他怎么办？

碰到硬骨头，遇见拦路虎，组长、村主任，还有村支书，经过商量，说只有请女侠出面。女侠？谁是女侠？村里什么时候出现了一个女侠？向家明哪里知道，"女侠"是村里人给她起的又一个外号。这个外号不一定还是褚大鹏起的，反正有人起。那个人不争起名权，不知在哪个隐秘的角落里偷着乐。有人起，有人传，一传十，十传百，再看见向书记，人们就把她和女侠联系起来，越看，她越像一个女侠。

有一回，尚主任看着向家明笑，笑着，自己的脸先红了。向家明问他笑什么，他说没笑什么。向家明说：不对，你笑里肯定有文章。尚主任这才说：我跟您说了，您千万别在意。有人说您像一个女侠。向家明果然不爱听，说：什么女侠不女侠，我是市检察院的一名检察员，是驻村第一书记，哪里有什么女侠。又说：这里的人怎么动不动就瞎给人起外号，这是不文明的表现。尚主任赶紧道歉：对不起，对不起，以后再听谁把您叫成女侠，我就批评他。

尽管向书记不愿承认女侠这个外号，可在夏支书、尚主任等人看来，向书记在杀伐决断、叱咤风云方面，的确有一些侠士的风格。女侠仗剑走天下，且看女侠与疙瘩眉如何对决。

上门时，向家明带了一兜子红苹果，还有一盒蛋黄派。疙瘩眉是位老人，家里还有两个小孩子，空手登门是不好的。向家明把疙瘩眉叫大叔：大叔，我们看望您来了，您的身体还好吧！说着把带来的礼物递给疙瘩眉的儿媳。

疙瘩眉从门口一个破旧的竹躺椅上站起来了，却不说话。他把向书记、夏支书和尚主任看了一遍，一句话不说。他猜到了，这么多领导到家里来，一定是为修路的事，他把黑黑的眉毛拧了一下又一下，越拧越紧，越拧越大，用疙瘩做出了对抗的态度。两个小孩子过来了，好奇地看着向书记。一只小狗也过来了，站在向书记面前，好奇地看着向书记。疙瘩眉还是一言不发。他的两只眼睛聚光很好，虎视眈眈的样子。儿媳从屋里搬出了几个小凳子，请向书记他们坐。见疙瘩眉站着，向家明他们也没坐，家明说：大叔，您说话呀！我们来，就是想当面听听您的意见，您为啥不愿意修路。您要是说得有道理，我们会考虑您的意见。

疙瘩眉的眼皮眨了几下，像是要说话了，但他还是没说，仿佛只是通过眨眼皮给眉疙瘩拧一下发条，把眉头拧得更紧。

看见这样的人，向家明就禁不住有些来气。以前在法庭上，她不止一次见过拒绝开口的人，那些人以为只要死扛，就可以蒙混过去。那是不可能的。恍惚之中，向家明似乎回到以前，她的脾气又上来了。

脾气一上来，就不可遏制，连一些过头的话都说了出来。她说疙瘩眉挡的是社会主义的路、社会主义的车，车轮滚滚向前，螳臂当车，是阻挡不住的。我明确告诉你，你以为你不说话，我们就没办法了吗？我们有的是办法。说吧，你为啥不同意修路？你要是还不说话，我就问你一千遍、一万遍，直到你开口说话为止。我见过的难对付的人多了去了，就不信对付不了你！

疙瘩眉终于顶不住，说话了。他说的不是祖祖辈辈没修路也能过日子，他的话让向家明有些始料不及。他说：社会主义社会讲究自觉自愿，共产党办事不强迫老百姓。

噫，这个老犟筋，他还知道拿社会主义和共产党说事，不可等闲视之。向家明毕竟是久经锻炼的人，也是见过大阵仗的人，对疙瘩眉的话自有应对。她说：共产党办事，是不强迫老百姓，但是，你没有路走，共产党有责任让你有路走；你家贫穷，共产党有责任让你家脱贫；你不幸福，共产党有责任让你幸福。你是老百姓，别的村民也是老百姓，你挡着路不让修，别的老百姓会对你有意见的，会骂你的。不光别的老百姓骂你，你的儿子、你的孙子、你的重孙子、你的重重重孙子，都会骂你的。骂你不省事，骂你是老糊涂，骂你断了他们的好路，骂你断了他们的前程。到那时候，你就是你们家的千古罪人，你后悔都来不及。说着说着，向家明就变成了吼，越吼声音越大，电闪雷鸣一般。她接着吼道：我跑这么远，从城里跑到这里，死皮赖脸地劝你修路，还不是为了你好吗？还不是为了你们家好吗？还不是为了你的子子孙孙都过上好日子吗？！你就这样气我吧，把我气死了，对你有什么好处？吼着吼着，向家明突然有些伤心，泪水哗哗地流了下来，哭出了声：妈呀妈呀，我这是图啥呢我！

向家明的吼没吓住疙瘩眉，他这一哭，却让老人吃惊不小，他眼里也蒙了泪，说：好好，向书记，你不要哭来嚓，不要哭来嚓，我答应修路还不成吗，我马上就修还不成吗？！

第十七章

到了这年的年底,高远村的所有修路工程全部完工。从镇上到村里二十多公里,从村委会办公楼到各组各户四十多公里,加起来总共六十多公里。站在办公楼的回廊上往远处眺望,只见一条条银色的道路在青山中蜿蜒伸展,通向各组各户,又像是通到了天边。回过眼看,又见条条道路纵横交错,像纽带一样,把各组各户连到了一起。外出打工的人,有发了财的,也有当了老板的。他们得知村里的路修好了,有试验的意思,也是炫耀的意思,开着小轿车就回家里来了。他们的小轿车有红色的、蓝色的,也有白色的、黑色的,多彩小轿车在平坦的道路上穿行,一直开到自家门口。他们到家后,来不及等到天黑,就从车的后备厢里,取出事先准备好的鞭炮和烟花,在自家刚打好的水泥院坝上放起来。他们放的鞭炮都很长,噼里啪啦响个不停,让村里人听到响声不够,似乎还想把鞭炮声传到城里去。他们所放的烟花至少有两箱,每箱都是多发和连发,一放就是几十响。一箱是把麻雷子一样的炮仗打到天空,在天空炸响。每一个麻雷子炸响时,都可见空中闪现一片炽白的光。另一箱才是真正的烟花,烟花火箭一样钻入高空中,一声爆响之后是碎响,每一声碎响都会开出一串艳丽的花。可惜白天看不到彩花,只能看见一朵朵白烟在空中飘荡。村里的人们,再也不用发愁看不到汽车了,他们在家门口就可以看到汽车。以前,高远村的人娶媳妇，或打发女儿出嫁，从来没坐过汽车，不是骑马，就是骑驴，或是步行。现在好嘛，海洞组有一家娶媳妇，身披大红花的小汽车一家伙开过去好几辆，好排场，好风光。村里人养肥了猪，再也不用"八抬大轿"往山外抬"猪老爷"了，他们把肥猪的四个蹄子一扎一捆，往电动车后面的车斗子里一扔，开起来就走了。有人家盖房造屋，再也不必像以前的秦希明那样，靠马匹一趟一趟运送建筑材料。他们用电动车，或租一辆卡车，四个轮子代替四条马腿、四条狗腿，还有两条人腿，轻轻松松就把建筑材料备齐了。遇上下雨天，村里再也不是泥巴天、泥巴地。雨下得越大，水泥路就越洁净。有的小孩子喜雨，越是下雨，他们越是喜欢在洁净的水泥路上奔跑，一边跑，一边嗷嗷乱叫。有的家长给孩子买了陀螺，在自家门前宽敞的院坝里，跟孩子一块儿玩起陀螺来。他们用小鞭子一下一下抽陀螺，陀螺乱转，他们把自己也转成了陀螺。

  修路的工程全部完成了，向家明觉得这是一件大喜事，比办公楼落成的喜事还要大，应该庆贺一下。去年国庆节期间，为了提高大家的修路积极性，她带领全体村干部，去市里参观了遵义会议会址，并让丈夫请大家喝了酒。今年修路完成了，她再请大家到市里，再让丈夫请村干部喝酒，也不是不可以。可她想了想，决定换一个地方，换一种方式，是庆贺的意思，也是再学习、再鼓励的意思。那么，带村干部去哪里呢？她决定带领他们去参观青杠坡战役纪念馆，参观苟坝会议会址。路通了，出行方便多了。她让尚主任租了一辆大巴车，大巴车直接就开到了村办公楼门前的平台上。大巴车是旅游式大巴，车上的座位都是软座，每个座位的靠背上都套了洁白的白布套，一看就很豪华，坐上去一定很舒服。齐天星看见穿得周吴郑王的村干部，一个一个往车上登，打听到干部们是外出参观，站在车门口，眼巴巴往车上看着，也很想上去。张兴命他靠边站，离远点儿，别在这里现眼。

  齐天星不干了，他说：你们这是搞腐化，是违反中央八项规定的，我要举报你们！

  向家明笑了，她知道，齐天星所说的举报，并不是一句虚妄的话，因为齐天星给她打过好几次电话,都是举报村里所发生的违规的事。比如,有一个村民,偷偷在自家的地洞里往外掏煤,齐天星给她打电话举报了。再比如,有村民违反规定,丧事大办,齐天星也给她打了举报电话。接到举报电话后,向书记都及时派人做出了处理。从表现来看,齐天星对她是信任的,跟她的业余情报员差不多。说得不好听一点,齐天星简直就是她在村里的一个眼线,在工作上帮了她不少忙。她走过去向齐天星解释:我们不是去旅游观光,是去进行政治学习,接受红色文化和革命传统教育。她把齐天星浑身穿的破烂衣服和光脚看了一下,又说:等你什么时候换上了干净整齐的衣服,改变了自己的形象,我们也可以带你出去走一走。

齐天星这才不好意思地笑了。

他们参观完青杠坡战役纪念馆,出来后,向青杠坡烈士纪念碑敬献了花圈。纪念碑在蓝天白云间高耸,他们站成三排,脱帽肃立,向纪念碑三鞠躬。青杠坡战役纪念馆,以前只有向家明和张兴来过,别的村干部都是第一次来。通过参观得知,青杠坡战役,是遵义会议之后的第一场战役,这是一场非常重要的战役,也是一场非常惨烈的战役。战役中,在敌多我寡、敌强我弱的情况下,红军虽然重创了川军,但红军将士牺牲三千多人,付出了惨重的代价。这次战役尽管没有取得胜利,但绝境逢生,逼出了一渡赤水,出其不意地甩开了尾追之敌,是红军在军事战略上化被动为主动,最终转败为胜的分水岭。参观完回到车上,大家若有所思,表情都有些凝重。

他们接着到苟坝会议会址参观,参观过程中,一盏马灯和一条小道,给他们留下了深刻印象。当时,红军主要领导,对要不要攻打国民党军固守的打鼓新场,有两种不同意见。经过会场上的激烈争论,大多数人都主张攻打,最后只有毛泽东一个人投了反对票。当晚,毛泽东夜不能寐,半夜里手提马灯,从自己的住处出来,沿着苟坝村一条崎岖狭窄的小道来到周恩来住处,与当时作为红军最高军事决策者的周恩来商议,是否可以推迟下达进攻的作战命令。这时,红军已截获国民党多路重兵向打鼓新场集结的电报信息,他们试图以此形成对红军的重重包围之势，达到围歼红军的目的。周恩来采纳了毛泽东的建议，暂缓下达攻打打鼓新场的命令，第二天一早再召集会议商议。再商议的结果是，大家同意了毛泽东的意见，避免了敌人的阴谋得逞，保住了红军的有生力量。苟坝会议还取得了一个重大成果，根据毛泽东同志提议，中央成立了由毛泽东、周恩来、王稼祥三人组成的军事指挥小组，全权指挥作战。苟坝会议后，毛泽东同志不负众望，将出神入化的军事指挥才能发挥得淋漓尽致，完成了四渡赤水的壮举，带领红军不断从胜利走向胜利。

在回高远村的车上，向家明一连唱了《长征组歌》中的好几支歌，有《四渡赤水出奇兵》《过雪山草地》《红军不怕远征难》等，还唱了殷秀梅的成名歌曲之一《党啊，亲爱的妈妈》。刘丽唱歌老是跑调儿，她对她的向书记佩服得不得了，她问：向书记，您到底会唱多少支歌啊？向书记说她也不知道，她从来没数过。刘丽说：那您会唱的歌就是无数。您唱得这么好，没当歌唱家，真是亏了。

向家明说：当什么歌唱家，我就是喜欢唱而已。她对车上的干部们说：我们村的脱贫攻坚，也要发扬长征精神。我们虽然通了路、通了电、通了水、通了电话等，但这些都属于基础设施建设。都是投入，而不是产出；都是花钱，而不是挣钱。好比我们有了口袋，还没往口袋里装更多的粮食。又好比我们有了钱包，还没有往钱包里装更多的钱。下一步，我们要赶快利用已经改善的条件，八仙过海，各显神通，多多产出，多多挣钱。只有大家的收入都提高了，人均收入达到国家规定的脱贫标准，我们高远村才能真正摘掉贫困村的帽子。刚才说我们要发扬长征精神，我的意思是，走到今天这一步，就好比我们在万里长征的征途上刚刚起步，我们前面的路还很长，困难还很多。我们要团结一心，万水千山只等闲，向着既定的目标——前进！说了"前进"，她向轿车前进的方向挥了一下手，又问车上的村干部们：大家有没有信心？

大家回答：有，有信心！回答之后，不少人都笑了。

向家明自己也笑了，她说：大家不要笑，我这可不是表演哈。

回到高远村，向家明得到一个好消息，种核桃树的脱贫项目终于批下来了。好消息是区里的扶贫办公室主任告诉她的，她一听就禁不住有些激动：批下来了，总算批下来了，太好了，太好了呀！她一激动，满眼含泪，一再向主任表示感谢。主任说：向书记您不要感谢我，是江书记一直在过问这件事。

那就谢谢关心高远村脱贫攻坚工作的所有领导！向家明说。在此之前，向家明多次给扶贫办公室主任打电话，询问核桃项目的进展情况，主任有时说正在协商，有时说正在协调。有一次，向家明听主任说项目还在审批过程中，有些着急地说：你们批点项目怎么这样难呢！好多事情领导都发了话，就卡在一些科长手里了。

主任说：向书记您不要急嘛。那天当着您的面，江书记让我负责协调这个事，我哪敢有半点懈怠。请放心，有江书记的亲自过问，我相信这件事情一定会成功，只是一个时间问题。反正现在不是种核桃树的季节，就算项目现在批下来，也得等到明年春天才能种。

春天种核桃树是不错，但项目批下来后，我们要提前动员村民，提前准备土地，提前联系订购树苗。农时不等人，哪个环节耽误了，种核桃树的项目恐怕又要推迟一年。你想想，我能不着急吗！向家明说。

明白，咱们争取在今年年底之前，把这个项目拿下来，不耽误明年春耕时节种核桃。主任表态说。

得到这个脱贫项目，向家明为何如此激动呢？这是因为，通过种核桃让一些村民脱贫，这是她一个由来已久的心愿。在辛平村当驻村第一书记时，她就想争取这个项目，可在辛平村只干了不到一年时间，不允许她实现这个心愿。到高远村任职的第一天，她想到的第一个项目就是种核桃，让这个项目在高远村落地生根。不承想，这个项目这么难产，经历了这么多波折，她到高远村快两年了，这个项目才获得了批准。人世间的事情就是这样，某件事情让你遇到的困难越多，付出的心血越多，付出的代价越大，跟你的联系就越紧密。当这个事情终于获得通过，当事人当然会格外高兴，格外激动。

向家明之所以如此高兴和激动，还有一个更现实、更根本的原因，这个项目预留了两年空果期，在空果期间，国家有资金补助。一亩地一年补助一千元，两年补助两千元。一户人家要是答应种三亩核桃树呢，就可以得到六千元补助。好家伙，这是一笔多么可观的收入。也就是说，在种下核桃树两年之内，哪怕收不到一个核桃，他们也已经把钱拿到手了，收入差不多达到脱贫的标准了，这是多么好的好事啊！这次区里批给高远村种核桃项目的亩数是三百亩。区里相关人员解释说，之所以批的亩数有些保守，是因为种核桃带有试验性，一旦试验成功，以后可以再扩大种植规模。这个数目，已经让向家明感到有所满足，一亩地补两千，十亩地补两万，三百亩地，所得的资金补助就是六十万啊！

向家明立即把好消息转告给夏支书和尚主任，他们说着"好啊好啊"，但口气明显不如向家明那样激动。尚主任说：我还以为种核桃树的项目彻底没戏了呢，向书记咬定青山不放松，不达目的不罢休，到底还是把这个项目拿了下来。他差点说出向书记不愧是当代女侠，想到向书记反对别人给她乱起外号，只说：朝里有人好办事，向书记到底还是厉害！

向家明正在兴头上，没有否认自己的厉害，她说：什么叫朝里有人，我自己就是朝里的人，难道不是吗！

尚主任赶紧承认：是的是的，向书记本身就是朝里的人，而且是朝里的清官。

得到尚主任的附和，她又把自己的话收了回去，说：现在哪里有什么朝，朝是封建社会的说法。

言语间，他们无意中谈到了丈夫参加副市长竞选的事儿。让向家明惊讶的是，她从没给村里任何人说过丈夫郝思清曾参与竞选副市长的事，不知尚主任是从哪里听到的消息。尚主任算是口快的人，他既然早就听说过这个消息，怎么从来没对她提起过呢？这让她又长了见识，看来，她以为村里人不知道的事，他们不一定就不知道。比如她生病的事，说不定村里也有人知道呢。

种核桃树的具体事宜，向家明主要交给夏支书办理。因为几年前种核桃树，就是在夏支书所在的村民组和附近的另一个村民组的土地里种的，在哪里失败，就要在哪里成功，这一次还在那两个村民组种。由夏支书负责，把三百亩指标，分解到各家各户，一亩都不能少。在新年到来之前，要把原来种的没挂果的核桃树统统刨掉，整理好土地，以迎接新的树苗。已经把老核桃树刨掉的人家呢，也不要再种别的庄稼了，把土地给新的核桃树苗留着。而购买种苗的事，由向家明亲自去和邻县的种苗公司联系，她要和公司签协议，让公司保证，他们提供的种苗能按时挂果。向家明对夏支书说：村看村，户看户，村民看的是干部，夏支书您要带头种哟。

我肯定要带头种，上一次就是我带头种的。夏支书说。

向家明听出，夏支书话后面似乎还有话，问：夏支书，您觉得还有什么困难吗？

夏支书说，反正还得挨家挨户做思想工作，一亩地一亩地落实。农民特别讲实际，他们习惯当年喂鸡，当年吃鸡蛋；春天播种，秋天收粮食。让他们等，一等就是两三年才有收益，他们不习惯。别看一亩地给他们两千块钱，他们得的钱，可能比种两年庄稼的收入还要多。可在他们眼里，钱是钱，粮食是粮食，不习惯把钱转换成粮食，还是觉得存粮食踏实。还有，上一次种核桃没挂果，他们认为上当了，吃亏了，他们不想再上当，再吃亏。

还是你们对村民更了解，我还得向你们好好学习。说实在话，要是没有你们的帮助，我什么事儿都干不成。那就辛苦夏支书了，有什么情况咱们随时沟通。

过了元旦是春节。春节年年有，不在四九在五九。在高远村，今年的春节与往年好像有些不大一样。往年过春节，有不少在外打工的人，选择留在打工的城市过年，过了年接着打工。今年，村里的道路变硬了，家里的电灯明亮了，水管里的水变清了，手里的手机畅通了，刚过了小年，离过大年还有好几天，已经有人带着大包小包，回到了高远村。他们穿着新衣服，嘴上叼着烟卷，在村里走来走去。有人把手机的耳机塞进耳朵里，对着手机大声说话。还有人在家里摆开了桌子，邀同是在外地打工回来的人在家里打麻将。过年过的是人气，人气一旺，使高远村早早就有了过年的喜庆气氛。

这时，向家明又得到了一个好消息。如果说种核桃项目的获批是一喜，这又来的好消息就是二喜，也就是双喜临门。听到第二个好消息，谁不让她喜极而泣都不行。药物治疗的三个疗程结束，当最后一次活检报告出来，赵医师打电话告诉她病灶消失的好消息时，未等赵医师把话说完，她叫了一声"我的妈呀"，顿时泪流满面。

和赵医师通完话，她马上把电话打给丈夫郝思清。郝思清一听她的声音就说：我听你很高兴呀，有什么高兴的事吗？

你猜。

我猜不着。郝思清已经猜到了，但他故意说猜不着。

向家明撒娇似的说：你猜一下嘛！

郝思清嗯了两下，故意猜错：今天是腊月二十七，大后天就是除夕，大大后天就是大年初一。是不是因为快过年了，咱们的女儿该回来了，你高兴呀？

你再猜。

哦，我想起来了，一定是你选择的保守治疗成功了，病灶消失了，对不对？

哈哈，猜对了，加十分。

太好了，太好了！你有一颗舍己为人的心，连老天爷都眷顾你啊！那你就提前两天回来吧，咱们好好庆贺一下。你再生一个儿子怎么样？

向家明爽快答应：我看可以。

一言为定。

向家明又调皮地笑了，说：你想什么呢？咱们一块儿减去二十岁还差不多。

他们共同商量的过年计划是，向家明腊月二十八回到市里。腊月二十九，向家明坐飞机去海南，把之前看好的房子买下来。除夕那天下午飞回市里，不耽误一家人在一起看中央电视台一年一度的春节联欢晚会。

然而，就在腊月二十七的那天傍晚，夏支书给向家明打电话，说有八户村民反悔了。经过夏支书的反复劝说，那八户村民本来答应种核桃了，现在串连到一起，又改口不愿意了。

向家明问：为什么？他们说了不愿种核桃的原因吗？

这帮捣蛋货，他们光笑，光摇头，就是不说原因，真拿他们没办法。他们可能认为我不是真神，只有见了真神，他们才会说实话。

什么真神？他们认为谁是真神？

夏支书笑了，他说：这个这个，我也不好说。

向家明明白，夏支书只抱不哭的孩子，哭闹得厉害的孩子，只有推给她抱。比如疙瘩眉不愿修路的事，她把疙瘩眉狠狠吼了一顿，气得哭了一场，才把疙瘩眉不愿修路的"疙瘩"解开了。后来，疙瘩眉还让他的儿媳妇，提着一兜子鸡蛋，向她赔礼道歉呢！这几户人家不愿意种核桃，夏支书也是希望她出马解决。向家明能够理解夏支书的心情，他和那些村民多少年都在一个村住着，低头不见抬头见，不敢轻易吼那些村民。一句吼得不好了，有的村民还有可能会跟他记仇。而她毕竟是一个外来的驻村第一书记，没有那么多顾虑。为了大多数的利益，她有可能会得罪个别人。得罪就得罪吧，她不能不考虑大多数村民的利益。好比国家反腐败，不能因为怕得罪了个别人，就不打"老虎"和"苍蝇"。

来到夏支书家，向家明看到夏支书已经把那八户人家的村民代表召集来了。那些村民都是上岁数的人，还有一位中年妇女。无病一身轻，向家明说：快过年了，大家说说吧，你们为什么不愿意种核桃？

他们你看我，我看你，没人说话。

向家明说：我听夏支书说，你们本来已经同意了种核桃，怎么又放弃了呢？

那位中年妇女往耳后捋了捋头发，像是要说话。旁边一个人碰碰她，没让她说。向家明注意到，他们当中有一个戴鸭舌帽的人，他们看来看去，目光最后都集中在戴鸭舌帽的那个人身上。向家明看出来了，他们已经组织起来了，他们的行为是集体行为，其中的代表人物，就是这位鸭舌帽。果然，说话的是鸭舌帽。他是一位沉着的人，开口前，掏出烟和打火机，给自己把烟点上，吐了一口烟雾，才说话。他说出的话一点儿火药味都没有，有些文质彬彬。他上来感谢了向书记，说向书记跟上级争取到了种核桃的项目，肯定是出于好心好意，是为村民着想，希望通过种核桃的收益，让贫困户脱贫。

这些话不难听。向家明听得出来，这是一个懂礼貌的人，是有理性的人，是讲理的人。她判断，这人或许在工矿企业当过工人，是见过世面的人，不知因何回到了家乡。这样的人不像疙瘩眉，不能用吼解决问题，只能跟他讲道理。她知道，鸭舌帽说了感谢她的话之后，就该转折了，就该说"可是"了。年是要过的，向家明做好了应对的准备，她说：咱们不必客气，有什么话，您就直说吧。

外面天有些阴沉，气温明显降下来了。天气预报说，有寒潮来袭。现在的天气预报比以前准多了。鸭舌帽说：那我就实话实说了，有说得不对的地方，请向书记谅解。夏支书跟我们说，说这次种核桃，第三年一定能挂果，一定能获得收益。我们不明白的是，人是人，树是树，人不能代替树，树也不能代替人。人怎么能替树打保票，说三年之后一定能挂果呢？

是呀，人不是树，树不是人，人怎么能替树说话呢？这的确是一个问题。问题提出后，屋里的人都看着向书记，看她如何回答。

向家明预料到了，以鸭舌帽为代表的村民，一定会提这样的问题。她从容应对道：这个问题问得好，人非草木，草木非人，谁都不能代替谁。可是，人有人的生长规律，草木有草木的生长规律，对于草木的生长规律，人类是可以掌握的。特别是随着种植科技的不断进步，人们对植物的生长是可以做出安排的。大家一定会说，上次种的核桃如今都七年了，还没有挂果。这次再种核桃，怎么敢保证三年之内一定会挂果呢？我要给大家解释的是，上次出现的是意外情况、特殊情况。不法中间商提供的种苗有问题，是不孕苗，才导致种核桃失败。这一次，我多次请教种核桃的专家，并和种苗公司签订了书面协议，按时挂果和按时收益，应该是有保障的。请大家放心，这一次由我完全负责。

鸭舌帽接着提的问题，让向家明有些始料不及。鸭舌帽说：据我们所知，驻村第一书记是轮岗制，两年轮一回。按照轮岗制度的规定，到明年3月，向书记就该离开高远村，回到市里去了。可是，核桃树明年春天种上，要到第三年才挂果，也就是到2020年才挂果。假如到时候不挂果，我们去找谁呢？总不能再到市里去找您向书记吧！

关于明年3月任职到期，向家明是知道的，但每天忙于脱贫攻坚的事务，她还未及把回市里工作的事排上日程。倒是鸭舌帽记得清清楚楚，代表不愿种核桃的村民把这个问题提了出来。向家明一时有些急，她问：谁说我要回市里，您是听谁说的？我的任务还没完成，回去不回去还不一定呢！

我们当然希望向书记留在高远村，继续当第一书记，我们巴不得呢！鸭舌帽继续说，据我所知，向书记能不能继续留在高远村当第一书记，是市委组织部决定的，向书记本人并不能当自己的家。

嘿，这个鸭舌帽，他耳听八方，知道得可真多啊！向家明心里得承认，鸭舌帽的说法是对的。她是组织里的人，干什么工作，在哪里工作，工作多长时间，都得听从党组织的安排。她看了看夏支书，像是寻求夏支书帮她说话。可夏支书指了一个借口，说是给煤火炉添点煤，就到门外取煤去了。向家明突然醒悟过来，鸭舌帽所提的这些问题，之前一定都跟夏支书提过，夏支书解答不了，也不好意思直接问她，才让她和村民直接对话。不愧是老支书，工作真是有经验啊！单枪匹马的向家明怎么办呢？她答应这八户人家不种核桃了行不行呢？当然不行，绝对不行。她倘若开了这个口子，答应这八家不种核桃，随后可能还有八家，甚至八十家，都会打退堂鼓。那样的话，好不容易争取来的种核桃项目就彻底泡汤了。开弓没有回头箭，她必须咬紧牙坚持住，不能有半点退让。她说：你们看看这样行不行，不管我以后是不是还在高远村当第一书记，万一第三年核桃树不挂果，第一,你们可以立即把核桃树砍掉。第二,你们所遭受的损失,全部由我向家明赔偿。赔偿的话从何说起呢?原来,购买核桃树种苗的钱要由各家各户出,每亩地的种苗是八百元。这八百元钱从两年的两千元补助资金里扣除,也就是说,每种一亩核桃,农户所得到的补助是一千二百元。向家明答应赔偿的是种苗钱。向家明承诺:我不但要向你们这八户人家赔钱,三百亩核桃的所有种苗钱,我全部赔偿。

鸭舌帽说:我觉得这不太合适,向书记您是为群众着想,为百姓办事,怎么能让您自己赔钱呢!这从道义上说不过去,我们也于心不忍。

那位中年妇女插话:人心换人心,向书记对我们这么好,我们要是让向书记赔钱,那我们成什么人了。我不管别人,要是向书记给我们家赔钱,我一分钱都不会要。

向家明说:我说了对这个事情负责,就一定会负责到底。反正我相信,这次种核桃的成功率很高,至少在百分之九十以上。不成功只是万一。万一不成功,我说话算话,一定一分不少地赔给大家。三百亩核桃的种苗费,加起来不过二十多万嘛,我拿出家里的全部积蓄,还是赔得起的。空口无凭,这样吧,我给大家写一份保证书。她让夏支书拿纸来。

夏支书说,他家里没有现成的纸。也许有纸,他不愿意拿,不愿意让向书记写什么保证书。

向家明拉开背包上的拉锁,取出自己的笔记本,从上面撕下一张,垫在笔记本的硬皮上,把笔记本放在自己的膝盖上,当众写开了保证书。外面的天黑下来了,湿冷的气息一股一股涌进来。在保证书的最后,她特别写道:如果这次种核桃失败,我将向所有种核桃的人家赔偿种苗钱,总共二十四万元。如果我不能及时赔偿,不管我走到哪里,村民可以到法院起诉我。并在下面写上了自己的名字和时间。保证书写完后,她一字一句念了一遍。

听向书记念完保证书,那些村民互相看着,似乎一时无话可说。

夏支书直搓手,说:你们还有什么可说的,还有什么可说的?你们拍着胸口想一想，向书记是为了什么，她想为大家办点好事容易吗？太不容易了！

还是鸭舌帽说话：向书记，实在不好意思，我们这样做，是不是太过分了？是不是显得我们太自私了……

没有没有，你们这是在维护自己的权益，是法治观念增强的表现。向家明站起来抱拳说，快过年了，借这个机会，我提前给各位拜年，祝大家身体健康，新春快乐！阖家幸福，万事如意！

第十八章

　　人算赶不上天算。在腊月二十七后半夜，也就是腊月二十八日凌晨，天下开了冻雨。这种冻雨也叫淋冰，从天空往下落时还是雨，落地就成了冰；在天空运行过程中还是液体，砸在地上破碎的同时，瞬间就变成了固体。向家明搬进办公楼的二楼之后，办公和居住条件都改善了不少。办公室里安装了电视机、电脑，摆放了长沙发、玻璃面茶几，还添置了饮水机等。宿舍墙外的窗下，安装了挂式空调器。夏天可以吹凉风，冬天可以吹暖风，冬暖夏凉。另外，向家明还自己买了一台电磁炉，放在宿舍里，方便自己熬粥、煎鸡蛋，或煮方便面。这晚休息时，向家明没有开空调。宿舍里不太冷，她觉得不用吹暖气。一吹暖气，室内的空气就会变得干燥，一呼一吸都是燥气，喉咙眼儿里不舒服。还有，开空调比较费电，能给村里省点儿电费就省点儿。

　　天将明时，她觉得屋里有点儿冷，披衣起身往后窗外一看，见外面白茫茫一片，以为下雪了。定睛再看，原来不是下雪，是淋冰。她窗外是一座山，山坡上栽种的是松树。松树常年不落叶，在不下雪和不下淋冰的时候，山坡上绿苍苍的。下了淋冰之后，松树就像穿上了一层冰甲，有一层冰甲，绿色就变成了白色。冰甲闪着银光，又好像苗族姑娘头上戴的高高的、精美无比的银饰。滴水成冰，向家明知道，淋冰是很厉害的。在南方，下雪一般来说不会出什么大问题，下淋冰却可以构成气象灾害。向家明曾看过一篇小说，写的是大雁南飞的故事。一天夜里，一群大雁飞累了，集体卧在一片荒草坡里休息。不料后半夜下起了淋冰，淋冰把它们的翅膀冻住了。淋冰越冻越厚，把它们的翅膀固定得像上了枷锁一样，失去了任何展翅飞翔的可能。天亮之后，它们被贪吃的人们发现。人们扛着粪筐，本来是下地拾粪的，看到唾手可得的大雁，就抓住大雁的脖子，把冰坨一样的大雁扔进粪筐里去了。想到大雁的悲惨遭遇，向家明不禁打了一个寒噤，好像淋冰也淋到了她身上一样。她不睡了，穿上了保暖的羽绒服。开门站在回廊上往远处看，只见条条水泥路上都闪着冰光，路上不但没有车辆，没有行人，连一只四条腿的狗都没有。这样的路面比玻璃还滑，恐怕谁都不敢上路。向家明原以为，路一旦修好就一劳永逸，可以全天候通行。不承想，遇上冰雪天气，路也有罢工的时候。冻雨溯到回廊的边沿上，边沿上也结了一层明亮的冰，与里面没结冰的地方形成了鲜明的对比。回廊边的金属栏杆，都已经被冰凌包裹，像琉璃制品。向家明把"琉璃"摸了一下，哎哟好凉，赶紧把手缩了回来。

昨天晚上，向家明从夏支书家回来后，给检察院的司机师傅打了电话，约好今天早上师傅开车接她回市里。一觉醒来，天气出现了变化，她吃不准市里的道路情况如何，师傅还能否如约来接她。她正要给师傅打一个电话，手机响了，一看，正是师傅打来的。师傅一上来就对她道了对不起，说气象台发布了道路结冰橙色预警，市里通向外界的所有公路暂时封闭，今天不能去高远村接她。向家明说没关系，等公路解封了再联系。

挂断了司机师傅的电话，向家明马上给郝思清打电话：思清，思清，我好想哭，我已经哭了，你不能把我一个人扔在这里不管哪！

想哭就哭吧，该哭不哭也不好。郝思清笑着说。

思清你好狠心，我在这头哭，你还在那头笑，你怎么笑得出来。

要不这样吧，我派一架直升机，去把你接回来。

那你赶快派吧，飞机可以停在我们办公楼前的文化广场上。

再不然，我身生双翼，变成一只凤凰吧，飞到高远村，去把你驮回来。

那你赶快变吧，我不管你变成什么，反正把我接到你身边为目的。月月呢，月月干吗呢？

月月还正在楼上睡觉呢，夜里不睡，白天不起。

笑话归笑话，说完笑话，还得说正事。眼前的淋冰下个不停，看来明天飞海南买房的计划要落空，只能从网上把机票退掉。至于明天能不能回到市里，只能听天由命，看看淋冰停不停，看看老天爷会不会开眼放晴。说完正事，又回到笑话上，郝思清说：你的"膝盖气象台"怎么搞的，是不是失灵了？要是提前预报出有淋冰天气，你昨天晚上前半夜就可以回来。

向家明说：我的膝盖倒是疼了，我以为不是下雨，就是下雪。谁知道呢，下的既不是雨，也不是雪，而是淋冰。真讨厌！

向家明又分别给夏支书和尚主任打电话，问这样的天气会不会形成灾害，对群众的生活会不会造成什么影响。夏支书说冬天下点儿淋冰很正常，不会影响群众的正常生活。天冷路滑，大家少出门活动就是了。尚主任的看法更乐观一些，他说，淋冰给树上裹满了银白的树挂，挺好看的，他已经照了好几张照片，一会儿发给向书记看。他估计，这种淋冰天气不会太长，今天夜里就会停，说不定明天就会出太阳。阳光一照，冰就会消融，树挂就会脱落，道路就会畅通，不耽误村民们在春节期间互相走动、互相拜年。他问：向书记，除夕那天，您万一回不去，我请您去我家过年怎么样？咱们一块儿看春晚。

那可不行，除夕那天，我一定要赶回去。我家里有老爸老妈，还有孩子，他们都等着我回去过团圆年呢。

腊月二十九这天，淋冰虽然不再下了，但天气并没有放晴，还是阴乎乎的。只要冰不再继续加厚，就会变薄。有的村民从家里走出来，这里那里，响起零星的放炮声。一直到了除夕那天上午，郝思清才冒着风险，亲自驾车，把爱妻接回家里。除夕已开始放假，向家明不能再要求检察院为她派车，只能劳丈夫的驾。你以为丈夫是那么好当的？到了关键时刻，丈夫必须出马。谁说丈夫只管一丈那么长？哪怕妻子远在天边，只要妻子遇到了难处，丈夫也得千方百计帮妻子解决。路，还是山路，还是高高低低，弯弯曲曲。阳面的山路，冰开始融化，化得湿湿的，闪着水光。而阴面的山路还是冰封的状态，狰狞的面目。在阴面的山路上，尽管郝思清把车开得很慢，很小心，还是差点出了事故。在一个下坡处，郝思清已经踩了刹车，车子还是失控似的向山沟里滑去。亏得郝思清沉着冷静，处变不惊，他赶紧往右打方向，车头顶到山崖上的石头，才停下来。车停下后，两口子都惊出了一身冷汗。郝思清没有马上接着往前开，他打开车上的音乐，听了一会儿轻音乐，才继续往前开。今天是年三十，明天就是大年初一。事后不管什么时候回忆起那次历险，夫妻二人都有些后怕。想啊，倘若车子不能及时扭转方向，一直向山沟里滑去，一定会翻着跟头跌到下面的山沟里去，落得个车毁人亡。往右侧猛打方向盘同样危险，如果掌握不好，车头撞到石头上，或者把车头撞扁，或者山崖把车子反弹到山沟里去，同样逃不掉可怕的命运。后怕之后是庆幸。郝思清认为，这都是因为向家明命大，如同疾病夺不走向家明的生命一样，她脱贫攻坚的使命还没完成，冰路上遇到险情，也能化险为夷。向家明不认为只是自己命大，郝思清的命也够大的。两口子互相谦让，你命大，你命大。到后来，他们终于达成了共识：我们两口子命都够大的，我们一定要好好儿活着。

春节过后刚上班不久，向家明接连得到两个通知。第一个通知是，市里机构改革，人事调整，她从市检察院调了出来，调到市纪检委去了，对她的任命是，市纪检委警示教育科科长。作为共产党员，党的干部，调动必须服从，这没什么好说的。她只是觉得，当检察官是没戏了，这一辈子都当不上检察官了，这让她稍稍有些遗憾。她接到的第二个通知，是口头通知，市委组织部干部调配科的一位副科长给她打电话，让她抽时间去组织部一趟。趁一次到市里开会，她到组织部去了。见到副科长，副科长没说找她什么事，拿出两张纸给她看：向书记，你先看看这个。

向家明心里有些打鼓，问：这是什么？

您看看就知道了。

向家明接过来一看，原来是一份请愿书。她把请愿书看了一遍，又看了一遍，热血上涌，双眼渐渐湿了起来。请愿书是高远村的村民写的，他们向市委组织部发起集体请愿，希望向家明书记不要走，继续在高远村当驻村第一书记。请愿书的第一页，是对向家明的评价，说的都是向家明的好话。说向家明对党忠心耿耿，坚决贯彻落实党和国家关于脱贫攻坚工作的一系列方针政策。说向家明水平高，能力强，为人民服务的思想树立得牢固，能够全心全意为群众着想。说向家明作风泼辣、扎实，善于做群众工作。说向家明吃苦耐劳，有牺牲精神。说向家明廉洁自律，对自己要求非常严格。在向书记的带领下，高远村的脱贫攻坚工作，已经取得了很大进展，打下了良好的基础。但从人均收入来说，高远村还没有达到脱贫标准，贫困户和贫困人口还很多。所以他们强烈要求，向家明书记能够继续带领他们在脱贫攻坚的道路上奋勇前进，直至摘掉高远村贫困村的帽子。

请愿书的第二页，是满满一页签名和红手印。向家明看到了夏方东、尚应金、周志刚、刘丽等村两委所有委员的签名，看到了秦希明、晏同林等所有村民组长的签名，看到了一些党员和村民的签名。会写字的，就写上了自己的名字。不会写字的，就摁一个红手印代替签名。向家明大概估计了一下，签名和摁红手印的，应该有一百多人。在春节前，向家明一点儿都没听到他们写请愿书和征集签名的消息。不用说，村里的干部和村民们，在过年期间互相走动拜年时，就完成了写请愿书和征集签名、摁手印的工作。当面不夸背后夸，当面不请背后请。背后的夸，才是真正的夸；背后的请，才是真心实意的请。这不能不让向家明感动。她觉得，请愿书里对她的评价，就是对她工作最好的肯定、最高的奖赏。这就是革命老区的人民，你为他们做了一点应该做的事情，他们就会记在心里。向家明记起，在去高远村的第一天，她在一个水窖盖板上看到的字：吃水不忘共产党，正是这几个字成了她去高远村任驻村第一书记的情感动力之一。那几个字，现在不知怎样了？村里通了自来水之后，水窖用不着了，不知那方盖水窖的水泥盖板是否还在。等她回到村里，一定要再去那里看一看，如果水泥盖板还在的话，最好用油漆把那七个字描一下，描成红色，并永久保存下来。她问副科长：是谁把请愿书送到组织部来的？

副科长说：是一位叫周志刚的同志，他说他是高远村党支部的监委。

哦，是他，他是一位复员退伍军人，非常支持我的工作。我非常尊敬他，一直在向他学习呢！向家明想，写请愿书的牵头人，也许正是周志刚。周志刚是站得高、看得远的人，是具有担当精神的人，只有他才会产生写请愿书的想法。不难想象，在过年期间，各家各户都忙着过年，他却穿行于各家各户之间，忙于为请愿书征集签名和手印。他是那样严肃，那样认真，一副不达目的决不罢休的样子。征集到了足够的签名和手印，等假期一过，人们刚开始上班，他就一个人坐车，把请愿书送到市委组织部来了。

副科长问向家明：您下一步有什么想法？

向家明说：我没想到他们会写请愿书，事前也没有任何人跟我说过。我没有什么想法，还是要听从组织上的安排。

向书记，您看情况是这样。这份请愿书部领导传看了，都很重视，认为它反映了群众的呼声，代表了高远村村民的民意。主管领导也跟我们下面的同志沟通了，要求我们要实事求是，学会充分尊重民意。可是呢，按照驻村第一书记两年一轮岗的规定，到今年3月份，您在高远村的任职就到期了。在一般情况下，只要任职到期，就会换一个同志去担任第一书记。而高远村是深度贫困村，它的情况比较特殊。加之这些年来，村民们自发写请愿书，要求第一书记继续留任，我们是第一次遇到。这也是一个特殊情况。鉴于这些情况，我们非常希望您在高远村继续担任第一书记。向书记您也知道，市里对第一书记的要求是很高的，选拔一个合格的第一书记，是相当不容易的。您在高远村任职近两年来，已经取得了突出的成绩，打下了很好的基础，并赢得了群众的信任，这都是很难得的。您如果能在高远村继续担任第一书记，既符合民意，也可以使高远村的脱贫攻坚工作保持稳定性、持续性、有效性，到今年年底，如期实现高远村全面脱贫的目标，迎接省验收团的验收。

省里验收团验收？这个消息向家明还不知道，她问：今年年底就要验收吗？

是的，这个消息我也是刚听到。上头的意思，脱贫攻坚的事不能再拖下去。

那时间已经很紧迫了。

是很紧迫。不过向书记您不用着急答复我们，您的任期到今年3月底才结束呢。您回去考虑一下，要是决定留任的话，给我们写一份申请就行了。

还要写申请吗？

要写的，写申请体现的是自愿原则，也是组织原则。申请书不用写太长，申明一下您留任的理由就可以了。

如同当年在辛平村任职结束后，要不要到高远村任第一书记一样，向家明再次被推到了十字路口，何去何从，她必须做出选择。工作调动后，她去市纪检委报到过了，并见到了纪检委的书记。书记肯定了她在驻村第一书记的工作岗位上所取得的成绩，对她调到纪检委任职表示了欢迎。她知道，警示教育科的主要职责，是通过学理论、办展览、听讲座、看视频和现身说法等形式，发挥反面教材的警示作用，使市里的干部，特别是领导干部，汲取反面典型的教训，警钟长鸣，达到从不敢腐、不能腐，到不想腐的教育目的。党中央一再强调，反腐败的斗争永远在路上。她觉得这个工作很重要，自己也能够胜任这项工作。因为她目前没有到任，科里的工作只能先由副科长负责。道路明摆着，等在高远村的任职到期，如果她不写申请，不选择在高远村留任，就会顺理成章地回到机关科室，重新恢复以前那种按部就班的公务员生活。比起在山村搞脱贫攻坚的向家明，不少在政府朝九晚五上班的公务员的生活要安逸许多，制服一穿，小包一背，按时上班，到点下班。上班往办公室里一坐，开开会，打打电话，看看报纸，喝喝咖啡。下班就回家去了，可以天天和丈夫在一起，想吃什么就做什么，想干什么就干什么。到了双休日，可以去看望老爸老妈，陪老人家说说话，散散步，尽尽孝心。不管在检察院，还是在纪检委，她所供职的单位都是上层建筑，都是庄严的部门，无须自矜自端，别人就会对她高看一眼，几近敬畏。到农村工作就不行了，那种机关干部的优越感就没有了。尽管在有的时候，向家明为了增加自信，会有一些内向的身份提示，但更多的时候，她给自己的身份定位就是驻村第一书记，把别的身份给忘记了。向家明已经总结出来了，在机关工作的时候，都是别人求她，到农村工作以后呢，都是她求别人。让她感到理直气壮并问心无愧的是，她从来不为自己的事求别人，不管大事小事，她都羞于为自己的事开口求人。比如没当上检察官的事，她只跟自己较较劲就完了，只跟丈夫赌赌气就过去了，没有找过任何一位领导求情。可为高远村的事，为村民脱贫的事，她像完全换了一个人一样，啥领导都敢求，啥话都敢说，啥脾气都敢发，啥眼泪都敢流，一副奋不顾身豁出去的派头。

向家明没有任何犹豫，从组织部回家的当天，就给组织部写了在高远村留任的申请书。"我的事情我做主"，这次她没有跟爸爸妈妈说，没有征求三个妹妹的意见，只跟丈夫郝思清说了一声，算是在丈夫那里备了一个案，就把申请书交上去了。现在，她满脑子里装的都是高远村的事，不是这事，就是那事。她每天睡觉前，脑子里想的是高远村的事。早上醒来，眼还没睁开，高远村的事已在她脑子里呈现出来。等她睡得入了梦乡，该把高远村的事放下了吧，不，人不当梦的家，她有时做梦，梦的还是高远村的事。比如有一次，她睡在城里的家中，却梦见高远村出了大事，几个小孩子在高远村新建的水库里玩水，其中一个小孩被淹死了。孩子的家长不干，找到她大哭大闹，说都是因为她来后建了水库，孩子才会被水淹死。她心疼得不行，也愧疚得很，好像真的都是因为建了水库小孩子才会被淹死，自己简直就是一个罪人。她一个劲向家长赔礼道歉，自己也差点流了泪。直到从梦中醒来，庆幸之余她仍然喘息不止。她像是一个写故事的人，高远村千头万绪的事情，在她脑子里构成了数不清的悬念。那些悬念，有的悬得高，有的悬得低；有的悬得大，有的悬得小；有的悬而不动，有的滴溜溜乱转。不管悬念有多少，不管悬念如何形态各异，一个悬念她都不能忽略，得一个一个落实下来。

看吧，危房改造刚刚启动，搬迁所需的新房尚未完工，四百多户建档立卡的贫困户，还没找到切实可行的挣钱项目，核桃树还没种上，医疗保障还没落实，垃圾收集站一个也没建，几十个在外读书的学生急需资助。还有，学校和幼儿园的教师队伍中，连一个党员都没有，党建工作无法开展，学校门前的操场没有篮球架，幼儿园没有游乐场，王安新到学校上学去了，她的祖母和曾祖母由谁照顾，韩虎的毒瘾戒掉没有，褚大鹏是不是还经常喝酒，发给齐天星的新衣服他穿不穿，卫爷爷家的孙女儿去幼儿园没有，卫爷爷的女儿有没有消息……总的来说，向家明在高远村当驻村第一书记的第一个周期是到期了，但这个村的脱贫攻坚任务并没有完成，还经不起检查和验收。当然了，她要是选择回市里，组织部会选派另一个同志接替她，高远村照样会最终实现脱贫攻坚的目标。可对她这个人来说，她在高远村的工作就是半道而退、半途而废，她的使命就不算真正完成。一个人一辈子，生命有限，能工作的时间有限，能干成多少事情呢？既然两年前选择了到高远村干脱贫攻坚的工作，那就干脆坚持到底，直到完成任务，干得半半拉拉算什么！

年底就要验收，时间不等人。高远村的首要任务，也是当务之急，在年内帮助所有的贫困户达到脱贫标准。具体来说，把一个家庭一年的全部收入折算成人民币，再平均到每个人头，每个人一年的收入，要从八百多元，乘以五，达到四千元以上。所谓全部收入，包括地里打的粮食、树上结的果子、菜园里长的蔬菜，还有圈里的猪、栏里的羊、院子里跑着的鸡和兔子等。房子上方飞过的鸟，飘过的云，人家一飞就飞走了，一飘就飘远了，不能算成是收入。夏天下的雨，冬天下的雪，虽说能对家庭收入起到一定滋润作用，但也不能换算成收入。每个人的年收入达到四千元以上，这里的每个人，可不光指那些能吃能干的壮年人，还包括老人和孩子。老人不能干活了，可他们还得吃饭，还得穿衣，平均收入就得有他们一份。孩子也是，他们要长身体，要上学，离开钱也不成。一个人四千元以上，全家要是有五口人呢，还得乘以五，那就是两万元以上。乖乖，两万元哪，这可是大钱，可不是小钱，要是把两万元都换成银光闪闪的钢镚子，恐怕两箩筐都盛不完。什么叫软件？什么叫硬件？四千元就是硬件。什么是软指标？什么是硬指标？四千元就是硬指标。硬指标达不到，省里验收组来验收的时候，一票就否决了，肯定通不过。脱贫攻坚，一户都不能落下，一个人都不能少。要是有一个人的年收入达不到脱贫标准，就会拖全村的后腿，整个村就摘不掉脱贫的帽子。举个例子来说，比如王安新家，她的曾祖母只会吃饭，已不能干活儿。她的祖母虽说治疗之后能活动了，也只能烧烧锅，做点饭，不会再创造财富。王安新呢，到学校读书去了，只能是一个学费的消费者。像这样的家庭，也得让他们的人均年收入达到四千元以上，可得好好想想办法。

　　还是要充分发挥所有村干部的作用。向家明开了大会开小会，白天会没开完，晚上接着开，把村两委的干部和村民小组长们紧急动员起来，采取分工包干的办法，每个干部包几户人家。他们认真贯彻精准扶贫的方针，因地制宜，因水制宜，因户制宜，因人制宜，适合上什么项目，就上什么项目；能上什么项目，就上什么项目。因生态保护的要求，这里不许开煤矿，不许建工厂，也不许办规模化的养殖场，只能在土地和庭院经济上做文章。在种植方面，他们不建议老是种苞谷了，改种有机红高粱。每斤苞谷只能卖一块多钱，还不好卖。而红高粱可以卖给附近的酒厂，一斤可以卖将近两块钱。他们不再让村民种一般的土豆了，引进了新的品种，叫脱毒土豆，这样的土豆销路好，价钱也高一些。他们以前种的土豆，表面麻麻疤疤，品相不太好，不招人喜欢。原因是地里有些小石子，是那些小石子把土豆硌成了麻脸。在种脱毒土豆时，他们让村民把土壤过一下筛子，把小石子筛出去，长出的土豆就周正了，光溜了，人见人爱。在低洼处，或靠近水库水源比较充足的地方，村民不种旱田了，改种水稻。水稻一年可以种两季，收入随之加倍。在养殖方面，自家选择，各养所爱。或养鸡，或养羊，或养猪，或养牛，或养兔子，或养鱼，不一而足。所有家畜家禽都不再是原来的名字，鸡的名字叫生态，羊的名字叫普洱，猪的名字叫约克夏，牛的名字叫华西，兔子的名字叫安格拉，鱼的名字叫稻田，等等。养这些活物得投入，得花钱。没钱怎么办呢？村里就帮助他们申请三年期无息贷款，多的能贷三万元，少的能贷一万元。拿到的贷款不算收入，到期还得把贷款还给银行。可一旦买回成长中的鸡鸭兔，猪牛羊，就算是家庭财产，可以计算进家庭收入。对于像王安新家那样的家庭，因缺乏劳动力，既没有种植能力，也没有养殖能力，怎么办呢？向家明还有办法，她向上级申请一批退耕还林的扶贫项目，让那样的家庭退耕还林就是了。退耕还林，一亩地一年可得一千元还林费，合同一签就是十五年，这是多么好的事啊！普天下数一数，哪个国家有这么好的事情呢，恐怕只有中国吧。

第十九章

任欢欢打电话向向书记汇报了王安新的学习情况,说她很爱学习,成绩中等靠上,已被同学们推选为少年先锋队的小队长。她给王安新当代理妈妈,给王安新买了新衣服、新鞋子,还有红色的有机玻璃发卡。小姑娘现在可漂亮了。她和同事们共同发起成立了志愿服务小组,定期到王安新家里去,帮助打扫卫生、洗衣服,做一些家务劳动。

向家明一听任欢欢说成立了志愿服务小组,连连称赞说:太好了,太好了!你们成立志愿服务小组,这在高远村很有创造性。到底是年轻人,又受过良好的教育,你们的思想就是活跃,想法就是先进,我要向你们学习。欢欢,您到我这里来一下嘛。

向书记,还有什么要求,您只管说。任欢欢说。

有一件事情比较郑重,我想,我还是当面跟您谈好一些。

任欢欢马上来到向家明的办公室,她不知道第一书记要跟她谈什么郑重的事,稍稍有些紧张。

向家明让任欢欢在沙发上坐下,说:我希望您申请入党,积极向党组织靠拢。

哦,原来向书记要对她谈的郑重事是这个,这事是够郑重的。她说:我行吗?我觉得自己差得很远很远。

您一定要敢想,凡事思想当先,只有敢想才敢当。现在不管开展什么工作,都要以党的组织建设和思想建设为引领,学校和幼儿园连一个党员都没有,这是不行的,村党支部是要负责的。

任欢欢说,她回去学一下党章,尽快写入党申请书。

这就对了嘛。向家明问:怎么样,找到男朋友了吗?

任欢欢脸上红了一阵,回答说:有,是我的大学同学,他分到市里的一个中学当老师去了。

两地分居,这不太好。你们准备什么时候结婚呢?

还没准备。他希望我能调到他们的学校去,而我希望他能调到我们的学校来,我俩正在打拉锯战,谁胜谁负还不好说。

那我站在欢欢一方,为欢欢加油,希望欢欢获胜。

谢谢向书记的吉言!

您跟男朋友说,高远村非常欢迎他来任教。他要是来了,村里为你们办婚礼,

我争取吧。

核桃种苗公司如期把核桃种苗送来了,装了满满一卡车。在水泥路修通之前,卡车不可能开到村里,更不可能开到组里,只能开到草厂镇,把货卸下,然后,再由村里人用马驮或用背篓,一点一点弄回去。现在好了,汽车一响,直接开到了田间地头。种苗的叶子青翠碧鲜,还带着那么一点娇嫩的鹅黄。每一株种苗的根部,都用塑料布兜底包着一疙瘩老娘土。在向家明看来,那一株株种苗,就像一个个远道而来的新娘,而高远村一块块整理好的土地,就好像一个个新郎,把种苗栽进土地里,如同举行一场盛大而隆重的婚礼。那么,主持婚礼的是谁呢?当然是向家明。在"新娘"们和"新郎"们订婚之前,向家明是一个拉红线的媒人,是一位热心的红娘。红娘当成了,她摇身一变,又成了婚礼的主持者。她忙前忙后,到处都是她的身影,处处都有她的声音。从早上忙到傍晚,直到所有种苗分配完毕,都栽进地里,封好土,浇上水,"新娘新郎"都入了"洞房",向家明才擦擦汗水,喘了一口气。

在向家明的精神感召下,鸭舌帽表现得很好,几乎成了种核桃的

热心人。他把自家地里的核桃种苗都栽好了不够，还帮助缺男劳力的别人家栽种。

向家明表扬了鸭舌帽，对他竖了大拇指，交代说：种苗种下了，并不是万事大吉，你们还要经常观察，悉心管理。

鸭舌帽说会的。他向向书记报告了一个消息，说过年期间，有人到土地庙里烧香磕头，请求土地爷保佑，他们再种的核桃树就能够结果。他以讥笑的口气对向书记报告这个消息，意思是说，都什么时代了，有的人还在信神信鬼，还在讲迷信。

向家明倒不觉得拜神的事有什么可笑。那座土地庙她看见过，还进去站了一会儿。那是就着一个山洞建的土地庙，土地老爷的塑像在山洞里，山洞外面又搭建了半间出檐的房子。塑像前面的香炉里有残香、香灰，地上磕头的地方也有浅浅的纸灰。给向家明的感觉是，因地方贫穷，连土地庙也如此简陋，土地爷也这样受委屈。她只看到土地爷，没看到土地奶奶，是不是因为土地奶奶嫌这里生活条件太差，不愿跟土地爷在一起呢？有的村民请求土地爷保佑核桃树能结核桃，说明他们对能不能结核桃还心存疑虑，心情完全可以理解。她对鸭舌帽说：没事的，拜拜土地爷，也不是什么坏事，他们愿意拜，就让他们拜吧。

向家明一个多月没回家，郝思清只好在双休日驾车去高远村看她。村里的食堂办起来了，就在办公楼一楼的东头。食堂有宽敞的灶间，还有能放五六张餐桌的餐厅，向家明不必再自己熬粥、自己煮方便面，吃饭方便多了。在工作日，村里两委的干部，除了早饭不在食堂吃，午饭和晚饭都可以集体在食堂免费用餐。食堂里聘的炊事员，是家住在村委会附近的一个中年妇女，该做饭的时候她就去，等大家吃完饭，她刷了锅，刷了碗，就回家了。在双休日，办公楼里往往只有向家明一个人值班，她不让炊事员为她一个人做饭，她握有食堂门上的钥匙，自己去食堂里做饭吃。郝思清来了，她也不让炊事员来给他们两口子做饭，自己下灶，像在家里一样为丈夫做饭吃。这天该吃午饭了，她问郝思清：中午你想吃什么？

郝思清的回答是：随便，你做什么，我吃什么。

你想吃什么，我给你做什么。向家明一副大包大揽、要有尽有的样子。

那，我点烧河豚。

河豚有毒，我不能让你吃。你要是中了毒，我怎么办？

你吃过河豚？

我虽然从来没吃过，也知道有毒。

我逗你玩呢，你就当真了。咱们这地方根本就没有河豚，哪个饭店都不会烧河豚。那玩意儿我只在南京吃过一次，就再也不吃了，太贵了，老百姓吃不起。

臭显，显摆你吃过河豚，腐败分子。

哎，我要是腐败分子，你就是腐败分子的老婆。

午饭是夫妻俩一块儿做的，食堂里有什么，他们就做什么。炊事员从自家地里拔来的有小白菜和小葱，向家明做了小白菜炒腊肉，郝思清做了小葱煎鸡蛋饼。向家明让郝思清自己喝点酒，郝思清说不喝了，下午他想开着车在村里转转。向家明说：少喝点儿，没事的，这里没有交通监控，更没有警察查酒驾，少喝一点儿没关系。

那不行，越是在没人管的地方，越要自己管住自己。

我们家郝大哥，真是一个遵纪守法的好公民哪！

刚才还说我是腐败分子，这会儿又变成好公民了，变得够快的。

那要看你跟着谁。跟着好人学好人，你跟着向书记，当然转变得快。下午你要在村里转，我来开车怎么样？

是不是年三十那天，我开车差点儿出了状况，你还心有余悸？

那倒不是，你上午开车过来，已经很累了，我想让你休息一下。

用过午饭，果然由向家明掌起方向盘，郝思清坐副驾驶位，二人都系上了安全带，下了办公楼前平台右侧的斜坡，向山里开去。向家明问郝思清：想看什么？要去哪个组？郝思清说了一句电视剧《北京人在纽约》里面的歌词，"千万里，我追寻着你"，说：你带我去哪里，我就去哪里。向家明也看过这个电视剧，也有一颗文艺的心，听郝思清这么一说，她突发温情，觉得自己欠丈夫太多。她说：好吧，我带你去看看水库，今天我要好好为你服一次务，就算是周末旅游吧。旅游的说法，得到郝思清的赞许，他说在不久的将来，说不定高远村真的会变成一个乡村游的目的地呢。而在两年前，这里关山阻隔，险道重重，杂草丛生，乱石嶙峋，被称为"高山孤岛"。才用了不到两年的时间，这里就路网纵横，路路畅通，小汽车不但可以开到各组，还可以开到各户，真是一步跨千年，大道通四海，以前做梦都想不到啊！

向家明把车开得慢慢的，意思是让郝思清好好看看一路两边的风光。任何风光都与路联系在一起，没有路，任何风光都不会被人发现，都得不到欣赏。有了路，风光才会成为风光，连过去不被看好的地方，也成了独特的风光。不料，郝思清看着看着，就挑剔起来。看到路中间有几摊新鲜的牛粪，车轮差点碾到牛粪上，郝思清说：这不好，有碍观瞻。放牛的村民不能让牛随便在路上排泄，有了排泄物，应及时清理掉。走到几处有民房夹道的路，郝思清闻到一股浓重的粪便气息，他判断说：附近一定有茅房，茅池一定是露天的，里面积攒的粪便不知多长时间没清理了，不然的话，不会如此影响空气质量。又往前走了一段，郝思清看见路边一块地里种的是苞谷。苞谷的苗子长出来了，苞谷地里的野草也长了出来。这些野草有灰灰菜、野苋菜、马齿苋，还有狗尾巴草等。野草长得有些疯，几乎把苞谷苗子淹没了。郝思清说：这家该除草了，野草不除掉，跟苞谷争养分，苞谷很难长好。

向家明不高兴了，说：怎么在你眼里都是毛病，你又不是来验收的，你又不是验收团的领导，老指手画脚干什么。

郝思清笑了，他说：看来我们家家明跟高远村真是有感情了，高远村真成你的孩子了，连一点不好的话都说不得啊！家明你要知道，挑剔是买家，恭维是外人，因为咱是自家人，我才会帮你找不足。倘若换了别人，人家只会说这好那好，一点儿毛病都不会挑。

挑毛病不是不可以，你不能总是挑毛病吧。你要知道，自家人更需要鼓励。

好好，我下次注意。

水库建在两座山峰对峙的一条山沟里，有一些泉水从山上下来，以前泉水都顺着山沟流走了。如今在山沟南面建起了一座用条石砌成的拦水坝，就把水蓄起来了，成了水库。水库内侧的岸边，建有一个小小的观景台，向家明停下车，夫妻双双走上观景台，眺望水库的风景。水库里的水瓦蓝瓦蓝的，跟蓝天一样蓝。蓝天映进水库里，蓝得有些靠色，让人分不清哪里是蓝天的蓝，哪里是水库的蓝。一只白色的长腿鹭鸶从水面上翩翩飞过，如天上飘过的一朵带翅膀的云。山坡上的杏花开了，一片片白中带粉的山杏花倒映进水里，仿佛水底也开满了杏花，并一直向远方开去。郝思清感叹：这么浩瀚的工程，单凭高远村的力量，恐怕三十年也修不成。集中力量在短时间内干大事，还是国家厉害。

向家明说：那是的，是国家一心为民的方针政策厉害。

这次郝思清总算没挑毛病，他一再说：太美了，太壮观了，水库有名字吗？

还没有。你给起一个呗。

附近这个村民小组的名字叫什么？

孔明组。

这个名字好，有讲究。我看水库叫孔明水库就挺好。

那就这么定了。命名的专利权属于郝思清先生。

你不是喜欢写诗吗？我看你可以为水库写一首诗，赞美诗。

我是想过要写一首诗，因水库没有名字，就没写。水库有了名字，这下就可以写了。向家明跟郝思清讲了她做过的那个噩梦，一个小孩子在水库里玩水被淹死的梦，可把她吓坏了。

郝思清想了想，说：不要以为梦都是虚幻的，一点儿用处都没有，有些梦对人也是一种提醒。我建议——我只是提建议哈，不是挑毛病，你们马上做一块牌子，立在水库边，上面写：水深危险，请不要下水游泳。

向家明说：这个建议好，我马上让他们制作牌子。

接着，郝思清又给向家明提了一个建议，这个建议，对于提高高远村村民的年平均收入，年底前实现全部脱贫，摘掉贫困村的帽子，几乎有着决定性的意义，让向家明佩服得五体投地。郝思清说，高远村的红高粱零打碎敲，种得太少了，面积形不成连片，产量构不成吨位。收下的高粱，各家各户拿到镇上去卖，也卖不出好价钱，一斤能卖两块钱就算不错。离高远村只有几十公里的地方，有一个名镇，名镇上有一家著名的酒业集团，集团所产的酒，不仅在全中国热销，供不应求，在全世界也是紧俏货。集团酿酒所使用的原料，主要就是本地所产的有机糯红高粱。随着产量的不断提高，酒业集团对红高粱的需求量也越来越大。集团成立了收购公司，专门到附近的县、乡、村收购红高粱。郝思清的建议是，让向家明主动与收购公司的经理取得联系，争取和经理签订一份协议，把高远村的一部分土地变成一个红高粱种植基地，迅速扩大种植面积，把打下的红高粱全部卖给收购公司。收购价要写进协议，一斤红高粱的卖价可以提高一倍。郝思清和公司的毛经理有一面之交，留有毛经理的手机电话号码。他把电话提供给向家明，让向家明抓紧时间，直接和毛经理联系。这个事情他不便出面，因为酒业之间存在着互相竞争的关系。

向家明问郝思清，要不要给毛经理送点儿什么。

郝思清说：不用，你们请他吃顿饭就可以了。不过，你们要去上档次的，至少有包间的饭店，要吃得好一点。他对向家明提醒两点：一是只管对毛经理亮明你自己的双重身份，市纪检委警示教育科科长的身份，和驻村第一书记的身份。下面搞企业经营的人吃这个，你亮明了身份，他才不敢小瞧你。二是要反复强调，你是搞脱贫攻坚的，感谢毛经理对脱贫攻坚工作的支持。强调的目的，是争取把脱贫攻坚的责任压给毛经理一份，让他意识到，他们公司收购你们的红高粱，也是在为本地区的脱贫攻坚工作做贡献。

按照郝思清的建议，郝思清一回城，向家明就与毛经理取得了联系。毛经理接到电话问：你怎么知道我的电话？

向家明没说是从郝思清那里得到的电话，她拉了大旗，说：是区委江世成书记给了我您的电话。

哦，那你是哪位？

向家明如郝思清所示，亮明了自己的双重身份。

哦，领导。找我有什么事吗？

我们想和毛经理见个面，请毛经理吃顿饭。

饭天天吃，吃饭就免了。有什么事儿只管说。

我们想请毛经理吃顿饭，毛经理都不给我们面子，我们哪敢说什么事呢！

不好意思，我这几天事情排得满满的，实在抽不出时间。

毛经理哪天有时间呢？

不好说。再联系吧。毛经理把电话挂断了。

求人就是难。向家明把手机看了看，想骂人。她骂得不是太难听，只骂了一句，牛皮。

时间不等人，向家明又给毛经理打了好几个电话，终于约定了一个时间，请毛经理到附近的县城吃饭。毛经理指定的时间是晚上。

尚主任和刘丽家都已买了私家小轿车，尚主任说，他驾车送向书记去县城。向家明不让尚主任驾车，因为他有陪毛经理喝酒的任务。她安排刘丽驾车，一同前往。一块儿去的还有夏支书。

饭店是县城里最好的，包间被称为雅间。包间里有电视、沙发、挂衣架、卫生间等，可谓一应俱全。向家明先点好了几个凉菜，又等了一会儿，毛经理才来到包间。为自己的迟到，毛经理连说：不好意思、不好意思，让诸位久等了。

向家明示意，让毛经理坐主位。

毛经理摆手拒绝，说那不合适。

我们虚席以待，毛经理只管坐嘛！

有向书记在此，我怎么敢坐那里。这点儿规矩我还是懂得的。

毛经理真客气。那我就不客气了。说罢，向家明坐上主位，示意毛经理和夏支书分坐在她两边，她跟服务员要过硬壳子的菜册子，说：我们不知道毛经理的口味，还没点热菜。毛经理，您看您爱吃什么？

毛经理说：我是杂食动物，没什么特别的口味，吃什么都可以。

那我就点了。向家明问服务员：有没有河豚？

服务员说没有，没听说过。

向家明明知饭店没有河豚，她是点给毛经理听的，表明她对毛经理的重视，视毛经理为贵客。

毛经理笑了一下，说这里不可能有河豚，河豚只有在江浙一带才有。其实河豚并不是很好吃，吃个名而已，还不如我们这里的乌江鱼好吃。

好，那就先点一条乌江鱼。

等热菜时，尚主任把带来的酒拿上了桌。酒是郝思清从他们公司带到高远村的，还有两瓶没喝完，向家明就让尚主任把酒带来了。这酒是酱香型，也算是名酒之一种。

可毛经理摆摆手说：我不喝别的酒，只喝我们集团公司的酒。

这让向家明没想到。她知道，毛经理的集团公司所产的酒很贵，很难买，就算在饭店里能点到，也不一定是真的。向家明正不知怎么办才好，毛经理给他的司机打电话：你马上送两瓶酒上来，要十五年的。

这次轮到向家明说不好意思，她说：我们请您吃饭，还让您自己拿酒，这太不好意思了！

这没什么，酒就是让人喝的，喝了，才能实现酒的价值。

向家明说：毛经理说得好，对酒文化有研究。

服务员开瓶，准备倒酒，问：几位喝白酒？

向家明还没说话，毛经理先发话：不用问，都喝。

向家明赶紧解释：毛经理，实在对不起，我不会喝酒，历来滴酒不沾。这位刘丽女士开车，她也不能喝酒。我们两个就免了，让夏支书和尚主任陪您喝。

喝不喝只管倒上，放在门前值班，空着杯子不好看。毛经理武断地说。

谁是主？谁是客？按理说向家明是主，毛经理是客。可毛经理这么一说，仿佛他成了主，而向家明成了客。俗话说，客随主便，可主客一分不清，俗话就行不通了。向家明不想一上来就和毛经理发生争执，任凭服务员在她和刘丽面前都放了分酒器，并向分酒器里倒了酒。向家明对服务员说：您给我和这位女士每人来一听椰子汁。

酒都斟上了，热菜陆续上桌，夏支书站起来介绍向家明：这是市纪检委警示教育科的向科长，还是我们高远村的驻村第一书记……

夏支书还没介绍完，毛经理就说：知道，知道，向书记大名鼎鼎。

向家明说：夏支书，您应该先介绍毛经理，毛经理和毛主席一个姓，厉害得很。

毛经理说：行不更名，坐不改姓，我姓毛，这倒是千真万确。

向家明站起来说：我来说几句吧。毛经理是实力雄厚的大企业家，他拔下一根汗毛，比红高粱的秆子都粗。脱贫攻坚工作开展以来，毛经理和他的公司，给予脱贫攻坚工作很多支持，做出了很大贡献。毛经理是我们请到的尊贵客人，能够赏光，是我们高远村的荣幸。让我们共同举杯，衷心感谢毛经理对我们高远村的支持！向家明说罢，举起椰汁听子，与毛经理做了一下碰杯的样子，喝了一点点椰子汁。

毛经理把一杯酒干了，说：向书记过奖了，我们没做什么呀！

向家明说：毛经理不必谦虚，本地出产的红高粱，差不多都卖给了你们的公司。农民挣了钱，提高了收入，才离脱贫的目标越来越近。是你们的大量收购，才促进了本地红高粱的大面积增产增收，这不就是对脱贫攻坚的贡献嘛！

毛经理承认：您这样说，那倒也是。一方水土种一方高粱，一方高粱酿一方酒。我们集团公司酿酒，必须使用本地的红高粱，外地的高粱还真不行。

向家明趁机对夏支书、尚主任、刘丽说：你们赶快给毛经理敬酒呀！

夏支书先敬。他转过身子，来到毛经理身边。毛经理欲站起，夏支书说：哎您别动，坐着喝就行了。为了表达对毛经理的敬意，您喝一杯，我喝两杯。毛经理大概见夏支书岁数不小了，还是站了起来，说：那不行，您要喝两杯，我也要喝两杯。

向家明说：毛经理真够意思。

轮到尚主任敬酒，尚主任说：好酒我也不敢让您多喝，这样吧，我喝三杯，您喝一杯。我先喝两杯，然后最后一杯我们碰。说罢，用拿过来的分酒器自斟自饮，先干了两杯，最后一杯举起，欲和毛经理碰杯共饮。这次毛经理没有站起来，也没说他也要喝三杯，和尚主任的杯子碰了一下，只喝了一杯就完了。

向家明对毛经理说：尚主任年轻，他多喝点儿没事。他不让尚主任回到自己座位上去，说：我不能喝酒，你替我向毛经理敬一杯嘛！

尚主任问：怎么敬，敬几杯？

向家明见尚主任分酒器的酒不多了，把自己面前的分酒器递给他说：您和毛经理喝一杯大的吧，敬得隆重一点嘛！经过酒场的人都知道，所谓喝大的，就是不用小酒杯喝了，直接用分酒器喝。

尚主任的样子似乎有些为难，他说：这可是有点多啊！

多点儿怕什么，这么好的酒，您平常想喝还喝不到呢。这都是托毛经理的福，毛经理还没说多呢，您怎么能说多呢？再说了，您是替我向毛经理敬酒，如果不喝一杯大的，对不起毛经理，也辜负了我对您的委托。

毛经理是酒缸里泡出来的，是久经酒场的人，他听得出来，向书记一语双关，既将了尚主任的军，也将了自己的军，他这才站了起来，说：既然您是替向书记和我喝酒，既然向书记这样说了，恭敬不如从命，我也喝一个大的。

此处应该有掌声，向家明带头鼓掌，说：好，总算掀起了高潮。她给刘丽使眼色，让刘丽也给毛经理敬酒。

刘丽手握椰子汁细细的金属听子，走到毛经理旁边，她的说辞是：我代表高远村的全体妇女敬毛经理一杯。

毛经理说：半边天喝酒，半边天不喝酒，这酒喝得很不公平，也不圆满嘛！他还是把一杯酒喝了下去。

向家明见毛经理喝红了脸，喝红了耳朵，脸上和两眼也开始放光，就试着跟毛经理说正事，她说：为了保证红高粱的生产链和供应链可靠稳定，你们公司可以在我们高远村建一个红高粱种植基地，我们可以辟出六千亩地种红高粱。

你们村有那么多土地？

我们村子大嘛，土地就多一些。说到做到，我们村可以和你们公司签一个协议。

毛经理对签协议的事未置可否，他说的是：随后再说。

向家明心中顿时没了底，她听出毛经理在推托，一句"随后"，不知后到什么时候。她所做的，都是郝思清教给她的，自检一下，一步一步，她并没有做错什么。只是，他们带来的酒，毛经理看不上，不愿喝，命司机临时送来了好酒。好酒是好，价钱也高，一瓶酒的价钱就抵得上一桌子好菜，恐怕比一桌子好菜的价钱还要贵许多。这样算下来，说是他们请客，实际上，费用的大头是毛经理出的。毛经理的心里不会很平衡，不会太受用。她还想到，都怨自己无能，不会喝酒。

酒是孙悟空，不会喝酒，她拿谁当开路先锋呢？酒是钥匙，没有钥匙，她拿什么开毛经理这把锁呢？倘若像郝思清那样，端起酒杯，壮志满怀，与毛经理咣咣咣干上三杯，事情也许就成了。没办法呀，谁让她天生不能喝酒呢！

毛经理喝完了高远村所有人的敬酒，按酒场的规矩，他应该回敬一下。回敬从谁开始呢？当然是从向书记这里开始。他问：向书记，我怎么敬您呢，您真的连一杯都不喝吗？

对不起毛经理，让您失望了，我真的不会喝，从来没喝过。

您这样说，不能说服我。实践是检验真理的唯一标准，您从来没喝过，等于没经过实践的检验，怎么能断定自己不能喝呢，说不定您很能喝呢，潜力很大呢！

我知道我自己，别说让我喝酒了，只闻闻酒气，我就会脸红头晕。我的头这会儿就在发晕，说话前言不搭后语。

不，我觉得您清醒得很。世人皆醉我独醒，不喝酒的人是可怕的。您要是喝一杯酒，会怎么样呢？

我真的不敢喝，我想，我要喝下一杯酒，有可能会失态，会出事。

我真是想不到，喝一杯酒会出什么事。您知道，我们的酒，是全世界最好的酒,我们的酒是养生的、健体的、通灵的,喝了酒只会有好处,会更加壮志凌云、神采飞扬。您今天只管破一下例,喝一杯试试。万一出什么事,由我负责。

向家明眉头皱起,松开,再皱起。放在她面前的一小杯白酒,一直在那里值班。她把酒杯端起,闻了闻,又放下了。

毛经理见向家明犹豫,又将了她一军,他说:向书记,您要是把这杯酒喝下去,我就和你们签协议。

闻听此言,柳暗花明,向家明眼睛一亮:真的?

君子一言!

那好,我豁出去了,这杯酒我喝。她端起酒杯站起来了,又说:你们都看着,我今天就是死,也要把这杯酒喝下去。说罢,她一闭眼,一仰脖子,很悲壮似的,把一杯酒喝了下去。

一桌子人都看着她,尚主任说:这可是第一次,我第一次见向书记喝酒。

不行不行,你们接着喝吧,我得休息一会儿。向家明起身到一旁的沙发上坐着去了。

刘丽不放心,起身离座,过来看向书记。她见向书记脸色发白,头仰靠在沙发背上,闭着双眼,眼泪正顺着眼角漉漉地往下流。刘丽吓坏了,她喊着说:向书记,向书记,您怎么了,您没事儿吧?她的喊声带了哭腔。

向家明叫了一声"妈呀",就突然哭起来,她热泪奔流,哭得呜呜的,边哭边在沙发背上滚脑袋,说:不行了,我要死了……为什么?为什么?我的妈呀,这到底是为什么啊?

毛经理、夏支书他们都围了过来。毛经理说:看来向书记真的不胜酒力。要不要叫个救护车,把向书记送到医院去看看。

不要,不要!向家明哭喊道,我哪里都不去,死也要死在这里。

夏支书说:向书记可能觉得太委屈了,让她哭哭吧,哭哭发泄一下会好受些。向书记当第一书记太不容易了,她受的委屈太多了。这样说着,夏支书的眼圈发红,似乎也要流泪。

第二十章

夏支书给向家明打电话，说核桃挂果了。向家明以为自己听错了，核桃的种苗才栽上三个月多一点，怎么可能这么快挂果！您说什么？您再说一遍。

向书记，我没有骗您，核桃树真的挂果了。我这会儿正在种核桃树的地里，我看得清清楚楚，才敢给您打电话。

真的？那您赶快拍照片发给我看嘛！

看我，一激动，就把拍照片的事儿忘了。我马上拍，马上发给您看。

这会儿，向家明正在一楼的警务办公室里，向张兴了解韩虎的戒毒情况。张兴说，他把韩虎盯得很紧，每天都给韩虎打电话，对韩虎的情况了如指掌。张兴对向书记汇报说，村里的路全部修通后，韩虎的二哥回家来了，不在外地打工了，要在家里创业。韩二哥以前在城里的酒厂打工多年，掌握了酿酒的全套技术。他回来后，在家里开了一个酿酒的作坊，自己酿酒。他懂得，城里一些生产名牌酒的酿酒公司，并不是通过蒸馏过程，把发酵后的粮食里所包含的酒蒸干榨净，而是只蒸出头酒和二锅酒就完了，就把酒糟舍弃了。其实，酒糟里面还有酒，只是酒的度数有所降低，酒的品质当然也不如头酒和二锅酒高。韩二哥买了一辆二手货车，把那些酒糟买回来，掺进一些粮食，再发酵，再蒸煮，也能烧出纯粮酒来，喝起来味道也不错，也能把贪杯的人喝得迷三倒四，忘乎所以。好在有责任心的韩二哥，把韩虎，还有大哥留下的儿子，都组织起来了，跟他一块儿酿酒。韩二哥虽说没在门口挂招牌，邻居们都知道，他们家实际上已经变成了老韩家酒厂。照这样干下去，要不了多长时间，他们家就会富起来。

向家明说：这个好，韩二哥回乡自主创业，这正是国家所提倡的，非常值得鼓励。更重要的是，韩二哥这种做法，源于他渴望富裕的内生动力。人们要脱贫致富，外部的帮助和推动是一个方面，更关键的方面，外强不如内强，里壮强似表壮，最终还要靠自己，靠自我加油，自我奋发。

张兴说：还有好事呢。韩虎改邪归正，不再吸毒，连老婆都找到了。您记得吧，我上次说让他尽快找个老婆，这小子，还真找到了。这个女的，是韩虎以前在城里打工时认识的，两个人谈了一年多呢。因为他吸了毒，走了歪路，这个女的就没和他结婚，嫁给了县城里的一个男人。现在听说韩虎不吸毒了，走上了正路，就找上门来，嫁给了韩虎。

浪子回头金不换，韩虎的变化也让向书记非常感兴趣。她说：韩虎的转变，非常具有典型意义，非常有说服力。好多事情的变化是比出来的，一比就知道了。以前，是高远村的男人找不到老婆，好不容易从外边带回一个老婆，人家受不了高远村的贫困，生下孩子就跑掉了。现在好了，有外面的女人开始到高远村来了。可以预见，高远村的小伙子以后再也不用发愁找不到老婆了。

张兴说：我跟韩虎的老婆也加了微信，把她发展成我的眼线，让她帮助我监督韩虎的一举一动，韩虎有什么情况，她会随时告诉我。

好你个张兴，你原来在搞秘密战线啊！你可要尊重人家的隐私哟！哎，韩虎的老婆长得怎么样？

张兴笑了一下，说：怎么说呢，韩虎的老婆又粗又壮，韩虎跟她一比，更像是一个小孩子了。

哪天我们去看看韩虎的新娘子，向他们讨喜糖吃。

话说到这儿时,向家明接到了夏支书向她报告好消息的电话,她顾不上再跟张兴谈韩虎的事了,拿着手机,等着看夏支书给她发照片。手机的微信通知信号连响三声,夏支书很快把照片发过来了,连发了三张,一张全景,一张近景,还有一张特写。全景是一大片核桃园,绿汪汪的,只见核桃树,看不到核桃。近景是一棵核桃树,核桃树还不太高,像春来时开花之前的牡丹。上边结的核桃也不太明显,如同牡丹花的青绿花蕾藏在牡丹的叶子后面一样。第三张特写镜头,向家明才把核桃看清楚了,确认核桃树上真的结出了核桃,不是樱桃,也不是别的什么桃。夏支书拍到的核桃是两颗,两颗核桃挨在一起,一样大小。这样的核桃叫并蒂核桃,也叫对肚子核桃,很是好看。核桃还很小,像杏花刚落尽时结下的小青杏子一样。等核桃再长大些,核桃表面就会出现一些白色的斑纹,目前斑纹还没出现,只有毛茸茸的青。这样藏在绿叶中的小小青果,如果不仔细观察,很难发现。然而,心里有眼里便有,核桃刚结出来,就被夏方东支书发现了,可见夏支书和她向家明的心情一样,天天都把核桃的事挂在心上,天天都希望核桃树能快快成长,尽早结出核桃,害怕核桃树不结核桃。谢天谢地,谢风谢水,这下好了,这次种的核桃树,总算没有再落空。向家明自己看了照片,还把手机上的照片给张兴看,说:看,核桃树上结的并蒂核桃,像并蒂莲一样,多好看!

向书记在高远村执着于种核桃,全村人都知道,张兴当然也知道。私下里,大家都为家明捏着一把汗,生怕核桃不挂果,生怕家明的美好愿望破灭,生怕影响家明在村民中的威信。这下好了,一花迎来百花开,一果预示万果结,大家一定会皆大欢喜。张兴对向家明说:真好,真让人高兴!向书记,我带您去核桃园里看看吧?

好呀,咱们去现场看看。

二人骑上张兴的摩托车,一溜烟来到夏支书家的核桃园。夏支书手持一把锄头,正在核桃园里除草。园子里草并不是很多,大概出于对核桃的保护,夏支书还是要把地锄一遍。新锄的地黑油油的,显得核桃树更绿。向家明以欢快的声调跟夏支书打招呼:夏支书,您感觉怎么样啊!

夏支书像是一时找不到合适的话表达自己的感觉,只是笑了一下。

这下您踏实了吧?向家明继续发问。

踏实了。夏支书如实回答。

别人家的核桃都挂果了吧?

都挂果儿了。可把大家高兴坏了。

向家明拿出自己的手机,为核桃拍照。她找到一棵挂果最多的核桃树,把自己的脸凑过去,拍自拍照。拍了自拍照,她嫌自己的脸大核桃小,又让张兴为她与核桃拍合影。照片拍了十几张,她在核桃园里给江世成书记打电话:江书记,我是向家明。我向您汇报一下,在您的大力支持下,我们高远村种的核桃树挂果了。核桃树才种上三个多月,就开始挂果了。

好嘛,值得庆贺!这不是立竿见影,叫立树见果。看来向书记哭了一鼻子没有白哭。

江书记总是爱开玩笑,您不要老提人家哭鼻子的事嘛!

不要小瞧哭鼻子,男儿有泪不轻弹,女儿家也是有泪不轻弹,眼泪有时还是很有力量的。

向家明接着给郝思清打电话,打电话的口气,与给江书记打电话不大一样,她的口气有些自得、自炫,还有那么一点调侃。在说了核桃挂果的消息后,她说:怎么样,你老说我固执己见,办事一根筋,我这一根筋坚持对了吧?

对了对了,您这一根筋是好筋,是钢筋铁筋,行了吧。打一去高远村,就抱着核桃不放,我看您都快成核桃妈了。

什么核桃妈,我本身就是一棵核桃树,已经深深扎根在高远村的土壤里,风吹雨打不动摇。

豪情壮志冲云霄,您又要写诗了吧!

肯定要写的。

向家明的第三个电话,打给了核桃专家。打完电话,她刚才的高兴劲没有了,像被人泼了一盆冷水一样,情绪顿时有些低落。怎的呢？专家认为，核桃第一年挂果是好事，证明具有挂果的能力和前途。但是核桃还是幼苗，还很稚嫩，还不到真正挂果的树龄，还承担不起挂果的负担。如果让树苗今年就开始挂果，会造成树苗提前透支能力，影响树苗的正常发育。专家拿树苗与人作比，说树有挂果期，人有生育期，人还未成年，就不能生育，生育就违反了自然规律，会带来不良后果。向家明问专家：那怎么办呢？

专家给出的答案斩钉截铁：立即把已结出的核桃果摘掉、扔掉。

向家明一时无话可说。这就是科学，科学就是如此冷冰冰的，一点儿都不考虑人的感受，一点儿情面都不讲。在科学面前，向家明还能说什么呢？

专家听不到向家明说话，缓和了一下口气说：向书记，我了解您对高远村的付出，也能理解您此时的心情，可是，我们不得不尊重科学。实话实说吧，如果你们今年不把核桃果摘掉，树苗有可能被累坏，明年和后年，就不一定挂果了。科学的事来不得半点虚假，我不得不把这句话说到前头。

向家明向专家表示了感谢，说明白了。她走到夏支书身旁，把专家的话对夏支书讲了一遍。

刚才向书记和专家的对话，夏支书已经听到一些，也看出了向书记的抵触和不悦。猫咬尿泡空欢喜一场，夏支书也不太好接受，他说：专家也太狠心了吧。

张兴说：当专家的都狠心，不狠心就当不了专家，这没办法。有人说我们搞公安的人狠心，我看有的行业的专家比我们狠心多了。

向家明说：这是个负责任的专家，我们一定要相信他，按他的要求办。她对夏支书说：你跟大家说说，动手把核桃摘了吧。

夏支书的样子很不情愿，他说：动员大家种核桃，费了那么大的劲。核桃结出来了，还没长成，又要动员大家摘核桃，真没想到。恐怕又得费一番口舌。

种核桃是您带头，摘核桃还得您带头。您给他们讲清楚：舍得舍得，舍和得是连在一起的，舍就是得，先舍才能后得。只有先舍掉眼前的小利益，才能得到后来的大利益；只有放弃眼前的暂时利益，才能得到今后的长远利益。

有的人就是因为目光短浅，讲究现得利。这种心理是长期形成的，一时半会儿想改变也难。我说说试试吧。

张兴骑摩托车带着向书记回村委会时，半路上看见卫爷爷家正在盖新房，她让张兴停车，要去建房工地看一看。春季以来，随着危房改造项目的大面积启动，不少人家借着危房改造的春风，纷纷扒掉旧房盖新房。这主要得益于危房改造资金的官方供给，谁家要进行危房改造，每盖一平方米新房，自家只需出六百元钱就行了，不足的部分由国家补给。几乎每家每户都有人在外地打工，打工的人都会挣到一些钱。他们把钱在手里攥着，或是在箱底压着，舍不得拿出来盖房，或者说还不够盖房。正是国家的供给，一下子唤醒了他们盖新房、住好房的需求，刺激了他们的消费欲望。于是，他们纷纷把钱拿出来，打工的人也暂时不外出了，争先恐后地加入盖新房的行列。家看家，户看户，村民攀比心理历来很强，有的人家见邻居扒掉旧房盖新房，他们家的房子本来还不危，也不惜造假，在墙上打一个洞，在房顶弄一个窟窿，也申请危房改造项目资金的补助。向家明让村里的会计统计了一下，全村九百多户人家，有将近一半人家，都在盖新房的工地上忙活。这样一来，整个高远村春风荡漾，人声鼎沸，仿佛一下子变成了盖新房的工地。一年多之前，这里还是修路、改电、建水厂的工地，现在变成了盖新房的工地。运送建房材料的汽车、电动三轮车，来回在公路上穿梭，建房的包工队来了一支又一支，到处是一派热气腾腾的繁忙景象。

村里的建筑材料厂，早已购置了压风机、风锤，还有石头破碎机。放炮前，他们再也不必抡起铁锤砸在铁钎子上打眼，风锤一开，钻头突突突一响，冒出一股股白烟，就吃进石头里去了。放炮崩下来的石头，需要粉碎成小石子的，他们把石块往破碎机的铁嘴里一扔，破碎机错动它的钢牙，三下五除二，就把石头咬碎了。这些小石子，以前大都用来铺路，现在派上了新的用场，和沙子水泥搅拌在一起用来盖新房。

有两种例外的情况，一种是要求建新房，另一种是不改造危房，向家明都坚决不批准。比如褚大鹏要求在太阴山建新房，向书记就不答应。用以整体搬迁的新房马上就盖好了，你还在山上盖房干什么！想盖你自己盖，反正村里不出钱，一分钱都不出。又比如，齐天星的房子，东倒西歪，八面透风，已危得不能再危，他却不愿意扒掉危房盖新房。他的说辞是，他都这么大岁数了，活了今天，不知还有没有明天，在老房子里凑合着住就算了，还费那个劲盖新房干什么！还让国家花钱干什么！督促齐天星盖新房的事，分工由张兴负责，向家明让张兴转告齐天星，他家的房子必须扒掉重盖，不想盖也得盖。等别人家的房子都盖得焕然一新，流光溢彩，而他家的房子还破破烂烂，像个烂疮一样，那像什么样子，年底怎么向验收组交代。

向家明和张兴来到卫家的建房工地，正在帮助和泥的卫爷爷先看见了他们，马上喊他儿子：国松，快，快，快下来，向书记和张警官他们来了！

正在砌砖的卫国松，从脚手架上跳了下来。家里失火后，他没有回家看望父母和孩子，向书记曾在电话里批评过他，他看见向书记仍有些愧疚，他搓着手说：向书记，我爸我妈老跟我说您，说您是我们家的救命恩人。

说高了。您什么时候回来的？

年前就回来了。这次回来我就不走了，房子盖好后，在家里陪我爸爸妈妈。

这就对了，父母年纪大了，需要有人照顾。你这房子准备盖几层？

准备盖两层。再有一两个月，房子就可以封顶。

您的女儿呢，是不是送到幼儿园去了？

是送到幼儿园去了。孩子每天回来，又是跳舞，又是唱歌，高兴得很。过去只有城里才有幼儿园，谁都没想到，如今高远村也有了幼儿园。

您和孩子的妈妈还有联系吗？要是有联系的话，等你们家的房子盖好，装修好，您可以让她回来看看嘛！

卫国松的神情顿时黯然，悲苦地笑了一下，说：没有联系，她是四川人，人一走就再也联系不上了，恐怕这一辈子都见不着面了。人好得很，是俺家里穷，对不起人家。卫国松说着，眼圈儿几乎红了。

我听说，您的对象不是你爸爸拿你妹妹卫国梅跟人家换的亲嘛，怎么会换一个外地人呢？

不是，我妹听说要拿她给我换亲，就连夜跑走了。我妹一走，换亲的事就吹了。孩子的妈妈，是我在外打工时自谈的对象。

卫国梅有消息吗？她还叫这个名字吗？

不知道。

要是换了名字，查起来就难了。

我听有人说，在江苏的徐州看见过她，也不知道是真是假。

张兴联想到全国公安系统联合开展的打击拐卖妇女儿童犯罪的活动，说：你妹妹是不是落进人贩子手里，被拐卖到江苏的呢？

卫国松没有说话，他不敢那样想象。

张兴问：你们家有卫国梅的照片吗？要是有的话，我发到网上去，请徐州公安系统的同志比对照片，帮助查找一下。

没有，我从来没看见过妹妹的照片。卫国松喊过爸爸妈妈问：小梅照过相吗？咱们家有小梅的照片吗？

爸爸妈妈都很茫然，他们的女儿从小到大连一次相都没照过，哪里会有照片儿呢！爸爸说：我记得她爱扎红头绳，有一年过年，我给她买了两根红头绳，她把红头绳扎得都变色了，还在扎。妈妈说：有一年冬天，小梅脸上冻烂了一块，天暖后虽然没有留下明显的疤癞，但右边腮帮上还留下了一块红。啥时候想起闺女脸上的那块红，我都心疼。卫奶奶说着，抽了一下鼻子。

向家明想，一个姑娘长到十几二十多岁，连一次相都没照过，连一张照片都没拥有过，这对城里的人来说，跟天方夜谭差不多。她说：这样吧，这件事咱们都想着，一旦有了消息，就互相转告一下。贫穷使亲人分离，脱贫应该让亲人团聚。人心都是肉长的，我相信，不管卫国梅流落到哪里，也会想念她的家乡、她的父母。

第二天上午，向家明给夏支书打电话，问核桃摘得怎么样了，都摘完没有。

夏支书支吾了一会儿，说：给种核桃的人家都通知过了，估计他们会摘的。

这个事您不能估计，您得去检查、督促。您自家地里的核桃摘完了吗？

我还没顾上。

您自家的核桃都没摘，别人家不可能摘。夏支书您要明白，核桃的成长是需要营养的，你们多耽误一天，对树苗的营养多消耗一天，会影响到树苗的健康成长。

没那么严重吧。我让我老婆去摘，我老婆说她下不了手，说摘核桃的小青果是毁青。

向家明懂得毁青是什么意思。比如，一块麦子种上了，麦子长出了青苗，麦穗打了泡，再过一段时间，等麦子抽了穗，灌了浆，沉了粉，就会有收成。麦子正在青苗阶段，出于人为的因素，把麦苗毁掉，就是毁青。毁青不仅是对麦苗的伤害，农民还习惯把毁青当成事件看待，甚至把毁青与道德挂钩。向家明怎么办？如果她强行推行摘掉核桃的青果，村民就会把她看成毁青的人，她就有可能担毁青的骂名。夏支书说是夏嫂说的，向家明明白，这也是夏支书本人的意思，他不过是借夏嫂的口说出来而已。夏支书毕竟也是农民，有着和农民一样的文化心理。没办法，"坏人"只有她来当。她不当"坏人"谁当呢！她说：你们理解得不对，在树苗刚栽上第一年，我让你们把核桃摘掉，这与毁青根本不是一个性质，恰恰相反，这是保青。保青，明白吧？这是爱护青年，保护青年，让青年的未来有更多的作为，更大的贡献。你们不是舍不得下手吗，那好说，我去替你们摘，我动员别的村民组的人帮你们去摘。

正好尚应金主任开着车到办公楼来上班，向书记对他说：走，咱们去帮夏支书他们家摘核桃。

摘核桃，怎么回事？尚主任问。

好事多磨，我到车上再给你说。上了车，向书记才把摘核桃的前因后果对尚主任讲了。尚主任说：现在讲究科学种植，这事是得听专家的意见。尚主任家里没种核桃，大部分土地种的是红高粱。尚主任所在的村民小组，也没有农户种核桃。他小声嘀咕：我们去夏支书家的地里摘核桃，夏支书不会对我有意见吧？

尚主任，原来你们只抱不哭的孩子啊！放心吧，到了那里，我动手帮他们摘，您老儿动口不动手，站在一边当一个旁观者就行了。

一句"您老儿"，让尚主任听出了批评和讽刺的意味，他的脸腾地红了，说：尊敬的向书记，您羞煞我也！

驱车来到夏支书核桃园的园口，向书记看见，夏支书和夏嫂已提着篮子来到园子里，正准备动手摘核桃。她觉得需要把紧张的空气缓和一下，笑了一阵，对夏嫂说：夏嫂您也来了！她见夏嫂头上戴了一顶花边布帽，夸道：夏嫂的帽子好漂亮啊，好像西方油画里拾麦穗的人物一样。

夏嫂笑了，说：向书记可不兴笑话俺们农村人哪！

我妈妈就是农村人，笑话农村人，就是笑话我妈妈。我哪敢笑话我妈妈呢！

气氛果然很快就缓和了，夏支书也笑着说：向书记，这点小事儿，怎么好意思劳您的大驾呢！

青果儿也是果儿，我也来摘一下试试嘛！向书记说着，走到园子里，狠狠心，果然动手摘下了第一枚青果。青果摘下，果蒂处冒出一点汁液，如一滴眼泪。同时，一股浓郁的青腥气扑面而来。她放在鼻前闻了闻，辣辣的，苦苦的，好像还有一股子涩味。青涩味不但呛鼻子，好像对眼睛也有刺激。她说着"哎呀，能量好大呀！"，赶紧把青果放进夏嫂的篮子里去了。

尚主任没有作壁上观，见向书记、夏支书和夏嫂都在摘核桃，他也动手摘起来。他摘得很快，抓住一个小核桃，轻轻一拧，就摘了下来。

云雀在天上飞。有人赶着一群羊上山。山是青的，羊是白的，羊在山上吃草，远看如一颗颗星子。他们摘了一会儿核桃，向书记听见旁边的核桃园里有人说话，对夏支书说：你们忙着，我和尚主任到那边去看看。

她和尚主任来到旁边的核桃园里一看，见是鸭舌帽正和他的妻子一块摘核桃。向家明后来知道了，鸭舌帽姓胡，以前在一个亲戚家开的私营小煤矿打工，帮助做管理工作。小煤矿按省里要求关停之后，他就回到村里来了。胡师傅，您好呀！向家明大声跟胡师傅打招呼。

向书记好，向书记辛苦啦！胡师傅对向书记招着手回应。

您摘核桃摘得很自觉嘛！向家明表扬胡师傅。

科学技术是第一生产力，我们一定要尊重科学技术。这个道理我还是懂得的。向书记，您稍等我一会儿。说罢，他从核桃园里出来，跑着回家去了。很快，胡师傅就跑了回来，把一个透明塑料袋送给向家明，塑料袋装着一张折叠起来的纸。胡师傅说：这是您去年给我们种核桃的村民写的保证书，用不着了，现在可以还给您了。我本来想着撕掉算了，又一想，这份保证书见证着您对村民的负责精神，记录着您在高远村的一段工作经历，说不定对您有一定的纪念意义，还是还给您好一些。我本来打算给您送到办公室里去，正好您今天来了，那就交给您吧。

谢谢胡师傅的理解！这份保证书我是要保存着，永久保存着。她接过塑料袋，把保证书抽出来很快看了一遍，叠起来，重新放进塑料袋。她的心情有些复杂，还有些后怕。倘若种下的核桃一年不结果儿，两年不结果儿，三年还不结果儿，那她就彻底被动了，真的得掏腰包赔偿所有种核桃人家的损失。赔了损失不算完，她会在种核桃的事情上一败涂地，给高远村的人留下一个失败者的印象。这下好了，她再也不用担心核桃树的美好前景。是不是她的执着，把核桃树也感动了，核桃树就以提前结果的方式让她放心呢？核桃树哇核桃树，可爱的核桃树，请受我向家明一拜。

既然不用再考虑赔偿的事，向家明计划在海南买房的事，可以重新提上议程。回到办公室后，她给在海南工作的同学打电话，说了买房的决定。

同学一听就笑了，说以前并不觉得家明同学傻呀，如今怎么变成一个傻子了。

向家明问：怎么了，海南的房子是不是涨价了？

您是两耳不闻天下事，一心只在高远村。海南的房子当然涨价了。海里的潮水有涨有落，而海南的房价只涨不落，几乎天天都在涨。就说您原来看中的那套房吧，年前三十多万就可以买下，现在已经翻了三番，涨到一百多万。年前您要是把房子买下，一转眼就可以赚六十多万。您错过了时机呢，等于六十多万白白流走了，您连一把泡沫都赚不到。我说您傻，可能不太好听，难道说亏您了吗？

不亏。向家明承认，我有时候是犯傻。她本来想跟同学解释一下，她之所以去年年底没去海南买房，是事出有因。转念一想，一两句话解释不清，一说会把话说长，会把一个核桃说成一串子核桃。再者，听了她的解释，同学只会更加说她傻。她说算了，买不起就不买吧，外财不富命穷人。

向家明在办公室里刚愣了一回神，村里的那个女哑巴，来到二楼的向家明办公室门口，啊啊地跟她说话。女哑巴身后背着一只她天天背着的背篓，背篓里空空的，什么东西都没有。一个人哑巴了，嗓子发不成音，舌头说不成话，可她说话的愿望还保持着，还有一些想法要表达，真是悲哀。向家明起身走到门口，对哑巴说：我听不懂您说的是什么。向家明知道，这个女哑巴不仅哑，耳朵还发聋，她不会说话，还听不见别人说话，与她根本形不成交流。可哑巴还在啊啊地比画，用手指往门外的楼下指。向家明探头往楼下看了看，楼下的平台上什么都没有呀！女哑巴又张开嘴，往自己嘴里指。指了自己的嘴，指向家明的嘴。向家明以为女哑巴让她下楼吃饭，她摆摆手，表示自己吃过饭了。为了进一步让女哑巴明白她的意思，她拍了拍自己的肚子，并把肚子鼓了一下。她自己觉得好笑，为了和哑巴对话，她也只好使用肢体语言，几乎把自己也变成了哑巴。女哑巴还没完没了，她把两手扣在一起，大拇指和食指扣成一个圆圈儿，继续对向家明比画。向家明以为女哑巴比画的圆圈儿是一个鸡蛋,她说:谢谢您,我吃过鸡蛋了。她伸出两个手指头,表示她吃了两个鸡蛋。她肯定又没理解对,女哑巴的样子有些着急,几乎要动手拉她。刚好她放在办公桌上的手机响了,就回身去接电话。女哑巴见向书记不再理她,只好怏怏不乐地下楼去了。

怎么回事呢,是女哑巴看见一个小女孩儿,双手捧着几颗紫红的杨梅,在办公楼门前台阶下的文化广场边站着久等。灵透的女哑巴,一眼就看出小女孩儿是在等向书记,手里捧着的杨梅是要送给她的。可惜向书记不太灵透,她比画了半天,向书记也没有明白她的意思。

那个老叼着小烟袋的老爷爷,看见了小女孩儿,走过去,问她等谁。

小女孩儿羞怯地说她在等向书记。

老爷爷说:向书记就在楼上,你上楼找她去呀!

小孩子大概有小孩子的思路,她摇摇头,坚持站在原地等。

老爷爷只好来到办公楼上,告诉向书记,有一个小女孩儿,手里捧着杨梅,一直在文化广场那里等她,都等了半天了。

向书记这才恍然大悟,原来女哑巴向她报告的,正是小女孩儿捧着杨梅等她的消息。她赶快下楼,快步向小女孩走去。

小女孩儿告诉向书记,这是她家的脱贫杨梅树上最早发红的几颗杨梅,她的爸爸妈妈说,杨梅树是向书记为他们家争取到贷款才种上的,一定要先送给向书记尝一尝。

此时的心情不是"感动"二字所能表达的,向家明说:好孩子,替我谢谢你的爸爸妈妈,这几颗杨梅,我一定收下。

第二十一章

党的生日这天,向家明组织了一个活动,内容是给水窖盖板上的那七个字描红。除了党支部的所有成员,向家明也让已经写了入党申请书的任欢欢,作为党员培养对象参加了活动。天气很好,天空蓝得无边无际。有鸟在天上飞,有蝉在林中鸣,一切是那么和谐。他们一行七八个人,下了硬化的公路,还要上山,走过一条高粱夹道的田间小路,才能走到水窖那里。重走窄窄的田间小路,使他们想起以前没有修路时的感觉。尚主任说:以前没修路时,村里所有的路差不多都是这样的。他又对走在他身后的任欢欢说:向书记来高远村的第一天,就到这里来过。

在庆祝中国共产党成立九十七周年的日子,任欢欢第一次参加村党支部活动日的活动,这让她有些激动,还有些拘谨。她说:那我们就是沿着向书记的足迹前进,在向向书记学习。

向家明纠正说:话不能这么说。一说沿着足迹,一般是指沿着革命先辈的足迹,我连革命后辈都说不上,哪里敢有什么足迹!

任欢欢说:谢谢向书记指教!我还要继续学习。

他们先后登上水窖的窖顶,一眼就看见了水泥盖板上的那七个大字。因字迹的凹坑里积攒了更多的泥土,从泥土里长出的青苔更旺盛些。青苔毛茸茸的,仔细看,青苔的苔丝像是长成了叶片,几乎把字迹连成了一片。他们今天要做的，就是把那些青苔剔除掉，把泥土清理干净，在字迹的凹坑里涂上红色的油漆，让所有的字迹变得鲜明一些。他们就近捡来一些干树枝，把树枝折断，利用树枝一端的尖锐部分，一点一点剔除青苔，并顺带着把下面的泥土剜掉。因水泥盖板的面积比较小，同时只能容两个人蹲下身子动手操作。年轻的刘丽和任欢欢抢先一步，面对面蹲下来开始劳动。尚主任说：你们给我们留一点参加活动的机会嘛！

向家明看了看，今天参加活动的是八个人，而字只有七个，平均每人不到一个字。她说：这样吧，每个人负责清理一个字，描红一个字。周志刚同志个子高，蹲下去不方便，他就不操作了。

周志刚一听，说：那不行，我一定要参加描红。不然的话，我干什么来了！

向家明记起老周的脾气，他一直保持在部队养成的团队精神，落下他是不行的，说：好吧好吧，我和老周共同负责一个字，我们就负责最后那个笔画最多的党字，我负责清理青苔，老周负责描红。

周志刚这才同意了，他说：这还可以。

在别人操作的时候，向家明和老周在旁边聊了几句。向家明说：谢谢您呀老周！我听市委组织部的同志跟我讲了，说是您送去了希望我留任的请愿书。

周志刚的神情顿时严肃起来，他沉默了一会儿才说：向书记，我一直在想，这个事情我们做得是不是有些自私了，是不是让您太被动了？

向家明连连否认，说：没有没有，我写了留任申请书，是我自觉自愿留下来的。因为高远村的脱贫攻坚任务还没完成，贫困帽子还没摘掉，我怎么能走呢！

您这么说，我心里才好受点儿。周志刚说。

疙瘩眉家的房子离这里不太远。不知疙瘩眉怎么知道了向家明他们来这里给盖板上的字描红，他和儿媳一起，给家明书记他们送茶水来了。疙瘩眉提着一壶刚烧好的大叶茶，儿媳双手拿着两摞茶杯。疙瘩眉说：向书记，你们歇一会儿，喝点茶吧。儿媳说：我把家里的茶杯都拿来了，还不够一人一个，你们轮着喝吧。她又说：以前烧茶，都是用这个水窖里的水。现在用的是自来水，自来水比水窖里的水干净、好喝。

向家明说：谢谢你们，想得真周到。既然路都已经修好了，一直修到了疙瘩眉的家门口，门前还打了宽敞明亮的地坪，疙瘩眉的眉头也舒展开了，关于路的话题就不再提了。疙瘩眉带着儿媳来给他们送茶水，就说明了一切。倘若旧话重提，疙瘩眉脸上会挂不住，她向家明也会觉得不好意思。

所有字迹里的青苔和泥土都清理干净了，尚主任拿出事先准备好的一听子红油漆，开始往每个字上描红，却发现走得匆忙，忘了带已准备蘸油漆的小刷子，跑回去取也不现实，他们只好就地取材，用木棍蘸着油漆描。描红时，不能两个人同时操作，油漆听子只有一只，只能由一个人，一手端着听子，一手蘸着油漆，小心翼翼，一点一点描。木棍儿蘸油漆多了，滴滴答答，要是滴到字外面就不好了。油漆蘸少了呢，描进字迹的凹坑里断断续续，不仅效率很低，效果也不好。夏支书说：要是把油漆倒出来，倒进两个小碗里，蘸起来就方便了。

疙瘩眉的儿媳小跑着回家去了，像是突然想起家里有什么事。不一会儿，儿媳又小跑着回来了，手里拿着两只小瓦碗。她把瓦碗递给向家明，说：把油漆倒进碗里吧。

向家明问：这是你们吃饭用的碗吗？

儿媳说：没事的向书记，用完刷刷就是了。

沾上油漆可是挺难刷的。

疙瘩眉说：好刷，碗里放点沙子，擦几下就擦掉了。

他们把听子里的油漆倒进两个瓦碗里，把瓦碗放低，低得几乎挨着字面，用木棍蘸满油漆，往字迹里的凹坑里连滴带涂抹，鲜红的字迹很快一笔一画地突现出来，在阳光的照耀下熠熠生辉。待七个大字全部完成描红，向家明让每个人都站在红字一侧，用她的手机拍了照片后，她和刘丽轮换着，以红字为背景，为参加党日活动的全体成员照了集体合影。照完合影，向家明说：大家不要动，我们唱两支歌吧。

在她的领唱和指挥下,他们合唱了两支歌,一支是《唱支山歌给党听》,一支是《歌唱祖国》。嘹亮的歌声在山间回荡,远方似乎传来了回声。

活动结束,刚回到办公室,向家明接到海洞村民组组长秦希明打来的电话:向书记,我们家的房子盖好了,我想请您来看看。

好呀,房子盖好是大喜事,祝贺祝贺!日近中午,她想坐下来,把今天上午的党日活动做一点笔记,说:改日我一定去看看,快晌午了,今天就不去了。

快晌午了不怕,我让我儿子开车去接您,一会儿就能把您接来,您中午来我们家吃饭,让我媳妇给您做好吃的。

嗬,真不简单,你们家买新车了?盖了新房,又买了新车,这是双喜临门哪。

修好了路,就得买车。有好路,没汽车,好路岂不是浪费了。都是我儿子,看见别人家买车,他也非要买,贷款也要买。现在的孩子,都烧包得很。

孩子的心劲儿可以理解,谁不愿意往现代化奔呢。我看我还是改天再去吧,我一点儿准备都没有,总不能空着手去贺喜吧!

向书记,您一定要来,一定要给我一点面子。您记得吧,您和夏支书、尚主任他们两个第一次到我们家来,正赶上我赶着马上山,去卖粮食,买建房材料,连饭都没陪你们吃。两年多过去了,我啥时候想起来,心里都不是滋味。我老婆说,她也很想请您吃顿饭。电话里传来秦希明老婆的声音:向书记,您就给秦希明一个机会,让他弥补一下吧。您来了,啥都不要带,只要您能给面子,就啥都有了。我不但请您来,还请夏支书、尚主任他们都要来。等您确定下来,我马上给他们打电话。

这个这个,哎呀,秦大哥您真是太客气了。好好,我去,我去还不成吗!不用让您儿子来接我们了,我们坐尚主任的车过去。

还是让我儿子去吧,我儿子想显摆显摆他的车。尚主任来了就要喝酒,我不能让他酒后驾车。

他们坐上秦希明的儿子所开的小轿车，沿着光明的道路往海洞组方向开。向家明问秦的儿子叫什么名字？

我叫秦钟。

哪个中？是中国的中，还是忠于的忠？

钟表的钟。

你读过《红楼梦》吗？

听说过，没读过。

没读过就不说了。《红楼梦》里有一个人物和你重名。

小轿车上坡，下坡，一路向西南开去。坐在车上的向家明、夏方东、尚应金难免心生感慨。他们想起，两年多之前，他们三个人骑着两辆摩托车往海洞组赶，一路乱石丛生，小道崎岖，那是何等艰难、惊险。只过了两年多一点的时间，千年不变的羊肠小路，就变成了可以跑汽车的通途、坦途。尚主任说：我现在的感觉就跟做梦一样。

夏支书说：以前我做梦都不会想到，从村委会去海洞组，还能通公路，还能坐上小汽车。啥是奇迹，这不就是奇迹嘛！

向家明第一次去海洞组，尽管他们骑着摩托车，还是走了半天才走到。坐上秦钟开的小轿车呢，他们用了不到半个钟头就到了。小车停在一处宽敞的地坪上，他们从车上下来，当然要先看秦希明家的房子。就在老房子的旧址，一座崭新的二层小楼拔地而起，原来破旧的木头房子不见了踪影，取而代之的是砖石和钢筋水泥结构的小楼。小楼的模样不只让向家明感到吃惊，简直就是让她惊艳、惊呆，这哪里还是民居，明明是现代版的别墅啊！小楼的地基高高抬起，整座小楼建在一座高台上。门前的台阶是七级，台阶两侧倾斜而上的，是装饰性的紫红色护栏，护栏下面的一根根栏杆雕出的是花瓶的样子。台阶上头，是一座古色古香的小门楼，门楼上方的白墙上，描绘的是金色的祥蝠图。门楼深处，才是两扇朱门。向家明正要为秦希明的新房照一张相，见秦希明、秦嫂，还有那只小狗，走下台阶，迎了出来。向家明送上贺礼，是装在硬盒里的一瓶白酒，这种白酒是郝思清所在的酒业公司出品的。向家明欣喜地说：秦大哥，你们家的房子可真漂亮啊，大大超出了我的想象。

秦希明接过礼品说：向书记，我说了不让您带东西，您还是带酒来了，谢谢您啊！秦希明回头看着房子说：这房子的式样，是我儿子请人帮着设计的，还花了设计费呢。现在的孩子，就是喜欢赶新潮。

年轻人有年轻人的思想，他们在城里打工，思想都比较解放，消费观念也比较超前，新农村的建设，有他们参与才好。向家明说。

夏支书和尚主任，也都送上了自己的贺礼。尚主任又跟秦嫂开玩笑：有了新房，下一步就该娶新娘。等娶了新娘，你就该当婆婆了。我看你这么年轻，一点儿都不像个当婆婆的样子啊！

秦嫂满脸通红，灿若桃花，说：尚主任最会说笑话了，我年轻什么，我都成老太婆了。

小楼的一楼，有宽敞明亮的客厅。客厅里有电视、沙发、茶几，还有铺了花布的餐桌。餐桌上放的有梅瓶，梅瓶里插的有鲜花。蓝色的玻璃茶几上放的有水果，也有干果。水果有橘子、香蕉，干果有瓜子、红枣。宾主在客厅里坐下，喝茶，叙话。向家明对小黑狗也有话说：狗狗，一回生，两回熟，咱们是老朋友了，以后我再和你合影，不许拒绝我，听见没有？

在茶几前面蹲坐着的小狗，好像听懂了向家明的话，这次没有起身离开。

向家明还是想为秦希明家的新房子照相，她说：你们几个先聊着，我去外面照几张相，回头发给我们家老郝看看。

秦希明听向家明说到老郝，说：郝总要是和您一块儿来就好了，我觉得郝总那人太好了，太有水平了。他要是来了，我一定要好好敬他几杯。

再找机会吧，他会来的。我在这里，他敢不来，反了他呢！说了大话，向家明自己先笑了，别人也笑了。

向家明来到室外，上前退后，左照右照，从不同角度，为别墅式的小楼照了好几张相。她想，他们家的房子都不如秦希明家的房子好啊。她看见房子东面建有水池，走过去看了看。曾记得，两年前的旧房子东面，是一个猪圈，猪圈脏污的地上，躺着两头刚吃饱的大白猪，满圈臭烘烘的。现在猪圈不见了，变成了水池。水池里的水清亮亮的，水池中央建有一座小小的、玲珑剔透的假山，假山的孔隙间生长着一些细茎小叶的草本绿植。水池中养有睡莲，一朵玉白的莲花正向阳开放。水池里还游动一些金鱼，那些金鱼有的是红色，有的是白色带红色的斑点。向家明想起，她家房顶上的水池里也养有金鱼，她又有一段时间没回家了，不知郝思清喂金鱼了没有。

直到秦钟喊她向阿姨，开饭了，她才回到屋里去。

秦嫂做了不少菜，餐桌上放得满满的。那些菜有烧羊肉、炖肘子、炒笋鸡、煎鸡蛋、水豆腐等，还有油炸小焦鱼。秦希明知道向家明不喝白酒，特意让儿子给向书记买了椰子汁和可口可乐。向家明"哇"了一下，说这么丰盛！

秦希明特别向向家明推荐了黄黄的小焦鱼，说鱼是从附近的河里打上来的，别看鱼不大，可很有鱼味，很好吃。

好，我什么都喜欢吃，我胃口挺好的。她问秦希明：你们家的马呢，没看见你们家的那匹枣红马呀？

向书记还记着我们家的马，马在河边的草地上拴着吃草呢。秦希明说。

那匹马是为你们家出过力、立过功的，不能因为现在马用不着了，就卸磨杀驴哟。

放心吧，向书记，只要不下雨，我老婆天天把马牵出去，让它吃草，晒太阳，它享受得很，幸福得很，比人都幸福。一些城里开着车来河边旅游的人，看见枣红马很稀罕，他们把枣红马说成是关老爷的赤兔马，还抢着跟它合影留念呢。

这个信息听得向书记心中一喜，眉梢飞扬起来，问：来这里旅游的人都有了？

有，差不多每个双休日都有人来，他们在河边钓鱼，在桥上拍婚纱照，还有人在草地上野餐。我们家的跑鸡下的蛋，以前卖一块钱一个，现在卖两块钱一个，都供不应求。秦希明说。

秦希明所回答的话，到向家明脑子里就快速变成了一个个画面，画面接连闪过，使她受到很大启发，脑子里像突然开了天窗一样。是呀，她以前多次听到过"乡村旅游"的说法，可她从来没把旅游与高远村联系起来，没想到高远村也可以变成供人们旅游的地方，没想过乡村旅游也是高远村今后的一个发展方向。高远村有青山，有绿水，有野花，有清新的空气；高远村有山羊，有跑鸡，有野生鱼，有新鲜的蔬菜；高远村有杏子，有红枣，有桃子，有杨梅；高远村还有好客的人们和淳朴的民风，这些都是旅游的好资源。以前，这些好资源是生在深山人未知，现在修好了路，高远村一与外界打通，就被城里那些眼观六路、耳听八方的消息灵通人士打听到了，就以自驾的方式，试探性地到这里旅游来了。人长两条腿，生来就喜欢到处走走，旅游也是人生的一大需求。过去的中国人，没条件出去旅游。饭还吃不饱呢，嘴还顾不住呢，能保住活命就算不错，还想到外面看风景，想什么呢？温饱之后思旅游，现在好了，人们压抑已久的旅游欲望终于被激发出来，谁都想抓住时机，旅游一把。旅被人们戏说成驴，旅友被说成驴友。好嘛，到了五一和国庆长假，看吧，"驴子"们都出来了，那真是浩浩荡荡，乌乌泱泱，使我中华人口大国一下子变成了旅游大国。这真是，实践才能出真知，调查之后才会有研究，听得多，见得多，才能启发自己的思路。她觉得，今天来秦希明家，真是来对了，得到的新的思路，是她今天最大的收获。她不由得称赞道：很好，老秦所说的情况，对我很有启发。我们要认识到，旅游是一种文化，也是一种产业，新兴产业。这种产业，也是我们脱贫致富的一条重要途径，以后我们要把这个途径重视起来。我们不仅现在欢迎外面的人来旅游，等高远村的脱贫攻坚任务完成后，我们更要有意识地发展乡村旅游，欢迎更多的人来高远村看看。

尚主任说：秦哥听见了吧，你今后要树立旅游意识，要率先把你们家变成一个旅游点。谁再和你们家的赤兔马照相，照一次相让他交十元钱。还有的人爱骑马，骑一次让他交三十元钱。

秦希明说：那不好意思。酒已斟满，他说：向书记，咱们开始吧？

开始吧,你们喝起来。

您帮我说两句,开开场呗。

向家明端起椰子汁说:让我们共同举杯,祝贺秦大哥家乔迁之喜!

放下杯子,向家明先夹了一条小焦鱼吃。小焦鱼炸得黄朗朗的,又酥又脆,只见嫩肉不见刺,真的挺好吃。她一连吃了三条小焦鱼。吃鱼时,她一低头,看见了蹲在餐桌下面的那只小黑狗,小黑狗眼巴巴地看着它家男主人的嘴,满心希望主人嘴里会掉下一点什么。它眼睛上面的两个白色斑块,白白亮亮,好像两只眼皮上面又长了两只眼睛一样。趁秦希明他们几个男的还在喝酒不注意,她夹了一块炒笋鸡的鸡肉,悄悄扔给了桌子下面的小黑狗。小黑狗机灵得很,它很快转移到向家明这边,伸嘴就把鸡肉吃掉了。它好像没怎么嚼,向家明没听见嚼鸡骨头的声响,鸡肉就跑到小黑狗的肚子里去了。向家明懂得,去别人家吃饭,一般不可以擅自给主人家的小狗投食,若是被主人看见了,小狗儿轻者会遭到主人呵斥,重者会遭到主人脚踢。所以,她不让秦哥和秦嫂看见,装作是自己吃,装着筷子夹肉没夹牢,就掉到桌子下面去了。秦钟没跟他的父辈们一块儿喝酒,四个轮子当腿,不知他又跑到哪里去了,说不定又会他的女朋友去了。

向家明把小黑狗给招惹了,也是因为小黑狗吃馋了嘴,它蹲到向家明这边来了,眼巴巴地看着向家明的嘴。当发现向家明偶尔看它一眼时,它不失时机地用嘴向地面频频示意,仿佛在说:谢谢您,您真是一个善良的人,真是一个有同情心的人。再给我一块鸡肉吃吧,我们一定会成为好朋友的。向家明怎么办?她最见不得别人可怜巴巴的样子,最看不得别人央求的目光。对人是这样,对一只小狗儿也是如此,于是,她的童心上来了,小时候的顽皮劲儿上来了,又悄悄地给了小狗儿一块鸡肉。不料小狗儿是惹不起的,吃肉是没够的,别说给它吃两块了,恐怕把一盘子笋鸡肉都给它吃,它都乐意接受。当她给了小狗儿第二块鸡肉,故意不再看它时,竟感觉到小狗在用身体蹭她的裤脚,用肢体语言跟她要肉吃。她在心里对小狗儿说:有再一再二,没有再三再四,还是要做一个懂得知足的好孩子。向家明自己没有吃鸡肉，夹了一口猪肘子。整个猪肘子炖得很烂乎，用筷子一夹就是一块。有的女士为了减肥，只吃瘦肉，不吃肥肉。她不，偏爱吃肥肉。特别是猪肘子上的肥肉，软软的，糯糯的，肥而不腻，那是相当可口。也有人说，肘子上的肥肉，胶原蛋白含量最高，女士吃了可以美容。对这样的说法，向家明也不愿认同，她自信地说：本女士还用美容吗！

喝完了酒，吃罢了饭，向家明提议说：咱们去河边看看，今天有没有人钓鱼。他们往外走时，她对小黑狗招招手说：狗狗，走，跟我们一块儿去。

小狗儿似乎听懂了向家明的话，果然跟着她向河边走去。它不跟别人，只傍着向家明走，边走，还不时地看一眼向家明。走到桥头，向家明说：来，狗狗，我们合个影。这次小狗儿表现得相当乖巧，当向家明拿出手机自拍和它的同框合影时，它不但蹲着一动不动，脸上似乎还露出喊"茄子"的微笑表情。向家明不禁有些想笑，心说：只用两块带肉的骨头，就把狗狗喂熟了，摆平了，原来狗狗是一个利益主义者啊。

向家明听秦希明说过，这条河叫南大寺河，河水从西边过来，向东边流去。逝者如斯夫，河水或许会流到遥远的东海里去吧。他们看见了，这天虽然不是双休日，还是来了好几个钓鱼的人。河边的草地上，停着三辆不同颜色的小轿车，不用说，他们是开着车来的。几个垂钓的人都在河南岸，向家明他们站在南岸的桥头，正好可以居高临下地看钓鱼。桥是三孔拱形石桥，样子已经有些古老。河面不是很宽，水流也缓缓的，从容不迫的样子。站在桥头向上游望去，能判断出河水也不是很深。判断河水深浅的根据，是那些白色的浪花。在阳光照耀下，凡有浪花开放的地方，下面必有阻挡水流的石头。石头挡不住东去的水流，只能开一些浪花。想想看，连水底的石头都快露出来了，水才能有多深呢。河水集中穿过桥孔后，会形成一些回流，回流到石桥东侧的墙壁那里会相对静止下来，而垂钓的人正好在比较平静的水面那里下钩。向家明看了一会儿，不见有人钓上鱼来，就不想看了。也有人起钩，但提起来的都是空钩，连一个鱼瞎子都没有。她想跟钓鱼的人交谈几句，问他们是从哪里来的，想到大声说话会吓跑水里的鱼，钓鱼的人会侧目，就没敢吭声。她知道，钓鱼的事是盲目的，是撞大运，效率总是很低。钓鱼的人要有耐心，看钓鱼的人也要有耐心。可是，她有耐心织一件毛衣，有耐心写一首长诗，看钓鱼总是缺乏耐心。钓鱼的人一般都是男人，很少看见有女人。今天来南大寺河边钓鱼的也都是男人，有中年人，也有年轻人。向家明曾和郝思清探讨过这个问题，为什么钓鱼的大都是男人，姜太公是男的，"蓑笠翁"也是男的。郝思清说，可能男人更形而上一些，而女的更讲究效率。

尚主任突然叫了一声：哎呀，上钩了，那个人钓到了一条鱼！

向家明一看，真的呢，一个中年男人真的钓到了一条鱼，渔钩提到空中，鱼儿正在渔钩上摆尾挣扎。

他们转过桥头，一起向河坡下面跑去，要近距离地看一看被钓到的鱼。钓鱼者把鱼从渔钩上摘下来，放进身旁一只盛了半桶水的小水桶里去了。这是一种被称为小白条的鱼，通体闪着银色的光亮。向家明他们在秦希明家吃的小焦鱼，就是这种鱼炸成的。小白条被放进水桶后，尾巴拍了一下，很快游动起来。

鱼是集体性水生动物，愿意结队出行，抱团游戏。一条鱼吃钩儿，别的鱼也会吃钩。钓鱼的人呢，也会接二连三钓到鱼。又一个小伙子钓到了一条鱼，他不够沉着，起钩有些猛，渔钩上的鱼在空中划过一道白色的弧线，一下子甩到了脑后。等小伙子把渔钩上挂着的小白条在面前停稳，刚要把鱼摘下来，向家明对他说：小伙子，我借您的鱼用一下可以吗？我想拍张照片。

小伙子说可以，遂把渔竿以及正在渔钩上挂着的小鱼儿，都递给了向家明。

向家明接过渔竿，对尚主任说：快给我照相，一定要把我和渔竿和鱼都照上，假装鱼是我钓上来的。

向家明举着渔竿，尚主任给她照了一张。她提溜着渔线，把小白条提溜到脸前，尚主任又给她照了一张。她说：您马上发给我，我发给我们家老郝看看。

第二十二章

  向家明让村干部和学校的老师们调查统计了一下，全村有六十七名在外地就读的大学生和高中生，出自贫困家庭，需要资助。她必须想办法帮助这些学生继续上学，并完成学业。她来高远村后，积极推动重建学校，吸纳大学毕业生当老师，扩大教学规模，提高教育质量，并创办了村里的第一所幼儿园，其目的是为高远村的长远着想，打好教育这个基础，增强高远村的软实力。资助高远村在外就读的贫困家庭的学生也是一样，不能因为他们考到外地去了，高远村就撒手不管了。在上学期间，只要他们的父母、老家还在高远村，就还算是高远村的人，高远村就要负责到底。作为深度贫困山村的孩子，他们能走出大山，到外地求学实属不易。这同时也表明，他们都是热爱学习的孩子，也是学习成绩比较拔尖的孩子，堪称高远村的英才和未来的希望，对他们更应该重视。可是，就她个人的经济状况而言，没能力资助那么多贫困家庭的学生。她的妈妈虽说是有名的"助学母亲"，可老人家的退休养老金才四千多块钱，也没多少多余的钱资助有困难的学生。

  说起来，向家明之所以对助学的事情如此重视，如此念念不忘，都是妈妈在她心里早早就埋下了助学的种子，她是在向她的妈妈学习。从上个世纪的五十年代到八十年代，在三十多年时间里，妈妈先后一共资助过二十三个有名有姓的学生。妈妈听说哪个学生交不起学费了，面临失学，她就找到学生的家长，或直接找到学校，替人家把学费交上。妈妈不光替人家交学费，看见哪个小学生没鞋子穿，或衣服破得不成样子，就把自家孩子的鞋子和衣服送给人家。其实，他们家小孩子的衣服，也是大女儿穿了二女儿穿，二女儿穿了三女儿穿，家里并没有多少多余的衣服。实在不行了，妈妈就把别人家的孩子叫到自己家里，给人家缝补衣服，或动手给人家做新衣服。当时，妈妈的工资才三十来块钱，她省吃俭用，凭粮票供应的粮食，她宁可把细粮换成粗粮，把整米换成碎米，一分钱一分钱地抠，也要资助别人家的孩子读书。有时候，妈妈甚至对自家的孩子不惜克扣，也不让别人家的孩子受委屈。

有一段经历，向家明恐怕一辈子都不会忘记。她读初中的时候有一位女同学，她爸爸突发重病，卧床不起。家里的钱都花光了，连粮食也卖得差不多了，她爸爸的病情也不见好转。这时，女同学的妈妈就不想让女儿继续上学了。向家明对妈妈说了女同学的情况后，妈妈说：不能让你同学失学。这样吧，让你同学到咱们家里来吧，咱们管她吃住，供她上学。从那以后，女同学就住进了他们家。吃饭在一个锅，睡觉和向家明一张床，衣服两个人伙着穿。上学一路去，一路回。好像妈妈又多了一个女儿一样。让向家明不能接受的是，有一次，女同学参加学校的活动，需要穿一双白网球鞋。女同学跟向家明的妈妈一说，妈妈就给她买了白网球鞋。向家明也有一双白网球鞋，只是她的鞋穿的时间长了，前面大脚趾那里破了一个洞。妈妈给女同学买了白网球鞋，她要求妈妈也给她买一双。可是，妈妈竟然没同意，只用一块白布把破洞缝补了一下，让她接着穿。哼，把外人当亲人，把亲人当外人，这算什么事呢？向家明气得好几天不理妈妈，一见妈妈就甩脸子，噘嘴。妈妈对她说：家明，你还小，不能理解妈妈。等你长大了，就理解妈妈了。

在中央电视台的《夕阳红》节目里，主持人对妈妈做的访谈，在首播时向家明就看到了。三妹向家慧把节目下载下来，她又看过两遍。

在节目里,妈妈谈了她一直助学的原因。那些原因,向家明从来没听妈妈说过,不承想却在电视节目里听到了。看来,人说话得有说话的机会,人听话,也得有听话的机会。机会到了,该说的话就说出来了,该听的话也就听到了。妈妈小时候,外公是乡里的党委书记,成天忙得脚底板打锣,顾不上回家。外婆是旧社会裹成的小脚,走路一捣一捣的,跟半个残疾人差不多。妈妈是家中的老大,从小就得帮助外婆干农活儿,做家务,并帮着带弟弟。妈妈的三个弟弟,都是妈妈帮助带大的。三个弟弟都上了学,她却一天学都没上过,连一个字都不认识。不是她不想上学,她很想上学,只是没机会。她十八岁那年就入了党,是村里的第一个女党员、女干部。后来,上级要提拔她当公社的女干部,她知道自己不识字,不会看报纸,不会念文件,连自己的名字都不会写,怕耽误工作,就没敢答应。她说,她要是识字的话,可以为大家做更多的事情。不识字,是她一辈子的痛。所以,她特别能理解孩子们渴望读书的心情,也特别能体会孩子们不能上学的痛苦,只要有可能,她就会尽其所能,帮助需要帮助的孩子圆上学之梦。在一首写给母亲的长诗里,向家明写道:母亲,我多么希望能独享您情满心灵的空间啊,可那里却常常盛着别人的期盼。当我渴求更多爱的温暖时,您慈爱的目光,又不时投向那些更需要关爱的人。只要想起您,我的心中就涌起阵阵暖流,浑身上下也充满了力量。仿佛觉得世上已没有什么困难可言,更不存在跨越不了的障碍。

妈妈不仅是有名的"助学母亲",还是镇里聘请的民间义务司法调解员,镇上或村子里出现了什么难解难分的纠纷,就请已经退休的妈妈去调解。由于妈妈深谙风俗,懂得民情,态度诚恳,一碗水端平,有些官方多次调解不成的纠纷,妈妈一出面就摆平了。这样的事情出现得多了,妈妈就赢得了大家的信任。妈妈姓王,大家都叫她王孃孃。孃孃是姑妈的意思,她仿佛成了公众的姑妈。有一回,镇上派出所的两个警察,因儿子当兵的事闹开了矛盾,二人拔枪相峙,流血冲突一触即发。情急之下,有人大喊:快去喊王孃孃!王孃孃跑着赶来,奋勇往两个暴怒的"牤牛"中间一站,毫不畏惧开枪走火会伤到自身,大声斥责道：枉自都是大男子汉的，又不是三岁的小娃娃，当街胡闹，也不怕臊了你们祖宗先人的皮！打嘛，不怕死，你们打嘛！打躺了尸，我看你爹你妈你媳妇你孩子咋个办？还不快把枪给我放下！王孃孃这么雷霆般地一吼，两个警察才息了怒火，塌了眼皮，把枪收了起来。为这件事，当年过春节时，县里公安局的政委和局长，特地登门给王孃孃拜年，对王孃孃表示感谢。

逢上赶墟日，王孃孃在集市上一走，不少卖菜的人就纷纷往她的背篓里放葱、黄瓜、茄子、辣椒等。她说不要不要，那些人还是追着往她背篓里放。她要给人家钱，人家死活不收。老乡们种点菜不容易，她哪能白白要人家的菜呢？后来再逢赶墟的日子，她就不到集市上去了。尽管她不去集市了，有的人还是把新鲜蔬菜送到了她的家门口。常常是，她清早起来把门打开，见门前的萝卜白菜堆成堆，瓜豆洋芋数不清，却空无一人。

这就是向家明的妈妈。要说老师，妈妈是向家明的第一个老师，也是最好的老师。要说为人处世的情感动力，向家明的很大一部分动力，来自她的妈妈。和妈妈相比，因她担负有一定的职务，有着比较广泛的人际关系和社会动员能力，干起事情来，比妈妈更有优势。她要发挥自己的优势，为更多的人办好事。

回到助学的事情上，她的办法是，多方联系和动员本地区的民营企业家，参与高远村的助学活动。她懂得，这样要钱的事情，不能找国有企业，国有企业的财务制度都比较严格，拿出一点钱，须层层审批。比如郝思清所在的企业，虽说那家企业资金雄厚，可向家明不会向郝思清张口寻求资助，张口只会让郝思清为难。而那些民营企业家呢，个个财务自主。向家明自己联系了几位民营企业家，又请市里的慈善协会帮助联系了多位。一人扶贫，全家参与。她还让在某镇当党委书记的三妹向家慧，帮她联系了三位。而五妹向家莹，本身就是民营企业家，上阵还得亲姐妹，她把五妹也拉上了。五妹一听她打电话，上来就调侃似的问：向书记又有什么指示？

向家明并不否认她是书记，说：我们组织了一台节目，准备在村里的文化广场演出。演出的主要目的,是慰问一些为本地区的经济发展做出突出贡献的民营企业家。

不等二姐把话说完,五妹就说:在下明白,演出的主要目的,是给那些大头民营企业家一点儿精神贿赂,好让他们把腰包里的人民币掏出来一些,以支持高远村的脱贫攻坚事业。

什么精神贿赂,家莹不要把话说得这么难听、这么直白嘛!向家明这才把筹钱资助困难学生的意图说了出来。

我说嘛,二姐一找我,就不会有什么好事。

错!资助困难学生,这难道不是好事吗?不信你回家问问咱妈,听听老妈的看法,看看这是不是好事。

得得得,你不要抬出"王孃孃"压人,我去还不行吗!你说吧,需要我做什么?

我们计划,给每个困难学生每年资助五千元。你们公司出一点,奉献爱心,支持一下吧。谢谢向经理,二姐这厢有礼了!

这次活动,村里一共邀请到了包括向家莹在内的十九位民营企业家参加。活动的场所,就设在文化广场中央的那座假山前。季节到了秋天,一个响晴天,天空瓦蓝瓦蓝,蓝得像是为演出的舞台搭了一个天蓝色的巨大天棚。高远村的文化广场建成以来,这是第一次在文化广场里举行文化活动。听到消息,不少村民都过来看热闹,演出尚未开始,广场里已来了不少人。那个老吸旱烟的老汉来了。那个哑巴妇女来了。秦钟开车带着他妈来了。齐天星也来了。让人看不惯的是,齐天星还是穿一身破烂衣服,还是光着脚丫子,一点儿都不给高远村长脸。

活动没有直奔主题,是先表演节目。节目有幼儿园小朋友的童声合唱,有学校小学生们跳的本地传统舞蹈竹竿舞,有任欢欢的女声独唱,还有四位女老师的集体诗歌朗诵。压轴的节目,是刘丽带领村里四男四女八个男女青年,所唱的花灯调、所跳的花灯舞。这样婉转动听的民间小调,如此舒展自如的舞蹈,他们一般是在过春节或过元宵节时才唱,才跳的。这天,他们都化了妆,穿上了新衣服,手里提着花花绿绿的彩灯，且唱且跳，似乎把节日提前了。他们的唱词都取材于现实，从正月唱到腊月，前后对比，唱的都是高远村的巨大变化。比如开头唱正月，前四句是：正月里来正月正，深山里有个高远村；云遮雾障不通路，千载百代孤零零。这描述的是以前的情况，唱到现在的变化呢，唱词引用了向家明书记在宣讲脱贫攻坚规划、展望发展前景时所说的四句诗：莫道山高路又远，天堑终于变通途；户户都有硬化路，小车开到院坝头。比如唱到二月，他们唱的是：二月里来龙抬头，天不下雨人发愁；锅里碗里都缺水，干得眼泪无法流。炮声隆隆震天响，建了水库建水厂；喝令水龙进万家，吃水不忘共产党。再比如唱到三月，他们唱的是：三月里来是清明，天不醒来地不灵；黑灯瞎火夜沉沉，只闻人声不见影。自从村里通了电，天也光来地也鲜；明灯高挂花似锦，从此旧貌换新颜。不难听出，前三段唱的分别是路，是水，是电。接下来的九段，他们以此类推，各有侧重，依次唱的是教育、医疗、文化、通信，还有吃饭、穿衣、住房、娶新娘等。这个节目，表现的是眼前的景，现成的事，既接地气，又动人心，赢得了观众们的阵阵掌声。连那个既哑且聋的妇女似乎都被感动了，她啊啊地叫，仿佛也要手舞足蹈。齐天星听到了花灯调里所唱的穿衣，不由得反观了一下自身。他不是没有新衣服，只是没穿而已。他脸上微微笑着，笑得有些惭愧。

演出结束，向家明登台，向各位企业家和观众鞠躬问好。她说：大家在花灯调里都听到了，近年来，经过各方的大力支持，通过全体村民的共同努力，高远村是取得了一些成绩，有了一些新的变化。可是，比起脱贫攻坚目标的要求，我们还有不小的距离。别的且不说，高远村有六十七名在外地就读的学生，都出自贫困家庭，经济上都存在一定的困难。今天把各位企业家请来，希望你们能献出爱心，伸出援手，拉这些贫困学生一把，帮他们渡过难关，完成学业。

代表学生发言的，是一位在县城读高中一年级的男生。他高高的，瘦瘦的，蓝白相间的校服穿在身上显得有些宽松。他说他在学校住校学习，每半个月回家一次。每次回家，妈妈给他的生活费是一百元。

平均下来，每个星期是五十元，每天是七元多一点点。他不敢吃菜，每天只能吃米饭、馒头和稀粥。好在妈妈给他带的有咸菜，还有半瓦罐猪油，他吃饭就咸菜，或是用猪油拌饭。班里的同学差不多都有手机，因为家里没有钱，他一直没买手机。他说，不管多困难，他都要好好学习。家里越是困难，他越要好好学习，争取能考上大学。

听着高中男生的发言，一位企业家坐不住了，他站起来说：小伙子不用发愁，你今后的学习费用和生活费用，都包在我身上了，我一直包到你大学毕业。你不是没有手机吗，散会后我马上送给你一个。

向家明认识这位企业家，她说：高经理，您就代表企业家们讲几句嘛！

高经理走上台说：向书记认识我，我就是从高远村走出去的。我几次想请向书记吃顿饭，向书记都没答应我。向书记来高远村当驻村第一书记才两年多，村里就发生了这么大的变化，我觉得她很了不起，真的很了不起！我不怎么会讲话，借这个机会，我代表高远村的父老乡亲，向向书记表示衷心感谢！国家改革开放不久，我就出去了，先是在城里拾破烂、收废品，后来就做起了生意，租了地、盖了房，建了自己的工厂。我的企业主要生产合成木门，一天可以生产一千多扇木门。各处都在搞建设，都在盖房子。凡是建房，都需要安门，我们生产的木门不愁没销路。这些年来，我虽说没有发大财，但也积累了一定的资本。我还是喜欢我们国家的社会主义。因为中国特色的社会主义，是提倡共同富裕，让大家都过上好日子。高经理当众表态，他要资助六名学生，从今年起，要一直资助到学生完成所有学业。另外，他还宣布：我要赞助村幼儿园十万元，用于给孩子们买一台游戏用的滑梯，并在游乐场的地上铺上橡胶防滑地板。

由于高经理起到了很好的带头作用，向家明组织的这场活动，收到的效果比预想的还要好。所有到场的民营企业家，都对贫困学生解囊相助，最多的赞助七个学生，最少的也赞助两个学生。每位学生，每年的最低资助费是五千元。他们不是资助一年就完了，而是从当年开始，一直资助到每个学生完成全部学业。拿那个发言的高中生来说，不仅要对他高中阶段的学习年年给予资助,他要是考上了大学,更要资助,累计下来,资助费需要两三万元。空口无凭,村里和每位企业家都签订了书面协议。另外,向家明抓住机会,还向有些实力雄厚的企业家争取到了三十万元的教育基金。有了这笔基金,村里可以对新发现的困难学生及时给予资助,还可以对考上大学的学生,以及高远村小学每年评出的三好学生,适当进行奖励。

在活动的整个过程中,向家莹表现得比较低调,跟一个旁观者差不多。她事先给二姐打了招呼,要二姐不要介绍她,装作不认识她。她们姐妹的眉眼虽然长得有些相像,因她比二姐年轻许多,别人认不出她们是亲姐妹。到了会场,她一坐下就不动了,掏出手机,刷看手机里的信息。她心里说:就看二姐怎样上蹿下跳吧。她并不把自己当成什么企业家。不管干哪个行当,不可轻易称"家",一称"家"就大了,往往名不符实。她给自己的定位是,一个工商个体户罢了。二姐把请来的人都称为企业家,不过是给大家戴高帽子而已。向家莹也有些担心,二姐费神巴力地组织活动,跟募捐差不多,不知能不能收到预期的效果。要知道,这些私营企业的老板,几乎都有过艰苦创业的阶段,积累资本的过程并不容易。有的老板把自己的腰包捂得很紧,甚至有的连自己的老婆都不愿意多给钱。还好,活动成果丰硕,比丰硕还要丰硕。看来二姐还是很有号召力的,还是很能干的。向家莹没有多出钱,她不能盖过别人的风头。她取中,答应资助四名贫困家庭的学生。原以为对每位学生的资助是一次性的,却原来,资助是动态性的,一共要资助多少,她自己都说不清。二姐事先也没对她说清,这个二姐,对她还玩猫腻,真不够意思。

向家莹也要在协议书上签名,刘丽注意到她签的是向家莹,不由得对她多看了两眼。向家莹也在看她。刘丽悄悄问向家明:向家莹是不是五姨?

向家明把食指竖在嘴前嘘了一下,小声对刘丽说:五姨不想让别人知道她是谁,她想当无名英雄。

干什么事情操什么心,向家莹作为文旅企业的老板,对刘丽他们所唱的花灯调，留下了独特而美好的印象。她特别欣赏花灯调里的唱词，遣词造句，情真意切。对仗工整，合辙押韵，很是讲究。她怀疑这些唱词是二姐写的，至少是二姐修改过的。须知二姐业余时间喜欢写诗，二姐可不是"干人"，而是一个"湿人"。找机会她得悄悄问问二姐，是不是在借花灯调自吹自擂？

第二十三章

　　登上高处吧，迎风而立吧，敞开胸怀吧，张大喉咙吧，尽情地啊吧！

　　怎么了？怎么了？出什么事了？

　　啊，啊！是漫山遍野的红高粱成熟了。看万山红遍，层林尽染；赤浪翻滚，红霞满天。好一派火红的丰收景象，让人怎能不诵诗，让人怎能不歌唱！

　　向家明喝酒后痛哭的第二天，当地著名酒业集团下属的红高粱收购公司的毛经理，就带着部下到了高远村，与高远村签署了在该村建设红高粱种植基地的合同，第一年计划种植六千亩，每亩初定按单产七百斤收购，每斤的定价，从过去的零卖一斤只能卖一元八角钱，提高到每斤四元二角，翻了一倍还多。乖乖，这样的好事，在过去打着灯笼都找不到，现在天上落下高粱雨，谁不愿意接受呢！这跟种核桃的情况大不一样，让一部分村民种核桃时，需要劝着他们，逼着他们，他们才勉强把核桃种上。种高粱用不着劝，更不用逼，当年播种，当年得利。他们稍稍一算，就算出种高粱合适，太合适。有的人家的土地，本来打算和往年一样种苞谷，今年都改成种红高粱。有的人家地里种的是土豆，他们不等土豆完全长大，就提前把土豆刨了出来，种上了红高粱。还有一些路边地头、边边角角的小块儿土地，他们以前不怎么重视，只随便种点什么，里面有野菜、杂草，还有烂石。现在，他们把零零碎碎的土地也整理出来了，见缝插针似的，能种三棵种三棵，能种九棵种九棵。不往多了算，就算一棵高粱收三两高粱米吧，十棵就可以收三斤，一斤四块多，三斤就可以卖十多块。

想想看，六千多亩啊，那是多么大的面积，红高粱在高远村的种植，是多么广泛！在红高粱成熟的那些日子里，向家明只要下组串户，都能看见红高粱，几乎等于在高粱地里行走。向家明曾看见过一幅大面积的图画，是著名画家石鲁先生所画的高粱图。虽说画面特色独具，让人过目不忘，但向家明不是很理解。画家不仅把高粱穗子画成了红色，连高粱秆子和高粱叶子，也全都画成了红色，高粱从上到下，从根到梢，红得彻头彻尾。有风吹过，红高粱连天波涌，像红色的海洋。高粱的穗子是红的，可高粱的秆子和叶子不是绿的吗，他怎么全给画成了红色呢，这真实吗？这符合"现实"的逻辑吗？如今向家明在漫山遍野的高粱地里行走，看此红高粱，想彼红高粱，像是突然有了觉悟，终于对石鲁先生的高粱图有所理解。在画家的想象里，高粱身上是有血液的，同时，高粱为酒而生，高粱的血管里也有酒在流淌。血液当然是红色的，而酒液和血液一结合，高粱不热血奔腾才怪，不满身通红才怪，不激情燃烧才怪。向家明看红高粱，红高粱似乎也在看她，并认识她。它们纷纷举起高粱穗子，如同高高举起盛满酒浆的杯子，眼圈儿红红地说：向书记，您辛苦了，我们共同敬您一杯！向家明在心里大声说：谢谢朋友们的盛情，为请你们到高远村落户，我喝过酒了。我这人不胜酒力，喝一点就出洋相。今天就不陪你们了，你们互相敬酒，好好喝吧，喝他个一醉方休。

向家明喜欢和擅长的是照相，她给红高粱照的相，要比给核桃照的相多得多，她和红高粱的合影，也比与核桃的合影多了好多倍。这里红高粱的穗不是团穗，是散穗，每一穗成熟饱满的红高粱，都是流垂的状态，像流苏。向家明手捧高粱穗子和红高粱合影，她的脸总是和红高粱贴得很近。她的脸也红红的，仿佛她把自己也变成了红高粱。她把红高粱的照片，还有自己与红高粱的合影，发给江书记、田书记、毛经理，发给丈夫、女儿、妹妹、同学、同事，凡是她能想到的，互相加有微信的，她都发到了。一时间，她仿佛成了高远村的红高粱带货博主，女儿收到微信，就跟她调皮，说要买六斤高粱米，随即通过网络付了六十元钱的费用。向家明回应女儿的搞笑，收下六十元费用，对沪上的这位买主表示了感谢。下面的回复就露了馅儿，女儿说：等我回家，您用高粱米给我熬粥喝。市报的一位记者采访了向家明，稿子见报前，记者让向家明提供一张自己满意的近照。她提供的就是自己双手捧着高粱穗子与红高粱的合影。稿子见报时，果然配发了那张照片。刘丽先看到了报纸，一眼就看到了他们向书记的彩色照片，她跑着就把报纸给向书记送到楼上去了，说：向书记，您笑得好灿烂，跟电影明星一样。我看跟刘晓庆差不多。

向家明一高兴，说出了以前她从没说过的话，她说：还别说，在我年轻的时候，真有人说我长得像刘晓庆呢。不过现在我老了，刘晓庆也老了。

向书记，刘晓庆是老了，您可一点儿都不显老。电影《我们村里的年轻人》里有一首歌唱得好，"人有志气永不老"哪！

那好，让我们都做有志气的人吧。

村里不少人家，已开始收高粱。以前收高粱，是用镰刀把高粱的穗子削下来，攒成一把，在摔棒上摔。几根木头摔棒之间留有空当，下面是一个方形木斗。高粱籽儿摔下来，落在木斗里。这样摔打高粱，费力大，效率低，高粱的籽儿还会迸溅出来。现在好了，通电之后，种高粱的人家几乎都买了电动脱粒机。他们把成把的、沉甸甸的高粱穗子，往飞速转动的脱粒转桶上一放，唰唰唰，一眨眼工夫，手上变轻，高粱的颗粒就被脱得一粒不剩。因脱粒机的斗子是半封闭状态，只听高粱的颗粒打在斗子的木板上叭叭响，却不见高粱的颗粒迸溅出来。

向家明不管走到哪家，只要见到主人正在脱粒，她也会动手脱上几把。沉甸甸的高粱穗子拿在手中，使她有一种成就感。高粱的颗粒瞬间脱去，手里变得轻松起来，她的成就感仍未消失，好像得到了另一种成就感。看来，重有重的成就感，轻也有轻的成就感。她早就听说过一句话，叫只管耕耘，不问收获。现在想想，这句话不完全对，耕耘的动力来自收获，耕耘的目的也在于收获，怎么可以不问收获呢，该问还是要问吧。拿种红高粱来说，目的不就是为了增加村民的收入嘛，不就是为了脱贫嘛，这有什么不对呢！

这天下午，向家明走着走着，就走到了疙瘩眉家。疙瘩眉家的土地，往年种的大都是苞谷、谷子，还有大豆、土豆等。今年，他们家的大部分土地种的是高粱。向家明听见脱粒机轰轰响，一家人正分工合作，在自家的院坝里为红高粱脱粒，其中有一个壮年男人，向家明一看就认出是疙瘩眉的大儿子。大儿子见向书记来了，伸手摁了电钮，把脱粒机停了下来。他以前虽然没见过向书记，但老听家里人说向书记，对向书记似乎也认识了，招招手喊：向书记好！

你们接着干嘛，我没事儿，只是来看看。

不耽误，脱粒机效率高，一两天就干完了。他迎上来跟向书记聊了一会儿。在聊天中，大儿子说了他目前的处境。他以前在邻县一家私营的硫黄厂炼硫黄，因硫黄污染空气，县里责令硫黄厂停办。硫黄厂的老板，当年租地时签的是三十年的合同，不愿白白交出地皮。县里的答复是，不交出地皮也可以，只是产业必须转型，最好转成文化产业园。为了保住上百亩地皮，老板只好把厂房进行了改造，装修，请一些画家、剧作家和演员入驻，门口挂上了文化园的招牌。他跟文化不沾边儿，什么文化的事都不会干，老板就把他辞退了。找不到新的打工门路，他就回家来了。回来一段时间，他觉得在家很好，以后不打算再出去了。他的总结是：出门在外炼硫黄，不如在家种高粱。

向书记说他总结得很好，问他是否认识卫国松。他说认识，卫国松是他的小学同学。向书记说：你的家庭情况比卫国松好多了，你妻子一直在家里留守，上面照顾你父亲，下面带着俩孩子，多能干哪！好了，不耽误你们的事了，趁天气好，你们抓紧时间，接着干吧。

秋季多雨，如果赶上连阴天，冷雨哩哩啦啦，一下就是七八天。在过去，高粱成熟时节若赶上连续下雨，那就倒霉了。眼看着高粱发红了，一棵棵高粱饱满得像鸽子眼，因高粱穗子被雨水淋得湿漉漉的，"鸽子眼"上如同挂了泪珠，却不能往家里收割。几天不收，成熟的高粱在水里一泡，就会发芽。就算勉强收回家，也会很快发霉变质，一捏就烂，手指发黏。这是农人最伤心的时刻，也是最绝望的时刻。从高粱种子播进土地的那一刻起，他们又是施肥，又是浇水，又是锄草，又是杀虫，只盼望高粱能茁壮成长，到秋季能有一个好收成。老天爷呀，谁知道呢，眼看收成就要到手，希望却被雨水浇灭了，真是叫天天不应，呼地地不灵啊！

现在好了，由毛经理领衔的红高粱收购公司，不仅在高远村建立了红高粱种植基地，随后还投资三百多万元，在高远村建了一座面积将近二百平方米的红高粱烘干房。烘干房敞开大门，所有的红高粱都来吧，不管是晴天收的，还是雨天收的，不管是湿的，还是不湿的，统统到温暖的房子里来吧，来接受现代化的拥抱吧。下面有地暖烘烤，上面有热风吹拂，只需一天一夜时间，一批红高粱就可以烘得干干的，干得放在牙上一咬嘎嘣脆。

红高粱烘干一批又一批，那么多红高粱往哪里放呢？烘干一批就拉走一批吗？别急，现在干什么都讲究配套，不配套，设施就称不上完善。毛经理他们为种植基地和烘干房建设的配套措施是什么呢？是高远村的红高粱仓储中心。他们所建的仓储中心容积可不小，恐怕能储存一万吨红高粱都不止。仓储中心不仅可以储存高远村出产的红高粱，从邻近的村子收购的红高粱，也可以储存在仓储中心的库房里，然后根据酒业集团公司的酿酒需要，分期分批地运走。

向家明、夏支书、尚主任他们算了一笔账，如果还像以前一样种苞谷，按每亩收五百斤计算，一亩地顶多收入六七百块钱。改种红高粱后，按每亩收七百斤计算，一亩地可收入将近三千块钱，一亩地的收入相当于以前的四倍多。去掉零头，高远村只按六千亩红高粱计算，一年的收入就可以多达近一千八百万元。把这些钱平均到全部贫困户的人头上，至少可以使一半人口达到国家规定的脱贫标准。他们认为，能得到种红高粱这个脱贫项目，是天时、地利、人和三方面综合发力的结果。天时，当然是国家脱贫攻坚的大政方略。地利，是因为当地产名酒，酿酒需要大量的红高粱做原料。倘若不产酒的话，高粱是粗粮，把高粱当粮吃的人已经很少，哪里用得着那么多红高粱呢。人和嘛，主要是向家明的脱贫攻坚精神感动了毛经理，把毛经理扶贫的积极性也调动了起来。他们难免回忆起那次喝酒的情形，尚主任开玩笑说：向书记那一哭太宝贵了。据说三国时刘备的哭很宝贵，他手下的英雄和谋士都是他哭来的。依我看，我们向书记的哭，比刘备的哭效果一点儿都不差。

别提了，我哭得多丢丑呀！下次我是坚决不哭了，要哭，让尚主任去哭。

没问题，下次我来哭。我哭他个惊天动地，所向披靡。尚主任又说：可我哭不出来怎么办呢，酒喝得越多，我越是想笑，想不笑都管不住自己。

向家明给尚主任出主意：您可以准备点儿辣椒水嘛，需要哭的时候，您悄悄往眼皮上抹点辣椒水，眼泪就出来了。我听说有的演员在表演时就是这么干的。

得嘞，下次就按向书记的意见办。

第二十四章

向家明接到区里通知，由省里组成的脱贫攻坚成果验收团，将于2018年12月15日去高远村验收。验收的时间是两天。验收的内容，主要是两个方面，一方面是听取草厂镇和高远村的汇报，另一方面是现场走访，随机入户抽查。

离验收的日期还有八天，对这次验收，他们必须高度重视，做好充分准备。向家明想，之所以由省里直接派团来验收，显示的是验收团的高规格、高水平、高标准。不让市里和区里派人参加，是为了使验收团的验收更独立、更自主、更公正。一切由验收团一锤定音，如果验收合格，高远村就达到了脱贫标准，可以摘掉戴了很多年的深度贫困的帽子，扔到太平洋里去。如果验收不合格，高远村还得在脱贫攻坚的道路上继续顽强拼搏。

向家明正要给镇里的田玉坤书记打电话，田书记先把电话打过来了，跟她商量写汇报材料的事。田书记说，高远村的脱贫攻坚工作干得好，还得善于总结，把汇报材料写好，两者相辅相成。如果只是工作干得好，汇报材料缺乏妙笔，升华不上去，也有可能被埋没。向家明也认为汇报材料很重要，把砖砖石石变成文字，把核桃高粱写成语言，把感性的东西上升到理性层面，把千头万绪归纳得有条有理，不是一件容易的事。她说：村里没有秘书，没有专门摇笔杆子的秀才，镇上给我们派一个大笔杆子来嘛，帮我们写汇报材料嘛。

田书记说：镇里哪有什么大笔杆子，连小笔杆子都难找。省里、市里、区里经常跟镇里要材料，我经常为上报材料发愁。田书记给向家明书记出主意：前年区里下达的不是有关于高远村脱贫攻坚项目的规划文件嘛，你们就按规划文件上所列的项目，逐条加以对照，实事求是进行汇报。反正各个项目都如期完成了，效果也很好，我们对得起党，对得起村民。

向家明说：那样写汇报材料恐怕不行，省事是省事，是不是显得太死板了，一点儿都不生动。我的意思，咱们的汇报材料，既要见物，还要见人；既要有数字，还要有精神；既要有概括性的统计，最好还要举一些实例。拿学校来说吧，不能只汇报到学校建成就完了。新的学校建成后，学校老师由过去的两个人，增加到现在的九个人。在校学生，由过去的一百多人，增加到现在的三百多人。连一些外镇外村的学生，都纷纷要求到高远村小学读书。以前每年考试，高远村小学的考试成绩，在全镇总是倒数第一。今年呢，高远村小学的数学成绩，一下子跃升到全草厂镇的正数第一名。这样的成绩，我觉得值得在汇报材料里提一笔。

向书记，您的意见很好。还说高远村没有笔杆子，我看您就是笔杆子，而且是大笔杆子。不仅在高远村，恐怕在全草厂镇，您都称得上是大笔杆子。

田书记在说笑话呢！

真的向书记，我真的很佩服您。我听说您业余时间写诗，是真的吗？

是真的。写得很少，学习呢！

那您出过诗集吗？

出过。不过不是我个人的专集，是我们姐妹五人的合集。

田书记大为惊奇：姐妹五人全都写诗，这真是前所未有的奇迹。数遍全中国，恐怕只有你们姐妹五人合出诗集吧。向书记，我向您求一本，让我们欣赏一下嘛！

那可不敢献丑。

在省验收团来高远村验收之前，高远村自身必须先模拟验收一下，发现哪里还存在漏洞，立即进行弥补。模拟验收团由向书记、夏支书、尚主任和张兴四人组成。向书记把写汇报材料初稿的任务交给了刘丽，限刘丽在一天一夜间完成，然后由她修改。修改完成后，马上报给田书记。田书记进一步修改完善后，在镇里打印出正式文本。

验收先去哪里呢？向家明想了想，建议先去整体搬迁的那几户人家看看。她估计，整体搬迁作为高远村脱贫攻坚的一个重要项目，虽然搬迁人口不多，省验收团一定会提出去看，去验收。那几户村民尽管搬到了草厂镇附近，但他们还属于高远村的村民，村民小组的名字还是叫长风。一开始，他们都不大愿意搬迁，舍不下他们的房子和土地。后来，村里组织他们到新建的房子里一看，家家都是安了大玻璃窗的两层小楼，楼里有床，有沙发，有煤气灶，门口两侧还放了盆栽鲜花，空手进去即可入住。他们搬进去后，每户至少安排一个人在镇上就业，挣工资。而且，他们在山上的房子可以不扒掉，想回去怀旧就怀旧，名下的土地也不没收，想种可以继续种。长哩个长，风哩个风，一长长到草厂镇，从此村民变镇民。这不错，相当不错。他们以前听说过别墅，没见过别墅什么样，分不清别墅还是别野。到新房里一看，我的个乖乖，这不就是传说中的别墅吗，一不小心，他们怎么也住上别墅了。有别的村民，趁到镇上办事，去长风组的新房里看过，他们对长风组的村民说：你们过去住的地方最高，现在还是最高，是住的房子最高级。褚大鹏的一个酒友，到褚大鹏的新房里看过，说：听说你不愿意搬迁下山，你看这样好不好，咱们换一换，我到你这里住，你到我住的地方住。褚大鹏连连摇头说：那我不干。

出发前，尚主任给褚大鹏打了一个电话，告诉他，向书记要去他的新房子里看看。褚大鹏说欢迎欢迎，他最欢迎向书记了。尚主任说：欢迎不能只停留在口头上，要有所表示。

我怎么表示，向书记又不喝酒。

你就知道喝酒。我的意思，是让你把家里卫生打扫一下。好好的新房子，不要弄得乱七八糟。

褚大鹏说，他刚下班回到家里，马上就打扫。褚大鹏的岁数比较大了，他的工作不太好安排。向家明经过和镇里多次沟通，给他找了一个在某居民小区当保安的工作，每天值班八个小时，工资是每月二千二百元。长期养成的酒瘾，一点儿不喝也难。好在褚大鹏现在喝酒有了节制，每天只允许自己喝两杯。酒杯是当地土法烧制的那种陶瓷杯，每杯倒满是一两，喝两杯就是喝二两。喝够二两，如觉得不够，他可以把空杯子罩在自己鼻子上嗅一嗅，但绝不能再往杯子里添酒。而且褚大鹏都是下班后才喝酒，上班前绝对不喝。这是保安工作对他提出的严格要求，班前不喝酒，是为了上班时保持清醒头脑，也是为了保持一个保安人员应有的工作形象。每个人都要学会自治，然后才能做到自洽。向家明认为，褚大鹏在自治和自洽方面，都有了很大进步，值得鼓励。

尚主任驾车，向家明坐副驾的位置。现在路况好了，她不再害怕坐在前面。前面的视野开阔些，便于她在检查时发现问题。车子从办公楼门前的平台上开下来，刚要向右转弯，向家明看见有三个戴着红领巾的小学生，就在路边停下来，一起向他们行少先队的队礼。这是向家明通过学校对小学生们提出的要求，不管是在上学的路上，还是放学的路上，凡是三个同学以上，都要排队行走。看见过车，或是行人，都要立即驻足，向过车或行人行队礼。向家明高兴地对行礼的少先队员们招招手，夸他们表现不错，很懂礼貌。向家明注意到了，三个向他们行队礼的少先队员当中，有一个是王安新。王安新穿着红白相间的校服，头发上卡着一只宝蓝色的有机玻璃发卡，露出光光的前额，很可爱的样子。这表明，任欢欢给王安新当"代理妈妈"当得够格。贫穷使王安新的亲妈不辞而别，脱贫攻坚让王安新有了"代理妈妈"，这也是村子变化中的一个细节。

路上光光的、明明的、净净的，别说大摊大摊的牛粪了，连羊粪、鸡粪都没有。空气清新，沁人心脾，没有了那种敞着口子的茅池所散发的异味。每个村民小组都建了垃圾收集站，有专人清运垃圾，三天清运一次,再也不见了以前那种垃圾乱抛乱倒的情况。整个村子卫生状况的改变,不只是靠嘴说就能奏效的。多年形成的不讲卫生的习惯,说一遍两遍不灵,就得上制度,一上带有强制性的制度,就把人给管住了。比如说,放牛的人,见自家的牛拉在马路上,必须立即清除。如果不及时清除,罚款十元。交了罚款,还得清除。如果第二次再犯,加码罚款二十元。依次加码,不设上限。牛粪不值什么钱,但罚款值钱。有人被罚过一次两次,就不敢再违反制度了,去放牛的时候,就手带上清理牛粪的家伙,随时把拉在路上的牛粪清理干净。

那一次,向家明开车带丈夫郝思清去看水库,郝思清一路给高远村的卫生状况挑毛病,她当时虽说心生抵触,不爱听,过后想想,郝思清挑得很有道理,是站在她的立场,设身处地地为她的工作着想。是的,一个村庄的脱贫,不是有吃有穿有住就完了,不是钱包鼓得达到脱贫标准就万事大吉。脱贫是综合性的,还应当包括卫生状况的改变、村民文明素质的提高。试想想,一个地方,如果牛粪占道、垃圾遍地、臭气熏天、苍蝇横飞,怎么也算不上卫生脱贫吧,验收团验收时,恐怕也会打折扣吧。现在好了,等验收团到村里一看,首先会在卫生方面对高远村有一个好印象。

开车不过半小时,就来到了褚大鹏的家。他们还没下车,就看见褚大鹏已提前站在门口迎候。他穿了新衣服,戴了新帽子,脖子里还围了一条红围巾,俨然已是城里人的派头。褚大鹏一见向家明就报告说:向书记好,我今天没有喝酒。

向家明笑了:好,有进步。我并不是一味反对人喝酒,只是反对酗酒。我听说,你每天不是还喝上二两嘛,今天喝了吗?

今天还没喝。等你们走了我再喝。

看来酒虫还在你肚子里闹事儿,还在催你喝酒。我们刚来,你就惦着让我们走。

我不是这个意思。我这人一辈子不会说话,吃亏就吃在嘴上,你们快请屋里坐。

他们来到一楼的客厅,见客厅里的瓷砖地板擦过了,空酒瓶子被归置在客厅一角，站得都很整齐。木制茶几也擦得干干净净，茶几上放着一只白瓷盘，盘子里半盘清水，清水里放着几枚雀卵一样的小石子，还放着一头红皮洋葱。洋葱下面长出了白色的根须，上面发出了青葱。在客厅里坐定，向家明对褚大鹏说：这月15号，省里的验收团要到高远村检查验收脱贫攻坚进展情况，我们估计，验收团有可能会到你们长风组来。你们要做好准备，以整洁的环境、饱满的热情，迎接验收团的到来。

褚大鹏一听，顿时有些紧张，不知怎样才算做好准备。他听人说，以前别的村的村民，为迎接检查团的到来，没猪的借猪，没羊的借羊，没冰箱的借冰箱，以装点门面，显得富足。他说：我现在房子大，显得有些空，要不要跟别人家借点什么，把屋子填充一下。

尚主任跟褚大鹏开玩笑：你最好借一个女人，假装你娶到了老婆。

褚大鹏正要挠头，向家明说：哎，这是一件严肃的事，不要跟大鹏开这样的玩笑。她对褚大鹏说：你什么东西都不要借，不要弄虚作假，现在家里有什么，就是什么。验收团的领导问你什么话，你有一说一，有二说二，主要说你的搬迁经历，就可以了。你喝酒就什么菜？

有猪头肉，还有五香花生米。褚大鹏说。

还可以。反正喝酒不要干喝，要照顾好自己的身体。向家明起身要走，抬眼看见上二楼的楼梯，对夏支书他们说：咱们去楼上也看看吧。

褚大鹏说：还上楼吗？别上了吧。二楼没有打扫，还乱着呢。

没关系，既然来了，我们都看看。向家明他们登上二楼，来到褚大鹏的卧室里一看，见屋里是有些乱。被子没有叠，脏衣服胡乱在床上扔着，拖鞋在床前扔得东一只，西一只，有的仰着，有着趴着。枕头下面一角，露出一件粉红色的乳胶制品。他们赶快下楼去了。向家明对褚大鹏说：二楼这么乱，你是驴粪蛋子表面光啊！

褚大鹏还没喝酒，脸上却红了，答应马上就打扫。

向家明他们要去的第二家，是白龙组的韩虎家。韩虎作为一个长期吸毒的人员，回村后戒掉了毒瘾，变成了一个自食其力、遵法守纪的劳动者。村里在向省里来的验收团汇报时，会把他作为一个浪子回头的例子。验收团听到这个故事，有可能会提出到韩虎家看一下。他们先行到韩虎家看看，试试韩虎家里是否经得起验收。

车子开到半路，向书记看到了卫爷爷家的房子，她临时让尚主任停车，说：咱们去卫爷爷家看看吧，我昨天晚上刚和卫爷爷的女儿联系上了，把这个好消息跟他们家的人说一下。在张兴的不断催问下，经过徐州公安系统的多方查找，终于在市属一个县的农村找到了卫国梅。卫国梅已改了姓，换了名，现在叫徐冬云。如向家明所料，当年卫国梅果然是被人贩子所骗，被拐骗到徐州的农村，卖给了一个农民。不料那个农民有点文化，不但对卫国梅一点儿都不蛮横，还知冷知热，对贵州来的卫国梅很爱惜。渐渐地，改名徐冬云的卫国梅对丈夫产生了感情，死心塌地地跟丈夫过起了日子。经过夫妻共同打拼，他们在村里办了小超市，盖起了二层楼。所生一男一女两个孩子，都很聪明，学习成绩也都很好。人哪，在哪里不是吃饭过日子呢？她虽说有时候也想老家，过年过节时也会想到爸爸妈妈，但时间一长就淡了。直到自称是高远村驻村第一书记的向家明给她打通了电话，向她介绍了她娘家人目前的情况，重新唤起了亲情、乡情，她才如梦方醒似的，有些泣不成声。

来到卫爷爷家，向家明对卫爷爷说：我跟你们的女儿联系上了，她现在在徐州，名字改成了徐冬云。我现在就给她打电话，打通后，你们通过视频，跟她说几句话吧。向家明打通了视频电话，仍把卫爷爷的女儿叫成卫国梅，说：国梅，我现在在你们家，你爸你妈都在家，你跟他们说句话吧。说着把手机递给了卫爷爷。

卫爷爷接过手机，父女在手机屏上相见，几乎有些陌生，不敢相认。卫爷爷说：小梅，梅梅，我的孩子，是你吗？十四年了，十四年了呀。是爸爸把你害苦了，爸爸对不起你啊！卫爷爷说着，哭了起来。

向家明安慰他说：卫伯伯，别太激动，慢慢说。

老泪还在流，卫爷爷说：我跟你妈都还活着，你哥也回来了，你侄女儿去了幼儿园。咱家盖起了两层小楼，日子比起以前好到天上去了，你哪天回来看看吧！

卫奶奶倒没哭，她凑到手机前面说：小梅，你这闺女就这么狠心吗？我和你爸的年纪都这么大了，不知道还能活几年。你要是再不回来，就看不见你爸你妈了。

妈，现在联系上了，说话就方便了，我今年过春节的时候就回去。

夏支书、尚主任、张兴他们，都听到了卫家父女、母女别离十四年后的隔空对话，神情戚戚的，都若有所思。

向家明把卫国梅的手机号码留给了卫爷爷和卫国松，嘱他们今后多联系，然后登车，继续往韩虎家里赶去。

在车上，夏支书说：向书记，您做了一件大好事，要不是您操心，卫家父女、母女恐怕这辈子都联系不上，都没有说话和见面的机会。

向家明说：我和张兴帮助查找，只是一个方面。最主要的原因，是他们赶上了好时候。在贫穷的时候，亲人容易离散，日子好过了，亲人才愿意团聚。

来到韩虎家新建的两层小楼，张兴在门外喊韩虎。听不见韩虎应声，韩虎的新婚妻子从楼里走了出来。张兴调侃似的对向家明介绍说：这位就是我跟您说过的韩夫人。

向家明把"韩夫人"打量了一下，见她哪儿都大，都圆，都结实，活力十足的样子。如果把韩虎比成一只虎的话，这位韩夫人像是一头大象。向家明打趣地跟她打招呼：韩夫人，你好啊！祝贺你和韩虎喜结良缘，今天我们来讨喜糖来了！

韩夫人不习惯别人喊她夫人，满脸通红，样子十分羞涩，真像一个刚揭下红盖头的新娘子呢！她多次听韩虎说过向书记，说她吵起人来很厉害。如今见到了真人，她没看出向书记有多厉害，还觉得她笑得很喜庆呢。她说：我们什么场面都没办，两个人搭帮过日子呗。喜糖倒是有，只是糖不太好，大家都不爱吃，我去给你们拿。

不用拿了，我们跟你说着玩儿呢。韩虎呢？向家明问。

他在酒作坊里烤酒呢,我去喊他回来。她说着,欲出门去喊韩虎。

向家明不让她去喊韩虎,说:咱们先说会儿话吧。

韩夫人把向家明他们让进小楼的客厅,只有向家明一个人在沙发上坐下了。夏支书他们三个在客厅里看了看,就到门外去了,大概是去酒作坊看烤酒去了。

向家明拍拍沙发,让韩夫人也坐。

韩夫人迟疑了一会儿,到底没在沙发上坐,手足无措在一旁站着。她说:向书记,我姓钱。

噢,小钱。韩虎近来表现怎么样啊?

韩虎表现挺好的,毒瘾是彻底戒掉了。只是他懒得很,不愿干活儿,新买了一辆电动车,动不动就往外跑。他手里还是不能有钱,哪怕只有几十块钱,屁股尖得就坐不住了,跑出去跟人家玩扑克,啥时候把钱输完,啥时候儿再回来。

那可不行,玩扑克来钱带有赌博性质,你要管他。

他厉害着呢,我一管他,他就吼我。

那就揍他。

小钱笑了,说:我是揍他来着。我一揍他,他就跑,跑得比兔子还快。看见他一跑,我的心就软了。

小钱是个善良人哪!

那没办法,韩虎也是个苦命人哪!

向家明小声对小钱说:你赶快给他生个孩子嘛。

小钱的脸又红了,说:我是想给他生个孩子,可是——

小钱一说可是,向家明就明白了,韩虎以前长期吸毒,有可能把正常的身体机能给毁坏了。她说:慢慢来吧。她见小钱穿着带罩袖的花格子围裙,像是从厨房里走出来的,问小钱是不是在准备做饭。

小钱说是的。她买了一只鸡,要一鸡两吃,一半儿炖鸡汤,一半儿青椒炒鸡丝。她说:中午向书记你们几个在我们家吃饭吧,我们家还有熏腊肉呢。

向家明说不了,他们下午还有事呢。

小钱带向家明来到韩家的酿酒作坊，果见夏支书、尚主任他们，正站在一口烤酒的蒸锅旁，与韩虎的二哥韩骏，饶有兴致地讨论烤酒的工艺问题。韩家的酿酒作坊，分前坊、后坊。前坊是三间通房，通房的用途有三项，一是用来存放酿酒用的小麦、苞谷和高粱。二是摆放盛酒用的大肚子酒坛，一"肚子"可盛上千斤原酒。酒坛的小口是封闭状态，让足够的时间把酒浆变得醇厚。三是作门面房用，进门处有一个玻璃柜台，买酒的人就在柜台那里买。后坊是前坊后檐接出来的披厦，厦檐披出去三四米宽，下面立的是木柱，上面盖的是石棉瓦。烤酒的地方，是往下面挖出一个一米多深的槽坑，上面贴地面而起的，是用镔铁制成的蒸馏酒所用的大蒸笼，下面是烧火用的炉膛。蒸笼下方，有一根铁管，蒸馏出来的清亮亮的白酒，正涓涓地从铁管里流出，流进一只细脖子的铁桶里。听不见新酒流进铁桶所发出的声响，也看不见桶里流进了多少酒，只见一朵朵白气从桶口冒出。那些白气里包含的当然有酒分子，活跃的酒分子在整个作坊里弥漫，空气里充盈着酒的香氛。炉膛里的炭火冒着钢蓝色的火苗，正熊熊燃烧。韩虎的职责，是接酒和添火。看见一只桶装满了，他就及时把桶提开，换上一只新的酒桶。看见炉膛里的火不太旺了呢，就赶紧添炭。向家明上次训了韩虎一顿，韩虎看见她，还是有些打怵，他只喊了一声"向书记"，就低下了眉。

韩二哥取出一只铁瓢，接了一些新酒，递给夏支书、尚主任和张兴品尝。他们一一品尝之后，都咂咂嘴，夸酒的味道不错。尚主任一连尝了三口，说：这酒够叫的，喝到肚子里像小火炭儿一样。

夏支书把向家明介绍给韩二哥后，韩二哥对向家明好像不是很热情，只说了一句知道。

向家明对韩二哥倒是很热情，称赞韩二哥回村创业，为其他村民带了一个好头。如果村里多一些像韩二哥这样的返乡创业者，第一产业向其他产业延伸，实现经济发展的多元化，就能保证高远村有发展后劲，让村民持续富裕。

对于向家明的称赞，不知韩二哥是没听懂，还是听懂了接不上话，反正他还是闭着嘴巴，没怎么开口。

向家明想，韩二哥早早死了父亲，死了哥哥，弟弟又走上了歪路，这些都会使他的心灵受到很大打击，都会影响到他的性格。韩二哥外出打工多年，经历一定很丰富，也一定受过不少苦，经历和苦难都会使人变得沉着。同时，韩二哥也是见过世面的人，人世间的生灵三六九等，什么样的人他没见过呢。还有，他把韩虎训得那么厉害，韩二哥可能也听说了，也许韩二哥对她这个当书记的有看法。

直到向家明对夏支书说咱们回吧，韩二哥的热情似乎才突然间爆发出来：夏支书，你们不能走！

为什么？夏支书问。

中午你们要在我们家吃饭。眼看到了吃饭时间，你们不留下吃饭，别的人知道了，会笑话我的。我们家虽说没提前准备，没什么好吃的，酒还是有的。

夏支书解释说：向书记不喝酒。

我知道向书记不喝酒，饭总可以吃吧。我听说向书记爱吃苞谷糁蒸米饭，今天中午咱们就吃这个。

谢谢韩二哥！您的心意我领了。下次再找机会吧。向家明说。

不行，向书记，机不可失，您今天一定要给我这个感谢您的机会。你们挽救了我们家老三，使他获得了新生，我一直想去感谢您，还没去。正好你们都来了，我求之不得。这次您要是不答应我，我以后也不敢去看您了。

听韩二哥把话说到这份上，向家明再坚决拒绝，恐怕也不合适。她知道尚主任喜欢喝酒，问：尚主任，您的意见呢？

尚主任说：我没意见。

一听尚主任说他没意见，别人都笑了。

没意见怎么说？咱们是留还是不留？向家明继续问。

尚主任说：我开车，留下来我也不能喝酒。

那好办，你喝酒，我替你开车嘛。

尚主任说：不好意思，那就谢谢向书记啦！

下午，他们计划的是去齐天星家查看，看他家的旧房子拆掉没有，看看他换上新衣服没有。之前，张兴给齐天星打过电话，说省里的脱贫攻坚验收团要来检查，要齐天星立即把旧房子拆掉，搬到新房子里去住。要换上一身新衣服，把自己打扮起来。中午，夏支书和尚主任在韩家把酒用多了，下午都在家里睡觉，到齐天星家去不成了，只能由向家明开着尚主任的车，带张兴一个人前往。一上车，张兴就给齐天星打电话，可他连打了三遍，都没人接听。张兴说：这个大猩猩，竟敢不接我的电话，看我怎么收拾他！

向家明听人说过，"大猩猩"是村里人给齐天星起的外号。他成天穿得邋里邋遢，跟丛林中的野生动物差不多，名字中又带一个"星"字，善起外号的人就给他起了一个"大猩猩"的外号。每次听人把齐天星说成大猩猩，都难免把齐天星和大猩猩对照一下，对照的结果，都让她禁不住想笑。这个齐天星，他的名字应该是想靠近齐天大圣孙悟空的意思，是想当美猴王，却被说成仍未能直立行走的大猩猩，岂不败兴。向家明说：他的手机可能没电了，也可能他出门去了，忘了带手机，咱们只管去吧。他不会走远，说不定咱们能在路上碰见他呢！

齐天星家里的旧房子建在一座山的半山坡上，向家明和张兴在路上没碰见齐天星，就把车开到了山坡下的路边。张兴一下车，见齐天星的旧房仍未拆掉，就对着山坡上的旧房大声喊：齐天星，大老齐，大猩猩！

山上有人应声。

这个老家伙，果然在旧房子里待着。张兴仰脸对齐天星喊话：好你个不通人性的大猩猩，你为啥不接我的电话？

能听见大猩猩说话，说的好像是手机的事，但呜里呜噜，听不清他说的是什么，仿佛真的是人类和猩猩对话一样。齐天星家的旧房子周围生有不少灌木、杂草，屋子东面还有一片茂密的竹林，那些篱笆一样的东西遮住了齐天星的身影，能听见他的声音，却看不见他的身体。

向家明砰地关上车门，说：走，咱们上去。

齐天星家是建档立卡的贫困户，他的旧房子当然也是村里确定的危房改造项目之一。因他家的房子要另择新址，盖在交通比较方便的地方，通户的硬化路就没有往山上修，没有修到他的家门口。通往山上的还是一条崎岖的羊肠小路，夹道荆棘丛生，路上还都是碎石和沙土。好在天气不错，温暖的阳光正从西面照过来，小路上没有泥巴。张兴在前面带路，他们一口气爬上了齐天星家门前的平台。齐天星家的旧房子，正门没有开，门前的廊下堆满了干枯的苞谷秆子，几乎把残破的木门堵上了。齐天星家废旧的猪圈也没有扒掉，里面乱七八糟，有干树叶子，还有不怕冰冻的青绿野菜。齐天星笑眯眯地迎了上来，跟向家明打招呼。

看见齐天星，向家明的气不打一处来，差点儿也把他叫成大猩猩。齐天星上身穿一件油渍麻花的破棉袄，下身穿一件有窟窿眼的黄色绒裤，都冬天了，他竟然还光着两只脚，脚冻得像胡萝卜。齐天星腿边站着他家的那只白狗，看样子，小白狗很可能又生了一窝小狗，因为小白狗的乳头是粉红色的，每个乳头都很饱满。向家明质问齐天星：你到底有没有新衣服？

有，有。

你马上给我换一身新衣服，我今天就是要看看，你到底有没有新衣服。

齐天星把花白的后脑勺挠了挠，样子像是有些为难。

你不是说有新衣服嘛，马上进屋去给我换。你今天要是不换上新衣服，我是不会答应的。你自己要是不会换，我就让别人帮你换。

张兴说：我帮你换。我扒下你的旧皮，给你换一身新皮。

齐天星这才答应：好，我换，我换。

齐天星旧房子的东面，是一间灶屋，他就住在灶屋里。不一会儿，换上新衣服的齐天星，从灶屋里走了出来。他的新衣服是一件防寒保暖的帽衫，帽衫的颜色是牛仔蓝，外面的牛仔布厚墩墩的，里面是一层羊绒样的栽绒，一看就很暖和，也很时髦。帽衫还是新的，向家明看出了帽衫上的标牌，是名牌。可是，齐天星只换了一件上衣，裤子还没换。向家明说：这件帽衫不错。裤子呢，怎么不换裤子？

齐天星笑了一下，转身回屋换裤子。他换上的新裤子更高级，是世界名牌。这条裤子，齐天星以前肯定没穿过，因为拴在裤腰处的一串精美商标还没去掉。向家明还是不满意，她说：齐天星，你到底是怎么回事，穿一身名牌新衣服，还光着脚丫子，是顾头不顾脚吗！女人看头，男人看脚，你懂不懂？你立即穿上袜子，穿上鞋子。要是有皮鞋的话，最好穿一双皮鞋。

齐天星第三次转回屋里去了。一而再，再而三，就算打扮一个新娘子上花轿，也不至于这样费事吧。当齐天星第三次出现在向家明面前时，真让向书记哭笑不得，看不见齐天星穿袜子没有，他却穿了一双雨靴出来了。雨靴是深勒，几乎长及膝盖，包住了小腿。雨靴也是新的，上上下下闪耀着明亮的漆光。向家明去煤矿参观过，矿工下井采煤，穿的就是这样的深勒胶皮靴。齐天星大概以为胶皮也是皮，向家明让他穿皮鞋，他就穿上这双胶皮雨靴出来了。雨靴和上面的名牌服装不搭配，组合在一起有些不伦不类。可是，算了，就这样吧。让他回屋再换，不知又会换出什么新花样呢！向家明做出对齐天星很赞赏的样子，说：这就是了嘛，这就很好嘛。马靠鞍装，人靠衣裳，你穿上这身新衣裳新鞋，像是立马换了一个人一样，多精神哪，多帅气呀！来，我给你照张相。

齐天星没拒绝向家明给他照相，可他以前很少照相，脸上板板的，双手垂立，有些紧张。

放松一下嘛，笑一笑嘛！

齐天星一向很尊重向家明，向家明让他做什么，他都会配合。齐天星笑了，笑得有些羞涩，露出了豁牙子，像是一个大男孩儿。

齐天星每次回屋换衣服，他家的那只白狗都跟他回屋。他换完衣服出来，白狗都跟他一块儿出现在向家明面前，白狗和男主人寸步不离，像是男主人的影子。白狗把这个被称为向家明的人看了一眼，又看了一眼，似乎对她有些意见，仿佛在说：我们家大老齐这么好，他又没得罪你，你老这么折腾他干什么！

齐天星的手机不是智能的，开不了微信，无法接收照片。向家明把手机屏面上的照片给齐天星看，说你看，把你家的小狗也照上了，你的小狗就像你的忠实卫士一样。

齐天星对小狗却没好气，命小狗滚一边去，骂小狗是狗娘养的。

换上了新衣服，接下来就该说拆旧房子的事了。向家明对齐天星说：废话咱就不说了，我代表村党支部和村委会要求你，必须在两天之内把旧房子拆掉，拆得露出地基，连一根草都不剩。随后把地翻起来，明年春天种上红高粱。别人家盖了新房后，都及时把危房拆掉了，你的危房还在这里趴着，像一块伤疤一样，太难看了。

在齐天星听来，向家明对他提出的要求，像是一道勒令，对这样的"勒令"，齐天星不爱听。他多次给向家明打电话，举报村里个别村民所做的违规的事。向家明今天对他这样的强硬态度，他是不是可以向她的上级领导举报她呢？他拉下脸子，不说话了。

向家明说：你要是人手不够，我让村里组织人帮你拆。她对张兴说：张警官，这个事你来负责。

张兴说：没问题，这件事情包给我。他给齐天星戴高帽：我相信齐天星同志是位遵法守纪的好公民，一定会积极配合我的工作。

齐天星还是不说话。事情出现了僵局。小白狗大概想为主人帮腔，也是为了打破僵局，汪汪叫了两声。让人称奇的是，小白狗采取的是声东击西的战术，它既没有冲着向家明叫，也没有冲着穿警服的张兴叫，而是转过头来，冲着竹园那边叫。小白狗仿佛在说：我不是冲你们叫，我听见竹园里有动静，那里可能有一只黄鼠狼在活动，我是冲黄鼠狼叫的。向家明看出了这只小白狗的聪明，别看小白狗不会说话，它的聪明劲儿比人也不差吧。

向家明问齐天星：你为什么不愿从危房子里搬出来？

齐天星想了想，才说：没什么，就是在老房子里住的时间长了，习惯了。

什么叫习惯了，什么习惯都可以改变嘛！就像你以前不习惯穿新衣服，现在穿上新衣服，不是面貌大变嘛！我倒要看看，你的老屋子是什么金窝银窝，让你这么恋恋不舍。

张兴劝向家明不要进屋去看，他说出的理由是，狗窝就在门后面，小母狗刚生了狗娃子，很护娃子。生人进屋，小母狗会误以为来人要抢走它的娃子，它会咬人的。

向家明平日里是害怕狗咬的，但她说：我看这只小狗挺聪明的，相信它不会咬我。又对张兴说：您保护着我嘛。

张兴只好答应：那好吧，狗要是敢咬你，我立即掐住它的脖子，摁倒在地，把它掐死。

进屋前，向家明对小母狗说：狗狗，我只是进屋看看，不抱走你的娃子，你千万不要咬我哟。

齐天星家灶屋的单扇木门，不能全部打开，只能开一半，掩一半。因为门后就是一个破纸箱支棱起来搭的狗窝，纸箱把门挡住了。这样的门口，只能容一个人侧着身子进入。向家明小心翼翼地走进屋里一看，一下子惊呆了。屋里黑乎乎的，充满着霉烂呛人的气息。小屋里的夹道两侧，堆满了陈年旧物。那些堆积物，有的是装进袋子里的苞谷，有的是打成包的衣服，有旧衣服，也有新衣服。东西堆得有一人多高，几乎顶到了低矮的房顶。站在只站得下一个人的夹道，向家明觉得夹道像战场上的壕沟，又像猎捕野生动物的陷阱。往里看，是一张齐天星睡觉的小床，小床小而又小，只是一个小窝。齐天星躺在小床上，恐怕连腿都伸不开，只能窝着身子蜷着腿睡觉。床的上方，吊着一块乌黑的熏腊肉，床上也扔着两包东西。脱贫攻坚搞了两三年，竟然还有村民住在这样窝囊的地方，要不是亲眼所见，真的不敢相信，这哪里是安居的居所，简直就是传说中的贫民窟。贫民窟说轻了，这简直就是神话传说中的魔窟。让向家明更加吃惊的事还在后头。在床头一侧，夹道尽头，齐天星用几块砖头支起一口铁锅，他就在那里做饭吃。看锅下面冒着余热的灰烬，表明齐天星刚在那里做过饭。这个齐天星，真是不要命了。她不敢在屋里多待，打开自己手机上的手电筒照着路，赶紧退了出来。

那只小白狗果然没有咬她。她进屋，小白狗虽说也脚跟脚进屋去了，但它一进屋就拐到门后，卧下身子，喂它的娃子们吃奶。小白狗生了四只小狗，小狗们的眼睛似睁未睁，在哼哼唧唧地蠕动，像是急着找它们的妈妈。小白狗一躺下，它们很快都找到了属于自己的奶头，安静下来。它们的妈妈是纯白色的，它们却都是黑色。

向家明从屋里一出来，就冲齐天星吼：屋里堆满了易燃物，你竟然还敢在那里面生火做饭，我看你真是不要命了。万一屋里着起火来，你跑都跑不及，不把你烧黑才怪。从今天晚上起，我就不许你在这里住了，马上给我搬到新房子里去。

在向家明吼齐天星时，齐天星的表情随着她表情的变化而变化，脸上寒寒的。可向家明一不吼他，他脸上又很快有了笑意。

附近的村民，听见向家明吼齐天星，纷纷围过来看热闹。有人悄悄议论：向书记要把大猩猩变成人，看来大猩猩不下山是不行了。还有人注意到大猩猩穿上了一身新的行头，说大猩猩人模狗样的，有点儿齐天大圣的味道了。

向家明继续对齐天星吼：我让你到新房子里住，不是要强迫你过幸福生活，主要是对你的安全负责，对你的生命负责。实话告诉你，万一你的生命安全在这个危险房子里出了问题，上级是要对我向家明追责的，我是要被撤职的。

问题有这么严重吗？大概齐天星不认为问题会这么严重，脸上呆呆地笑着，一副"你有你的千条计，我有我的老主意"的样子。

当着这么多人，你说说吧，为啥不愿到新房子去住？

齐天星总算说出了真正的理由，他说，他的侄子结婚时，借他的新房子当婚房。他侄子本来在县城里租了房子，看这里的房子新，空气好，就带着新娘到这里度婚月。他们老在新房子里放音乐，放的声音很大，他嫌吵得慌，就没到新房子里住。

你侄子他们现在走了吗？

齐天星有点支吾。

有人替他回答：向书记，你不要听大猩猩的，他的侄子和侄媳妇早就走了，都走了一个多月了。

对别人的揭发，齐天星有些气恼，他骂人家放狗屁，说：谁是大猩猩，你妈才是大猩猩，你奶奶才是大猩猩呢！

向家明说：这好办，走，你马上带我们去你的新房子里看看。

齐天星不想去，但向书记说了要去，他不敢不去。去新房的路，是田间的另一条小路，小路被整修过，显得比较平缓。在去新房的路上，有的村民散去了，还有些喜看热闹的村民大概还没有看够，跟着齐天星、向家明、张警官他们一起往新房走。太阳走在下山的过程中，已渐渐有些发红。见一行人往新房子里走，小白狗不失时机地跟了上来，寸步不离齐天星左右。它可以暂时不管它的孩子，但不忍心看着它的主人像犯错误的人一样被人们押着走。

走到半道，齐天星停了下来，两手在身上摸，说坏了，他没有带新房门上的钥匙。

没带没关系，你去取来就是了。向家明说：你不用着急，我们去你家的新房门口儿等你。

齐天星折回身去取钥匙，深勒雨靴踏在小路上哐哐响。他往回走，他的最忠实的卫士小白狗，也跟他一块儿往回走。它紧跟主人，向来不问原因，是无条件地紧跟，也是盲目地紧跟。

有个村民说：大猩猩狡猾得很，他说没带新房门的钥匙，很可能是借口，他这一回去，就不一定回来了。

向家明说：不会的，我相信他一定会回来。

张兴知道齐天星家的新房在哪里，他先走在前面，带向家明来到了新房门口。这是砖石结构的四间平房，三间堂屋，一间灶屋，建在通向草厂镇的公路旁边。房前用水泥打成的院坝不算小，停得下好几辆小汽车。院坝是用矮墙围起来的，前面有一道院门。院门是木栅栏，虚掩着，一推就开了。

向家明他们走进院子，正看房门上贴着的大红"囍"字，齐天星就和他的小白狗赶了过来。齐天星用手中的钥匙打开房门，请向家明他们进屋。三间堂屋，中间是客厅，东西各一间是卧室。卧室都装着木门，门上都有暗锁和钥匙。齐天星打开的是西间卧室的门。墙上挂着齐天星侄子和侄媳妇大幅的结婚照,席梦思床上放着两床大红的被子,大衣柜上面也贴着红双喜,屋里似乎仍洋溢着婚庆的气氛。向家明说:不错呀,你侄子借的可是你的光。要不是你把房子借给他们住,他们到哪里找这么好的地方。怎么,你今天晚上就住在这里吗?

齐天星说,他住东间屋,这间屋子还给他侄子留着,说不定哪一天他们还会来。

东间屋里有床吗?有被褥吗?你怎么不让我们去东间屋看看呢!向家明问。

东间屋最近我没打扫,有点乱。等我这两天打扫一下,你们再来看吧。齐天星说。

不管怎么说,反正从今天晚上开始,你必须搬下来住。你能做到吗?

齐天星点点头。

第二十五章

刘丽经过日夜苦干，按时把汇报材料写完了。把材料交给向家明，向家明立即连夜看，边看边修改。总体来看，材料写得不错。该写到的脱贫项目和脱贫成果，都写到了。在规划中没列到的项目，也写到了。比如：红高粱种植基地、红高粱烘干房、红高粱仓储中心等，在原来的规划项目中没有，是后来争取到的。这个项目对高远村的整体脱贫，有着举足轻重的作用，写进汇报材料是必要的。只是刘丽把材料写得有些长了，一万多字。向家明作了适当压缩，压到九千字以内。她删掉的部分，多是一些虚的东西。比如：刘丽在材料中引用了一些花灯调的唱词，用那些唱词，艺术性地证明高远村所发生的巨大变化。向家明认为，如此严肃的汇报材料，主要是来实的，不能来虚的；要的是干货，不能有半点水分；靠的是数字说话，不是华丽的语言。向家明虽然也主张汇报材料不可太呆板，可以举一些实例，可以有一些细节，可以生动一些，但引用花灯调的唱词就免了吧。

向家明把修改过的材料，马上报送田玉坤书记审阅。田书记阅后认为很好，很翔实、很有说服力。他在材料上方批了字，要镇办公室的文印室立即打印六份。办公室主任上门取材料时，田书记又特别交代，打印的材料字号要稍大一些，省里来的验收团里可能有老同志，字号大一些，便于老同志看。

镇里很快派人把打印好的材料送给向家明一份。因字号比较大，页数比较多，拿在手里厚厚的、重重的，差不多像一本书。要说重，的确有些重。向家明来高远村工作了将近三年，她所有的付出和收获、辛劳和喜悦、痛苦和幸福，可都在这份材料里啊！同时，她又觉得材料重得还不够，还有好多不为人知的内容并没有包括进去。比如，她去年所得的那一场十分危险的病，病痛折磨了她九个多月，等于她拼着性命坚守在工作岗位上。在生病期间，她不让领导、父母、同事等知道她生了病。病情好转之后，按人之常情，她可以将自己生病和治病的过程公之于众了吧。特别是在报社的记者和电视台的记者采访她的时候，她顺口就可以说出来，以表明她所具有的顽强意志力和牺牲精神。可她还是守口如瓶地把生病的事回避了。生病，是人的身体的阴暗面，有什么可说的呢，有什么可炫耀的呢！动不动拿生病说事，是不是在撒娇呢，是不是想邀功呢？既然在生病期间没有说，病好了，就更没必要说了。回过头想想，她的后怕还是有的。如果她选择的保守治疗不成功，造成病情的恶化，说不定她早就不行了，不知烟消云散在哪里。要是那样的话，她哪里还有机会等到省里的验收团来高远村验收脱贫攻坚成果呢，哪里有机会向验收团的领导汇报高远村的工作呢！

向家明有时也讨厌自己，甚至恨自己。恨自己？这话怎么说？她是恨自己的身体不争气，往往在关键时刻掉链子，不给力。这不，就在验收团抵达高远村的当天，向家明的身体又出现了问题。这天早上，她心里有事，醒得很早，不到六点就起床了。她计划到文化广场旁边的篮球场里快走几圈，活动活动身体，以昂扬的精神状态迎接验收团的到来。天还黑着，透过篮球场边的夜明灯，向家明看到这天的天气是个阴天，雾气浓重。篮球场四周，是用绿色合成塑胶铺成的步道。步道柔软而有弹性，不易打滑，向家明就沿着步道快走。刚走了一圈，她觉得脸上有些凉，一摸，沾了一手湿，是雾气在她脸上凝结成了小水珠。向家明快走，不是随便走几圈，完成任务就拉倒了，她对自己的快走是有要求的，不允许走得拖拖拉拉、松松垮垮，她要求自己昂首、挺胸、收腹、带节奏。关键是带节奏，她要求自己的每一步都要踩在节奏上。关于节奏的问题，女儿跟她一起讨论过。女儿认为，西方国家年轻女人走路的姿态之所以风度翩翩，是她们从小就受过形体训练和舞蹈训练，走路带有节奏感。而长期处在贫困状态下的中国女人，从小受到的只有刨地的训练、拉车的训练，根本不懂得什么节奏，所以走起路来歪里歪斜，一点儿都不好看。向家明虽然不完全认同女儿的说法，但她觉得，女儿的看法有一定道理。这就是说，连走路的姿态，都要有物质基础。如果连饭都吃不饱，成天饿得肚皮的前墙贴到后墙上，连走路都费劲，哪还有心思琢磨走路好看不好看呢？

向家明计划走九圈，走到第六圈的时候，她觉得腹部疼了一下。她以为收腹收得太紧了，才导致了腹部的疼。于是，她把腹部放松下来，再接着走，腹部果然不疼了。然而，当她走到第八圈的时候，腹部又疼起来，这次疼得比刚才还厉害，疼得她直接停下脚步，弯下腰来。看来，疼痛的原因不是收腹不收腹的问题。讨厌，疼什么疼，有什么可疼的！她一定要走完九圈才收兵回营。篮球场里的雾气越来越重了，她像是在雾气里穿行，几乎感到了雾气的缭绕给她造成的阻力。农谚说，夏雾热，冬雾雪。雾气这么大，难道要下一场雪不成？！篮球场里没有别人，只有她一个人在活动。在白天放学后，每天都会有一些小学生在这里打篮球，在那里打篮球的学生中，有男生也有女生。有的女生跑得也很快，抢起球来一点儿都不亚于男生，让向家明看得非常高兴。她想，村里建一个篮球场真是太对了，这给村里的孩子们带来多少乐趣啊。下一步，她要把村里的年轻人挑一挑，看看能不能组成一个篮球队。若把篮球队组织起来，他们就邀请邻村的青年来这里打比赛。篮球场西侧看台的上方，是一个新建的长途客运汽车站。说是汽车站，其实不过是一个汽车停靠点，因为客车只有一辆，驾驶车的师傅只有一人。师傅不是高远村的，而是邻村的。他看到了商机，就贷款买了一辆中型客车，跑起了长途客运。起点是高远村，终点是遵义市。他每天早上七点发车，下午一点从遵义返回。返回时，遵义成了起点，高远村是终点。如此一来，高远村的人如果想到遵义市，那可方便多了，从家门口坐上车，中途不用换车，就可以坐到遵义。早上在家里吃完早饭，不耽误中午到遵义吃午饭。只是呢，为了多拉客人，客车绕路远一些，停靠的站点多一些，车开得也慢一些，一个单程就需要跑四五个钟头。大概为了体验一下，有一回，郝思清来高远村时，自己没有开车，就坐上了长途客车。一路上，他看到司机师傅的服务态度非常好。只要看到路边有人招手，他就会停车。停车后，有的旅客不光是上人，还往车上搬粮食或化肥。司机师傅不但不反对，还下车帮人家往车上搬东西。人家要多付运费，他却坚决不收。因路上耽搁的时间较多，那次郝思清下午一点从遵义登车，到高远村时已是晚上的六点五十分。见到一直在车站等他的妻子，他不但对师傅没有半句埋怨，还向妻子夸奖了他，夸师傅有为民服务的精神。向家明也当即表扬了师傅。不料师傅却说：向书记，我知道您，我这是向您学习呢！从那以后，向家明跟师傅就认识了，一见面就热情打招呼。

既然高远村有了汽车站，在向家明的建议下，村里就在汽车站旁边建了一座八角的亭子。与亭子相衔接，并从亭子南北两个向度延伸，各建了一座长廊，形成以亭子为中心、以长廊为双翼的建筑格局。这样的格局，有村民为它命名，叫"凤凰展翅"。有了亭子和长廊，候车的人们就有地方坐了，夏日不怕日晒，秋天不怕雨淋。这里还很快成了村民常光顾的一个景点，不候车的人，也愿意到亭子里或长廊下坐坐，或看看书，或照照相。小学生们放学后，不愿意马上回到家里去，喜欢到长廊下边玩一会儿。那里几乎成了孩子们的一个乐园。向家明经常听到一个说法，叫"建设性"。她理解，建设性至少有两重性，一重是物质性，另一重是精神性。物质性和精神性的建设互相促进，相辅相成。拿亭子和长廊来说，有了物质性的建设，随之就延伸了精神性，变成了休闲、娱乐的场所，变成了可供审美的存在。

向家明按计划走完九圈，往上面的长廊里一看，见已经有人在那里候车，赶车的人总是赶早。又有一个男的，骑着电动车，把一个女的送到车站，把女的留下候车，自己骑车走了。有了"凤凰展翅"的庇护，候车人连下雪都不怕的。回到楼上，向家明的腹部不再疼了。

她难免联想起上次发病的症状，那次发病初始，腹部的疼痛也是时断时续，怎么，难道旧病要复发？按以往的规律，她每次快走之后，身体都会发热，并微微出汗。奇怪的是，她这次快走之后，身体不但没有发热、出汗，还微微有些发冷。这可不是什么好兆头。她懂得，感觉身上发冷的人，并不是体温降低了，而是升高了，是身体发烧所致。她找出体温计量了一会儿，在灯光下一看，体温果然超过了人体的正常温度，显示的是低烧的度数。她想骂人，本来好好的，怎么发起烧来了！这样的症状，与上次发病又不相同，上次只是腹部疼，并没有发烧。这次，却是腹部疼伴随着发烧。管它呢，验收团的验收，不是只有两天时间嘛，发烧就让它发去，一切要等两天以后再说，再去医院检查。

  向家明做出的决定和上次一样，自己的病自己扛，暂不让领导和同事们知道。三年工作，两天汇报，对于汇报高远村的工作，作为驻村第一书记，她不想缺席。她要是对田玉坤书记说明她发烧，要去医院检查一下，让田书记一个人向验收团汇报，田书记不会不同意。但年轻的田书记会不够自信，觉得自己压不住台，会感到孤单。这些年来，别看田书记是她的上级领导，就个人能力而言，特别是就她在市里区里的影响而言，田书记对她是佩服的，甚至是依赖的。田书记毕竟还年轻，经历的事情还少，她有责任帮助田书记成长。有一回，田书记去区里的一个业务部门，争取一个扶贫开发项目。负责项目审批的是一位副科级干部，比田书记还要年轻许多。那个副科长不但没有批准项目，还把田书记训了一顿，把他训得一点脾气都没有。田书记回头对向书记讲了这件事，讲得眼圈发红，像是受了委屈。田书记说，别看他在下面当书记，可上面有些科室的干部，根本不把他们这样的基层干部放在眼里，连一些年轻的干事都敢训他们。向家明说，田书记下次再去区里争取项目，她陪他一块儿去。果然，田书记再去区里争取扶贫项目时，向家明陪他一块去了。而且争取的还是上次未获批准的那个项目。向家明并不直接和那个副科长交谈，在田书记和副科长交谈时，她就坐在旁边，一声不响地听。向家明不怒自威的样子，还有她的纪检委警示教育科科长的身份，大概把副科长镇住了，副科长这次没敢过多推托，更没有对田书记耍态度，只强调了一下资金紧张，还是把项目给批准了。他批准了扶贫开发项目后，像是一下子又占了理，撇开田书记，大声对向家明说：向书记，这下达到您的满意了吧！

不料向家明比他的声音还大，说：你嚷什么！你不要问我满意不满意，要问人民满意不满意。人民群众的满意，才是真正的满意！

副科长顿时偃旗息鼓，不敢再说什么。

向家明还没完，对副科长说：在基层工作的同志，都很不容易，你们要学会理解他们，尊重他们，不要对他们颐指气使，动不动就对他们发脾气。

通过这件事，田书记再次领教了向家明书记的厉害，他随后悄悄对向家明说：向书记，您好厉害！

向家明说，对一些官气十足的人，该厉害就得厉害。她最不怕和当官的人打交道，不管多大的官，她都不害怕。她最害怕看见的，是穷人的眼泪，一见穷人流眼泪，她就受不了。

上午十点，省里验收团成员乘坐一辆中巴车，准时来到高远村办公楼门前。开车的司机除外，验收团成员一共六人，有老年人、中年人，也有青年人，是老中青三结合。上午还不到九点，田玉坤书记和镇长就提前来到了高远村。田书记事前已经得到消息，验收团的团长，是从省发展和改革委员会退休的老主任，李主任。他虽然退休了，因工作经验丰富，省里还是安排他当了高远村脱贫攻坚验收团的团长。田书记和向家明他们，早早就在楼下迎候。他们以前在电视上多次看见过李主任，对他并不陌生，李主任一下车，他们就认出来了。他们没把李主任叫李团长，还是叫李主任。向家明自觉退后，把田书记让到前面，让田书记先跟李主任握手。田书记握住李主任的手说：欢迎李主任一行到草厂镇高远村检查指导工作！向家明这才上前对李主任介绍说：这是我们草厂镇的党委书记田玉坤同志。田玉坤也把向家明介绍给李主任：这是高远村的驻村第一书记向家明同志，她是从市纪检委下来驻村的。李主任把向家明看了一下，说：向家明，听说过，在报纸上看见过。您在高远村干得不错呀！

谢谢李主任关注！

汇报工作在三楼的党员活动室里进行。参加汇报的，镇里来的有田书记、镇长、镇扶贫办公室主任，村里有向书记、夏支书和尚主任。刘丽也来了，她是在为汇报会议做服务工作。天气冷了，不太适合喝矿泉水，刘丽为每位与会人员倒了热气腾腾的茶水。汇报开始时，田书记说：我们欢迎李主任讲话，做指示。

李主任说：我们下车伊始，不能就发议论，更不敢做什么指示。省委派我们到高远村验收几年来的脱贫攻坚成果，验收的本身，也是一种确认。那么，确认的过程，就不是挑剔的过程，而是学习的过程。我的意思是说，我们从省里来到高远村，是向大家学习来了。闲言少叙，汇报就开始吧。李主任说的是闲言少叙，可他又叙了几句。他说，他在省内的一家报纸上，看到过一首花灯调的唱词，唱词从正月唱到腊月，唱的就是高远村的事。

向家明问李主任：您在什么报纸上看到的？

李主任说：记不清什么报纸了，反正说的是高远村的事，一开始就唱"深山里有个高远村"嘛！

向家明说：这事奇怪，我们从来没往外投过稿，我们编的唱词，怎么就被人拿去发表了呢，我们一点儿都不知道。您记得有作者署名吗？

不记得，好像没有。

这首唱词，有一部分本来被写进汇报材料里了，我嫌太长，就去掉了。

李主任说：我印象中唱词很好，很有说服力。你们可以把唱词作为附件，附在材料后面。也许有人不爱看前面的材料，就爱看后面的唱词。

田书记说：好的。他对办公室主任说，你马上去办这件事。

接下来，田书记的汇报，是对着材料，照本宣科。他模仿的是电视台播音员的口气，尽量念得字正腔圆、抑扬顿挫，力争达到比较好的汇报效果。

李主任手里也拿到了一份汇报材料，他戴上老花镜，一边听田书记念材料，一边往后面翻看。听了一会儿，他说：田书记，汇报材料你不一定全念，挑重点讲一讲就可以。

田书记说：好的，可以，可以。可是，在田书记的眼里，好像每一项工作都是重点，他一项都不愿落下，都不想翻过去，还是一页接一页往下念。

向家明听着田书记念材料，虽然材料的人称使用的是"我们"，但在向家明听来，材料所提到的各项工作，仿佛都是田书记做的，跟她向家明没多大关系。而实际上，每一项工作都是她具体操作的，都跟她有着血肉般的联系。从修路，到建水库；从建维基站，到改高压电；从建学校，到建幼儿园；从盖办公楼，到建卫生院；从种核桃，到种红高粱，等等，哪一样工作都使她付出了不少心血、汗水和泪水。如果验收团认为，高远村的脱贫攻坚工作主要是田书记做的，向家明心里也不会有什么不平衡。是的，田书记也是高远村脱贫攻坚工作的责任人之一，他对高远村的工作一直很支持，也付出了许多艰苦努力。高远村能走到今天这一步，靠的是集体的智慧、集体的意志、集体的力量，仅仅靠她向家明一个人，是干不成什么事的。

向家明身上阵阵发冷，她感觉自己烧得更厉害了，就悄悄给村卫生院的医生发了一条微信，让医生给她送几片退烧药。医生回信，希望她到卫生院看一看，给她量量血压，做做心电图，再测测体温，再决定是否给她开退烧药。向家明说，她这会儿正在开会，离不开。她让医生把退烧药送到办公楼的楼下就行了，送到后微信告诉她，她下楼去取。不一会儿，医生就把退烧药送到了，送了四片。医生嘱咐说，一次吃一片，服药后出汗，退烧。十二小时后，如果再起烧，可再吃一片。向家明接过药，赶紧装进口袋里，说知道了。回身上楼时，向家明看见齐天星在那辆中巴车前转悠。让向家明高兴的是，齐天星所穿的衣服，就是那天她逼着齐天星所换的那身新衣服。这个齐天星，他总算不穿破烂衣服了，总算改变面貌了。向家明听张兴跟她汇报，齐天星家的危房已彻底拆掉了，齐天星和他家的小母狗、狗娃子，都已搬到新房子里居住。向家明想来想去，还想不出该怎样为齐天星的变化做总结。她想到一个词，叫"贫穷惯性"。人长期贫穷，吃不饱、穿不暖，就有可能形成贫穷惯性。突然脱贫了，他一时不能适应，还习惯穿烂衣服，住破房子，顺着惯性继续滑行。要改变他的惯性，给他的惯性刹车，就得采取一些强制性的措施。这种强制叫"强制幸福"。向家明不知这些词是否准确，她还没跟别人交流过。

汇报十一点四十结束，田书记安排验收团去镇里吃午饭，参加汇报的人都一块儿去。吃过午饭，田书记安排验收团的成员到宾馆里休息一会儿，下午两点半开始到村里去走访。向家明吃过退烧药后，出了一阵子汗。她觉得头上的汗珠在往外冒，用面巾纸一擦，一下就把三层纸都湿透了，浅色纸变成了深色纸。她把湿透的纸巾在手里攥了一下，汗水都是凉的，像沾了冰水一样。她知道，汗一出透，烧就退了，在整个下午，就不一定再发烧，可以继续陪同验收团的验收活动。

验收跟向家明估计的一样，下午的走访活动一开始，李主任就提出，先就近到长风组的搬迁户家里看一看。褚大鹏上班去了，家里锁了门。褚大鹏的哥哥和嫂子都在家，验收团的人走进褚大鹏的哥嫂家，在楼下楼上看了一遍，并和褚家哥嫂交谈了几句。李主任记得，花灯调的唱词里唱到七月，唱的就是长风组前后的变化。唱词里把男人比成牛郎，把女人比成织女，把长风组的高山比成天河，因天河的阻隔，牛郎和织女过去要见一面是很难的。而现在呢，他们从山上搬下来了，跟填平了天河差不多，牛郎和织女可以天天在一起。李主任看看褚家的哥嫂，不禁有些想笑，心说：这不就是上了岁数的牛郎和织女吗！他问：你们觉得现在的日子怎么样啊！褚嫂说：好，好，都好到天上去了，过去连做梦都不敢想。

验收团乘坐的中巴车回到高远村，车在村里的通组通户硬化路上穿行，由低到高，由远而近，走走停停，随机走访了好几户人家。全村共四百多户建档立卡的贫困户，每户门口一侧的墙上，都贴有一张彩色贴画，还有一张图表。彩色画上印有向家明的头像和电话号码，她是脱贫攻坚的责任人。图表统一印制，统一规格，面积像一张报纸那么大。图表上列有多个项目，包括户主姓名、家庭人口、收入来源，还有全家一年来的总收入和平均收入。这样的图表，可以让来访的人一目了然，可以很快判断出这户人家是否实现了脱贫。验收团来到海拔最低的海洞组，秦希明组长陪同验收团走访了两户人家。天气有些湿冷，秦希明请验收团的人去到他别墅一样的家，给每人沏了一碗姜糖茶。验收团没有去看水库，只去水厂看了看。水厂里有水塔，还有净化水用的水池，已经实现了供水现代化。在路边又看到一座房子，李主任让停车，要去那户人家看看。那户人家是周志刚家。向家明也在中巴车上坐着，她对李主任说，那户人家不是贫困户，不在建档立卡的贫困户之列。

不是贫困户，那就是富裕户喽？李主任问。

富裕户恐怕也说不上。向家明把周志刚家的情况简单对李主任介绍了一下。周志刚有两个儿子，大儿子和大儿媳都在城里打工，挣了些钱。二儿子在部队当兵，每年也给家里寄钱。加上他自家的地里种有庄稼，家里还养了猪、鸡，日子过得还可以。只是前些年，他拿自己家里的钱，帮助村里修毛路，还帮助别人家的孩子上学，日子过得很是节俭。可村里要把他家列为贫困户，他坚决不同意，说不能为国家增加负担，所有的困难，他们自家都能克服。

李主任说：您说到的这种情况，我以前很少听说。我听说，不少人家都愿意当贫困户，本来不够贫穷，千方百计找熟人、托关系，也要把自己弄成贫困户，为的是能够受到照顾，享受到政策红利。

是的，周志刚同志是一位当过兵的老党员，政治觉悟和思想觉悟都比较高。

这样的同志，我们更应该到他们家里去看看。

验收团一行下车来到周志刚家门前的院坝，见一个戴红领巾的小学生，正用笤帚在院坝里扫地。小学生见有人来，暂停扫地，就地立正，给验收团的人敬了一个队礼。

李主任说：不错不错，这个小朋友表现不错，回到家里还知道帮助家里打扫卫生。

向家明说：这是学校要求的，每个小学生回到家里，都要参加家里的家务劳动。

说话间，周志刚从屋里出来了。他知道田书记和向书记带来的是省里下来的脱贫攻坚验收团成员，大声说：欢迎各位领导到高远村检查指导工作！

李主任和周志刚交谈了几句，周志刚的神情突然严肃下来，说：借这个机会，我想给领导提个建议。

李主任说：有什么建议，您只管说。

周志刚说：我认为你们下来验收高远村的脱贫攻坚成果，既要见物，也要见人。物质成果都在那里明摆着，路也好，电也好，水也好，人均收入也好，容易看得见，摸得着。可是，人在背后所做的工作，所付出的千辛万苦，就不那么显而易见。向书记也在这里，当着向书记的面，我这样说，可能不太合适。我个人认为，向家明同志是一位非常合格的驻村第一书记，可以说她是众多驻村书记中一个优秀代表。作为一个女同志，她也是上有老，下有小，家里也离不开她。为了高远村的脱贫攻坚，这两三年来，她所付出的代价，所忍受的痛苦，所做出的牺牲，是别人难以想象的。我的建议是，你们应该总结向家明同志的事迹，宣传向家明同志的事迹，让别的驻村第一书记向向家明同志学习。

周志刚的话，说到了向家明的痛点，也说到了她的委屈。要知道，她这会儿就在发烧，腹部正在隐隐作痛，正忍受着病痛的折磨。痛苦和委屈上涌，她的双眼顿时涌满了泪水。她使劲忍着，用自己的长睫毛挡着，才没让泪水流下来。她说：老周，老周，您别说这个，我做得还很不够。

李主任注意到了向家明满眼的泪水，他对周志刚说：您的建议很好。按照省里的规定，我们这次来，没让通知媒体的记者。要是来两个记者就好了。不过没问题，我们回去后，会向省里汇报向家明同志的事迹。

当晚，向家明身上忽热忽冷，似睡非睡，似醒非醒，迷迷糊糊，蒙蒙眬眬，好像老是在做梦。她梦见和丈夫郝思清在大海里游泳，大浪滚滚，连天波涌。一个浪头打来，把她和郝思清分开了。海水冰凉，她伸着胳膊向郝思清游去。眼看要抓到郝思清了，要抓到可以救她的人了，让她万万没有想到并深感吃惊的是，郝思清没有一把抓住她，反而把她推开了，一个人向岸边游去。天哪，这是怎么了？她一边拼命挣扎，一边大喊起来：思清，思清，难道你不要我了吗？这样喊着，又一个浪头打来，她一下子被打入水底，遭到了灭顶之灾。似死未死之际，她才醒了过来。醒来后，她仍喘息不止，冷得直打哆嗦。她摸摸自己的脑门，觉得发烧烧得更厉害了。她开了灯，喝了半杯温开水，又吃了一片退烧药。直到天将明时，她才给郝思清打了一个电话，上来就说：思清，我不行了，我觉得这一回我真的要完蛋了！

家明，不着急，慢慢说，怎么回事？

这两天我一直肚子疼，还发烧。

你感觉是旧病复发了吗？

像是旧病复发，又不太像。上次肚子疼，有撕裂感、烧灼感，疼得比较尖锐。这次我肚子疼，疼得有些发闷，有膨胀感，好像消化不良一样。上次肚子疼，不发烧。这次老是发烧。我吃了退烧药，烧是退下去了，可过不了多长时间，烧又起来了。我这会儿估计已经到了高烧的程度。

这次是不是你的肾结石出了问题呢？是不是肾上有了炎症呢？

我也不知道。

那就赶快回来吧，咱们马上去医院检查一下。

省里的验收团今天上午还要在村里活动半天，他们下午就回去。他们一走，不管他们验收结果如何，我马上回去看医生。

我的意见，你不要管验收团走不走，你只管走你的就是了。高远村脱贫攻坚的成果都在那儿摆着，难道还怕他们验收吗，难道还怕他们的验收通不过吗？！

验收我倒是不怕，高远村经得起验收。我看我还是再坚持一下吧，不就是半天时间嘛。

一个人的生命在一呼一吸之间，赢得一个人的生命，往往在很短时间，耽误一个人的生命，往往也在很短时间。生命要紧，赶紧回来吧。

真讨厌，我这个人太讨厌了，我讨厌我自己。身体太不争气，老是在关键时刻出问题。

这很正常。每个人都爱自己，有时也会讨厌自己。有人讨厌自己的身体，有人讨厌自己的脾气。郝思清以为向家明同意马上回市里，问：是让村里的人送你回来？还是我现在去接你回来呢？

向家明说：没有啊，我不是说了下午回去嘛。

家明啊家明，让我怎么说你好呢，你还是在玩命啊，还是不听话啊！

下午一点多，向家明刚把验收团的人送上车，刚向李主任他们招手说了再见，她的身体就再也支撑不住了。她摇晃了一下，顿觉天旋地转，差点摔倒。她向旁边的刘丽伸出了手。

刘丽一抓到向家明的手就惊得"呀"了一声。向家明的手滚烫滚烫，在发抖，在抽搐。向书记，您怎么了？您的手好烫啊！

没事儿，我觉得头有点儿晕。这样说着，她闭上了眼，身体开始往下塌。

刘丽赶紧抱住向家明，不让她倒在地上。她叫着"向书记，向书记"，声音里带了哭腔。

田书记对他的司机说：快，马上送向书记去镇医院！

到了镇医院，向家明双目紧闭，几近昏迷状态。医生初步检查，发现向家明腹部有积水，体温超过了三十九度，病情已十分严重。镇医院医疗条件有限，医生建议，立即把患者转送到市里的医院检查、治疗。

医院的医护人员把向家明放在担架上，盖上了白色的被子，抬上了急救车。

这时，天下起了小雪。这是入冬后的第一场雪，雪下得不是很大，零零星星，飘得东一朵，西一朵。

夏方东、尚应金，还有刘丽，都要上急救车，陪同他们的向书记去市医院。

田书记对他们说：你们谁都不要去，去了也帮不上什么忙。急救车上有跟车医生，我和医生一起送向书记去市医院就可以了。

雪比刚才下得大了一些，急救车鸣着笛，冲破雪雾，向遵义市疾驰。

半路上，郝思清给向家明打来了电话。因向家明的耳朵里一直轰轰作响，像隔着千山万水一样，电话响了好一会儿，田书记提醒她，她才听见。她闭着眼睛，一听是郝思清的声音，才稍稍清醒了一些。她没有说话，觉得喉头堵得厉害，好像失去了说话的能力。

家明，家明，我是思清，你怎么样？你说话呀！

向家明这才说：我掉进冰窟窿里了，我好冷……思清，你不要走，不要走……你等等我，等等我……

尚主任给我打电话了，说你在急救车上。我正在医院门口等你，我哪里都不去。

向家明在胡思乱想，我这次真的活不成了吗？我真的要死了吗？我今年多大了？完了，想不起来了。死就死吧，无所谓。反正高远村的人脱贫了，我的任务完成了。可是，我的妈妈怎么办呢，我的女儿怎么办呢，我怎么舍得离开她们呢！

雪越下越大，大朵大朵的雪花铺天盖地，天地一片白茫茫。

第二天，高远村的一些村民，冒着风雪，去市医院看望他们的向书记。他们有的带着蜂蜜，有的提着糕点，有的拎着红枣，有的带着鸡蛋，还有的抱着肥母鸡。他们听说向书记生病了，而且病得还不轻。他们认为，向书记都是为了能让他们过上好日子，才不顾自己的身体，把自己累得生了病。他们要好好看望一下他们所爱戴的向书记，劝她好好养病。

然而，他们扑了空，去市里医院没能看到他们心心念念的向书记。向家明因病情危重，急需做手术，被紧急转移到省城的医院去了。

第二十六章

中国人每年都要过两个年，一个是阳历年，一个是阴历年。阳历年的名字叫元旦，阴历年的名字叫春节。中国人对过元旦不是很重视，什么元旦不元旦，去它个蛋的吧。而对春节历来很重视，过春节才算真正过年。元旦像抢槽一样，总是跑得快一些，往往是阴历还在腊月里，过了冬至刚交九不久，日历牌上已翻到了元旦。

拿公元2018年来说，这年的阴历还在腊月里，当年值年的狗还正在值班，2019年的元旦已过去了好几天。过去就过去吧，既然还在狗年里，猪年还没有到来，各家的人，对各家的狗，仍不妨高看几眼。到了猪年，猪就没有那么幸运了，过年时，人们对肥猪照杀不误。说不定，在2019年的猪年春节，人们杀猪比往年还会多一些，谁让大家的日子都好过了呢。

过了元旦，向家明重新在高远村出现，村民们又看到了向书记活跃的身影，又听到了向书记好听的声音。他们奔走相告，向书记回来了，向书记又回来了！他们看见，向书记穿了一件新的、大红的羽绒服，脖子里搭着一条长长的、金红的羊绒围巾。在往年的春节团拜会上，村民们在电视上看到一些艺术家，戴的就是这样的围巾。他们的向书记，难道也要给大家拜年了吗？他们听见，向书记的声音还是那样清脆、明亮，一开口就像唱歌一样。他们都知道，向书记爱唱歌，快过年了，向书记要给大家唱山歌听吗？反正向书记的精神头好得很，简直就是春风满面，光彩照人，哪里有一点生过病的样子呢。

他们哪里知道，向家明这次得的病，是积累已久的肾结石脱落，堵塞了泌尿系统，造成了肾积水，发炎，持续高烧。急救车把她送到市里医院时，她已经人事不省，处在昏迷状态。市医院做了抽水、消炎、退烧等紧急处理，由郝思清做主，把她转送到省城医院接着抢救。她在省城的医院住下来，做了手术后又住了一个星期，才总算把命保住了。据主刀做手术的主治医师说，如果患者再晚到医院一会儿，就有可能造成肾积水崩溃，人的整个身体崩溃，再抢救就难了。

向家明这次发病在工作现场，没有隐瞒住。在她住院期间，市委组织部副部长、市纪检委党组书记，还有区委书记江世成等，都先后去医院看望她，慰问她，让她很是感动。

丈夫郝思清一直在医院陪护她。病情好转之后，她又开始跟郝思清说笑话。拿高远村的路作比，原来人的身体里也有路呢。以前高远村的路有石头挡道，哪儿哪儿都不通。高远村搬开了石头，修通了路，就一通百通。不料人的身体里也有石头，石头挡了道，一堵百堵，同样很麻烦。现在好了，她身体内部的石头被拿掉了，以后再也不用担心石头捣鬼了。郝思清说：高远村修好了路，路上就可以跑汽车。你身体里的绊脚石搬掉了，以后是不是也可以跑汽车呀？向家明说：何止是跑汽车，我看跑动车都可以。

这天是阴历的小年，向家明和村里的两委会，要在村里的文化广场上举行一场前所未有的盛大活动。活动主要包括三项内容：一是庆祝高远村脱贫摘帽；二是为每户脱贫的村民颁发脱贫证书；三是上演一台文艺节目。省里的脱贫攻坚验收团那两天验收之后，并没有当场说明验收结果如何。他们回去后，经过讨论、汇报，才郑重确认，高远村在2018年年底，达到了国家规定的脱贫标准，可以摘去深度贫困村的帽子。这个确认，由省委脱贫攻坚办公室形成正式文件，才由省里通知市里，市里通知区里，区里通知草厂镇，草厂镇通知高远村。一步跨越千年，高远村由过去的"刀耕火种"，变成了现代农业，由"高山孤岛"变成了美丽乡村,是应该用证书证明一下,是值得庆贺一下。

天气华美,阳光明丽。上次下的那场雪差不多化完了,只在青山的背阴处还留有几块残雪的圆白,像探照灯一样照着蓝天,照着白云,烘托着会场的宏大气氛。会场上悬挂了红布金字的横幅,上书"热烈庆祝高远村实现脱贫"。会场前方布置了主席台,主席台上放了名签和麦克风。会场周边挂了一些彩旗和彩灯。五星红旗早早地升起来了,在迎风飘扬。

区委书记来了,区长来了。镇党委书记来了,镇长来了。村民们从四面八方向村里的文化广场鱼贯进发。全村四百多户脱贫的村民,都要派代表到会议现场领取证书。无须领取证书的村民,也乐意去会场看看节目,感受一下气氛,享受共同的欢乐。这里以前没有庙会,这次他们像是去赶庙会。这里以前没有形成墟日,这次他们像是集体赶墟。几十年来,高远村很少有这么多人集中在一起,是脱贫的庆典,像号角一样,把成百上千的村民召唤到了一起。还不到上午十点,文化广场上已是人头攒动、摩肩接踵、人声鼎沸、热气腾腾。今天是小年,还不是大年,但人们已穿上了过大年的新衣服,戴上了过大年的新帽子,露出了过大年的新表情。他们不是来一个代表就完了,有的还带了老婆孩子,几乎是全家出动。没有人让他们带鞭炮,不少人却自发地带来了,一来到文化广场外围,他们就燃放起来。鞭炮噼里啪啦响起来,火红的炮屑像是在地上撒满的花瓣儿。

有人看到了商机。爆玉米花儿的来了,在篮球场那边爆开了玉米花儿。玉米在这里叫苞谷,一爆成白色的花朵,就叫成了玉米花儿。每爆一锅子玉米花儿,都会发出砰的一声响,跟礼炮的声响也差不多吧。做棉花糖的来了,他们用机器把糖扯成白色的糖丝,缠绕在竹扦子上,形成一个蓬松的球状,棉花糖就做好了。小孩子都爱吃棉花糖,吃个新鲜,也好玩。卖充气塑料玩具的来了,他们往薄薄的彩色塑料里充进了氢气,一个个动物的形状就鼓胀起来:有鲤鱼,也有天鹅;有小狗,也有孔雀。每一种动物都用细细的绳子牵着,在空中升腾起来,实现了水中动物和天上动物的交汇,陆地动物和两栖动物的联欢。有当爷爷的给孙子买了一条大鲤鱼，孙子在地上跑起来，红色的大鲤鱼在空中也游起来，好像要去跳龙门一样。

齐天星来了，他再也不穿破烂衣服，穿的都是新衣服。褚大鹏来了，还没喝酒，他脸上已是满面红光。王安新扶着奶奶来了，奶奶拄着一根新买的龙头拐杖，走走停停，好像看啥都看不够。奶奶絮絮叨叨，老说一句话：谁死谁亏，活着真好。奶奶这样说，是因为在去年秋天，王安新的曾祖母去世了，是村里帮着安葬的。奶奶还对王安新说：你爸爸啥时候能回来看看就好了。那个女哑巴来了，她今天破例没有背背篓，头发梳得光，脸上搽得香，还在鬓角上插了一朵红绒花。她逮谁跟谁笑，两只眼睛好像有说不完的话。韩虎骑着电动自行车来了，后座上坐着他妻子。韩虎看见有人在卖烤香肠，香肠是粉红色的，说是台湾香肠。他上来就给妻子买了一根。妻子小钱没有马上吃，她拿着香喷喷的香肠左看右看，一副很得意的样子。

让向家明没有想到的是，卫爷爷的女儿卫国梅回老家来了，卫爷爷带着他女儿也来到了会场。他们穿过会场上熙熙攘攘的人群，要找向书记。他们把忙碌的向家明找到了，向家明一眼就认出了卫爷爷饱经沧桑的女儿，她说：终于回来了，亲人们终于团聚了，真好真好，欢迎欢迎！

卫国梅眼里噙满了泪水，她的嘴唇在颤抖，脸上的肌肉在颤抖，连牙齿似乎也在颤抖，却说不出话来。她倘若一开口，一定会泪水倾盆，哭得一塌糊涂。

向家明赶快劝她：别哭别哭，今天是大喜的日子，高兴的日子，你们先参加会议，开完会看节目。咱们找机会再说话。

前两天，向家明专门联系了市文联的主席，希望文联支持一下高远村的庆祝活动。文联主席当即表示，这是他们应尽的义务，一定大力支持。由文联主席带队，文联系统来了诗人、画家、书法家，还有男女青年歌手。诗人准备为高远村写诗歌，画家要为高远村画图画，书法家准备为高远村的村民写春联，歌手当然要登台一展歌喉。别看歌手外面穿着羽绒服，其实他们已经化好了妆，穿上了演出服装，单等演出一开始,他们把羽绒服一脱,即可登台亮相,放声高歌。

省里的记者来了,市里的记者来了。那些记者,有报社来的,有广播电台来的,有电视台来的,也有网络公司来的。不同媒体的记者,手持的采访工具各不相同。报社来的记者手里拿的是采访本、圆珠笔和照相机。广播电台来的记者,手里握的是银色的话筒。电视台来的记者,一来就是一组,一组至少有两个人,一男一女,男的肩扛摄像机负责摄像,女的作为节目主持人负责采访。网络公司来的记者,采录工具简单一些,也现代一些,只需一部手机,什么问题都可以解决。庆典还没开始,各路记者的采访工作却已经开始进行,他们在文化广场的人群中穿梭,把不善表达的村民们追得有些乱躲。

突然,黑压压的人群仰脸向空中望去,咦,那是什么?有一样东西,飞向人们头顶的天空,在空中嗡嗡地盘旋起来。眼看它越飞越高,几乎碰到了蓝天下的一朵白云,它却很快降低了高度,在人群上方平行,差不多快要碰到了人们的头皮。这不是老鹰,老鹰有两只翅膀,这样东西却看不见翅膀。这也不是鸽子,鸽子一般是白色的,这样东西有些发黑,而且比鸽子大得多。人们的眼睛瞪得大大的,有的人甚至有些惊恐。他们看到过汽车了,不知飞到天上的东西为何物。人群中有人传过话来,说这是无人机。无人机?啥是无人机?无人机是干啥用的?又有人传过话来,说无人机是在地面的人遥控操作,是在空中录像用的,录了像在电视上放,谁扬着脸看它,它就把谁的脸录到无人机里去了。哇,现在的人太厉害了,无人机太厉害了,那可不敢看它了。有人赶紧低下了头,也有人拉下帽子盖住了脸。他们想象不出,自己的脸要是被无人机照走,是什么样子。他们以前也听说过飞机,不管是日本鬼子的飞机,还是国民党军队的飞机,都是往下扔炸弹的。现在的无人驾驶飞机,什么都不往下扔,只在天空飞来飞去,只对着人照来照去,真是太稀罕了!

大红的证书都填写上了名字,被工作人员从办公楼的办公室里抱了出来,放在会场前面一侧的桌子上。证书摞得高高的,两张桌子都摆满了。村民们注意到了那些证书,不一会儿,他们就会领到属于自家的那本。他们以前只看见过学校里给三好学生发的奖状,奖状只是一张纸。而证书像是一本书,书的封面上还印着金色的字。千年等一回啊,证书证明着,他们终于从贫困的泥坑里走了出来,从此过上了不愁吃、不愁穿、不愁住、不愁行、不愁洗、不愁上学、不愁看病的好日子。

上午十点半,各位领导和嘉宾在主席台就座,庆典准时开始。庆典由向家明书记主持,她对着麦克风宣布:高远村脱贫庆祝大会现在开始!请全体起立,奏乐,唱国歌。晴空如洗,五星红旗在高高飘扬,雄壮的歌声在群山中回荡。无人机再次升空,录下了这历史性的一幕。国歌唱罢,向家明向大家介绍今天与会的各位领导和嘉宾,每介绍一位,她都带头鼓掌,表示欢迎。接下来的议程,由草厂镇党委书记田玉坤宣读高远村脱贫户名单。全村四百多户脱贫户,如果田书记把名单全部念一遍,恐怕得念半天。田书记只念了六十户户主的姓名,大部分名字用等字代替了。在颁发证书环节,为了节省时间,向家明也没有让所有的脱贫户代表都上台领取证书,她每次只念十个人的名字,十人一组,共六组代表先后走上前台,由领导和嘉宾为他们颁发证书。领到证书后,分组合影留念。大多数没有领到证书的脱贫户代表,由各村民小组的组长代他们一并领回,在会后一一分发。

代表脱贫户发言的,是一位伤残退伍军人老刘。老刘以前在基建工程兵部队当兵,建煤矿时被砸断了一条腿,就退伍回到了高远村。他以前拄着双拐才能走路,基本上丧失了劳动能力。脱贫后,有了医疗保障,他给断腿安上了假肢,穿上草绿色的军裤、解放鞋,假肢就看不见了,重新恢复了一般的劳动能力。他迈开双腿,稳稳当当地就走到了前台的发言席。他的发言,没讲自己的事,讲的是儿子和儿媳的事。他说,儿子以前在外面打工,带回了一个对象。对象生下一个男孩儿,嫌家里穷就走掉了。家里盖了小楼,儿子参加了工作,买了小汽车之后,儿子的对象说是想自己的儿子,又回来了,正式跟儿子结了婚,成了他真正的儿媳。儿媳和儿子结婚后,又给他们家生了第二个孙子。老刘说,他不会说理论,只能说点大实话。有了大实话,才知道高远村的变化有多大。说罢，身体挺立，以军人的姿态，给大家敬了一个军礼。

作为参加庆典的职务最高的领导，该区委江世成书记讲话了。向家明高调宣布：让我们以热烈的掌声，欢迎江书记发表重要讲话。在江书记讲话前，向家明简单介绍了几句：高远村作为贵州省的深度贫困村之一，从上到下，有五位脱贫攻坚的责任人，省委书记是责任人，市委书记、区委书记、镇委书记，还有我这个驻村第一书记，都是责任人。江书记是责任人之一，他一直在为高远村的脱贫攻坚操心，有不少项目都是在江书记的领导下确定的，江书记对高远村脱贫攻坚的全过程都非常熟悉，他的讲话一定非常精彩。

江书记讲话前，轻轻微笑了一下。他说：谢谢向家明书记的介绍！我的确是高远村的脱贫攻坚负责人之一，曾向市委写过责任书。我也一直关注着高远村脱贫攻坚的进展情况。不过，具体工作都是向书记和村两委班子成员做的，我只是做了一些承上启下的协调工作和督促工作。我的讲话，谈不上是什么重要讲话。我这次前来，主要代表区党委、区政府，祝贺高远村摘掉了贫困村的帽子，实现了千年梦想，在贫困村中昂然出列。同时祝贺村里的四百零九户村民领到了红彤彤的脱贫证书，从此过上前所未有的好日子。我的发言，也肯定谈不上精彩，一会儿开始的文艺节目演出，那才是精彩。我知道，大家都在等着看演出，我就不过多耽误大家的时间了。我长话短说，只说一点感想。刚才听了那位老刘同志代表脱贫户所作的发言，我觉得他的发言很好，让我很受感动，也很受启发。我们就是要实事求是，一切用事实说话。别的不说，就说今天开会的这个会场吧。两年多之前，我们在这里讨论高远村脱贫攻坚的规划时，身后是矿井塌陷所造成的希望小学的废墟，前面是裂着地缝的废弃的操场，处处都是破败和萧条的状态。两年多之后，现在大家再来看，我们后面巍然耸立的是村两委办公楼。江书记说着，回身看了一眼办公楼，然后接着说：我们前面是宽阔平坦的文化广场。天还是那个天，地还是那个地，但是，天换了新天，地换了新地，到处是一派喜气洋洋的新气象。像高远村这样的村子，之所以在短时间内发生如此天翻地覆般的巨大变化，都是因为我们赶上了中华民族伟大复兴的时代，得益于党中央脱贫攻坚的大政方针，得益于精准扶贫和"脱贫五个一批"的一系列政策。在全国范围内消除绝对贫困，这在中国几千年的历史上从未有过，历朝历代都没有过。不仅在中国，在全世界各个国家的历史上也没有先例。可以毫不夸张地说，中国的脱贫攻坚，创造了全地球、全世界、全人类的奇迹。此景只应天堂有，如今终于到人间。我相信，中华人民共和国在公元二十一世纪十年代所进行的脱贫攻坚战，及其所取得的成果，必将载入中华民族的史册。同样，高远村的脱贫攻坚和巨大变化，也应该写入高远村的村史。说到这里，江书记向向家明建议说：你们可以在办公楼里辟出两间房，搞一个村史展览室，通过照片和实物，把高远村的前后变化做一个对比，是很有意义的。外面来的人看了展览，会对高远村的历史性变化一目了然。本村的人看了展览呢，也会不忘过去，面向未来，激发出继续前进的斗志。

向家明当即表态说：江书记的建议很好，很有远见，既有历史意义，也有文化意义和教育意义。我们已经列入计划，散会之后，村里会立即着手筹建村史展览馆。

江世成书记最后讲的几句话是：同志们，高远村虽然摘掉了贫困村的帽子，全村的村民虽然全都实现了脱贫，但这不是高远村奋斗的终点，而是踏上新征程后的新起点。下一步，我们要进一步夯实脱贫攻坚的基础，不断巩固和扩大脱贫攻坚的成果，坚决防止有的村民因为各种各样的情况返贫。我们大家都知道了，党中央提出的更雄伟的目标是，民族要复兴，乡村必振兴。民族复兴，离不开乡村振兴。乡村振兴，是中华民族复兴的必由之路。我们一定要积极响应党中央的号召，搞好脱贫攻坚和乡村振兴的有效衔接，尽快迈上乡村振兴的新征程，让地处革命老区的高远村赢得更大的胜利，争取更大的光荣。

江书记慷慨激昂的讲话，赢得了全场群众热烈的掌声。市文联主席不仅起身带头鼓掌，还禁不住大声叫起好来：好，讲得好，好着呢！

人说了不算完，还要唱。人说话，动动舌头就行了。人要唱，不仅要动舌头，还要动嗓子。人唱得总是比说得好听一些。接下来所表演的节目，可以说一个比一个好听，又好看。比较起来，让村民们更感动、更难忘的，倒不是市里来的歌手所唱的歌，而是那些联系高远村的实际生活、表现高远村前后变化的节目。

一个节目，是任欢欢和老师们组织小学生们表演的歌舞《喜看高远村新面貌》。一个男生扮成白胡子老头儿，一个女生扮成乡村旅游的导游。"导游"领着"白胡子"，一会儿来到海洞组，一会儿来到孔明组，一会儿来到月亮组，一会儿来到马石坡组，无论走到哪里，都有一番载歌载舞的夸赞。那个扮演导游的女学生是谁呢？是王安新。谁会想得到呢，那个被妈妈抛弃的留守儿童，那个向家明第一次看见她时连话都不会说的小女孩儿，现在竟然成了一个能歌能舞的小姑娘，这是多么喜人的进步啊！

第二个节目，是刘丽带领本村男女青年所唱的花灯调、跳的花灯舞，歌舞的名字是《十二个月里的高远村》。这个节目，刘丽他们以前曾经在文化广场表演过，成了高远村的保留节目，也是传统节目。花灯调里的唱词，村里许多人都已经会唱，开头一句"正月里来正月正，深山里有个高远村"，让高远村的人一听，就有了代入感，就会受到感染。市里来的文联主席，对这个节目也很赞赏，他的评价是有特色、有感情、接地气。刘丽他们表演完节目，刚从台上走下来，文联主席就跟刘丽商量，说春节之后，元宵节之前，市文联和市电视台要联合组织一台元宵联欢晚会，希望刘丽把花灯调带到晚会上演出，让全市的观众都能看到。花灯调能从高远村走到市里，这是对高远村的宣传，也是一种文化传播，当然是一件好事。但刘丽说，这件事她要跟向书记汇报一下才能决定。这时，向家明正好走了过来，刘丽就把文联主席的意思对她讲了。向家明说：那好呀，我坚决支持。她对文联主席说：您也可以把这个节目向省电视台和中央电视台推荐一下。如果能上中央台，那就太好了。

受到村民欢迎的第三个节目，是市里来的诗人所朗诵的一首抒情诗。那是一位活跃在文坛多年的老诗人，在全国都有一些名气。这台演出的节目单里，本来没有安排诗朗诵，但老诗人向主持人提出要求，主持人不好拒绝老诗人的要求，临时为他插进了一个朗诵。老诗人虽然年逾古稀，头发花白，但激情充沛，声若洪钟，有着感人至深的力量。诗朗诵这种艺术形式怎么说呢？他是说话，又不是一般的说话，发出的是肺腑之声。他像是在歌唱，但又不是一般意义上的唱歌，比唱歌显得更深沉一些。老诗人走上台来，看看天，看看地，看看观众，像是酝酿一下感情，才开始朗诵。他朗诵的诗名为《让人怎能不流泪》。诗人的抒情诗里，带有叙事的性质，他一上来就以第一人称，把自己摆了进去。他什么时候开始准备写这首诗的呢？记不清了，真的记不清了。只记得，在他刚刚懂事的时候，还不认识一个字的时候，就已经开始准备写这首诗了。不是做文字的准备，也不是做诗句的准备，而是人生让他做准备，贫困让他做准备。他是一个经历过极度贫困的人，小时候啃过树皮，嚼过草根，饿成了大头，细脖子，全身浮肿，几乎丧命。小时候没穿过一件囫囵衣服，穿的都是带补丁的，像个小叫花子。他家的房四面透风，八面漏气，天一下雨，屋里的地上就开始和泥巴。村里不通电，舍不得多点煤油灯，天一黑就摸瞎。因为缺水，常年不洗澡，身上的灰垢结成了黑甲。老诗人把自己当成高远村的人，每回忆一段自己的贫困经历，就对比性地朗诵一段高远村现如今的变化。而在每一段朗诵诗的最后，他都要重复两句：啊，让人怎能不流泪，让人怎能不感恩！他的每次重复，都像是在强调，强调的声调越来越高。每次强调，他的老眼中都闪烁着晶莹的泪花。人的一辈子，谁能不流泪呢！人是会流泪的动物，每个人都有流眼泪的经历。人既然已经到了老年，眼泪早就应该流干了吧。可是，这位久经风霜的老诗人，他眼里竟然还有这么多的泪水啊！老人的眼泪是最能打动人心的。套用老诗人的句式：啊，老诗人饱含泪水的朗诵，让人怎能不感动！

中午，向家明终于有机会对江书记兑现了她的承诺，留江书记在村办公楼的食堂里吃了一顿午饭。不光江书记，凡是从市里、区里、镇里来的领导和嘉宾，包括村两委会班子成员，都在食堂吃午饭。既然是庆祝脱贫,既然今日是小年,又有招待宴会的性质,那就好好吃一顿吧。一大早,向家明就安排人杀了一头肥猪、一只肥羊,还有三只公鸡。也许那头白汪汪的猪太大了,有四百多斤。也许高远村的村民好久没杀过这么大的猪了,手艺有些生疏。四个健壮男人,把猪放倒,捆上,抬上条案,有人摁头,有人拽腿,有人压脊背,有人持刀,四人折腾了好一会儿,又好一会儿,才把嗷嗷大叫的肥猪杀死。帮厨的妇女请来了三个,有晏嫂、夏嫂和秦嫂。还真是一顿以肉食为主的大餐,仅各种肉就炖了好几锅。拿猪肉来说,蒸成扣碗的有方块肉、条子肉、小酥肉,做成卤肉的有猪蹄、猪耳朵、猪尾巴、猪肘子、猪肝、肥肠,另外还有清炖排骨。向家明对江书记说:难得这么高兴,今天又是小年,让大家喝点儿酒吧?

江书记说:还是要遵守规定,酒就不要喝了。您不是从来不喝酒吗?

我不喝,你们可以喝嘛。

我听说,您为了在高远村建高粱种植基地,曾和红高粱收购公司的经理喝了一杯酒,喝得痛哭了一场,是真的吗?

向家明顿时满脸绯红:哎呀江书记,您听谁说的,您怎么什么都知道!别提了,丑死了。

不一定就是丑,梨花一枝春带雨,说不定还是美呢。

江书记真幽默。江书记的幽默总是能化解别人的尴尬,总是能化丑为美。我怎么就学不会呢,幽默是不是也是天生的啊!

我幽默吗?我自己都不知道,不知道自己幽在哪里,默在哪里。看来幽默得靠幽默者来发现哪。

听着两个当书记的人如此幽默的对话,饭桌上的人都笑了。

向家明胃口大开,吃饭很香。饭桌上已盆盆盘盘地上了不少肉,她又去锅里盛了半碗带肉汤的清炖排骨,边吃肉、边吐骨头、边喝汤,不一会儿,桌边就放了一小堆被啃得干干净净的骨头。她自己吃得香,还劝江书记和别人多吃点儿。

江书记说:家明书记胃口不错。

向家明说：我知道，我的吃相不太好。

没什么不好。我历来认为，能吃的人才能干。因为饭是热量，人体内的热量多了，干起工作来才更有热情。

第二十七章

庆祝脱贫的会议开过之后，多种形式、多个层级的媒体，对高远村的宣传报道多了起来。一时间，高远村在报纸上有名，在电台上有声，在电视里有一个又一个画面，大面积风光起来。以前，高远村的人出门在外，都畏着缩着，不敢承认自己是高远村的人，别人一问家是哪里的，有人支吾着不说，有人说的是别的村名，还有人只说了一个"高"字，吐一半，吞一半，"远"字就不敢说了。问话的人不依不饶，故意打诨：高什么，是高老庄吗？人们都知道，《西游记》里有个高老庄，那是好色的猪八戒招亲的地方。好好的一个叫翠兰的闺女，嫁给了一个假装在高老庄打工的猪精，名声总是不大好听吧。所以，一提高老庄，只能引起一片嬉笑之声。现在好了，高远村的人走到哪里，还没等别人问，就愿意自报家门，说自己是高远村的，高是高大上的高，远是前程远大的远。外村的人对高远村的人评价说，今非昔比，高远村的人真的牛起来了。

媒体只要报道高远村，都要提到一个人。提谁呢？谁才是高远村的主心骨呢？谁才是高远村牵一发而动全身的人呢？谁才是高远村绕不开的人物呢？那还用说吗，当然是高远村的驻村第一书记向家明。那些报道，有消息、通讯、特写、小故事、访谈等，无一例外，每一种报道里都提到了向家明。有的提到了向家明的名字，有的写到了向家明的事迹，有的发了向家明的照片，有的映现了向家明的身影。那些天，因对高远村和向家明的报道比较集中，村里的一些干部和一些村民，一看见向家明，就向她报告：向书记，我在报纸上看见你了！向书记，我在电视上看见你了！向家明连说：不好意思，不好意思。高远村能够脱贫，是大家共同奋斗的结果。

除了写新闻报道的记者，写文学作品的作者也到高远村来了。有一位头戴红色贝雷帽、很有文艺范儿的中年人，自称是从外省来的、专门写报告文学的作家，跟向家明一见面，就给她递上一张名片，送上一本报告文学作品集。向家明接过名片一看，上面除了印有著名作家的字样，还有这主席，那会长，这院长，那所长，密密麻麻的头衔。向家明接过作品集翻了翻，见书的封面上的确印有作者的大名，书的前勒口上还印有作者的彩色照片和作者简介，遂把作者称为老师。老师说，他在报纸上和电视上看到向家明的事迹，深受感动，决定前来跟向家明好好谈一谈，为向家明写一篇报告文学作品。作品不少于两万字，写完后，争取在北京有影响的刊物上发表。

向家明业余时间喜欢写诗，对文学方面的事懂一些，她知道，任何新闻报道都讲时效，时间一过，效果就没了。所以，新闻作品也被说成是易碎品。而文学作品重感情、讲细节，重语言、讲艺术，如果写得好了，读者会多一些，流传得会广泛一些，留存的时间也会相对长一些。于是她说：谢谢老师的鼓励，老师辛苦了。

接着，老师对向家明提出的条件，让她心中顿生凉意，断然拒绝了采访和为她写报告文学的提议。他提出的条件是，希望高远村能预支给他一点劳动报酬。在别的地方写一篇报告文学，人家付给他的报酬一般是六万元。高远村刚刚脱贫，他优惠一些，给三万元就可以了。

向家明笑了一下，说对不起老师，我们村没有钱，出不起这个报酬。

我看报道上说，高远村的集体经济不是发展壮大了嘛，不是有几十万可以支配嘛！

我们村里积累下来的那点钱，只能用于村里的建设事业，用于乡村振兴，至于别的事情，一分钱都不可乱用。

老师的表情像是有些失望，他把贝雷帽摘下来，把长发往脑后挼了挼，重新把红艳艳的贝雷帽戴在头上，戴得更倾斜一些，也更显浪漫一些，才说：向书记，我看有些事情您还是没想明白，您辛辛苦苦到乡下当第一书记，是为了什么？还不是为了赢得荣誉嘛，还不是为了青史留名嘛！

向家明摇头，说她不是为了这些。

那您到底为了什么呢？我倒想听您说一说。不过，您一定要实话实说，对媒体人所说的那些话，不要对我这个文学中人说。我们这些搞文学创作的人，最讲究说真话，最讲究"真诚"二字。

向家明什么都不想说了，一句话都不想说了。她以前听人说过，有人以作家的名义，打着文学的旗号，说得冠冕堂皇，实际上是在投机，在千方百计谋取私利，干的是蝇营狗苟的勾当。让向家明没有想到的是，这样的"报告文学作家"竟找上门来了，没说三句话，就开始跟她讲价钱。跟这样的"文学中人"，她有什么好说的呢！她说：我也说不好。对不起，我还有别的事，就这样吧。

向家明的爸爸，是退休二十多年的老干部。他虽然在工作上退休了，思想上却没有退休，一直关心着世界大事、国家大事、时事政治和宣传工作。他每天必看中央电视台的《新闻联播》和省电视台的本省新闻，对自己订的城市晚报，更是从头版看到最后一版，从头条看到最后一条，有时连广告都要看一看。他从电视上看到了高远村，也看到了二女儿向家明，二女儿在讲高远村的变化。他在晚报上看到了一整版长篇通讯，通讯所写的是向家明当驻村第一书记的事迹。在版面左上角，还配发了向家明的彩色照片，是向家明和一位头缠白布帕的老农民，坐在农家院坝里的台阶上一起剥苞谷。向家明看着老农民，像是在和他说话。老农民脸上的皱纹，像是乐开的花。对于电视上和报纸上对高远村和向家明所做的宣传报道，向爸爸一直持冷静的态度。他甚至有些怀疑，高远村的变化是不是有那样大，向家明干得是不是有那样好。向爸爸是从浮夸的年代走过来的人，对当年肆虐的浮夸之风记忆犹新。一亩地打的粮食连二百斤都不到，却被报成几百斤、几千斤、几万斤，一个比一个把瞎话说得大。粮食既然多得"粮食芡子顶破天，就着太阳吸袋烟"，那就多交公粮吧。公粮交不上去，接着就"反瞒产"。公社粮站的粮仓里已经空空荡荡，"反瞒产"的批斗大会就在粮仓里进行。向爸爸亲眼所见，在那种批斗会上，人们都像疯了一样，动嘴动手又动脚，那是相当残酷，非常可怕。向爸爸希望浮夸之风千万不要再刮，历史悲剧千万不可重演。

有历史经验的人，总是沉着一些。就连过春节，全家人在爸爸妈妈家聚会时，妹妹和妹夫们纷纷以茶代酒，向二姐表示祝贺，祝贺高远村实现脱贫，祝贺二姐的工作所取得的成绩，老爸都不为所动。不随声附和也就罢了，他还泼冷水，说：有些事情万万不可浮夸，还是谦虚谨慎好一些。

向家明的妈妈不干了，对他说：你这老头子，就是不像话，你不夸奖家明就算了，还在这里说风凉话。

不是的，爸爸慢慢地说，历史的教训值得记取，不管到什么时候，我们一定要保持清醒头脑。

妈妈用筷子指着爸爸说：我看你就是个怀疑派。

爸爸一听妈妈说他是怀疑派，脸子顿时拉了下来，变得有些难看。"怀疑派"这个说法，孩子们都不懂，只有他们老两口懂得。那也是当年刮浮夸风时的说法，一个人报了高产量，如果有人不相信，或者提出质疑，就会被打成怀疑派，被戴上怀疑派分子的帽子。如果被戴上怀疑派分子的帽子，跟戴上右派分子的帽子差不多，那也是很严重的。爸爸说：什么怀疑派，你不要乱扣帽子噻！

眼看两位老人越吵越厉害，大过年的，这可不太好。争论因向家明而起，向家明赶紧站起来打圆场说：老爸请息怒，我来说句话好不好。您经常用毛主席的话教导我们，说没有调查研究，就没有发言权。我建议，等天暖之后，您可以和我妈到高远村住上一段时间，亲自走一走、看一看、访一访、问一问，就知道了媒体上的宣传是不是搞了浮夸。

老爸是喝酒的人，他端起一杯酒，欲喝，又邀上了坐在他旁边的郝思清，才说：我看这个建议可行。和郝思清一起把酒喝了下去，他又说：到时候思清送我们过去。

郝思清说：那没有任何问题。

春暖花开之际，在一个星期六，郝思清驾车，把向爸爸向妈妈二位老人送到了高远村。二女儿向家明在高远村驻村三年多了，他们才第一次来高远村。二位老人一来到村里，向爸爸就对向家明提出要求，他们不住在村委会的办公楼，也不住招待所，要住到村民家里去。夏支书、尚主任、刘丽、周志刚等村干部，听说向书记的父母来了，纷纷要求二位老人到他们家吃住。可是，向爸爸还有要求，他不住在村干部家，要住到普通的村民家里。这位八十多岁的老人家，事儿可真多啊，真是有点难伺候啊！

向家明正在想让爸爸妈妈住进哪户村民家里更合适，这时，她接到了一个电话，是一个在北京当兵的战士打来的，战士的名字叫刘军。去年秋季，北京的中央警卫局到革命老区遵义招兵。从小就渴望参军的刘军积极报名应征。刘军的爸爸，就是那位腿上装了假肢的伤残退伍军人老刘，他也特别希望他的二儿子能到北京当兵。刘军到市里参加体检、政审，第三天给向家明打来了电话，叫了向书记，又叫向阿姨，哭得呜呜的，说不成话。向家明赶快安慰他，要他不要哭，有话慢慢说。刘军这才哽咽着说：他们不要我，不让我参军。为什么？他们说我的身体不合格。向家明想起自己小时候特别渴望参军的心情，将心比心，对刘军的心情很是理解。刘军如果能到北京当兵，对高远村来说也是一个荣誉，所以，她也希望刘军能够顺利入伍。一个十八九岁的高中毕业生，一个能打能跳的热血青年，身体能有什么毛病呢？一定是有别的原因。她对刘军说：你不要着急，我去市里问问情况。她风风火火赶到市里，直接去找军分区的司令员。又通过司令员，去面见前来负责招兵的首长。向家明就是这样，为了别人的事，她勇气十足，什么都不怕，谁都敢找。她得到的真实情况是，刘军的身体没什么问题，只是要求参军的青年太多了，名额有限制。向家明明白，刘军没什么过硬的家庭背景，也没什么有力的人际关系，所以竞争不过别人。向家明不会放弃，她对招兵的首长说，红军在四渡赤水期间，曾在高远村宿过营，并向高远村的村民借过苞谷，高远村对中国的革命是有贡献的。她说，刘军的爸爸是一位伤残军人，刘军积极要求参军，是前赴后继，继承的是父辈的报国之志，应该得到鼓励。她还把这次招兵与脱贫攻坚联系起来，说刘军这次如果能到北京去当兵，对高远村的脱贫攻坚工作是一个很大的支持。就这样，向家明的游说和斡旋硬是打动和说服了招兵的首长，首长终于答应让刘军入伍。可以说，向家明的帮助对刘军能够参军入伍，所起的作用是决定性的。如果没有她死缠烂打般的帮助，刘军很可能失去参军的机会，一辈子都不一定能当上兵。刘军也明白这一点，他能够到首都当兵，全靠向书记的帮助。先是向家明送他入伍，才是部队首长带他入伍。因此，他对向家明充满感激。过年过节，或隔一段时间，他就给向家明打一个电话，向她问好，并向她汇报一下自己的学习和工作情况。这天打电话，刘军问她在忙什么，向家明说，她的父母到高远村来了，想到村民家里去住几天，她正在给父母找地方。刘军一听就说：让向爷爷向奶奶到我们家去住吧，我们家很宽敞，吃住都很方便。

向书记有些犹豫，他说：你爸爸行动不便，我怕给他添麻烦。

刘军说：没问题，就算我爸行动不便，还有我妈呢，还有我哥我嫂呢！我现在就给我爸打电话，他们一定会欢迎向爷爷向奶奶到我们家去住！

那好吧。向书记答应下来。

老刘家住在马石坡组的一个半山坡上，向爷爷和向奶奶在老刘家住了下来。老刘家的房子是去年新盖的两层小楼，楼后是树林、竹园和遍地野花，楼前是水塘、稻田和菜园。两位老人不让别人陪同，老头儿带着老伴儿，天天慢慢地在山里转悠，在村里察看。遇到上坡或下坡，白发苍苍的老头儿就拉同样白发苍苍的老伴儿一把。走累了，看到路边有农户，他们就到农户家里坐一会儿，跟人家说一会儿话。他们没有说明自己是向书记的父母，只说他们是城里退休的人，到高远村来看看。省里对高远村验收过了,他们不是来验收。但他们的做法像是第二次验收。他们不是来检查,又像是来检查。如果说省里验收团的检查是代表官方,他们的验收像是代表民间。须知向爸爸当过几十年会计,是一个认真的人、严谨的人,干什么都一丝不苟。有时候,向妈妈留在屋里看电视连续剧,他一个人也要到处走。这天上午,他走着走着,走得远一些,到了一家农户办的生态养鸡场。他对生态养鸡的说法很感兴趣,就走进养鸡场看了看,跟养鸡场的主人聊了好一会儿。通过聊天得知,这家养鸡场养了五千多只鸡,每天都能收获两千多个鸡蛋。之所以说成生态养鸡,主要是所有的鸡不是圈养,是在一个山包上散养的。鸡除了吃粮食,还吃草籽,吃草丛里的活食。而这样养出来的鸡是运动鸡,鸡肉特别好吃。鸡吃的食儿比较多样,鸡蛋黄儿有些发红,特别有营养。向爸爸还问了种鸡的来源,对鸡瘟的防治,还有鸡蛋的销路,相信这家人通过养鸡确实可以脱贫。养鸡场的主人主动说起,都是向书记帮他家贷了三万元无息贷款,他们才办起了生态养鸡场。

向爸爸问了一句:你说的向书记是叫向家明吗?

是啊,我们都叫她向书记,从来舍不得叫她的名字。

向爸爸说:噢噢。

我听说河南兰考有一个好书记叫焦裕禄,我们的向书记跟焦裕禄一个样呢!

她跟焦裕禄恐怕还不能比。

向妈妈的身体不是很好,患心脏病多年。每隔一两天,向家明都去老刘家看望爸爸妈妈,问问妈妈的身体状况,给他们送一些好吃的,有时还留下来,陪他们吃顿饭。和他们在一起时,爸爸不说对高远村的印象如何,也不说村民对向家明的看法,向家明也不问爸爸,父女俩都像是在回避着什么。爸爸是严父,在向家明的印象里,从小到大,他对她们姐妹一直很严肃,都是挑她们的毛病,极少听到对她们的夸奖。按理说,对于高远村的脱贫攻坚工作,省里的验收团验收过了,肯定过了,市委给高远村颁发了红色烫金字的脱贫证书,村里也举行了庆祝活动，爸爸无论怎样评论都无所谓。可是不行，爸爸毕竟是和自己血脉相连的亲人，毕竟是心中装着历史、装着现实、装着前后对比的老人，她对爸爸的看法还是很重视、很在意的。好比爸爸是一位老师，她是一个小学生，一场考试结束了，小学生不敢问老师，她这次考了多少分。只是偶尔有一次，爸爸去楼门外的院坝上接听四妹向家君打来的询问电话，不经意间被向家明听到了。爸爸说：是的，该看的我都看了，该听的我都听了，高远村的变化确实很大，比媒体上宣传得还要好。村民们对你二姐的看法也很好，评价也很高。爸爸提高了声音说：你听我说，你们的二姐为高远村的脱贫攻坚付出了很大辛劳，她坚守信仰不动摇，是共产党教育出来的好干部，你们姐妹几个都要好好向你们的二姐学习，我也要向她学习！

爸爸妈妈回到市里后，有一次，市里电视台的记者到高远村采访向家明，当记者问她，家里亲人对她到偏远山区当驻村第一书记是否支持时，她转述了父亲所说的话。在转述过程中，说着说着，她突然感情大动，泪飞如雨，泣不成声。她擦擦眼泪，说不好意思，停顿一下，再说还是泣不成声，哭得一塌糊涂。

不料，电视台在播送对她的专访时，没有把她流泪哭泣的镜头删去，她看了一半就不敢看了。她用当地的话说：真让人恼火，我的表现一点儿都不冷静，太失态了嚏！

王安新的奶奶做了一个梦，梦见自己的儿子死了，死得很惨。醒来后，她再也睡不着，老是坐在床上瞪着眼出神。王安新做好了早饭，喊奶奶吃饭，奶奶也不吃。奶奶说：安新，你爸爸死了！

王安新吓了一跳，说：你不要瞎说，你听谁说的？你怎么知道的？

反正你爸爸死了，你奶奶也快死了，我这一辈子再也看不见我的儿子了。奶奶说着，就抹开了眼泪。

王安新把奶奶的话跟任欢欢老师一说，这天放学以后，任老师就跟王安新一起，去王家去看望王奶奶。任欢欢现在不仅是高远村青年志愿服务队的队长，还被村党支部发展成了预备党员。任欢欢也有遗憾，分在城里当老师的男朋友不愿调到高远村当老师，他们只好分手。

来到王家，王奶奶一开口又要流泪。因任老师经常来，王奶奶跟她已经很熟。王奶奶说，她这一辈子别的啥都不想了，只剩下一个念想，就是能最后看他儿子王建民一眼。王建民他爹死得早，她一个人把儿子拉扯大不容易。本想着让王建民给她生一个孙子，王家的根儿就留下来了。哪里想到，儿媳妇跑了，儿子又犯了罪，把自己弄到监狱里去了。王建民的奶奶临死的时候，想看自己的孙子一眼，没看成。如果她在死前也不能看一眼自己的亲生儿子，死了都闭不上眼。

任老师把王奶奶的愿望对向家明讲了，向家明说，母亲手中线，儿子身上衣，母子连心，王奶奶的心情完全可以理解。王建民被判的刑期比较长，还要服刑十多年才能出狱。而王建民的母亲已年逾古稀，身体一直不好，很难等到她儿子刑满出狱。人道主义是人生哲学，是"普世价值"，更是中国特色社会主义的题中应有之义。从社会主义的人道主义立场出发，应该争取让王奶奶在生前见儿子一面。

向家明打电话联系监狱，跟监狱长协商，能否让王建民的母亲去监狱探望一下他。监狱长简单问了一下情况，答复说，就监狱的戒备状况和王建民母亲的年纪以及身体状况而言，发生意外的可能性很大，不适合安排母子在监狱见面。但是，考虑到王家母子会面的紧迫性，考虑到这样的会面对王建民来说也是一次感化性的教育，还有向书记作为驻村第一书记所肩负的责任，监狱方面可以在有狱警全程监督的情况下，给王建民三个小时回家和亲人会面。

这天上午，由尚主任驾车，向家明亲自出面，去市郊的监狱接王建民回家。一路上，狱警和王建民坐在轿车的后排座。狱警身穿警服，全副武装。王建民身穿狱服，剃着光头。已经在监狱服刑多年的王建民，禁不住透过车窗往外看。当车来到高远村时，他越看越陌生，越看越惊恐，禁不住问：你们这是要把我带到哪里去哟？

向家明说：这就是高远村。

王建民说：不会吧，我怎么一点儿都不认识了呢！

等你回到家就认识了，等你见到你的母亲，就认识了。

王建民回到家里，见到久别的老母亲和已经上学的女儿，并看到村里在原址为他们家翻盖的新房，才敢确认，他确实回到了生他养他的高远村，回到了曾和母亲相依为命的家。

　　三个小时的探亲时间很快过去，依依不舍的王建民，跪在门前院坝的地上向老母亲磕头告别时，心中大恸，长跪不起，号啕失声。

　　王建民的痛哭，引得村里的不少乡亲前来围观，人们不禁有些唏嘘。

　　这时，在市检察院当过检察员和公诉人的向家明，却显得异常冷静，她对王建民说：起来吧，不要哭了。趁乡亲们在这里，你现身说法，跟大家说几句吧。王建民这才站起来，用手掌擦擦眼泪说：我是犯过法的人，请大家一定要接受我的教训。不管到什么时候，一定要靠自己的劳动脱贫，千万不要走歪门邪道。我回去后，一定好好改造，争取减刑多一些，尽早回归社会，报答村里对我的关心。

第二十八章

2019年9月下旬，也就是庆祝中华人民共和国成立七十周年前夕，向家明获得了"全国脱贫攻坚贡献"奖，省里通知她到北京去领奖。之前，向家明几乎每年都得奖，已得过多种奖项。那些奖，有镇里的奖、区里的奖、市里的奖，也有省里的奖，多得她都数不清了。不管哪个级别的奖，她都视为是对她的激励、对她的鞭策，她都很重视，把获奖证书一一收藏起来。而这一次，她获得的是全国性的奖励，得到的荣誉，是国家级的荣誉，对她来说这是第一次。这次，国务院扶贫开发领导小组所表彰的全国脱贫攻坚先进个人并不多，冠以"贡献奖"称号的，一共才二十六人。向家明所在的省，全省只有她一人。一个人活在世上，并不单单为了赢得荣誉，但人过留名，雁过留声，一旦荣誉来了，谁能不高兴呢！接到通知后，向家明难免有些高兴，也有些激动。在人前，她悄悄对自己说：不要激动，不要激动，荣誉是大家的。但在无人处，她还是手捂胸口，心说：哎呀，我的妈呀，我可是有点激动啊！

平静下来，向家明反复琢磨"贡献"二字。在上小学的时候，就听老师讲过"贡献"这两个字。在写作文的时候，好像她也多次使用过"贡献"这个词。用"贡献"造句，她造的是：长大了，要为国家做贡献，为人民做贡献，为社会做贡献，为别人做贡献。要贡献青春，贡献热血，贡献智慧，贡献力量。可是，她觉得"贡献"这个词有点大，作为表态性的语言，在嘴上说说可以，在文章中写写可以，她并没有真正把贡献和自己联系起来，不知道自己会贡献点什么。没想到，国家在表彰脱贫攻坚先进个人时，在设立奋进奖、创新奖的同时，还设立了贡献奖，"贡献"作为荣誉称号，真的与她向家明的名字联系了起来。如果贡献奖是一个花冠的话，花冠真的戴到了她头上。回想想，她做出了什么贡献呢？三年多来，她在远离城市的高远村日夜操劳，且不说作了多少难，受了多少委屈，流了多少眼泪，还两次生重病，一次冰路遇险，差点把命丢在高远村，也算付出了一些牺牲，做出了一些小小的贡献吧。

坐飞机去北京的头天晚上，向家明特地去看望爸妈，问两位老人家，希望女儿从北京给他们带回点什么。爸爸说的是，什么都不要往回带，只代他到天安门广场看看升国旗仪式就可以了。妈妈也说：什么吃的穿的都不要往家带，把获奖证书拿回来给妈看看，妈比什么都高兴。妈妈嘱咐说：你回来的时候，一定要把获奖证书放好，别让小偷给你偷走。

向家明笑了，说：现在的小偷，都是偷钱、偷手机、偷电脑，没有偷获奖证书的。

那可不一定，贼不空手，见什么偷什么。

放心吧，妈，我一定会把证书带回来给您看。

妈妈正坐在客厅的长沙发上看电视连续剧，剧里讲的是北京正阳门下儿女情长的故事。向家明在妈妈身旁坐下，妈妈拿起遥控器，把电视关掉了。

您怎么不看了？

你一去恐怕得好几天，咱娘儿俩说会儿话吧。叫我看，你就是妈的连续剧。妈把你从小看到大，从小学看到中学，从学校毕业看到参加工作，从城里看到乡下，老也看不够。

老妈可真逗，我什么时候变成您眼里的连续剧了。您是不是看连续剧看多了，看谁都成了连续剧里的人物？

妈说得不对吗，你做的事一个连着一个，等于一集连着一集，不是连续剧是什么？别看妈不识字，我把连续剧看多了，也看出了一点门道。庄稼都是从土里长出来的，电视剧也都是从人间的生活里拍出来的。把庄稼集中种在一起，该补苗的补苗儿，该间苗儿的间苗儿，该除草时除草，该灭虫时灭虫，从发芽儿到长叶儿，从开花儿到结果儿，不就成了连续剧嘛！可惜没人把你的事儿拍成连续剧，要是拍成电视连续剧的话，我看比别的连续剧一点儿都不差。

老妈越说越没边儿，我做的那一点工作，哪里值得拍什么电视连续剧，用手机拍一段视频，自己看看还差不多。

人都是从小看大，你这孩子，我从小就看你要强，有志气，觉得你将来一定有出息。看看，妈把你看准了吧！

妈，我现在还是一个科级干部，能算有出息吗？

一个人有没有出息，不能用职务高低衡量。有的人职务很高，不一定算是有出息。有的人职务不高，却很有出息。有没有出息，自己说了不算，得经得起群众、组织和时间的检验。只要你为社会和人民做出了贡献，又得到了党和国家的认可，这就是有出息。

老妈真不愧是老布尔什维克，说出道理来一套一套的。向家明抱住了妈妈的一只胳膊。她小的时候，妈妈用胳膊抱她，现在她回报似的抱住了妈妈的胳膊。抱住妈妈的胳膊后，她像是有些撒娇，说：这都是向妈学习的结果，妈是我最好的老师。

妈妈另一只手轻轻拍拍二女儿的手背，说：等你从北京回来，妈还给你炖鸡汤喝，还给你炼油嗞啦吃。

在北京举行的颁奖仪式上，向家明领到了大红烫金字的获奖证书，证书上盖的是带有国徽的国务院的大印章。在上台领奖之前，向家明佩戴上了会议颁发的绶带。绶带长长的，鲜艳的红缎子做面，上面印着"全国脱贫攻坚贡献奖"的金色字样。绶带镶了金边，下面垂着金色的流苏。在会场服务人员的指导下，向家明把双层的绶带打开，从头顶套下来，套在左肩的肩头。带字样的正面从胸前斜披到身体右侧。以前，向家明听说过绶带，也在电视上看见过别人佩戴绶带，但自己从来没佩戴过，也没敢想过自己有朝一日也会佩戴。平生第一次，在首都北京佩戴绶带的向家明，像是有些害羞似的，加上人面绶带相映红，她两眼放着光明，满脸都红彤彤的。那一刻，向家明想到了妈妈。妈妈只想到会上会发获奖证书，嘱咐她把证书拿回家给她看，妈妈没想到，会上还会颁发这么好看的绶带。她一定要把绶带也带回家去，给妈妈一个惊喜。要是妈妈不反对，她要给妈妈也戴一下试试，她还要给妈妈照一张相呢。

颁奖典礼结束的第二天，她就起了一个大早，迎着初升的朝阳，来到天安门广场，看了升国旗仪式。她不仅是代替爸爸看的，也是为自己看的，到祖国的心脏看升国旗仪式，也是她由来已久的一个愿望。当雄壮的国歌响起，她仰望着五星红旗在蓝天下冉冉升起，顿时心潮澎湃，两眼涌满了热泪。在会议组委会的统一安排下，被表彰的人员先后参观了改革开放四十年成就展，并参观了故宫、长城、颐和园等著名景点，在北京停留了三四天时间。

在北京期间，向家明每天都给郝思清发微信、发照片，随时告知她的行动轨迹和活动情况。郝思清每次都及时回复，一再向她表示祝贺，和她同喜同乐。同时，郝思清劝她不要太兴奋、太紧张，要注意休息，保重身体。从郝思清的回复里，向家明没看出有什么不正常。在一次回复里，郝思清把她叫成了老伴儿。以前回微信，郝思清都是叫她家明，或只写一个"家"字，家如何如何，这次却把抬头打成了老伴儿。老伴儿就老伴儿吧，将近三十年的夫妻，可不是老伴儿嘛！有一次，郝思清把老伴儿错打成了老板儿。向家明以为丈夫在跟她开玩笑，回信说：搞笑，我什么时候成老板儿了！郝思清不承认自己打别了字，将错就错地回复说：您不就是我们家的老板儿嘛！这样的家常式的对话，哪里有什么不正常呢？

在北京的所有活动结束后，省里带队的领导为大家订了集体返程的机票，目的地是省会。在省会城市住下后，省里又安排了一系列活动。有省委、省政府领导接见获奖人员，有座谈会，还有记者采访。向家明在省会又停留了两天。临回遵义市的当天下午，她给郝思清发了微信：我今天下午就回去了，大约下午五点左右到家。你哪里都不要去，在家里等我。

好，我哪里都不去，等你归来。不过，你思想上要有所准备。

这就有些不正常了。向家明马上问：准备什么？

你知道的，妈妈的心脏一直不太好。

向家明心上一惊，预感不是很好：怎么了？妈妈是不是心脏病复发，住医院去了？

等你回来我再跟你说吧。你回来就知道了……

向家明有了不祥的预感，嫌发微信太慢，她不打字了，直接打电话给郝思清：你直说吧，妈到底怎么了？

我说了，怕你不能接受。等你回到家，我再跟你说不行吗？

不行，你现在就得跟我说，不要吞吞吐吐！

郝思清停了一会儿才说：你出发后的第二天，妈就……爸发现妈心脏病复发，打电话要了急救车。可急救车还没把妈拉到医院，妈就心脏衰竭……郝思清哽咽得说不下去了。

这怎么可能，这不可能！郝思清，你不要骗我，你不要骗我啊！向家明嘴唇颤抖，她咬住了牙关，但咬不住眼泪，眼泪已奔涌而出。

回到市里，向家明没有回自己家，直接奔爸爸妈妈家而去。她握有爸妈房门上的钥匙，开门进屋，她一眼就看见了靠墙放在桌子上的妈妈的遗像。遗像被装在精致的镜框里，镜框上面披着攒成黑牡丹一样的黑纱。爸爸在客厅里的沙发上坐着，三妹向家慧正陪爸爸说话。向家明跟爸爸和三妹打了招呼，说她回来了，把拉杆行李箱往墙边一放，就扑身跪地，对着母亲的遗像磕头。她边磕头边哭：妈，妈，我回来晚了，我对不起您啊！妈，您怎么不等等我，让我最后见您一面呢！

向家明愧悔得很，她认为，都是因为她近些年没有在母亲身边，没有照顾好母亲，没有尽到当女儿的应尽的孝心，才导致母亲病情严重，突然辞世。都怨她，都怨她，她真该死啊！

没办法，向家明只有狠哭，把自己哭死算拉倒。

临去北京时，母亲嘱咐她，要她把获奖证书拿回来给她看。如今她把证书拿回来了，还拿回了绶带，母亲却不在了，永远都不在了，她再也见不到自己的母亲了。

母亲几天前还拍着她的手对她说，等她回来，还给她炖鸡汤喝，还给她炼油嗞啦吃。话犹在耳，爱犹在心，然而，这一辈子，她再也喝不到母亲炖的鸡汤了，再也吃不到母亲炼的油嗞啦了。在这个世界上，母亲是最爱她的人，最爱她的人走了，她还活着干什么呢！

爸爸劝她别哭了，她不听，仍跪在地上痛哭不止。

泪流满面的三妹也劝她别哭了，她还是不听，她哭得痛彻心扉，惊天动地。

三妹生气了，说：二姐，妈妈不在了，连爸爸的话你都不听，你到底要怎样，难道非要把自己哭死不成吗！三妹上去，抱住二姐的两个胳膊窝儿，硬把她从地上抱起来，往沙发上拖。

被拖上沙发的向家明，还在闭着眼哭：我就是不活了，我就是不想活了，我就是想跟妈妈一块儿走！

已当上副区长的三妹向家慧有办法劝二姐，她说：你不要老是感情用事，你是妈妈的女儿是不错，别忘了，你还是党的女儿呢，还是市纪检委警示教育科的科长呢，还是高远村的驻村第一书记呢，你离开高远村好几天了，高远村的人都盼着你回去呢！

向家明的两只眼睛虽然闭着，她的两只耳朵却张开着，三妹向家慧说的话她听到了，都听到了。区委江世成书记是她的领导，现在的向家慧等于也是她的领导。向家慧的话像是转移了她的注意力，转移了她的感情，并让她意识到自己应负的责任，她这才渐渐恢复了理智，渐渐停止了哭泣，长长地抽泣了几声，起身到卫生间洗脸去了。

第二天，向家明一下子变成了一个沉默的人，塌着红肿得像桃子一样的眼皮，一句话都不想说。早上，她又来到爸爸妈妈家，默默地把获奖证书放到母亲遗像前，默默地把绶带挂在母亲遗像左侧的墙上，默默地把新买来的两朵洁白的菊花靠墙放在母亲遗像的右侧，一步三回头，默默地走了。

她要回到高远村去。

这次回高远村，她没有告诉丈夫郝思清，也没有告诉三个妹妹。母亲去世的消息，他们都瞒着她，没有一个人及时告诉她，她能理解亲人们是对她好，但她还是对他们有看法。这次回高远村，她没有向单位要车，没有让郝思清送她，也没让任何一个妹妹送她，一个人去坐那辆私家运营的长途客车。她有意来一次孤旅，有意到民间去，有意趁坐车的几个小时时间，沉浸到自己的内心去，重新整理一下自己的思绪，整理一下自己的人生。或许什么都不想，什么都不整理，只是望着车窗外连绵起伏的群山发一发呆，走一走神儿。

向家明一回到高远村，有人喊了一声向书记回来了，村干部们纷纷向她围拢过来。她回高远村之前，他们已经在电视上、报纸上看到了他们的向书记。向书记获得这么大的荣誉，他们都向她表示祝贺。尚应金主任说：向书记，咱们村里也应该为您举行一场庆祝活动吧。

向家明说：荣誉属于大家，庆祝活动就免了吧。她又说：我母亲前几天去世了！

村干部们注意到了，向家明的双眼红肿得厉害，声音嘶哑，面部好像也有些浮肿。向家明说起母亲去世，双眼顿时涌满热泪。他们都知道向家明和母亲有着极深的感情，不知道她在家里哭成什么样呢。

不好意思，我不能提起我母亲，一说母亲我就有些受不了。这样说着，她的眼泪又禁不住流了下来。

村干部们集体沉默，一时都不敢再说什么。

向家明擦去眼泪，苦笑了一下。她让夏支书和尚主任在她办公室里留下来，谈谈最近村里的情况。夏支书说，最近村里没发生什么大事，村民之间出现过一两个小小的纠纷，他们已处理过了。尚主任说：有一个情况，我向向书记汇报一下。尚主任汇报的情况是，村里有一个叫柴芹的姑娘，初中毕业后，没有考上公立的高中，被一所民办高中录取了。民办高中收费较高，一年的学费需要交一万多元。此前，柴家选择的脱贫项目是养兔子。村里帮她家贷了两万元无息扶贫贷款，她家养了几百只兔子。兔子主要由她多病的父母和智障的哥哥喂养。在开始阶段，几百只兔子在她家院子里活蹦乱跳，一派兴旺的喜人景象。后来，不知是兔子生了什么传染病，还是智障的哥哥给兔子吃了什么不该吃的东西，兔子成批成批地死掉了，一死就是一大片。最后兔子全部死光，一只都不剩。她家欠银行快要到期的贷款还没还，哪里还能拿出一万多元为她交学费呢？无奈之下，柴芹只好放弃学业，带着多病的父母和智障的哥哥，到附近的县城打工挣钱还贷。

听了尚主任所说的柴芹家的现实情况，向家明的心情沉重起来，表情凝重起来，她摇头说这不行，万万不行。柴芹家去年刚脱贫，刚刚领到脱贫证书，今年出现这种状况，很可能会重新返贫。头年刚脱贫，第二年就返贫，未免太悲哀了吧。她说，她这次去了北京才知道，全国所有的建档立卡贫困户，都汇聚到了国家的大数据信息平台。这就是说，不管天南地北，全国每一家贫困户的信息，在国家的大数据信息平台上都可以查到。贫困户脱贫后，信息平台上也会有记载。如果柴芹家返贫了，怎么向国家交代。她对夏支书和尚主任说：我们要立即行动起来，千方百计阻止柴芹家返贫，并争取让柴芹继续她的学业。

第二天上午，由尚主任驾车，向家明他们先到柴芹的家里看了看，只见柴家关门闭户，人去房空，兔死院空，一团团兔毛在墙角瑟瑟抖动，很是萧条。向家明想起江世成书记那天在高远村庆祝全村脱贫会上所讲的话，实现了脱贫，并不是万事大吉，一劳永逸，要巩固脱贫攻坚的成果，向乡村振兴迈进，还有很多工作要做，还有很长的路要走。向家明听尚主任说，柴芹目前在县城一家宾馆当服务员，她让尚主任给柴芹打了电话，马上驱车去县城找她。

他们找到柴芹时，她穿着宾馆的工作服，正在一个房间里打扫卫生。向家明说：柴芹，我和尚主任来看看你，希望你能回去继续上学。

柴芹认识向家明，她说：谢谢向书记，我回不去了。

为什么呢？

我要挣钱还贷，还要养活我爸我妈和我哥。

你爸你妈他们呢?

我在居民楼下面租了一间地下室,我们全家在地下室里住。

租一间地下室,一个月租金是多少呢?

二百元。

那你一个月的工资是多少呢?

是两千五百元。

去掉房租,再去掉你们一家人的生活费,一个月能剩多少钱呢?

大约能剩七八百块钱。

就算你一个月能结余八百,算下来,一年可以结余九千六百。干两年都凑不够还贷的钱啊!问题是你们这一出来,等于全家又返贫了呀,村里不能看着你们家重新返贫,你们家返贫,我们是要负责任的。我看出来了,你是一个有志气、有担当精神的好孩子,你想依靠自己的力量,把从银行贷的款还清,并养活你们一家人。可是不行呀,你一个人的力量是有限的,还没有能力承担这么大的责任。所以我们还是劝你回去。还贷款的事,咱们再想办法。更重要的是,我们不想让你失学,想让你继续读书。咱们村里有助学基金,学费的事你不用发愁。

向家明正和柴芹交谈,宾馆里的经理听到有人报告消息,走了过来。经理不知来人找他的员工干什么,样子有些警惕。

尚主任把向家明在市里担任的职务和在村里担任的职务,都对经理做了介绍。

经理把向家明看了看,像是在哪里看见过这位向书记,却一时想不起来在哪里看见过。既然来人是村里的第一书记,还是市里的领导,经理让他们到办公室里坐。

向家明说不去了,他们马上就走。她把柴芹家的困难情况简要对经理讲了一遍,表明她此行的主要目的,是想让柴芹能继续读书。

经理眼睛一明,突然想起来了,他曾在电视上看见过这位女书记,问向家明:您是不是叫向家明?前几天获得全国脱贫攻坚贡献奖的是不是您?

向家明没有否认，但她说：那都是过去的事了。

经理有些搓手，说：向书记，我看您的想法很好，是在为柴芹的前途着想。我也愿意支持她继续读书。您看这样好不好，柴芹家所欠银行的两万元贷款，我来替她还。

向家明没想到，这位民营宾馆的经理这么快就如此慷慨解囊，国家脱贫攻坚和乡村振兴的号角，在每个人心上都有着强劲的号召力啊！她伸出手，握住经理的手说：谢谢您，您真是一位开明的、有爱心的企业家。

新学期已经开学一段时间，事不宜迟，紧接着，向家明就开始联系柴芹上学的事。向家明有一个同学，在市里一所公办职业高中当校长，她马上给校长打电话，把柴芹失学的情况讲了一遍，希望校长能够照顾柴芹，准许她到职业高中插班就读。

校长的态度非常痛快，他说，教育扶贫也是他们义不容辞的责任，同意柴芹到他们学校学习，并免除她的学费。校长问向家明：柴芹同学想学什么专业呢？

向家明拿着手机对柴芹说：市里职业高中的田校长同意你到他们学校学习。他问你想学什么专业？柴芹正在想，还没说出想学什么专业，向家明干脆把手机交给柴芹说：你直接跟田校长讲吧，省得我在中间转达。

柴芹接过手机，通过视频与田校长通话。田校长说了好几个专业，供柴芹选。柴芹最后选定的是幼教专业。田校长说可以，让她尽快到学校报到。

还能重返学校继续读书，而且所读的还是自己喜欢的专业，柴芹做梦都不敢想啊！她以为自己从此就会陷入无望的泥潭，一直在泥潭里挣扎，再无尽头。向家明伸出的援手，等于一下子把她从泥潭里拉了出来，送她走上一条光明的大道。谁说天上不会掉下好事，她得到的就像是天上掉下来的好事啊！她感动得孩子一样扑到向家明怀里，抱住向家明大哭不止，叫了向书记，又叫向阿姨：您就是我的恩人哪，我怎样感谢您才好呢？！

向家明想起了自己的女儿，泪光在眼里闪耀，她轻轻拍着柴芹的后背说：你不用感谢我，感谢党就好了，感谢国家就好了。

目睹这感人的一幕，宾馆经理不禁动容，他对柴芹说：等你放假的时候，还可以到我这里工作，每个月我给你开五千元工资。

柴芹向经理鞠了躬，感动地说：谢谢经理！

柴家养兔子失败了，柴芹的父母和哥哥基本没什么可以自力更生的劳动能力，柴芹又到市里上学去了，向家明和村干部还得想办法，为柴家安排新的脱贫项目。他们为柴家争取到的新的脱贫项目是退耕还林，每退耕还林一亩地，每年给予柴家一千多元还林费。

除了退耕还林，在全球气候治理的大背景下，向家明还乘着生态振兴的东风，在新兴的森林碳汇经济方面做开了文章。柴芹家附近的山坡上，有一片早已长成的杉树林，树林吸收二氧化碳，释放氧气，符合碳汇经济的要求。向家明向省里争取到把高远村作为碳汇经济试点单位的机会，并优先把柴芹家的树林按单株编号，将树木吸收的二氧化碳在移动电商平台上出售，收益归柴芹家所有。柴芹家有六百多棵杉树，按每棵树每年收入三元计算，每年可收入一千六百多元。这样多管齐下，多措并举，就有效地保证了柴芹家能在脱贫的道路上继续走下去。

到了这里，高远村还将怎样发展呢？作为驻村第一书记，向家明在高远村已经干了将近四年，第二个任期也将近期满，她是不是已经完成了自己的使命呢？不，向家明又赋予了自己新的使命，又为高远村下一步的发展规划了新的宏图。新的宏图更宏伟、更壮丽，已在向家明心中徐徐展开。

却原来，在高远村范围内，还有一处待开发的资源，那是一千多亩石林。不知石林生长于地球的奥陶纪，还是泥盆纪；石炭纪，还是侏罗纪。反正石林的存在肯定已经很久远很久远了，都是未经任何修饰的原始状态。与石林伴生的，还有一代又一代的杂树林，石林中有树林，树林中有石林，说它们是"双林"也可以。向家明规划的蓝图是，要把生在深山人未知的石林，打造成一座石林公园，供游人游览。

还有一个难得的机遇是，向家明得知，从遵义市到仁怀县的高速公路已列入修建计划，而遵仁高速路离高远村只有十几公里。倘若在离高远村最近的地方开一个匝道，汽车下了高速路，只需十几分钟，就可以开到高远村的石林公园。到那个时候，天哪，说不定高远村真会变成游客的旅游目的地呢，石林公园真会变成新的网红打卡地呢！

在向家明的想象里，仿佛石林公园已经建成，高速路已经开通，高速路真的为高远村开了闸口，而为了与高速路对接，高远村也拓宽了原来修的硬化路。到了节假日，石林公园里游人如织、笑声朗朗、花团锦簇、热气腾腾，那是一派何等喜人的景象。

向家明的三妹夫，是市园林局的总工程师，对园林建设有着专业化的研究。在一个星期天，当二姐的把三妹夫邀到了高远村，请他到石林里看看，评估一下建造石林公园的可行性。三妹夫很乐意到高远村看看，爽快地答应了二姐的邀请。但他还拉上了二姐夫郝思清，让二姐夫跟他一同前往。郝思清已不止一次到石林里看过，三妹夫拉他一同前往，他也不好推辞，驾车拉着三妹夫一起来到了高远村。

这天下午，他们三人一块儿来到一座山坡前。一开始，三妹夫并没有看到石林，只看到了满山的树林。季节到了深秋，山上的树叶有的黄、有的红、有的紫、有的蓝，还有的绿，呈现的是五彩斑斓的色彩。好比秋天是一支蘸满了浓墨重彩的画笔，画笔画到哪里，哪里就是色彩丰富且层次分明的图画。郝思清在前面带路，他们沿着山边的一条小路向前走了一阵，往左边一拐，就来到了石林丛中，看到了隐藏在树林中的石林。石林拔地而起，一棵又一棵，一柱又一柱，一尊又一尊。它们有的像树、有的像笋、有的像剑、有的像戟；还有的像一只公鸡，公鸡正引颈高歌；还有的像一只黄牛，黄牛正埋头躬耕；还有的像一个武士，武士威风凛凛；还有的像一位少女，少女亭亭玉立。石林千姿百态，看什么像什么。

有的高高的石头上面还有平台，人们爬上平台，可以在上面立足，观风景，照相。郝思清拉着向家明的手，把她拉到一块石头的平台上去了。他们在平台上携手站好，让站在下面的三妹夫为他们夫妻照相。

三妹夫镜头仰视,为他们照了一张又一张,说:二姐和二姐夫都是高大形象。

郝思清说:这都是因为沾了石头的光。

向家明说:我看这地方不错,我们两个也变成石头算了。

这话让人想起中国的一些神话,郝思清说:我同意。说着,深情地看了妻子一眼,把妻子的手拉得更紧些。

三妹夫说:你们要是变成石头的话,名字应该叫"永远的伉俪"。

他们都知道,邻省也有一片石林,那片石林是全国有名的景区之一。而高远村的石林与那片石林不同的是,那片石林光秃秃的,石林中间没什么树木。高远村的石林和树林互相穿插,植被非常茂盛。两者更大的区别在于,邻省石林里的石头都是实心,高远村石林里的石头大都是虚心,虚得玲珑通透,像太湖石一样。有的石头上像是长着耳朵,耳朵在久久地聆听;有的石头上像是长着眼睛,眼睛在凝视着四季的美景;还有的石头像是开了一扇窗,可以从窗口往里看,也可以从窗口往外看。向家明一侧身,钻进一块石头的内部去了,像是在玩藏猫猫一样。猫猫刚藏好,她就自我暴露似的说:我在这里呢!

郝思清和三妹夫一看,向家明的脸庞从一个半山腰的石头洞子里露了出来。那个洞子圆圆的,像是一面镜子。向家明像是在照镜子,一不小心,面容从镜子后面露了出来。石头上面垂挂下许多长藤植物,植物的片片叶子已经发红。石头缝里长出些结浆果的冬青,那些浆果红溜溜儿的,像南红玛瑙一样,很是诱人。松鼠在树上跳跃,飞来一只蓝翎子黄肚皮的小鸟,叼起一枚浆果飞走了。郝思清说:这片石林的绝美称得上是鬼斧神工。

三妹夫却认为,这片石林的生成,既不是鬼的作用,也不是神的功劳,而是自然的造化。自然主要包括水、风和时间。在远古时期,这里一定是一片汪洋,是水流的冲击,把石头变成了这个样子。后来水退下了,石头呈现在陆地上,是风在继续对石头进行雕琢,雕琢得千姿百态。还有时间,时间之手虽说是无形的,它对石林的打磨亦功不可没。

向家明夸三妹夫不愧是专家，看世界是科学的眼光、科学的态度。随之，她征求三妹夫对高远村准备打造石林公园的意见。

三妹夫说，这片石林是大自然对人类的馈赠，资源非常独特，非常宝贵，是应该把它开发出来，让它为人类服务，为人类造福。既然是他所尊重的二姐征求他的意见，他直言不讳地谈了自己的看法。他说，目前的问题是，树林大于石林，树林把石林遮蔽住了，有树林障目，使人们远远看去，只看树林，不见石林。比如石林是一颗颗璀璨的明珠，由于树林的遮蔽，明珠的光芒就散发不出来。树林和石林相比，树林哪里都有，而石林特色独具，是高远村真正的优势所在。树林和石林二者不可兼得，要有舍有得。他的建议是，把树林伐去一些，以树落石出的方式，突出石林的特色。三妹夫又打了一个幽默的比方，他说：新娘子虽然很美丽，但老给新娘子盖着盖头是不行的，得把新娘子的盖头掀开一些，人们才能看到新娘子的美丽面容和明眸皓齿。

三个人都笑了。

二姐向家明称赞三妹夫的建议很好，值得重视、研究和采纳。

出了石林，他们往回走时，路过卫爷爷的家门口。卫爷爷正在院坝一侧的一块地里刨地，看见向家明，他马上停止刨地，从地里走了出来，迎上去跟她说话，并热情邀请他们一行人到家里坐一会儿。向家明说回办公室还有事，就不去家里坐了。他们大约走出十几米远的样子，卫爷爷突然举着手喊"向书记，向书记"，让她等一等。卫爷爷喊的声音很大，像发生了什么急事一样。原来是卫奶奶听说向家明来了，一定要见见她，跟她说几句话。向家明见卫奶奶一路小跑向她跑来，忙让卫奶奶别跑，小心摔倒，并迎着她往回走。卫奶奶一见向家明就问：向书记，我听说你要走？

大娘，我不走。

卫奶奶说：你千万不能走嚯，你要是走了，我这个老婆子会哭的。说着，就用手背抹眼泪。

见大娘流泪，向家明的眼睛也湿了，她拉住大娘的手说：大娘您放心，咱们完成了脱贫攻坚不算完，接着我还要和大伙儿一起搞乡村振兴。下一步，我们要把石林开发出来，建一个石林公园。等石林公园建好，您一定要去看看。

2022年7月19日至2023年1月27日
（兔年正月初六），从北京朝阳区光熙家园
到怀柔翰高文创园

后记

所为难得是情愿

牛想喝水，自己会喝。牛不喝水，强按头是不行的。就算把牛头按得牛嘴触到了水面，它不张嘴，奈何？人做事情也是一样，某件事情，他心甘情愿，乐此不疲，才能做得好。如果他推推托托，别别扭扭，恐怕很难做出什么好活儿。写东西也是如此。写作是手艺活儿，更是心意活儿，文思如涓涓泉水从心底流出，对自己的心意不可有半点违背。倘若逼着自己硬写，其真诚度、含金量和质量都会大打折扣。

我们每写一篇东西，写什么，不写什么，事前都有一个从感性到理性的自主选择过程，也是说服自己的过程。不管写长篇、中篇，还是短篇、散文，都须先把自己说服，然后方可动笔。春风不吹，花枝不摇。自己不服，何以服人？自己不感动，何以让别人感动？！

我刚刚完成的这部长篇小说《花灯调》，从夏写到秋，从秋写到冬，又从冬天差不多写到来年的立春。在半年多的时间里，我每天都在写，一天都没停。其间我感染过"新冠"，发烧、咳嗽、嗓子疼好几天，我照样写作。在春节放假期间，我跟往年一样，也是在写作中度过的。我常常写得泪眼模糊，看不清稿纸上的字迹，不得不抽出一张面巾纸，揾一揾眼泪，才能继续写下去。将近三十万字的写作过程，可以说是不断感动自己的过程，也是不断说服自己的过程。说服自己，不是靠对自己讲多少大道理，而是历史的、现实的和自己所经历的事实都在那里摆着,你不服都不行。

用历史说服自己。在长期的封建社会里,我国几乎没什么像样的工业和采矿业,无法积累起雄厚的资本,王朝中央和地方政权的财政支出,还有边防所需的军费,主要靠农业税赋,靠剥夺农民的口粮,靠向土地索取。中国人不只是土里刨食,还从土里刨银子、刨刀枪。衣衫褴褛的农民,风里来雨里去,辛辛苦苦种出来的粮食,差不多都被官家收走了,祖祖辈辈过的都是忍饥挨饿的日子。遇上天灾、匪患和兵荒马乱,逃难和饿死的只能是农民。这种悲惨景况,不仅史料多有记载,一些诗歌里也有生动描述。唐代诗人白居易《观刈麦》里写的"家田输税尽,拾此充饥肠",李绅《悯农》里写的"四海无闲田,农夫犹饿死",无疑是广大种田人生存状况的真实写照。普天之下,是农民通过种庄稼、打粮食,养活人类,人类才得以在地球上生存。从这个意义上说,农民才是全人类最原始的、真正的衣食父母。然而实际情况却往往是,"种田的吃米糠,晒盐的喝淡汤,纺织娘没衣裳,编席的睡光床,当爹娘的卖儿郎"。难道他们天生就该受穷吗?天生就该被剥削吗?什么时候才能根治这种历史沉疴呢?

好了,到了2006年,国家终于宣布,农民不再交农业税,从此结束了"完银子,交公粮"的历史。几年之后,国家又出台了新的政策,农民种田所收不仅全部属于农民自己,国家还按田亩数给种田农民发放补贴,种的田越多,得到的补贴就越多。不出还入,这是世世代代的农民做梦都不敢想的好事啊!然而,别急着欢呼,更大的好事还在后头呢。在党的十八大之后,党中央集中实施了脱贫攻坚、精准扶贫、彻底摆脱绝对贫困、全民奔小康的历史性工程。经过八年持续奋斗,到2020年,全国取得了脱贫攻坚的全面胜利。贫困县统统摘帽,贫困人口全部脱贫。2021年7月1日,在庆祝中国共产党成立100周年的大会上,习近平总书记向全世界庄严宣告,中国人民在中华大地上全面建成了小康社会。这在中国几千年的历史上从未有过,历朝历代都没有过。不仅在中国,在全世界各个国家的历史上也鲜有先例。可以毫不夸张地说,中国的脱贫攻坚,创造了全地球、全世界、全人类的奇迹。此景只应天堂有，如今终于到人间。我坚信，中华人民共和国在公元二十一世纪第一个十年所进行的脱贫攻坚战，以及所取得的历史性成果，必将载入华夏民族的史册。这样翻天覆地的巨大变化，如此光耀千秋的辉煌成就，难道不值得我们心悦诚服地书写吗！

用现实说服自己。我的老家在河南，我老家所在的县，是贫困县，所在的村，是贫困村。还在农村生活的我大姐家、二姐家，还有二姐的大儿子家，都是建档立卡的贫困户。虽说我在二十世纪七十年代初就出来参加了工作，但我几乎每年都回老家，和农村老家还保持着骨肉般的紧密联系，贫穷好像还在拖着我的一条腿。1975年夏季的那场突如其来的大水，一天一夜之间把我的老家淹得房倒屋塌，变成了一片泽国。我蹚着齐腰深的水回老家看望母亲，母亲逃水逃到别的地方去了，村子里已渺无人烟，仿佛又回到了远古的鱼龙时代。大水退下去之后，村里的人再也盖不起房子，只能住在临时搭建的泥草棚子里。在吃的方面，因生产队分的粮食很少，家家的粮食都不够吃，有时只能靠吃糠菜度日。在穿衣方面，几乎人人穿的都是破烂的衣服，或是打满补丁的衣服。有的人好不容易做了一件新衣服，为防止衣服早早被磨烂，在做新衣服的同时，就在膝盖处和臀部打了补丁。更有甚者，有人打发闺女出嫁时，竟连一条新裤子都做不起，只能向别人家暂借一条裤子给闺女穿。

改革开放实施土地联产承包责任制之后，特别是在全国范围内打响脱贫攻坚战以后，当农民积累起一定的财富，农村的面貌就发生了日新月异般的变化。天还是那个天，地还是那块地。但天已不是原来的天，地已不是原来的地。天上彩霞满天，大地换了新颜。还拿我们村来说，差不多家家都盖起了宽敞明亮的楼房，高的盖到了四层。我们村的名字叫刘楼，一个"楼"字，代表着祖祖辈辈居高的向往，代表着一个梦想。只有到了这个时代，才梦想成真，刘楼村才名副其实。穿衣早已不成问题，不管大人孩子，每个人的衣服都是单摞单，棉摞棉，还没穿破就淘汰掉了。要说问题，新出现的是衣服过剩的问题，是怎么处理的问题。吃饭的事更不用说。以前在我们老家，平日里连黑面馍都不够吃，只有在过年的时候，才能吃上一顿白面馍。现在呢，每天吃的都是白面馍，想吃几个就吃几个。乡亲们感叹：我哩个乖乖，现在不是天天都在过年嘛！在脱贫攻坚中，我大姐家、二姐家，和二姐的大儿子家都脱离了贫困，过上了丰衣足食的好日子。二姐的大儿子在村里开了一个小超市，村里给其他村民发了购物券，鼓励他们就近在超市里买东西，以增加二姐大儿子家的收入。这些都是我亲见亲闻的最基本的现实。如果我们不是预设偏见，道听途说，而是心怀良知，尊重最基本的现实，这些现实非常值得我们书写。

用中外对比说服自己。全世界有一百九十七个国家，八十多亿人口，其他国家怎么样呢，还有没有绝对贫困的人口呢？我去过肯尼亚、南非等一些非洲国家，知道非洲几乎每年都面临粮食危机，大量人口在贫困的荒漠里挣扎，每年饿死的人都数以千万计。在坦桑尼亚，每天都有大约一千五百个儿童被活活饿死。我看过一幅让人触目惊心、过目难忘的照片，题为《饥饿的苏丹》。照片上，一个瘦得皮包骨头的大头儿童趴在地上，在儿童身后不远处，立着一只和儿童身体差不多大小的秃鹫。食腐成性的秃鹫正虎视眈眈地注视着那个濒死的儿童，像是随时都有可能把儿童吃掉。这是多么可怕可悲的一幕。不光是欠发达国家存在饥饿的情况，在一些发达国家，也有人填不饱肚子。在美国的西雅图，我看见有一个上岁数的男人，在街边的垃圾桶里扒来扒去。我以为他是捡废品，不料他是捡食品。扒到别人扔掉的半块面包，他当时就大口大口地吃起来。在德国科隆大教堂前面的街道上，我看见夜宿街头的流浪汉，身边放着一只纸杯，期望路过的人给他往纸杯里投一点钱。要是不缺吃的，那个美国人不会去垃圾桶里捡垃圾食品。同样，要是吃得饱、穿得暖，那个德国人也不会不顾脸面地在街边乞讨。这些贫困现象的存在，在非洲主要是自然条件不好和资源匮乏造成的，他们还没有能力实现脱贫。而在发达的资本主义国家，则主要是体制性和结构性的原因造成的，他们不大关心穷人的死活。而在我国，"人民就是江山，江山就是人民"，处处以人民为中心。共产党人把人民对幸福生活的向往，作为党和国家的奋斗目标，通过脱贫攻坚，才消除了绝对贫困，使全国人民过上了小康生活。我个人认为，贫富是相对而言，不管到什么时候，人与人之间的生活水平都会有差距，不可能都处在同一个水平线上。但是，在我国全面建成小康社会之后，在中国式共同富裕的社会主义现代化进程中，水涨船高，再穷的人也不会穷到哪里去，至少可以做到吃不愁、穿不愁、住不愁、行不愁、上学不愁、看病不愁。举例来说，我还在农村老家的时候，去我们那里逃荒要饭的人很多，每到吃饭的时候，端着豁边子瓦碗挨家挨户要饭的人一个接一个，让吃饭的人都吃不安生。近些年我再回老家，连一个要饭的都看不到了。说起要饭，大姐说，要饭是舍脸的事，现在家家的白馍都吃不完，谁还去舍那个脸呢？对于这样令世界瞩目的巨大变化，中国史和世界史都会有记载。可作为史料的记载，往往是客观的、简单的、粗线条的，一般不带什么感情色彩。小说作为文学作品，正好可以为历史做一些细节性的、情感性的、艺术性的有效补充。

自己说服自己。相比以上三个说服，自己说服自己，似乎更重要一些，它是从外因到内因，从客观到主观，最终要落实在自己说服自己上。不必隐瞒什么、回避什么，我自己就曾是一个经历过极度贫困的人。在三年困难时期最严重的1960年，我九岁。这个年龄正是长身体的时候，正是贪吃的时候，可生产队的食堂断炊，面临解散，一口可吃的东西都难以寻觅。我爷爷饿得双腿浮肿，肿得闪着黄铜一样的光亮，一摁一个坑。爷爷一坐在地上，就无力站起，需要我和二姐两个人使劲拉，才能把他拉起来。我父亲饥病交加，在当年的农历六月初六去世了。我小弟弟因为严重营养不良，得了佝偻病。我吃过从河里捞出来的杂草。杂草上附着一些小蛤蜊，一嚼壳嚓嚓响。我吃过榆树皮。母亲把榆树皮在碓窑子里砸碎，下到锅里煮成黏液给我们喝。黏液连成一坨，我喝了一口，还没尝出是什么味，黏液就秃噜噜滑进肚子里去了。我吃过柿树皮。柿树外面一层干裂的皮没法吃，只能吃里面紧贴树干的一层湿皮。我把那层湿皮刮下一块，放在火上烤。等把湿皮烤干，就放进嘴里使劲嚼。烤干的柿树皮又苦又涩，十分难吃，但我还是把它嚼碎，自欺似的咽了下去。以前我没说过，我还吃过煳坷垃。食堂里烧煤需掺一些土，土里会混进一些砂礓子儿，经过火烧，坚硬的砂礓子儿被烧熟了，变成了煳坷垃。每当食堂里往外倒炉渣时，我们一群小孩子就抢上去，从里面扒拉煳坷垃吃。每扒到一粒煳坷垃，我们就像得到一颗香炒豆一样，高兴得眉开眼笑。尽管有些饥不择食，什么东西都往嘴里收拾，我还是被饿成了大头细脖子、大肚皮细腿。为父亲送葬时，当队长的堂叔担心我摔不碎老盆，替我摔了。去学校上学需要翻越一个干坑，每走到干坑前，我都视为畏途，翻起来十分吃力。我从小就听说过两句话：饭舍给饥人，话说给知人。意思是说把饭给饥饿的人吃，人家才会心生感激；把话说给知理的人听，听话的人才听得明白。我这样不厌其烦地回忆自己的贫困经历，是想说明，贫困离我们并不遥远，也就是几十年前的事，我们这代人记忆犹新。是想说明，脱贫攻坚和消除贫困来得并不容易。是想说明，越是经历过贫困的人，对今天的幸福生活越是倍加珍惜。还是想说明，心怀沉痛历史教训的人，对书写今天的巨大变化，也许更有责任感、使命感和紧迫感。如果不写，我会觉得对不起这个时代，对不起人民，也对不起自己。

总的来说，我国的脱贫攻坚和全民脱贫，的确称得上是一个一步跨越千年的人间奇迹。这个奇迹的出现，不仅具有政治学、经济学、社会学和人类学方面的意义，还具有民生学、人权学、哲学、文学和人道主义运动方面的意义。对"运动"这个词，我们还心有余悸，往往讳莫如深。其实"运动"是一个中性词，而不是一个贬义词。运动作为一种特殊的社会活动方式，它有时对社会发展所起的积极推动作用，也是显而易见的。就脱贫攻坚的广度、深度和力度而言，真的很像一场轰轰烈烈的群众运动。与以前的运动不同，这场运动不再是革命性的，而是建设性的、福利性的。我之所以愿意用人道主义为这场运动命名，是因为以前有些运动不但不人道，反而反人道。脱贫攻坚奔小康，让全国人民都过上好日子，具有彻底的社会主义人道主义性质。人道主义是文学的宗旨之一，我们的文学创作一直在大力宣扬人道主义精神,与人民同呼吸,共命运。本着这种精神,我们不可能对脱贫攻坚视而不见,听而不闻,无动于衷。同样作为中国特色社会主义现代化建设进程中的受益者,我们有幸生活在这个和平、安全、和谐、富足的盛世,让我们发出小小文人应该发出的真实的声音吧。

不少朋友、读者和兄弟姐妹对我说,我已经写了不少表现农村生活的小说,现在的农村变了,跟过去的农村不一样了,劝我该写一写现代农村生活的小说了。是的,五十多年来,赶上了能持续写作的好时候,我已经写了大量乡土题材的小说,中短篇小说且不说,在写这部《花灯调》之前,仅长篇小说就已先后出版了六部。《高高的河堤》写大自然对少年儿童心灵成长的滋养。《远方诗意》描绘农村青年对外面世界的向往。《平原上的歌谣》记述中国农民在三年困难时期的生存韧性。《遍地月光》反思"文革"对普通老百姓造成的伤害。《黄泥地》揭露国民性中的泥性。《堂叔堂》用一个个人物承载近代、现代和当代农村的历史沧桑。我每年都回老家,对老家的变化看在眼里,动在心上,是想写一部记录新农村现状的长篇小说。可是,不是我想写就能写。有了写作的愿望和冲动,不一定就能付诸写小说的行动。这里有一个写作契机的问题。小说主要是写人的,是塑造人物形象的,人物形象塑造得成功与否,是一部小说成败的关键。好比主要人物是一部小说的纲,纲举才能目张。又好比主要人物是一棵树的骨干,只有骨干树立起来了,才撑得起满树繁花。如果只见物,不见人;只见客观,没有主观;只见变化,不倾注情感;并不讲究细节、语言和艺术,新闻报道就可以承担,何必还要写成小说呢?我设想,最好能找到一位脱贫攻坚工作中的驻村第一书记,以第一书记为主线,就可以把整部小说带动起来。

我还想过,回我们老家住上一段时间,详细了解一下我们村脱贫攻坚的全过程,并着重了解一下驻村第一书记的工作情况,看看能不能为我要写的小说中的挂帅人物找到一个原型。有了立得住的原型,整个小说工程方可以启动。还没回老家,我先后分别给几个堂弟打了电话,他们告诉我,我们村从县里派下来的驻村第一书记是有的,但人家基本上没在村里住,他们对第一书记不是很熟悉。村支书也是我的一个堂弟,说起来,别的堂弟几乎都对当支书的堂弟有看法,说了不少负面评价的话。这多多少少让我有些失望,担心写脱贫攻坚的计划有可能会落空。兵怕无头,将怕无主。小说中如果缺乏主心骨似的人物,既像无头的兵,又像无主的将,只能是一堆素材、一盘散沙。这让我想到文学创作中的另外一个问题,我们要熟悉生活,可对某个地方的生活又不可太熟悉,太熟悉了,会先入为主,形成固定的观念,很难产生陌生感、新鲜感,影响想象力的充分发挥。

重燃写作欲望的契机出现在2020年的春天。这年5月,遍地鲜花盛开之际,《中国作家》杂志社组织全国各地的十几位作家,到刚刚实现整体脱贫的革命老区遵义市实地采访。在短短的三四天时间里,作家们马不停蹄,连续走访了不少地方,并走访了一个从深度贫困村脱贫的山村。去山村的路上,中巴车在弯弯曲曲的山道上拐来拐去,驻村第一书记不失时机,在车上就开始给我们讲她的扶贫故事。她是一位女书记,她所讲的为争取扶贫项目多次流泪和哭求的经历,让我深受感动,留下了难忘印象。我心里一明,好,众里寻他千百度,获得"全国脱贫攻坚贡献奖"的她,不正是我要寻找的驻村第一书记中的优秀代表人物嘛!她在六姐妹中排行老二,人称二姐。看见这个二姐,我想起我们家的二姐。我二姐也是早早入了党,当过生产队的妇女队长,还当过县里和地区学习毛主席著作积极分子。两个二姐的心性有些相像,写遵义的二姐,正好可以和我们家的二姐互相借鉴。我们只在那个山村走访了半天,所得到的素材与一部长篇小说的容量相差甚远,我必须再次去到那个山村,定点深入生活一段时间。于是,在两年之后的2022年春天,刚过了端午节的第二天,我就独自一人重返那个山村,在山村驾校的一间宿舍住下,一住就是十多天。在山村期间,二姐在繁忙的工作之余,差不多每天都会抽出时间跟我聊一会儿。除了在她的办公室里聊,她还冒着连绵的细雨,带我在山里行走。全村共四十一个村民小组,我们几乎都走到了。她对组组户户的每一个村民都很熟悉,我们边走边聊,走到哪里都有聊不完的话题。常常是,聊到动情处，二姐满眼都是泪水，我的眼泪也模糊了双眼。我不得不摘下花镜，用纸巾擦擦眼角，才能继续和她聊。深入生活的结果，我有了这部长篇小说。

我为这部小说初定的题目是《泪为谁流》。也许有读者会问，为什么给小说起这么个题目？我的回答是，因为小说中的人物为她的事业付出了太多的感情，我在写这部小说时也倾注了太多的感情。在写作过程中，我所流的眼泪就不说了。小说写完后，我再看自己的小说、听自己的小说时，仍禁不住流泪。我现在写小说，还是用钢笔在格子纸上手写，完成后，由妻子帮着录成电子版。小说一共写了二十八章，每交给妻子一章，我都要先看一遍，看看还有没有错别字需要改正。可以说，任何一章，都有让我泪湿眼眶的情节和细节。妻子是对着手机语音转汉字录入，录完一段就转到容量较大的电脑里。我很喜欢听妻子读我的小说，每当她读时，我就不看电视，不看手机，也不干别的任何事情，悄悄在一边闭目听。虽然闭着眼，但听着听着，仍挡不住有眼泪涌出，让我能感觉出眼泪的咸和眼泪的辣。我不止一次自我解嘲似的对妻子说，自己写的小说，还让自己这么感动，真是不可思议。还有一点让我想不明白的是，看到或听到某些段落，上次流过泪了，这次仍要流泪。按道理说，预知那个地方可能会流泪，是不是可以硬起心肠，避免流泪呢？可是，不行，我好像管不住自己的感情似的，到那个地方还是不可避免地流泪。这可能是艺术接受心理中的一个谜，我没能力解开这个谜。要说魅力的话，这也许正是文学创作的魅力所在。

当然，眼泪付出的多寡，并不能证明小说的优劣。据史料记载，在二十世纪三十年代，巴金与朱光潜曾就作品中的眼泪问题发生过一场争论。巴金称赞曹禺的《雷雨》让他流了四次眼泪，朱光潜不以为然，在《眼泪文学》中提出怀疑："叫人流泪的多寡是否是衡量文学价值靠得住的标准？"巴金看后有些生气，写了数千字的《向朱光潜先生进一个忠告》，为自己的看法辩解，并批评朱光潜"少见多怪，缺乏常识"。我很想读读巴金先生的文章，但十度百度，都没有查到。我个人认为，人类作为情感质量最高的高级动物，眼泪肯定是表达情感的一种重要方式。情到深处，感到高处，不管喜怒哀乐，人们都会自然而然地流下眼泪。情感是一切文学创作的审美核心，一部作品能否打动人，首先要看他的情感是不是真诚、饱满。而眼泪作为饱满情感外溢的一种表现方式，它的动人力量是不容忽视的，也是无可指责的。杜甫的"人生有情泪沾臆"，还有贾岛的"两句三年得，一吟双泪流"，说的就是这个意思。记得我接受《南方周末》的记者访谈时曾经说过，人只重视流血，而不重视流泪，是不对的。用刀子随便在人的身体上拉一个口，都会有血流出来。而流泪不是那么容易，情感上达不到一定程度，你就是打死他，他都流不出一滴眼泪。

在"泪为谁流"之后，还有血为谁洒，心为谁操，力为谁出，苦为谁受。其中的"谁"指的是谁，不言而喻。

之所以最终把小说的题目改为《花灯调》，是我想来想去，觉得这个题目更有色彩，更诗意，更美，更含蓄，文学性也更强一些。还有，书中多次写到当地广泛流传的花灯调，一到过年过节，或有什么庆祝活动，村民就会唱起花灯调，通过对比，歌唱山村的巨大变化。花灯灯是民间小调，有地方特色，更能表达民众的心声。

每当一部书面世，有的媒体记者总是会问，作者什么时候准备写这部书的？酝酿了多长时间？我想，我是从刚记事的时候，就在为这部书做准备。当然，当初的准备不是文字、语言、艺术和技巧上的准备，而是饥饿的准备、生活的准备、人生的准备、生命的准备。我准备了大半辈子，酝酿了几十年，终于把这本书写了出来。

2023年1月29日（正月初八）至2月5日
（元宵节）于翰高文创园和光熙家园

图书在版编目（CIP）数据

花灯调 / 刘庆邦著 . -- 北京：作家出版社，2024.1
（新时代山乡巨变创作计划）
ISBN 978-7-5212-2597-6

Ⅰ.①花… Ⅱ.①刘… Ⅲ.①长篇小说—中国—当代
Ⅳ.① I247.5

中国国家版本馆 CIP 数据核字（2023）第 215546 号

花灯调

作　　者：刘庆邦
责任编辑：向　萍
助理编辑：陈亚利
装帧设计：孙惟静
书名题字：陈世旭
出版发行：作家出版社有限公司
社　　址：北京农展馆南里 10 号　　邮　　编：100125
电话传真：86-10-65067186（发行中心及邮购部）
　　　　　86-10-65004079（总编室）
E-mail:zuojia@zuojia.net.cn
http://www.zuojiachubanshe.com
印　　刷：河北鹏润印刷有限公司
成品尺寸：152×230
字　　数：328 千
印　　张：22.75
版　　次：2024 年 1 月第 1 版
印　　次：2024 年 1 月第 1 次印刷
ISBN 978-7-5212-2597-6
定　　价：68.00 元（精）

作家版图书，版权所有，侵权必究。
作家版图书，印装错误可随时退换。